Mord am Main

Dieses Buch ist ein Roman. Handlungen und Personen sind frei erfunden. Ähnlichkeiten mit lebenden oder toten Personen sind nicht gewollt und rein zufällig.

MONIKA RIELAU UND ANGELA NEUMANN

Mord am Main

Bibliografische Information der Deutschen Nationalbibliothek
Die Deutsche Nationalbibliothek verzeichnet diese Publikation
in der Deutschen Nationalbibliografie; detaillierte bibliografische
Daten sind im Internet über http://dnb.d-nb.de abrufbar.

Umschlaggestaltung:
ZERO Werbeagentur, München
Titelabbildung: © FincePic®
Autorenfoto: © privat
ISBN 978-3-7431-2559-9

BoD Books on Demand, Norderstedt
printed in Germany 2017
»Mord am Main« ist auch als e-Book erhältlich:
www.midnight.ullstein.de

Kapitel 1

»Heribert, mach auf!«
Panisch hämmerte Mira auf die Klingel ihres Hauses.
»Heribert, um Gottes willen mach auf!«
Immer wieder drehte sie sich um, voller Angst, ihr könnte jemand gefolgt sein. Als sich endlich die Tür öffnete, warf sie sich ihrem völlig verdutzten Mann an die Brust.
»Wo kommst du denn her?« Er packte ihre Arme, die ihn angstvoll umschlangen, und versuchte, sich aus ihrem Griff zu befreien. Mira begann zu schluchzen und klammerte sich nur noch enger an ihn.
»Warum klingelst du mich aus dem Bett? Hast du keinen Schlüssel? Weißt du eigentlich, wie spät es ist?«
Es war ihr in diesem Moment egal, was Heribert sagte, Hauptsache, sie war nicht mehr schutzlos dem namenlosen Grauen auf der Straße ausgesetzt. Erst als er die Tür von innen abschloss, beruhigte sie sich und ließ ihn los. Benommen betrachtete sie das zornige Gesicht ihres Mannes, dessen Mund immer weitere Vorwürfe ausspuckte, und fühlte sich unglaublich schuldig.
Ihr fiel nicht ein einziger mildernder Grund ein, den sie zu ihrer Rechtfertigung hätte anbringen können, nur dass der dicke Willy, einer der hiesigen Bestatter, seinen fünfzigsten Geburtstag im Kleinen Wirtshaus gefeiert und in Spendierlaune eine Lokalrunde nach der anderen ausgegeben hatte und sie aufgrund der zwei Gläser Rotwein und der zwei bis drei Mispelchen einfach die Zeit vergessen hatte.
»Du willst also sagen, dass du hickehackevoll warst, als du dich

so spät in der Nacht, um nicht zu sagen am frühen Morgen, auf den Weg nach Hause gemacht hast?«, fuhr Heribert sie an.

Auch das musste sie eingestehen. Was sie ihm nicht beichtete, war, dass es durchaus noch einige Mispelchen mehr gewesen sein könnten, aber sie wollte nicht zusätzlich Wasser auf die Mühlen seiner Erregung geben. Mit steigendem Alkoholkonsum war die Runde der Gäste immer lauter und lustiger geworden, ja zum Schluss steigerte sich die Stimmung gar ins Übermütige, als ein Bekannter den Bestatter süffisant fragte: »Na Willy, wie gehen denn die Geschäfte?«, und er dies nach kurzem Überlegen mit dem Satz kommentierte: »Es könnten ein paar mehr sein.«

Die Gäste waren bei diesem an sich harmlosen Satz zunächst still, weil sie ihn nicht gleich begriffen, um im nächsten Moment in einen gigantischen Lachanfall auszubrechen, der das kleine Lokal in Wellen durchschüttelte.

Auch Mira, die auf einem Barhocker vor dem Tresen saß, lachte vor sich hin. »Es könnten ein paar mehr sein.« Soviel Sprachwitz hätte sie dem eher einfältigen Willy gar nicht zugetraut. Nach zwei Gläsern Rotwein, die sie aus Vernunftgründen immer mit einem kleinen Selters kombiniert hatte, war sie auf Einladung von Willy zum Spezialtrunk des Wirtes gewechselt, den er »Mispelchen« nannte. Das Heimtückische an diesem Getränk war, dass die in ihrem süßen Sirup liegende Mispel den hochprozentigen Calvados, in den Uli, der Wirt des Kleinen Wirtshaus, sie tauchte, so elegant kaschierte, dass Mira nicht merkte, wie sie der Alkohol langsam, aber wirkungsvoll alle Vorsicht vergessen ließ.

Sie war heute wieder ohne ihren Ehemann dort gewesen. Das Verhältnis zu Heribert war in letzter Zeit etwas angespannt.

An diesem Abend war auch ein ihr flüchtig bekannter Rechtsanwalt unter den Gästen. Er war nicht häufig bei Uli. Schon immer hatte sie den großgewachsenen, schlanken Mann mit seinen blonden, etwas längeren Haaren und seiner gediegenen braunen Hornbrille äußerst attraktiv gefunden. Im Laufe des Abends und der wechselnden Sitzplatzierungen stand er auf einmal direkt neben ihr. Sie begrüßten sich freundlich und wechselten Belanglosigkeiten, während seine Augen ein unverhohlenes Interesse an ihr erkennen ließen.

Die Unruhe in der immer stärker alkoholisierten Runde ließ ihre intime Zweiergemeinschaft jedoch bald wieder auseinandergehen und andere Personen in ihre Nähe rücken. Es entging ihr aber nicht, dass seine Blicke immer wieder zu ihr zurückkehrten. So blieb sie fast bis zum Schluss, als schließlich der große Aufbruch begann. Sie ging mit den Letzten, darunter auch der dicke Willy und Anna, die Wirtin des in der Nähe gelegenen Apfelweinlokals, die nach Schließen ihres eigenen Lokals in das vor Lebensfreude überschäumende Wirtshaus von Uli hereingeschaut hatte und dort hängengeblieben war. Ihr trompetengleiches Gelächter, das noch die letzten verborgenen Spinnfäden zum Tanzen brachte und bis in die hintersten Winkel des Lokals drang, heizte die ausgelassene Stimmung noch mehr an. Es war ein denkwürdiger Abend und viele bedauerten, dass kurz nach ein Uhr die letzte Runde ausgerufen wurde.

Mira stolperte aus dem Lokal. Um ein Haar wäre sie über Willy gefallen, der im Türrahmen stand und sich mit Uli und den letzten Zechern noch ein kleines Wortgefecht lieferte. Sie verstand nicht ganz, worum es ging. Fast schien es ihr, als ob Willy seinen Arm um Uli legen und ihn eng an sich drücken wollte. Aber Uli schob energisch den Arm von Willy zurück. Mira meinte, sogar ein gezischtes »widerliche fette Sau« gehört zu haben.

Mehr konnte Mira in ihrem fortgeschrittenen Zustand der Alkoholisierung nicht erkennen. Ihr war ganz klar, dass sie zu viel getrunken hatte. Zwei Rotwein und etliche Mispelchen, das war definitiv zu viel für ihren untrainierten Magen. Das kleine Abendessen, das sie noch zu Hause zu sich genommen hatte, zeigte sich etwas labil und schien den Rückwärtsgang einlegen zu wollen. Sie schluckte einige Male, um ihren Magen zu beruhigen. Etwas unsicher wankte sie in Richtung ihres Hauses, das ungefähr dreihundert Meter von Ulis Lokal entfernt lag. Sie fing an zu frösteln. Diese Frühlingsnacht war doch kälter als gedacht. Seltsam, vorhin hatte sie nicht so gefroren. Sie ging etwas schneller, um sich Wärme zu verschaffen. Als sie mit unsicheren Händen den Schlüsselbund aus ihrem grünen Anorak ziehen wollte, fiel ihr schmerzlich auf, dass sie ihn gar nicht trug.

Wo hatte sie ihn gelassen? Sie überlegte angestrengt, bis es ihr wieder einfiel. Oh Gott, auch das noch! Der hing noch über dem Barhocker in Ulis Kneipe. Sollte sie nochmal umkehren oder den Anorak morgen abholen? Ihr vom Alkohol leicht schwerfälliges Gehirn sagte ihr nach ein paar Sekunden intensiven Nachdenkens, dass es besser wäre, den Anorak zu holen, denn unter keinen Umständen wollte sie Heribert wecken. Seine dramatischen Anschuldigungen wollte sie sich ersparen, und außerdem brauchte sie die Jacke dringend am nächsten Morgen, weil sie mit ihrer Kollegin Iris ausgemacht hatte, mit dem Fahrrad zur Arbeit zu fahren.

Sie drehte um und ging leicht schwankend zur Kneipe zurück in der Hoffnung, dass Uli noch nicht abgeschlossen hatte.

Als sie kurz darauf beim Lokal ankam, war die Tür nur angelehnt und ein diffuses Licht drang nach außen. Gott sei Dank war Uli noch wach, sie hörte von innen ein leises scharrendes Geräusch.

»Uli, Uli«, rief sie halblaut. Sie wollte keinen Lärm machen. »Gut dass du noch da bist, ich hole mir nur meinen grünen Anorak, den ich vergessen habe. Dann kannst du abschließen.«

Mit diesen Worten ging sie ins Innere des nur schwach beleuchteten Lokals, als sie plötzlich stolperte und über ein am Boden liegendes Hindernis fiel. Beim Stürzen griff ihre rechte Hand blindlings nach einem Gegenstand, einer großen, schweren Stabtaschenlampe, die ihr allerdings mit lautem Getöse aus der Hand fiel. Das Hindernis, das jetzt von der am Boden liegenden Lampe angeleuchtet wurde, war ein auf der Seite liegender, lebloser junger Mann mit schwarzgelocktem Haar, der sie reglos anblickte und der auf keinen Fall Uli sein konnte.

Mira ergriff ein solcher Schrecken, dass sie schlagartig nüchtern wurde, sich aufrichtete, die Hand vor den Mund presste, um nicht laut aufzuschreien, und panikartig das Lokal verließ. Mehrfach drehte sie sich um, um festzustellen, ob ihr jemand folgte. Aber das Klappern ihrer Schuhe war das einzige Geräusch, das sie bis an ihr Haus begleitete.

Als sie nun zitternd Heribert ins Haus folgte, war es ihr gleichgültig, was er zu ihrer späten Rückkehr und dem verlorenen Schlüssel sagen würde.

»Da liegt jemand in Ulis Kneipe«, brach es aus ihr hervor. »Ich weiß nicht, wer es ist, aber ich glaube, der ist tot. Der lag ganz still am Boden, nur seine Augen waren so merkwürdig offen.«

Heribert betrachtete seine aufgelöste Frau und dachte, dass sie wirklich unter alkoholischen Wahnvorstellungen leiden musste, denn wie sonst könnte sie sich solche verrückten Ideen ausdenken.

»Ach was, das hast du dir nur alles eingebildet. Ich sehe doch, dass du betrunken bist. Das wird wahrscheinlich auch nur ein Besoffener gewesen sein.«

Er wollte nicht glauben, dass seine Frau in einen Mordfall verwickelt war, und Mira wollte nicht wahrhaben, dass sie ausgerechnet bei ihrem Alleingang ohne Heribert in eine dermaßen schreckliche Geschichte hineingeraten war. Nur zu gern wollte sie ihrem Mann glauben, dass sie sich etwas einbildete, was jeglicher Realität entbehrte. Ja richtig, die Gestalt am Boden könnte sehr wohl ein Betrunkener gewesen sein. Davon, dass sie ihren Anorak samt Schlüssel in Ulis Kneipe liegen gelassen hatte, sagte sie kein Wort.

Widerstandslos ließ sie sich von Heribert ins Wohnzimmer führen, sank dort in einen Sessel und schaute ihn angstvoll an.

»Ja, was ist? Willst du dich nicht ausziehen und ins Bett kommen? Ich bin jetzt viel zu müde, um mich mit dir herumzuzanken. Aber das wird noch ein Nachspiel haben. Morgen früh werden wir uns ausgiebig über dein verantwortungsloses Verhalten unterhalten, und glaub ja nicht, dass ich das so hinnehmen werde.«

Mit diesen Worten ging Heribert ins Schlafzimmer, griff sein Deckbett, wickelte sich sorgfältig darin ein und versank alsbald in einen tiefen Schlaf

Mira war jetzt alles egal und der Wunsch zu schlafen wurde übermächtig. Still zog sie sich aus und legte sich neben Heribert ins eheliche Bett, schaute noch einmal erleichtert und dankbar auf den ihr so vertrauten und heute auch durchaus geschätzten Ehemann und sank ebenfalls augenblicklich in einen komaähnlichen Schlaf.

Kapitel 2

Als Uli an einem sonnenklaren Frühlingstag seine umfangreichen Einkäufe vom Großmarkt vor der Tür seines Lokals abstellte und den Schlüssel in das Schloss steckte, ahnte er nicht, dass dieser Tag ihm für lange Zeit die Freude an seiner Arbeit verderben würde.

»Hallo Uli, grüß dich. Na, da hast du ja einen Großeinkauf gemacht«, rief Mario, der Pizzabäcker von nebenan, der gerade auf seinem Fahrrad vorbeikam. In diesem Moment bog seine Nachbarin, die alte Frau Gerber, mit ihrem Hund um die Ecke. Timmy, ein geltungssüchtiger Westi, dem Fahrradfahrer verhasst waren, nutzte eine kleine Unaufmerksamkeit seines Frauchens und sprang dem Pizzabäcker mit lautem Gekläff ans Bein. Der kam ins Straucheln und konnte sich nur mit einem raschen Sprung vom Rad vor einem Sturz retten.

»Oh, um ein Haar wärst du gefallen«, Uli packte Mario am Arm.

»Maledetto cane pazzo«, rief Mario verärgert, »beinahe wäre ich hingefallen.«

»Na, na, dass du dich von so einem Winzling vom Rad reißen lässt, ist ja wohl lächerlich. Timmy ist doch kein Pferd.«

Frau Gerber entschuldigte sich wortreich und zerrte Timmy eiligst weg.

Uli musste laut vor sich hin lachen. Gut gelaunt öffnete er die schwere, einbruchssichere Tür und die kleinen, braunen Fensterläden, stellte die Stühle von den Tischen auf den Boden, als sein Blick auf einen grünen Anorak fiel, der vor seinem Tresen lag.

»Herrgott, Mira«, brummelte er vor sich hin, »eines Tages vergisst du noch deinen Kopf, du vergessliches Huhn. Letzte Woche dein Lippenstift in der Toilette, vor Kurzem dein Schal und jetzt dein Anorak. Das nächste Mal ist beim dritten Glas Mispelchen Schluss. Du dusseliges Gänschen verträgst einfach nicht so viel. Ja, wieso hab ich gestern Nacht denn nicht gesehen, dass der Anorak da lag? Ich hab doch die Hocker auf den Tresen gestellt. Ja, werd ich denn langsam senil?«

Er bückte sich und wollte den Anorak aufheben, als er sah, dass versteckt unter dem Anorak ein zusammengekrümmter, lebloser Körper lag. Schlief da etwa ein Betrunkener seinen Rausch aus?

»Hast du Suffkopp denn kein eigenes Bett? Musst du es dir ausgerechnet in meiner Kneipe gemütlich machen? Wie kommst du überhaupt hier rein? Diese Kerle werden immer unverschämter. Na warte, ich werd dir Beine machen.«

Mit einem Ruck drehte er die auf der Seite liegende Person auf den Rücken. Ausdruckslose Augen in einem jungen, gut geschnittenen Gesicht mit schwarzgelocktem Haar starrten ihn an. Der Schreck ließ ihn abrupt nach oben fahren. Schmerzhaft stieß seine Stirn an den Zapfhahn auf dem Tresen. Bevor ihn seine nachgebenden Beine im Stich ließen, griff er sich einen Stuhl und setzte sich schwerfällig darauf. Er fuhr sich über das Gesicht. Lag er etwa noch im Bett und hatte einen Albtraum? Mehrfach öffnete und schloss er die Augen, aber der seltsam verkrümmte Körper war noch immer da.

Was war denn gestern Abend los gewesen? In rasender Eile durchforstete sein Gehirn den Ablauf des letzten Abends. Gab es irgendeinen Streit unter seinen Gästen? Hatte er sich mit jemandem angelegt? Er wurde nicht fündig. Gestern Abend war alles normal gewesen. Wieso lag jetzt diese Person vor seiner Bar? Schlief sie ihren Rausch aus oder war sie tatsächlich tot?

Mit zitternden Fingern stupste er das reglose Bündel noch einmal an. Keine Bewegung! Schien doch tot zu sein. Ihm graute vor dem Toten – oder war es etwa eine tote Frau? Er wollte es gar nicht genau wissen, stürzte nach draußen, rannte in die daneben liegende italienische Eisdiele und schrie: »Ich glaube, bei mir liegt ein Toter unterm Tresen!«

»Haha, eine Bierleiche«, johlte ein beleibter junger Mann, der sich gerade einen Riesenbecher Eis gekauft hatte und amüsiert den völlig aufgelösten Wirt beobachtete.

Giuseppe, der Eigentümer der Eisdiele, kam hinter der Theke hervor und legte dem Wirt die Hand auf die Schulter.

»Uli, beruhige dich. Was ist los? Was erzählst du da von eine Tote? Ist das eine Witz?«

»Nein, nein, ich schwöre dir, da liegt ein Toter in meinem Lokal. Komm mit, ich zeig ihn dir.«

Zusammen gingen sie zurück und betrachteten den reglosen Körper unter dem Anorak.

»Hast du schon die Polizei angerufen?«

»Nein, wann denn? Ich bin ja eben erst gekommen. Aber jetzt ruf ich sie an.«

Uli fingerte sein Handy aus der Hosentasche, fast fiel es ihm aus den zitternden Händen, und wählte die Nummer der Polizei. »Sie kommen gleich.«

Kapitel 3

Hauptkommissar Khalil Saleh rührte in seinem Kaffee und versuchte vergeblich, ein Gähnen zu unterdrücken. Es war früher Montagmorgen und die übliche Hektik des Tages war noch nicht bei ihm angekommen, so dass er Zeit hatte, über das vergangene Wochenende nachzudenken.

Das Frühlingsfest im Frankfurter Polizeipräsidium war viel interessanter verlaufen als befürchtet. Für Mitte Mai war das Wetter ungewöhnlich heiß gewesen. Es konnte sich zwar etwas Schöneres vorstellen als im durchgeschwitzten Hemd in einem stickigen Zelt zu sitzen und mit mehr oder weniger geschätzten Kollegen Belangloses zu plaudern. Dann hatte er sich doch dazu aufgerafft, schon um den Vorwurf zu entkräften, sich als etwas Besseres zu fühlen, seit er zum Kriminalhauptkommissar der Mordkommission befördert worden war.

Natürlich hatte er sich über diese unerwartete Beförderung sehr gefreut und es zuerst seiner Schwester Fatma erzählt, die ihn dazu überschwänglich beglückwünschte. Als er es seinen Eltern sagte, kräuselte sein Vater nur die Oberlippe und seine Mutter lächelte gequält. Sie hatten sich für ihren Sohn eine andere Karriere gewünscht als die eines Polizisten. Schließlich betrieb sein Vater eine gutgehende Privatpraxis für Gastroenterologie in der Nähe des Goetheplatzes, in der auch seine Mutter, eine ausgebildete Allgemeinmedizinerin, arbeitete. Sie hätten es gern gesehen, wenn ihr Sohn auch Arzt geworden wäre. Aber sein Abiturzeugnis sprach dagegen. Dass es ausgerechnet die Tochter war, die die ärztliche Tradition der Familie weiterführte, hatten seine Eltern zwar zur Kenntnis genommen, aber durch ihr beredtes Schweigen ließen sie ihn spüren, dass er in ihren Augen versagt hatte. Sollten sie ihn doch mit ihren Ansprüchen in Ruhe lassen, dachte Khalil. Er liebte seinen Job.

Er war gerade nicht gut auf seine Eltern zu sprechen, speziell nicht auf seine Mutter. Auf ihre Bitte hatte er ihnen zum ersten Mal seine deutsche Freundin Brigitte vorgestellt, und seine Mutter hatte nichts Besseres zu tun gehabt, als ihr zu verstehen zu geben, dass eine deutsche Frau, noch dazu geschieden, mit zwei Kindern und keine Muslima, für ihren Sohn ein Missgriff sei. Brigitte, eine emanzipierte, berufstätige Frau und Mutter zweier fast erwachsener Kinder, spürte die kaum verhohlene Ablehnung und war zutiefst erbost. Sie spürte auch, dass Khalil sie nicht unterstützte, sondern als gehorsamer Sohn bei den Fragen seiner Mutter hinsichtlich ihrer hausfraulichen Qualitäten nur nachsichtig lächelte. Der nachfolgende Streit war voraussehbar und Brigitte so empört, dass sie ihn vorerst nicht mehr zu sehen wünschte. Vielleicht seien ihnen ja in letzter Zeit die Gemeinsamkeiten ausgegangen, hatte sie ihm noch nachgeworfen. Mehrmals hatte er versucht sie anzurufen, um sie zu besänftigen, aber sie nahm nicht einmal den Hörer ab.

Seine Wohnung in der Hansaallee lag nicht weit vom Präsidium entfernt, so dass er zu Fuß dorthin gegangen war. Das Fest war schon in vollem Gange. Rauchschwaden vom Grill zogen durch den Innenhof. Er hatte keinen großen Hunger, nahm aber dann doch eine Bratwurst mit viel Senf und Ketchup, von der er wusste, dass seine Mutter, die recht gläubig war, dies missbilligen würde. Es war ihm egal. Ihm schmeckte es. Er hatte sich im Laufe seines Lebens unter Ungläubigen, wie seine Mutter zu sagen pflegte, eine eigene Philosophie von den Religionen und ihren unterschiedlichen Vorschriften zu eigen gemacht. Und der durch seinen Beruf bedingte Kontakt zu Menschen unterschiedlichster Herkunft, aller Hautfarben und aller Glaubensrichtungen hatte ihn tolerant werden lassen. Brigitte hatte das ihre dazu getan, sein Gesichtsfeld zu erweitern.

Er blickte sich um und sah, wie seine Kollegen ihm zuwinkten.

»Kal, hierher, hier sitzen wir, Kal.«

Khalil hatte sich daran gewöhnt, Kal genannt zu werden. Es klang so hessisch und war ihm nicht unangenehm.

Mit der Bratwurst in der linken Hand schlenderte er zu ihnen und setzte sich auf eine Bank. Wider Erwarten wurde es doch ein schönes Fest. Die Kollegen und Kolleginnen zeigten sich von ihrer unterhaltsamsten Seite und überboten sich im Erzählen witziger und aberwitziger Episoden, die sich bei ihrer täglichen Polizeiarbeit abspielten. Selbst Khalil wischte sich die Lachtränen aus den Augen und holte sich noch einen eisgekühlten Riesling beim Getränkeausschank. Davor hatte sich eine kleine Schlange gebildet. Wenn das seine glaubensstrenge Mutter wüsste! Zu seinem Erstaunen sah er seine oberste Chefin, die Polizeipräsidentin Annalene Waldau, die sich brav vor ihm in der Schlange eingereiht hatte. Er betrachtete sie von hinten und fand sie in ihrer sommerlich luftigen Kleidung äußerst attraktiv.

»Oh, nein, nicht das auch noch«, hörte er sie plötzlich laut klagen und sah, wie sie auf den Boden starrte. »Ich habe meine linke Kontaktlinse verloren. Bitte kommen Sie nicht näher, ich muss die Linse finden, bevor jemand auf sie tritt.«

»Ich helfe Ihnen«, bot sich Khalil an und lag schon auf dem Boden. Er trug auch Kontaktlinsen und wusste um das Elend, wenn man sie verlor. Gerade als sie sich auch bücken wollte, gab ein Windstoß ihre makellosen, strumpflosen Beine preis. *Das ist ihr sicher nicht angenehm*, dachte Khalil. *Aber tolle Beine hat sie.* Währenddessen hatte Annalene Waldau Zeit, das gut gebaute Hinterteil von Khalil von oben zu bewundern.

Die anderen in der Schlange sahen sich stumm an und zogen sich etwas zurück. Zu Annalenes Verwunderung und großer Erleichterung dauerte es tatsächlich nicht lange und Khalil fand die Linse im Sand.

»Jetzt müssen Sie sie nur noch ein bisschen unter Wasser halten und dann wieder einsetzen«, meinte er.

»Oh, ich danke Ihnen vielmals, Herr, Herr …«

Er klopfte sich die Hosen ab. »Khalil Saleh«, unterbrach er sie. »Ich heiße Khalil Saleh.«

»Ach ja, jetzt erinnere ich mich wieder an Sie. Damals, bei Ihrer Beförderung … Nochmals herzlichen Dank, Herr Saleh. Ja, das mit dem Spülen wird nicht so einfach sein. Ich benutze eine spezielle Reinigungsflüssigkeit. Auf Leitungswasser reagieren meine Augen allergisch.«

»Ach, Ihre auch? Das ist ja seltsam. Normalerweise habe ich diese Spezialflüssigkeit immer dabei. Nur heute nicht. Aber ich wohne hier ganz in der Nähe. Wenn Sie wollen, kann ich sie holen. Oder Sie kommen einfach mit und wir reinigen die Linse bei mir. Ganz, wie Sie wollen.« Er sah sie freundlich lächelnd an.

Annalene betrachtete Khalil einen Moment unschlüssig. Er machte eine gute Figur in seinen Jeans, dem weißen Hemd und mit seinem gut geschnittenen, markanten Gesicht mit der geraden Nase. Zu ihm gehen? Konnte sie das als Polizeipräsidentin so einfach tun?

Aber sie fühlte sich mit nur einer Kontaktlinse halb blind. Auch wegen der stark eingeschränkten Sehfähigkeit ihres rechten Auges. Zu allem Überfluss hatte sie ihre Brille zu Hause liegen gelassen.

»Eigentlich könnte ich genauso gut bei Ihnen vorbeikommen. Ich wollte sowieso bald gehen.«

Der Weg zu ihm war kurz und seine Wohnung leidlich aufgeräumt. Er führte sie ins Bad und gab ihr das Reinigungsset. Die Enge des Raums ließ sie sich nahe kommen und ihre Hände berührten sich zufällig. Beide zuckten zurück und lachten albern. Ihre Blicke trafen sich im Spiegel und nahmen aufmerksam das Bild des anderen in sich auf.

Nachdem die Kontaktlinse wieder richtig saß, wusch sich Annalene sorgfältig die Hände und bat Khalil, ihr ein Taxi zu rufen. Die Einladung zu einem Getränk schlug sie aus.

Khalil begleitete sie nach unten zum wartenden Taxi. Bevor sie die Tür schloss, deutete er eine Verbeugung an.

Erschöpft ließ sich Annalene auf die Rückbank des Taxis sinken und nannte dem Fahrer die Adresse. Er hielt vor einem Haus in der Untermainanlage, in dem ihre Mutter eine Wohnung gehabt hatte, als sie noch zum festen Ensemble der Oper Frankfurt gehörte. Es war ein Segen für Annalene, dass sie in das nicht mehr von ihrer Mutter genutzte Appartement einziehen konnte, als ihr Mann Wolfgang Waldau sich von ihr trennte.

In ihren eigenen vier Wänden dämpfte ein großes Glas kühler Weißwein die Wirkung der Augen des jordanischen Kommissars, dessen Blick ihr das Blut durch die Adern getrieben hatte. Gleichzeitig war sie erleichtert, dass sie der Versuchung widerstanden hatte, sich in seinen Armen wiederzufinden, auch wenn sie eine männliche Umarmung nach der Trennung von ihrem Mann immer öfter vermisste.

Khalil dagegen war wieder auf das Frühlingsfest ins Präsidium zurückgekehrt. Auf den Weg dahin begleitete ihn das Bild der hochgewachsenen, blonden Polizeipräsidentin. Er wusste, dass er den Titel des Hauptkommissars, den er zu seiner eigenen Überraschung relativ früh in seiner Karriere erhalten hatte, hauptsächlich ihr verdankte. Am Tag der Beförderung war ihm vor lauter Aufregung nicht aufgefallen, wie attraktiv sie war. Er fragte sich, wie eine so gut aussehende Frau den Weg bis ganz nach oben geschafft hatte. Ob ihren Gönnern neben ihrem Können auch ihr gutes Aussehen imponiert hatte? Ihn jedenfalls hatte sie damit nachhaltig beeindruckt. Eine tolle Frau.

Ertappt wanderten seine Gedanken zu seiner Freundin Brigitte und er schwor sich, alles zu tun, um sie zurückzugewinnen.

Ein lautes Gespräch vor seiner Tür ließ ihn aufschrecken. Der Blick auf die Uhr zeigte ihm, dass gleich die übliche Dienstbesprechung um neun beginnen würde. Er streifte die Montagslethargie ab und machte sich auf den Weg zum Besprechungszimmer.

Dort erreichte ihn kurz vor elf Uhr ein Anruf aus der Zentrale, dass beim 9. Polizeirevier in Sachsenhausen ein Toter in einem Gasthaus gemeldet worden war. Khalil benachrichtigte sofort zwei seiner Kollegen und raste mit Blaulicht zum Tatort. Als sie ankamen, sahen sie, dass die Spurensicherung schon vor ihnen dort gewesen und der Ort großräumig abgeriegelt und ein Sichtschutz aufgebaut worden war. Khalil wunderte sich, wie sie es schafften, immer einen Tick vor ihm an Ort und Stelle zu sein.

Er bahnte sich einen Weg durch die dichte Traube Neugieriger, die sich vor dem Lokal gebildet hatte.

»Bitte nichts anfassen, nichts verändern!«

Khalil betrat das Gasthaus. Links in der Ecke an einem Tisch saß ein Mann, der ihm mit weit aufgerissenen Augen entgegen sah.

»Guten Tag, ich bin Hauptkommissar Saleh. Sind Sie der Wirt, der bei uns angerufen hat?«

»Ja, ich hab die Polizei angerufen.«

»Wie heißen Sie?«

»Mein Name ist Ulrich Reinhold, mir gehört dieses Lokal.«

Khalil ging zunächst um das Opfer herum und besah sich genau, wie und in welchem Zustand der schwarzgelockte junge Mann auf dem Boden lag. Dann befragte er die Spurensicherung nach den Details ihrer Untersuchungen. Er war immer wieder überrascht, in welcher Kürze sie mit präzisen Daten aufwarten konnten. Anschließend wandte er sich wieder dem verstörten Wirt zu.

»Haben Sie den Körper angefasst? Wem gehört der grüne Anorak? Erzählen Sie mal, was hier passiert ist. Äh, zeigen Sie mal, Ihre Stirn blutet ja. Soll unser Arzt Sie untersuchen? Hatten Sie Streit mit dem Opfer? Haben Sie noch mehr Verletzungen am Körper? Wurden Sie angegriffen?«

Uli, dem unverhofft ein Gewaltdelikt angehängt werden sollte, ergriff die Panik. Der Griff an seine Stirn ließ ihn erbleichen. Ungläubig betrachtete er das frische Blut auf seiner Hand. Er ein Mörder? Er, der sonst immer für sein loses Mundwerk gefürchtet war und der prinzipiell immer das letzte Wort hatte, fing an zu stammeln und zu stottern.

»Nein, nein, Herr Wachtmeister, äh, äh, diese Wunde da, diese

Blessur da, da an meiner Stirn, die hab ich mir zugezogen, als ich den Toten betrachten wollte, der vor meinem Tresen lag. Ich war so arg erschrocken, als ich den toten Mann sah, dass ich mit der Stirn an den Zapfhahn gestoßen bin.«

»Woher wussten Sie denn, dass die Person tot ist und dass es ein Mann ist?«

Uli sah sich plötzlich in einem Netz falscher Anschuldigungen gefangen und erzählte stockend, welches Bild sich ihm beim Öffnen seines Lokals geboten hatte.

»War die Tür verschlossen?«

»Ich glaube ja, aber beschwören könnte ich es nicht.«

Khalil wandte sich wieder an die Spurensicherung: »Können Sie schon erkennen, wie und womit das Opfer zu Tode kam?«

Nach einer ersten Untersuchung hatte man festgestellt, dass es sich um einen jungen Mann handelte, der wahrscheinlich durch einen oder mehrere Schläge auf den Hinterkopf getötet worden war. Anhand der Inaugenscheinnahme des Opfers musste der Totschlag schon vor ein paar Stunden stattgefunden haben. Als Mordwerkzeug hätte man eine schwere Stabtaschenlampe mit Blutanhaftungen und Fingerspuren identifiziert.

»Hat der Mann bei Ihnen verkehrt, ich meine, war er Gast bei Ihnen?«

Uli zog die Brauen hoch. »Nein, den kenne ich nicht. Ich glaube nicht, dass der schon einmal hier war.«

»Wie kommt der Mann in Ihr Lokal?«

»Ja, wenn ich das wüsste.«

»Hat außer Ihnen noch jemand einen Schlüssel zum Lokal?«

»Nur mein Freund Siggi, Siegbert Ranke.«

»Wo wohnt der?«

»In Wiesbaden.«

»In welchem Verhältnis stehen Sie zu Herrn Ranke?«

»Er ist mein Freund und Lebenspartner.«

Khalil zog die Augenbrauen hoch. Aha, ein Schwuler!

»Ist das eine Schwulenkneipe?« Diese Frage kam Khalil etwas

unbedacht aus dem Munde. Er hatte seine eigene Meinung zu Schwulen und Lesben, konnte diese aber wegen der *political correctness*, zu der auch die Polizei verpflichtet war, jedenfalls offiziell, nicht offen aussprechen. Über seine eigenwillige Meinung zu dem Thema gab es schon einen Eintrag in seiner Personalakte. Damals hatte er Besserung gelobt.

Uli war empört, schließlich war er seit Jahrzehnten Wirt und noch keiner hatte sein Lokal je eine Schwulenkneipe genannt. Was maßte sich dieser unverschämte Kommissar eigentlich an?

»Ich führe ein bürgerliches Lokal und nicht das, was Sie vermuten. Ich verbitte mir diese Unterstellungen.« Uli sah Khalil trotzig in die Augen.

»Ja, ja. Ist ja schon gut«, ruderte Khalil zurück.

In diesem Moment wurde die Tür aufgerissen und Alina, die Köchin, stürzte aufgelöst auf Uli zu, die Polizisten, die draußen den Tatort bewachten, im Gefolge.

»Unmöglich, diese Frau aufzuhalten«, rief einer von ihnen.

»Uli, Uli, was ist passiert?« Alina drängte sich an den Polizisten vorbei.

»Herr Reinhold, wer ist diese Person?« Khalil war ungehalten.

»Das ist meine Köchin, Frau Alina Stankovic.«

»War sie gestern Abend auch dabei?«

»Ja, aber nur bis zehn Uhr, dann ist sie gegangen.«

»Hier, Frau Stankovic, meine Visitenkarte. Wir werden Sie auf jeden Fall auch verhören, aber wenn Ihnen im Laufe des Tages zum Mordfall etwas einfällt, können Sie sich direkt bei mir melden. Aber jetzt bitte ich Sie, den Raum sofort zu verlassen.« Khalil mochte keine Unterbrechungen.

Die Visitenkarte in der Hand stolperte Alina geschockt aus dem Lokal. Ein Mord! Das konnte doch nicht wahr sein.

Die Spurensicherung war inzwischen fertig und informierte den Kommissar, dass die Rechtsmedizin unterwegs sei, die Leiche des jungen Mannes abzuholen.

»Herr Reinhold, wir fahren Sie jetzt ins Polizeipräsidium zum

Verhör. Dort erstellen wir ein genaues Protokoll des Hergangs, soweit es Sie betrifft. Es wird eine Weile dauern. Ihr Lokal wird versiegelt und auch Sie werden es vorerst nicht betreten können.« Khalil zog Uli am Arm aus dem Lokal und bahnte sich einen Weg durch die gaffende Menge in das bereitstehende Polizeiauto. Sein Kollege fuhr sie zum Polizeipräsidium. Dort führte man Uli in einen Raum und bat ihn, sich zu setzen.

»Möchten Sie einen Kaffee? Hier ist ein Automat. Bitte bedienen Sie sich.«

Uli hatte einen trockenen Hals und bat Khalil um ein Glas Wasser.

»Herr Reinhold, erzählen Sie bitte ganz genau, wie der Abend gestern bei Ihnen abgelaufen ist.«

Uli gab sich Mühe, alles zu erzählen, was sich gestern Abend bis zum Schließen seines Lokals zugetragen hatte. Da sei nichts vorgefallen, was als Ursache für den Totschlag eines jungen Mannes, noch dazu eines ihm völlig unbekannten Opfers, in Frage kommen könnte. Es sei eine zwar lautstarke, aber völlig harmlose, ausgelassene Feier gewesen, in der reichlich Alkohol geflossen sei, aber es hätte weder Streitereien noch Schlägereien oder gar Beleidigungen gegeben, rein gar nichts. Er habe überhaupt keine Ahnung, wie der junge Mann in sein Lokal gekommen sein könnte. Woran er sich aber auf jeden Fall erinnern könne, sei, dass er noch die Fensterläden geschlossen, alle Stühle hochgestellt und die Tür verschlossen hätte. Niemals würde er das Lokal verlassen, ohne das Sicherheitsschloss abzuschließen.

»Der junge Mann heißt übrigens Alexander Wienhold«, unterbrach ihn Khalil, »und wie wir aus den ersten Untersuchungen herausgefunden haben, könnte er sich im homosexuellen Milieu bewegt haben. Könnte Ihnen also durchaus bekannt sein.« Dabei schaute er Uli mit herausfordernder und, wie Uli meinte, auch etwas abschätziger Miene an.

»Ich kenne weder den Mann noch habe ich jemals den Namen Wienhold gehört. Das habe ich Ihnen doch schon mehrfach gesagt.« Uli riss es vor ohnmächtigem Zorn fast vom Stuhl.

»Wenn Sie das Opfer nicht hereingelassen haben, wie soll es denn sonst in Ihr Lokal gekommen sein, durch die Wand etwa?« Khalils Stimme bekam einen sarkastischen Unterton.

»Das ist mir ja gerade so unerklärlich. Ich jedenfalls habe das Lokal so gegen zwei Uhr zugeschlossen und bin dann in meine Wohnung im ersten Stock gegangen und sofort eingeschlafen. Es muss jemand einen Zweitschlüssel benutzt haben, denn es gab keinerlei Beschädigungen am Schloss.«

Uli bemühte sich, sachlich zu bleiben und den ironischen Ton des Kommissars an sich abprallen zu lassen.

»Das ist schon eine sehr seltsame Geschichte mit dem Schlüssel«, bemerkte Khalil. »Ich bekomme von Ihnen schnellstens eine Namensliste aller Gäste, die gestern in Ihrer Kneipe waren. Wem gehört eigentlich der grüne Anorak? Wir haben festgestellt, dass es sich dabei um ein weibliches Kleidungsstück handeln muss?«

»Der Anorak könnte Frau Mira Schönfelder gehören. Die hat aber sicher nichts mit dem Mord zu tun. Die hat den nur einfach da liegen lassen.«

»Woher wollen Sie denn wissen, dass diese Frau nichts mit dem Mord zu tun hat? Unsere Spurensicherung hat festgestellt, dass die Fingerabdrücke auf der Tatwaffe von einer Frau stammen könnten.«

Uli riss die Augen auf. Mira eine Mörderin? Er starrte den Kommissar an. »Wie, was? Von einer Frau? Das kann ich mir nicht vorstellen. Diese Frau kann doch keiner Fliege was zuleide tun. Nee, das glaub ich Ihnen nicht.«

»Das glauben Sie nicht? Sie haben ja keine Ahnung, zu was Frauen fähig sind, wenn man sie zum Äußersten treibt.«

Khalil schaute den Wirt nachdenklich an. Da hatte er ihm nun einen Rettungsanker hingeworfen und er nahm ihn nicht an. Ob der Wirt vielleicht recht hatte und wirklich nichts mit dem Mord zu tun hatte? Natürlich waren seine Fingerabdrücke überall, aber eben nicht auf der Stabtaschenlampe. Die Geschichte war verworren. Wo sollte er nur ansetzen?

Uli schüttelte nur den Kopf. Ihm kam es vor, als wäre er im falschen Film oder in einem Traum, aus dem er gleich erwachen müsste. Und dieser windige Kommissar, der ihn die ganze Zeit aufs Glatteis führen wollte! Aber eines musste Uli sich eingestehen – der Kerl sah verdammt gut aus.

Khalil versuchte, den Wirt in die Enge zu drängen, ihn zu überrumpeln, zu drohen, auf eine falsche Fährte zu lenken, denn eigentlich war die Geschichte ja einfach: Mangels anderer infrage kommender Personen konnte nur der Wirt der Täter sein. Nichts fruchtete. Der wiederholte nur immer stur das Gleiche, dass er während der Tatzeit dank einer übergroßen Dosis diverser Alkoholika in seinem Bett geschlafen und erst am nächsten Morgen, als er vom Einkauf zurückkam, die tote Person in seiner Kneipe vorgefunden habe.

Am frühen Abend entließ man Uli mit der Auflage, sich am nächsten Tag wieder zur Verfügung zu halten. Man wolle zunächst von seiner Festnahme absehen, da die Situation noch nicht endgültig geklärt sei und im Prinzip keine Fluchtgefahr bestehe.

Kapitel 4

Ulis Köchin Alina hatte Siggi angerufen, gleich nachdem Uli abgeführt worden war. Aufgeregt hatte sie von dem Toten erzählt. Vorsichtig hatte Siggi sie gefragt, ob man schon wisse, wer es war.
»Der Mörder?« fragte Alina zurück. Nein, so schnell ginge das nicht und der Uli wäre es doch nicht gewesen.
»Nein«, sagte Siggi unwirsch. »Den Toten meine ich.«
In der einen Hand hielt er den Telefonhörer, mit der anderen fuhr er sich durch sein dunkelblondes Haar. Immer wieder erschreckte ihn die kahle Stelle am Hinterkopf. Obwohl er sein Haar sorgfältig nach hinten kämmte, fiel es immer wieder nach vorne. Siggi hatte sich bereits angewöhnt, den Kopf etwas zurückzulegen, was ihm bei seiner Größe etwas Gebieterisches gab. War ja auch nicht schlecht, die Kunden zu beeindrucken, wenn er hocherhobenen Hauptes mit wehendem Trenchcoat auf sie zuschritt. Seine langen Beine steckten meistens in grauen Stoffhosen und bequemen Slippern. Heute beschäftigte ihn die drohende Kahlköpfigkeit nicht so sehr wie die Sorge um Sascha. Er kannte ihn nun schon fast ein Jahr. Siggi wusste nicht genau, wie Engel aussahen, aber ein anderer Vergleich war ihm nicht eingefallen für Saschas ebenmäßiges, von schwarzen Locken umgebenes Gesicht.
Aus dem Hörer tönte immer noch Alinas Stimme. Siggi riss sich zusammen.
»Was sagst du, Alina? Uli wird immer noch im Polizeipräsidium verhört? Sag ihm, er soll mich unbedingt anrufen. Halt nein, ich komme nachher vorbei. Ich ruf dich an, wenn ich da bin.«
Siggi wohnte immer noch in seiner übertreuerten Wohnung in

Wiesbaden, die er sich eigentlich gar nicht leisten konnte. Nachdem er das Gespräch mit Alina beendet hatte, ging er ruhelos auf und ab, den Blick auf das Panoramafenster gerichtet, ohne die Aussicht wahrzunehmen. Die Hand hielt er wieder instinktiv am Hinterkopf, um seinen beginnenden Haarverlust zu bedecken.

Wieder nur die Mailbox. Seit über vierundzwanzig Stunden ging Sascha nicht ans Telefon. Natürlich sahen sie sich manchmal länger nicht, wenn Siggi mit Uli oder geschäftlich unterwegs war. Um Saschas Abwesenheiten in Grenzen zu halten, hatte Siggi ihm schon manches Mal finanziell unter die Arme gegriffen.

Siggi fragte sich, warum er überhaupt noch an Uli festhielt. Es war sicher nicht dessen braunes Haar, das immer etwas nach Küchenfett roch. Seit Siggi seine Nase in Saschas duftenden Locken vergraben hatte, fand er Ulis braune Locken nachgerade unappetitlich. Aber er schätzte Ulis Zuverlässigkeit und Beständigkeit. Er würde ihm nicht weglaufen. Bei Sascha stellte er sich jeden Tag die Frage, ob sie zusammenblieben oder nicht. Nie machten sie gemeinsame Pläne. Uli dagegen war, wie seine Mutter, ein Teil seiner Familie. Familienmitglieder musste man nicht so attraktiv finden, sie waren einfach da.

Siggi rechnete kurz nach, wie viele Jahre er nun schon mit Uli verbracht hatte. Es mussten schon fast fünfzehn Jahre sein. Er ging kurz ins Bad, griff seinen Trenchcoat, Schlüssel, Handy und Geld und lief die Treppe hinunter. Krachend ließ er die Haustür ins Schloss fallen. Er wusste, wie sehr die alte Frau Maier, die im Erdgeschoß wohnte, dies hasste. Heute musste er sich einfach abreagieren. Im Moment war alles ein bisschen zu viel für ihn.

Mühsam kämpfte Siggi sich durch den nachmittäglichen Verkehr auf der Autobahn nach Frankfurt. Unterwegs versuchte er mehrfach vergeblich, Sascha zu erreichen. Wo steckte der bloß? Er fing an, sich Sorgen zu machen. Außerdem wunderte er sich, dass er den Kneipenschlüssel, den Uli ihm vor langer Zeit gegeben hatte, noch immer nicht wiedergefunden hatte. Er hatte bereits alle Jacken- und Hosentaschen danach abgesucht. Siggi befürchtete, dass er in die Sache mit dem Toten hineingezogen werden würde, wenn er nicht schon mittendrin hing. Um jeden Preis wollte er vermeiden, dass es wegen des Schlüssels Ärger mit Uli gab.

Er gab noch ein wenig mehr Gas. Ein lautes Hupen riss ihn aus seinen Gedanken. Im Rückspiegel sah Siggi einen schwarzen Wagen heranbrausen. Es gelang ihm gerade noch, auf die mittlere Spur auszuweichen, bevor der Phaeton an ihm vorbeizog. Siggi fühlte sich schäbig in seinem mittlerweile zehn Jahre alten Audi. Sehr wohl erinnerte er sich daran, dass Uli den Wagen mitfinanziert hatte, weil Siggis Geschäfte damals eine ähnliche Flaute hatten wie jetzt.

Ein Gefühl von Dankbarkeit gegenüber Uli beschlich ihn. Er fuhr jetzt rechts zwischen den Lastwagen, um in Ruhe nachdenken zu können. Die Sonne blendete ihn. Ihr schräger Lichteinfall erinnerte ihn an den Tag, als er letztes Jahr im Frühling Sascha kennengelernt hatte. Auch damals herrschten bereits sommerliche Temperaturen und Siggi hatte im Frankfurter Westend einen Kunden vor einem Objekt in der Mendelssohnstraße getroffen und war anschließend im Café Metropol gelandet. Alle saßen draußen, das wollte er auch, aber es gab keinen freien Tisch mehr. Also setzte er sich zu einem jungen Mann, der in die Lektüre des *SPIEGELs* vertieft war und nur kurz aufgesehen hatte, als Siggi fragte, ob noch ein Platz frei sei. Trotz seines Hungers bestellte Siggi nur einen Latte macchiato. Uli erwartete ihn vor Lokalöffnung zu einem gemeinsamen Essen in seiner Kneipe.

Es kam, wie es kommen sollte. Irgendwann legte der junge Mann den *SPIEGEL* aus der Hand und betrachtete Siggi für einen Moment, der ein wenig zu lang dauerte, aus großen, sanften blauen Augen, bevor er den Abglanz des Himmels hinter einer dunkelgrünen Sonnenbrille verbarg. Sie kamen ins Gespräch. Siggi gab ihm seine Karte.

Wie war es eigentlich mit Uli gewesen? Er konnte sich gar nicht mehr genau daran erinnern, wie er ihn kennengelernt hatte. Er musste ihn unbedingt danach fragen. Uli würde ob dieser Nachfrage bestimmt gerührt sein. Siggi lächelte vor sich hin. Aber wo war Sascha, wieso konnte er ihn nicht erreichen? Er beschleunigte kurz vor der Autobahnabfahrt nach Sachsenhausen und zog noch einmal auf die Überholspur. In einer Viertelstunde, schätzte er, würde er vor der Volksbank in der Nähe von Ulis Lokal parken können. Aus den fünfzehn Minuten wurden zwanzig Minuten. Bevor er Alina anrief, versuchte er es ein letztes Mal auf Saschas Handy.

Alina stand vor dem Kleinen Wirtshaus in einer Menschengruppe und erteilte wieder und wieder bereitwillig Auskunft über den Toten und Ulis Verhaftung. Es machte ihr Spaß, im Mittelpunkt und nicht unsichtbar in der Küche hinter dem Herd zu stehen. Sie war durchaus bereit, der Sensationsgier entgegenzukommen, und dramatisierte die Sache noch ein wenig. Siggi hörte staunend zu. Endlich gelang es ihm, Alina in den Hof der Kneipe zu ziehen.

»Wo ist Uli?«

»Bei der Polizei. Seit ungefähr einer Stunde.«

»Schließ auf«, herrschte er sie an.

»Das geht nicht, die Polizei hat die Tür versiegelt. Außerdem habe ich keinen Schlüssel, wie du weißt«, entgegnete Alina beleidigt.

»Alina, was ist hier wirklich passiert? Wer ist der Tote und was hat Uli damit zu tun?« Er griff nach Alinas Handgelenk und hielt sie fest.

»Au, du tust mir weh.« Alina machte sich los und stapfte davon.

Siggi ging zurück zu seinem Auto. Er hatte eine Verabredung mit einem Kunden, dem er statt der Rückzahlung der Maklerprovision ein neues Objekt andienen wollte. Uli wollte er später noch einmal anrufen. Langsam fing er an sich Sorgen um ihn zu machen.

Unterwegs versuchte er wieder ohne Erfolg Sascha anzurufen. Gestern Abend waren sie in Wiesbaden verabredet gewesen, aber Sascha war nicht gekommen.

Kapitel 5

Als Mira und Heribert am Abend zu Ulis Kneipe gingen, um den grünen Anorak abzuholen, blieben sie verblüfft vor der versiegelten Tür stehen. Mira wurde schlagartig klar, dass sie gestern den Anblick der toten Person nicht nur geträumt hatte. Ein hektisches Rot setzte sich auf ihre Wangen. Noch bevor sie ein Wort zu Heribert sagen konnte, fuhr ein Polizeiauto vor. Verblüfft sahen sie, wie zunächst Uli und dann zwei Polizisten ausstiegen.

»Hallo Mira«, sagte Uli und schaute zu den Polizisten, ohne Heribert zu beachten oder ihn zu grüßen. »Herr Saleh, das ist Frau Mira Schönfelder. Sie war gestern auch in meinem Lokal.«

Interessiert wandte sich der Polizist an Mira. »Vielleicht können Sie mir etwas Näheres über die Identität des Toten erzählen.«

Mira schaute hilfesuchend zu Heribert, der nur noch stammeln konnte: »Ein Toter? Ist einer gestorben? Und wie und wieso?«

»Ja, das wüssten wir auch gerne. Also, Frau Schönfelder, dann steigen Sie mal ein. Ich hätte mich sehr gerne mit Ihnen auf dem Polizeirevier unterhalten.«

»Nein, das geht doch nicht. Warum meine Frau? Die hat doch nichts getan und wissen tut sie auch nichts.« Heribert versuchte, sich dem Kommissar in den Weg zu stellen.

Mira aber, das Bild des reglosen jungen Mannes vor Augen, ließ sich willenlos in das Auto lotsen.

»Mira, ich komme mit.« Heribert wollte sich in das Polizeiauto quetschen, aber der Kommissar drängte ihn zurück.

»Wenn wir etwas von Ihnen wissen wollen, dann melden wir uns.«

Damit setzten sie sich ins Polizeiauto und fuhren mit Mira davon.

Heribert konnte nur noch »Mira, ich besorge dir einen Rechtsanwalt!« schreien, als das Auto um die Ecke bog und aus seinen Augen verschwand. Fassungslos schaute er dem Wagen nach. Dann wandte er sich an Uli, der die ganze Szene teilnahmslos betrachtet hatte.

»Was soll das denn? Verstehst du das? Was hat Mira denn mit der ganzen Sache zu tun?« Heribert war außer sich.

»Deine Frau war doch Sonntagnacht bei mir. Hast du denn nicht gehört, dass bei mir im Lokal ein Toter gefunden wurde?« Uli erzählte in knappen Worten, was er wusste, und ließ Heribert dann ohne weitere Erklärungen vor dem versiegelten Lokal stehen. Er hatte selbst genügend Sorgen und wollte sich nicht auch noch mit Miras Mann auseinandersetzen.

Heribert stand wie vom Donner gerührt. Es dauerte eine Weile, bis er sich wieder gefasst hatte. Mit schleppenden Schritten trat er den Weg nach Hause an.

Kapitel 6

Als Uli nach dem langen Verhör und dem Zusammentreffen mit Heribert und Mira in sein Haus zurückkehrte, wagte er nicht, noch einmal in das Lokal zu gehen. Es war sowieso versiegelt. Er konnte den Anblick des toten jungen Mannes nicht aus seinem Gedächtnis bannen, dessen Gesichtsausdruck so friedlich und, mit den offenen Augen, auch ein wenig überrascht ausgesehen hatte. Über den Seiteneingang schlüpfte er in seine Wohnung, legte sich erschöpft auf sein Sofa und wünschte sich sehnsüchtig, dass sein Hund Punk, ein kräftiger, Respekt einflößender Rottweiler, noch am Leben wäre. Jetzt wäre die Nähe seines geliebten Hundes ein großer Trost für ihn gewesen. Für andere war Punk eine bedrohliche Bestie gewesen, aber für Uli war er der verlässlichste, anhänglichste und mit der zartesten Kinderseele gesegnete Hund. Punk war wie ein Kamerad für ihn gewesen. Uli dachte daran, wie Punk instinktiv gemerkt hatte, wenn ihn etwas bedrückte. Er war dann zu ihm gekommen, hatte seine rechte Pfote auf sein Knie gelegt und ihn fragend angeschaut und Uli hatte gewusst, sein Hund sorgte sich um ihn und wollte ihn trösten. Tränen über den frühen Tod des geliebten Hundes schlichen sich in seine Augen. Mit Punk an seiner Seite würde er alles leichter ertragen. Manchmal hoffte er, dass er aus diesem Albtraum doch wieder erwachen würde. Er wischte sich die Augen. Komisch, wieso dachte er in seiner größten Verzweiflung und Not zuerst an Punk und erst dann an Siggi?

Er musste Siggi unbedingt anrufen, aber heute Nacht fühlte er sich dazu nicht mehr in der Lage. Das Verhör war hart gewesen. Sie hatten ihm nichts erspart und ihn rüde in die Mangel genommen, obwohl er zur Tatzeit friedlich in seinem Bett über der Gastwirtschaft den Schlaf des Gerechten geschlafen hatte. Verzweifelt hatte er das den Beamten im Polizeipräsidium immer wieder gesagt. Leider hatte er dafür keinen Zeugen, denn Siggi war entgegen ihrer ursprünglichen Abmachung, sich an diesem Abend in seiner Kneipe zu treffen, in Wiesbaden geblieben.

Aus diesem Grund hatte Uli die zwanzigtausend Euro, die er auf Siggis Wunsch an diesem Tag von seinem Konto abgehoben hatte, in seinem kleinen Tresor unter dem Tresen verschlossen. Sein Freund Siggi war in der unangenehmen Lage, aufgrund eines geplatzten Immobiliengeschäftes einem Interessenten die Provision zurückzahlen zu müssen, die er allerdings leichtsinnigerweise schon ausgegeben hatte. Für Uli war es selbstverständlich, dass er Siggi das Geld leihen würde. Aber dieser eigenartige Interessent hatte darauf bestanden, das Geld in bar ausgezahlt zu bekommen. Uli wunderte sich einmal wieder über die undurchsichtigen Geschäfte der Immobilienmakler. Das waren doch alles Betrüger.

Er hatte wirklich keine Ahnung, was sich in seiner Kneipe zugetragen haben musste, nachdem er sie abgeschlossen hatte. Er hatte ein paar Gläser Wein und dazu wohl einige Calvados zu viel getrunken. Die Stimmung im Lokal war im Laufe des Abends immer ausgelassener geworden und er hatte ein Bombengeschäft gemacht. Das passierte nicht jeden Abend. Seitdem das Rauchen in Esslokalen verboten war, hatte sich ein Teil seiner rauchenden Stammkundschaft anderen Etablissements zugewandt, in denen sie weiterhin ihre Lunge malträtieren konnten. Diese Einnahmen fehlten in seiner Bilanz. Schon mehr als einmal hatte er sich gefragt, ob sein Lokal dem gegenwärtig grassierenden Kneipensterben entgehen würde. Aber gestern Abend hatte alles gestimmt. Schließlich war sein Stammgast Willy mit den letzten Gästen nach ein Uhr nachts aus dem Lokal gewankt und Uli hatte rasch sein Wirtshaus abgeschlossen und war dann in seiner Wohnung todmüde ins Bett gefallen.

Ein Umstand machte ihm allerdings schwer zu schaffen. Wie war der Täter in den Besitz eines Schlüssels zu seinem Lokal gekommen? Er musste einen Nachschlüssel gehabt haben, denn heute Vormittag beim Aufschließen der Tür wäre es ihm doch aufgefallen, wenn der Täter mit Gewalt die Tür aufgebrochen hätte. Es gab keine Spuren einer gewaltsamen Öffnung. Ein Diebstahl war es aber auch nicht, denn seltsamerweise war das Geld, das er für Siggi in seinem kleinen Tresor aufbewahrt hatte, unberührt. Das hatte er während der ersten Vernehmung durch die Polizei im Lokal noch feststellen können. Vor den Augen der Polizei hatte er den Inhalt geprüft und dann in seine Wohnung gebracht. Er konnte sich auf den Vorfall mit dem Toten überhaupt keinen Reim machen. Das ergab doch alles keinen Sinn!

Außer Siggi hatte niemand einen Schlüssel zum Lokal. Selbst Alina, seine ukrainische Köchin, kam immer erst, wenn er das Lokal aufgeschlossen hatte. Unaufhörlich kreisten seine Gedanken um das Geschehen, bis endlich sein Schlafbedürfnis den endlos vor sich hin ratternden Erinnerungsfilm seines Gehirns stoppte und ihn in einen unruhigen Schlaf entließ.

Kapitel 7

Nachdenklich blickte Khalil aus dem Fenster des Präsidiums auf den stark befahrenen Alleenring. Der Lärm des Großstadtverkehrs wurde von den schalldichten Fenstern fast gänzlich verschluckt. Die Sonne war untergegangen und es dämmerte bereits. Eigentlich müsste er jetzt endlich nach Hause gehen und dringend versuchen, Brigitte von ihrer anhaltenden Starrköpfigkeit abzubringen. Mein Gott, dass Frauen aber auch immer so empfindlich sein mussten. Er war doch schließlich nicht seine Mutter!

Gerade hatte er das Verhör von Mira Schönfelder, assistiert von zwei seiner Kollegen, beendet und erkennen müssen, dass ihn diese Frau vor ein unlösbares Rätsel stellte. Nach allem Augenschein und Feststellung ihrer Fingerabdrücke hatte nur sie das Tatwerkzeug in der Hand gehabt. Wie aber sollte eine so zarte Person mit solcher Wucht zuschlagen, dass die Knochen am Hinterkopf des Opfers eingeschlagen worden waren? Er hatte sie mit seinen beiden Kollegen hart in die Zange genommen. Sie aber blieb mit bebender Stimme beharrlich bei ihrer Version, dass sie über das am Boden liegende Opfer gestolpert sei und im Fallen die große Stabtaschenlampe zu fassen bekommen hätte und aus diesem Grund ihre Fingerabdrücke darauf seien. Welches Motiv man ihr denn unterstellen wollte, wo sie das Opfer, das man ihr beim Verhör in Form eines Fotos vor die Augen gehalten hatte, nicht einmal kannte?

Das würde sich im Zuge der weiteren Ermittlungen schon noch herausstellen, hielt man ihr entgegen. Auf seine Frage, ob sie Eheprobleme habe, weil sie an besagtem Abend ohne ihren Mann im Lokal gewesen sei, war sie zunächst sprachlos.

»Gehen Sie abends immer nur mit Ihrer Frau aus, oder doch schon mal alleine?« funkelte sie ihn an.

»Bei einer Frau ist es aber schon etwas ungewöhnlich«, gab er zurück.

Er konnte an ihrem plötzlich arrogant werdenden Gesichtsausdruck ablesen, dass sie dachte, ihr Araber findet das sicher nicht in Ordnung, aber soll ich mir von euch vorschreiben lassen, wie ich mein Leben führen soll?

Khalil freute sich, dass sich diese Frau endlich einmal aus der Reserve locken ließ, denn ohne emotionale Beteiligung gab es keine Aussagen, an denen er sich festkrallen konnte.

»Ist doch möglich, dass Sie sich in diesem Lokal mit ihrem Liebhaber getroffen und ihm aus Eifersucht den Schädel eingeschlagen haben.«

Mira schaute ihn gequält an.

»Wie oft muss ich Ihnen noch sagen, dass ich diesen Mann in meinem ganzen Leben noch nicht gesehen habe? Dieser Mann ist mir völlig unbekannt. Das ist ein Fremder, vielleicht ein Einbrecher, was weiß ich, was der dort gesucht hat.« Ihre Stimme brach vor Empörung.

»Und wie kommt es, dass ausgerechnet Sie zu dem Zeitpunkt in die Kneipe kamen, als er schon leblos am Boden lag? Das ist doch unglaubwürdig.«

»Ich wollte meinen Anorak holen, den ich im Lokal vergessen hatte. Denn in dem Anorak steckte mein Schlüsselbund. Ich wollte meinen Mann nicht aus dem Schlaf klingeln und bin deswegen noch einmal zurückgegangen.«

»Ja, sehr fürsorglich gedacht von Ihnen. Wissen Sie, was ich glaube? Ich glaube, dass Sie mit diesem Mann, also mit Ihrem Liebhaber, verabredet waren, er sich von Ihnen trennen wollte, und Sie ihm im Affekt eins über die Rübe gezogen haben.«

Khalil fühlte sich wohl in der Rolle des Provokateurs.

Mira aber fühlte sich in der Falle. Wie konnte man ihr solche kriminellen Handlungen unterstellen? Warum sollte sie sich mit diesem Mann in Ulis Kneipe treffen? Wenn Heribert wüsste, was man ihr alles zutraute! Nicht auszudenken. Er würde sicher Amok laufen. Ob sie ihm alles erzählen sollte?

Warum hatte sie Uli damals nicht in dem Lokal gesehen? Hatte er etwa den jungen Mann umgebracht und sich vor ihr versteckt?

Und wenn ja, warum? Sie wusste, dass Uli schwul war, aber darüber wurde nicht gesprochen. Jeder wusste es, auch dass Siggi sein Freund war. Aber von dem, was Uli in seinem Privatleben machte, wusste sie nichts. Es war ihr auch völlig egal.

Sie war erschöpft und wünschte sich sehnlichst, endlich aus diesem Zimmer gehen zu können, um sich zu Hause im Bett zu verkriechen. Dennoch musste sie sich zusammenreißen und auf die Fragen des Kommissars antworten.

»Ich habe Ihnen alles gesagt, was ich weiß. Mehr kann ich Ihnen nicht sagen. Ich kenne den Toten nicht und habe nichts mit ihm zu tun gehabt.«

Das Verhör wogte hin und her. Mira nahm noch einmal all ihren gesunden Menschenverstand zusammen und antwortete so gut es ging auf alle Fragen, auch auf die abgefeimtesten Unterstellungen. Ihr eingeschüchtertes Herz flatterte wie ein gefangener Vogel in seinem Käfig.

Schließlich, nach einer ihr unendlich scheinenden Zeit, ließ man sie gehen, mit der Aufforderung, sich für weitere Verhöre bereitzuhalten.

Wie in Trance ging sie zur nächsten U-Bahnhaltestelle und fuhr nach Sachsenhausen. Die Polizei hielt sie für die Hauptverdächtige in diesem Mordfall. Wie sollte sie das alles Heribert erklären?

Heribert erwartete sie bereits ungeduldig an der Tür.

»Wieso hast du mich nicht angerufen? Ich hätte dich doch abgeholt. Erzähl, was ist denn eigentlich bei Uli passiert? Was hat man schon herausgefunden?«

Erschöpft setzte sich Mira in einen Sessel.

»Bring mir bitte ein großes Glas Wasser. Mein Hals ist völlig ausgetrocknet.«

»Du hast dich hoffentlich nicht um Kopf und Kragen geredet.«

»Ich habe nur die Wahrheit gesagt.«

»Jetzt erzähl mir doch einmal in aller Klarheit, was gestern Nacht eigentlich passiert ist.«

Mira trank das von Heribert gereichte Glas Wasser in langen, durstigen Zügen aus. Sie schüttelte ihr schulterlanges, kastanienbraunes Haar. Die vereinzelten Sommersprossen auf Stirn und Wangen, die sonst eher unauffällig waren, stachen dunkel aus ihrer hellen Haut. Unruhig knetete sie ihre Hände.

»Ich kann es zwar immer noch nicht glauben, aber es muss wohl stimmen, dass in Ulis Kneipe ein junger Mann ermordet wurde. Und wie das Unglück es wollte, kam ich anscheinend direkt nach dem Mord in das Lokal, als ich meinen Anorak abholen wollte. Mir läuft es jetzt noch eiskalt über den Rücken, wenn ich mir vorstelle, dass der Mörder noch hinter der Tür gelauert haben muss, als ich über den toten Mann fiel. Dabei muss ich mit meiner rechten Hand eine Taschenlampe berührt haben, die anscheinend die Tatwaffe ist. Das Schlimme ist, dass nur meine Fingerabdrücke darauf sind. Der Täter hat entweder Handschuhe getragen oder er muss die Lampe abgewischt haben. Eigentlich wollten sie mich wegen dringenden Mordverdachts dortbehalten, aber dann haben sie sich doch dagegen entschieden, weil keine Fluchtgefahr besteht. Den grünen Anorak haben sie behalten aber meinen Schlüsselbund habe ich wieder.«

»Ich glaube, du wirst einen Rechtsanwalt brauchen«, meinte Heribert düster. »Oder glaubst du, dass du so einfach davonkommst, nur weil du ein hübsches Gesicht hast? Wenn du nicht alleine zu Uli gegangen wärst, wäre das alles nicht passiert.«

»Natürlich wäre das nicht passiert, denn wenn du mit dabei gewesen wärst, wärst du auf jeden Fall wegen des Schlüssels mit mir zurückgegangen und dann wärst du über den Toten gestolpert und nicht ich.«

»Ach, rede dich doch nicht raus. Fakt ist, dass deine Fingerspuren auf der Lampe sind und du als Verdächtige dastehst.«

Mira war zu müde, um Heribert zu widersprechen. Sie war enttäuscht und wütend auf ihn. Eigentlich hätte sie jetzt eine Schulter zum Ausheulen gebraucht.

»Ich habe die Adresse von diesem Rechtsanwalt, na, du weißt schon, der mit den blonden Haaren und der auffälligen Brille? So wie ich gehört habe, scheint er ganz gut zu sein. Ich habe ihn nur deshalb nicht angerufen, weil ich erst einmal wissen wollte, was bei deinem Verhör herausgekommen ist. Aber jetzt ist es ja dringend.«

»Ach ja«, meinte Mira, »der war an dem Abend auch da, ist aber früher gegangen. Der wird ein todsicheres Alibi von seiner Frau für die Nacht bekommen haben.«

»Morgen werde ich diesen Rechtsanwalt anrufen. Jetzt fällt mir auch sein Name wieder ein, Manfred Lobesang. Im Übrigen hat er sich kürzlich von seiner Frau scheiden lassen. Das mit dem Alibi durch seine Frau ist dann auch hinfällig. Er soll dir sagen, wie du dich in dieser Situation verhalten sollst.«

Danach war Mira ins Bett geflüchtet und trotz der drückenden Sorgen sofort in einen tiefen Schlaf gesunken. Ihr Körper wusste anscheinend, was sie wirklich brauchte.

Miras Verhältnis zu Heribert war in letzter Zeit angespannt gewesen. Vor ein paar Wochen war er, aufgrund einer bösartigen und sicherlich ungerechten Bemerkung von Uli rasend vor Wut aus seinem Stammlokal gestürmt. Dabei hatte er ihr zugeschrien, dass er die »Scheißkneipe« dieses Widerlings niemals mehr betreten würde und Uli Tod und Teufel an den Leib wünsche. Mira war das gar nicht recht. Bevor sie ihrem äußerst erregten Mann nachlief, zahlte sie die Zeche und verabschiedete sich von Uli mit einer entschuldigenden Geste.

Sie kannte die meisten Gäste, die das Lokal frequentierten, und vermisste die Unterhaltung mit ihnen. Jeden Abend zu Hause zu verbringen langweilte sie. So war sie in den letzten Wochen hin und wieder allein in das Kleine Wirtshaus gegangen, obwohl sie sich so etwas früher niemals auch nur hätte vorstellen können. Als Frau allein in eine Kneipe? Niemals! Aber Uli hatte sie unverhofft einmal auf der Straße angesprochen und sehr bedauert, dass sie sich in letzter Zeit nicht mehr bei ihm hätten blicken lassen. Sein Zerwürfnis mit Heribert war ihm schon aus dem Gedächtnis geschwunden. Er wusste gar nicht mehr, was er ihm an den Kopf geworfen hatte. Das war typisch für Uli. Für ihn hatten seine eigenen Wutanfälle keine größere Bedeutung. Mira aber hatte keine Vorbehalte gegen ihn. Sie fand auch, dass Uli mit seinem Angriff gegen Heribert in gewisser Weise recht hatte. Hatte sie ihren Mann nicht selbst seit Jahren auf seinen abscheulichen Charakter als ewig querulatorischer Besserwisser hingewiesen?

Nun saß Mira vor ihrem Computer in der Uniklinik und betrachtete die Laborwerte eines ihr unbekannten Patienten. Die Leberwerte sahen nicht gut aus und lagen weit über der Norm. Lag es am Alkoholkonsum oder irgendwelchen leberschädigenden Medikamenten? Sie wusste es nicht. Selten machte sie sich Gedanken über das Leben der Personen, deren Blut sie über den Analyseautomaten auswertete. Seit dem fatalen Abend schon gar nicht mehr. Seit dieser Zeit kreisten ihre Gedanken einzig und allein um das Geschehen in Ulis Kneipe.

Mira war unkonzentriert. Es machte ihr Angst, dass allein ihre Fingerabdrücke auf der Lampe waren. Sie ließ den Film, den ihr Gedächtnis von dem fatalen Abend gespeichert hatte, immer und immer wieder vor ihrem geistigen Auge ablaufen, um irgendeinen Hinweis auf die Tat zu entdecken. Aber da gab es nichts. Wenn kein anderer Täter gefunden wurde, blieb sie als einzige Verdächtige übrig.

Kapitel 8

Schade, dachte Annalene, dass sie als Präsidentin der Frankfurter Polizei nicht mehr so sorglos ihre Garderobe auswählen konnte wie früher. Gerade hatte sie sich für ein unauffälliges schwarzes Etuikleid entschieden, als sie bemerkte, dass sie ihren Brillantring nicht finden konnte, der dem schlichten Auftritt etwas Glanz verleihen sollte. Sie versuchte sich zu erinnern, wann sie den Ring zuletzt getragen hatte. Ein Hitzeschauer überlief sie, als ihr einfiel, dass sie den Ring zum Händewaschen in Khalils Wohnung abgelegt hatte. Ob er den Ring vielleicht noch gar nicht gesehen hatte? Nun musste sie nicht mehr darüber nachdenken, mit welchem Vorwand sie Kommissar Saleh zu sich beordern könnte. Annalene hatte es sehr eilig ins Büro zu kommen. Jedoch zwang sie sich zunächst den Posteingang durchzugehen, bevor sie ihn anrief. Er nahm nicht ab.

Die Polizeipräsidentin wusste, dass ihre Entscheidung, Khalil Saleh zum Hauptkommissar zu befördern, bei einigen in ihrem Führungsteam nicht unkritisch gesehen wurde und sie sich möglicherweise damit Feinde gemacht hatte. Aber sie hatte früh gelernt, Kritik auszuhalten. In ihrer Kindheit war sie dem Spott der Klassenkameraden ausgesetzt gewesen. Die langen roten Haare ihrer Mutter hatten dazu geführt, dass man sie »Hexenkind« nannte. Die Haare der Mutter hatten die Tochter abgestempelt, aber der Mutter zu einer glänzenden Karriere als Opernsängerin verholfen. Mit ihrer langen roten Haarpracht war sie geradezu maßgeschneidert für die Rolle der Verführerin. Vielleicht schwang in dem Ruf »Hexenkind« auch der Neid der Klassenkameraden mit, die sie auf das normale Niveau der Bürgerlichkeit herunterziehen wollten. Annalene ließ sich nicht beeindrucken, sie blieb Einzelgängerin und wollte als Kind immerzu die mütterlichen Haare um ihre Finger wickeln.

Sie seufzte bei dem Gedanken an eigene Kinder. Mit ihrem Exmann hatte sich keine Schwangerschaft einstellen wollen. Am Samstagabend hatte er sie damit geärgert, dass er eine schnelle Scheidung wollte, um diese langweilige Maria zu ehelichen. Ihr Kinderwunsch führte Annalene zurück zu Khalil. Sie hatte in seiner Wohnung keine weiblichen Spuren gesehen. Ob er wohl eine Freundin hatte?

Sie atmete tief ein, stand auf, nahm ihre Handtasche und ging in die Toilette, um ihre Nase zu pudern und den Lippenstift zu erneuern. Im Vorbeigehen bat sie ihre Sekretärin, ihr noch einmal die Personalakte Saleh vorzulegen. Bevor sich Annalene in den Ordner und insbesondere in den Lebenslauf vertiefte, betrachtete sie länger das beigefügte Bild, das die undurchdringliche Miene eines überaus gutaussehenden Mannes aufwies, dessen Gedanken nicht zu erraten waren.

»Frau Präsidentin, was halten Sie davon, wenn ich Ihnen heute endlich den Ring zurückgebe und mein erstes Gespräch mit dem Inhaber des Lokals in Sachsenhausen, wo gestern der Tote aufgefunden wurde, bei einem gemeinsamen Essen referiere? Es hat mich den ganzen Tag aufgehalten.«

Sein Anruf riss sie aus ihren Überlegungen über die Kinderlosigkeit ihrer Ehe mit Wolfgang und über den überaus attraktiven Kommissar Saleh, der ihr in letzter Zeit verräterisch oft in den Sinn kam.

»Wenn Sie den Satz noch einmal mit korrekter Grammatik wiederholen, gehe ich mit.« Annalene lächelte, während sie versuchte, ihre Stimme gelangweilt klingen zu lassen. Khalil überlegte. Was sollte an seinem Satz falsch gewesen sein? Er sagte nichts.

»»Der Inhaber des Lokals, in dem der Tote gefunden wurde«,

muss es heißen«, antwortete die Polizeipräsidentin und knüpfte die Frage an, ob er denn nicht in Deutschland geboren worden sei?

Er gab darauf keine Antwort. Ohne auf eine Zustimmung zu warten, fragte er, ob man vielleicht in das etwas abseits gelegene italienische Ristorante Romanella gehen wollte. Die Polizeikantine sei vielleicht nicht der richtige Ort, um dort zu zweit aufzutauchen.

»Wir treffen uns dort«, sagte Khalil. »Ich habe einen Tisch reserviert.«

Annalene stimmte nach einigem Zögern zu und bestellte ihren Fahrer. Sie war froh über ihre schlichte Kleidung. An einem kleinen Tisch auf der Terrasse verzehrten sie hausgemachte Ravioli und sprachen leise. Man konnte sie für ein Liebespaar halten. Unter dem Tisch berührten sich ihre Knie. Anfangs versuchte Annalene, ihre Beine zurückzuziehen. Schließlich gab sie der Berührung nach.

»Wie, sagen Sie, heißt das Opfer?«, fragte Annalene.

»Es handelt sich um Alexander Wienhold, laut Personalausweis, den er mit sich führte, 25 Jahre alt. Auf seinem Handy war die Telefonnummer eines bekannten Escortservices eingespeichert. Erste Ermittlungen haben ergeben, dass er sich außerdem in homosexuellen Kreisen bewegte. Ein Stricher sozusagen.«

Aus Khalils Stimme sprach eine deutliche Abneigung.

Annalene zuckte zusammen. Alexander Wienhold, so hieß ihr Cousin und sie selbst war eine geborene Wienhold.

»Wurde die Familie des Opfers schon informiert?«, fragte sie tonlos.

Khalil verneinte und sagte, dass man heute Morgen den Vater nicht angetroffen habe. Der Hauptkommissar wunderte sich, dass seine Chefin so blass geworden war, die Gabel fallen ließ und keine Anstalten machte, weiterzuessen. Notgedrungen stellte auch er das Essen ein.

»Sie werden den Fall weiter bearbeiten und mich, neben Ihren direkten Vorgesetzen, über alle Einzelheiten informieren. Den Grund dafür erfahren Sie später.«

»Vielen Dank, Frau Präsidentin«, flüsterte Khalil eingeschüchtert und bedachte seine Chefin mit einem vorsichtigen Blick aus dunklen Augen. »Ginge es auch einmal abends?«, fragte er leise.

Annalene hatte ihn nur zu gut verstanden. Sie schüttelte den Kopf, presste ihre Beine zusammen und stand auf.

»Bitte geben Sie mir jetzt den Ring.«

Khalil bedachte sie mit einem kalten Blick, während er den Ring aus seiner Hosentasche zog. Sie nahm ihn und fühlte die Wärme seines Körpers, die der Ring abstrahlte.

Auf dem Rückweg zu ihrem Dienstwagen überlegte sie, ob sie ihren Onkel auf seinem privaten Mobiltelefon anrufen solle. Sie beschloss, das Gespräch erst in ihrem Büro und keinesfalls vor den Ohren ihres Fahrers zu führen. Als sie das Büro betrat, empfing ihre Sekretärin sie mit den Worten: »Gut, dass Sie wieder da sind, Frau Waldau. Das Innenministerium hat angerufen. Das Sicherheitskonzept ...«

»Ja, gleich. Geben Sie mir bitte fünf Minuten, dann kümmere ich mich um die Sache.«

Annalene schloss die Tür zu ihrem Büro und griff zu ihrem Mobiltelefon. Sie hatte bereits die Nummer ihres Onkels Jean-Paul aufgerufen, überlegte es sich jedoch anders und aktivierte den Anruf nicht. Sie stand am Fenster und blickte in den Innenhof des Polizeipräsidiums. Hier hatte sie am Freitagabend ihre Kontaktlinse verloren und fast wäre sie in den Armen eines ihrer Kommissare gelandet. Annalene legte ihr Telefon zurück in ihre Handtasche. Sie wollte Saleh erst noch einmal einbestellen, damit er ihr die Ermittlungsakte vorlegte. Sie musste das Bild des Toten sehen.

Armer, kleiner Alexander, dachte sie. *Du warst ein so schöner Junge und deine alte Cousine, die deine Mutter hätte sein können, hast du nie beachtet. Jetzt ist es zu spät. Jetzt bist du tot. Brutal ermordet.*

Annalene fühlte, wie die Tränen in ihr aufstiegen. Sie wollte unbedingt an der Beisetzung teilnehmen. So oder so musste sie sich aus dieser Ermittlung heraushalten. Sie war viel zu befangen. Also ergab sich auch keine Notwendigkeit, jetzt ihren Onkel anzurufen. Die Benachrichtigung des Vaters war Sache der ermittelnden Beamten. Später jedoch musste sie ihn unbedingt besuchen. In den letzten Jahren war der Kontakt zwischen ihrem Vater und dessen Bruder Jean-Paul Wienhold, dem Mehrheitseigentümer einer großen Investmentbank, etwas abgekühlt. Ihr nicht unvermögender Vater hatte seinen noch um einiges reicheren Bruder um einen zinslosen Kredit gebeten, weil er eine Villa in Spanien kaufen wollte. Der Bruder hatte den Kredit nicht gewährt. Annalene überlegte, wie lange sie nicht mehr in Spanien gewesen war.

Die fünf Minuten, die die Polizeipräsidentin von ihrer Mitarbeiterin als Schonzeit erbeten hatte, waren längst verstrichen, doch sie konnte nicht umhin, noch einmal in der ihr inzwischen wohlbekannten Akte Saleh zu blättern. Gerade wollte sie den Ordner wieder zuklappen und in die Schreibtischschublade legen, als ihr Blick im Inhaltsverzeichnis auf den Eintrag »Aktenvermerk« fiel. Sie konnte sich nicht daran erinnern, einen Aktenvermerk gelesen zu haben. Neugierig schlug sie das Blatt auf. Ein Tatverdächtiger aus der Schwulenszene im Bahnhofsviertel hatte über seinen Anwalt Beschwerde einlegen lassen wegen homophober Äußerungen Khalil Salehs während des Verhörs. Man hatte es damals bei einem Aktenvermerk bewenden lassen, da der homosexuelle Verdächtige sehr provokant aufgetreten und ohnehin nach seiner Einvernehmung wieder auf freien Fuß gesetzt worden war.

Die Polizeipräsidentin öffnete die Tür zu ihrem Vorzimmer und entschuldigte sich mit Kopfschmerzen für die Verzögerung. Ihre Mitarbeiterin dürfe sie jetzt bitte über eine sichere Leitung mit dem Innenministerium verbinden. Bevor die Leiterin der Dienststelle sich wieder an ihren Schreibtisch setzte, zog sie das enge Kleid glatt und nach unten. Das Telefon klingelte.

Sie meldete sich mit einem knappen »Waldau« und bemühte

sich um einen scharfen Tonfall. Nach einer Weile des Zuhörens klang ihre Stimme müde.

»Ich habe verstanden. Ich werde das Konzept so schnell wie möglich verändern und zusätzliche Kräfte einplanen.«

Annalene wusste allerdings nicht so genau, woher sie die zusätzlichen Kräfte nehmen sollte. Offenbar hielt man nunmehr im Ministerium für den Besuch der Queen den gleichen Aufwand wie bei der Einweihung der Europäischen Zentralbank für gerechtfertigt. Ob ihr Onkel wohl auch bei dem Festakt anwesend gewesen war?

Nach einigen Yogaübungen begann die Präsidentin mit der gewohnten Konzentration zu arbeiten. In der Tat wies ihr bisheriges Sicherheitskonzept zu wenig Wasserwerfer auf.

Den knapp bemessenen Feierabend verbrachte sie wie üblich mit dem Verfolgen von Nachrichtensendungen. Sie gönnte sich einen großen Becher Vanillepudding, den sie sehr langsam löffelte, um den Genuss hinauszuzögern.

Seit Annalene von Khalil erfahren hatte, dass der getötete junge Mann ihr Cousin Alexander Wienhold war, stand ihr Alexanders Bild ständig vor Augen. Sie wusste nicht genau, wie sie sich verhalten sollte. Eigentlich hätte sie Khalil Saleh als zuständigen Kommissar direkt informieren müssen, als er ihr gestern den Namen des Ermordeten genannt hatte. Aber ein unerklärlicher Impuls hatte sie davon abgehalten. Salehs Hinweis auf Alexanders Homosexualität hatte sie völlig unvorbereitet getroffen. In ihrer Familie hatte das niemand gewusst, oder hatten ihre Eltern es ihr verheimlicht? Vielleicht hatte die Erinnerung an den Eintrag in Salehs Personalakte über sein beleidigendes Verhalten einem Schwulen gegenüber sie daran gehindert, ihn über ihre Verwandtschaft mit Alexander aufzuklären. Vorenthaltung wichtiger Ermittlungsdetails könnte man ihr unterstellen. Sie musste dringend Kommissar Saleh sprechen. Sie sah seine fordernden Augen vor sich. Konnte es sein, dass sie ihn zu sehr ermuntert hatte? Immerhin war sie eine verheiratete Frau. Dass ihr Mann sich scheiden lassen wollte, hatte sie im Präsidium natürlich niemandem erzählt. Ab sofort würde sie alle Vertraulichkeiten zu ihm unterbinden. Er sollte sie nur stets zeitnah über den neuesten Stand der Ermittlungen informieren. Für die Presse wäre ihre familiäre Bindung ein gefundenes Fressen und man würde sie keinen Augenblick unbeobachtet lassen. Selbst wenn sie sich eingestehen musste, dass dieser Khalil ihr Herz in Aufregung versetzen konnte.

Sie griff zum Telefon, um ihn zu sich zu beordern, und hörte, dass er kurz vor dem Mittagessen bei ihr vorbeikommen könnte.

Als er kam, schaute sie ihn geschäftsmäßig an und fragte nach dem neuesten Stand der Ermittlung im Falle Alexander Wienhold. Er informierte sie und sagte dann süffisant, dass er noch nie in einem solch schwulen Umfeld ermittelt habe. Es würde einem ganz warm werden dabei.

Annalene schaute ihn streng an.

»Ich möchte, dass Sie sich bei Ihren Ermittlungen an unsere Regeln halten und sich mit Ihrem Vokabular nicht vergreifen. Es geht nicht an, dass Ihre persönlichen Vorurteile gegenüber schwulen oder auch lesbischen Personen in einer Art Vorverurteilung enden.«

Das saß! Geschockt von dieser Strafpredigt drückte sich Khalil in seinen Stuhl und starrte sie an.

»Und im Übrigen wollte ich Ihnen noch mitteilen, dass der Tote mein Cousin Alexander Wienhold ist. Ich bin eine geborene Wienhold. Der Vater des Ermordeten, Jean-Paul Wienhold, ist der Bruder meines Vaters. Bevor ich es Ihnen sagen wollte, habe ich mich selbst erst einmal erkundigt, ob es sich tatsächlich um meinen Cousin Alexander handelt. Daher konnte ich Ihnen gestern noch nichts davon mitteilen.«

Khalil starrte sie noch immer an. Der Fall nahm jetzt eine Wende, an die er niemals gedacht hätte. Die Polizeipräsidentin selbst war im weitesten Sinne in diesen Mordfall verwickelt. Dabei war es ihm nicht entgangen, und er hatte es durchaus im Stillen genossen, wie sich seine oberste Chefin von seiner Männlichkeit hatte beeinflussen lassen. Dass sie jetzt die Notbremse ziehen musste, war ihm klar. In Zukunft würde er nur rein Dienstliches mit ihr besprechen. Aber es war schade. Diese kleinen Gefühlserregungen brachten ein wenig Spannung und Herzflattern in den Alltag. Außerdem war sie ja bekanntermaßen verheiratet und er, er sollte sich vielleicht mal wieder darauf besinnen, sich mit Brigitte zu versöhnen.

»Wenn es nichts mehr gibt, was ich zu diesem Fall wissen muss, können Sie gehen. Es ist besser, die Presse nicht über meine Verwandtschaft mit dem Opfer zu informieren.«

Gekränkt erwiderte Khalil, dass er das selbst natürlich nie tun würde. Er frage sich nur, wie lange dies ein Geheimnis bleiben könnte. Dann verließ er den Raum, ohne sie eines weiteren Blickes zu würdigen.

Verärgert schloss er die Tür seines Büros hinter sich. Wie konnte sie es wagen, ihm wegen ein paar flapsiger Bemerkungen über Schwule so einen Vortrag zu halten? Ob die Homosexualität ihres Cousins dabei eine Rolle spielte? Hatte er sie damit gekränkt?

Er setzte sich und fand das rechtsmedizinische Gutachten über den Totschlag von Alexander Wienhold auf seinem Schreibtisch. Er las es rasch durch. Dem Gutachten zufolge war Wienhold mit vermutlich nur zwei Schlägen auf den Hinterkopf getötet worden, die allerdings mit großer Härte ausgeführt worden waren. Entsprechende Verletzungen im Gesicht und an der Schläfe deuteten darauf hin, dass er daraufhin nach vorne gefallen und der Tod sofort eingetreten sei. Anhand der durch die Wucht der Schläge tief eingedrückten *Os parietale*, die sowohl eine Ruptur der *Sutura sagittalis* als auch der *Sutura lamboidea* bewirkt und einen Austritt von Blut und Gehirnflüssigkeit nach sich gezogen hätte, könnte unterstellt werden, dass die Tat von einem kräftigen Mann durchgeführt worden sei. Im Blut des Getöteten waren weder Spuren von Alkohol noch von Rauschgift zu finden gewesen.

Ja, und wie passte das zu den Fingerspuren auf der Tatwaffe

von der eher schmalen und zarten Frau Schönfelder? Khalil fasste sich ratlos an sein linkes Ohrläppchen. Wer konnte der Täter gewesen sein? Er war noch nicht einen Schritt weitergekommen. Die Medien wurden ungeduldig, dass noch keine Spur vom Täter gefunden worden war, und sein direkter Vorgesetzter saß ihm im Nacken.

Er rief im Vorzimmer von Frau Waldau an und fragte die Sekretärin, ob er das Gutachten hochbringen solle. Man werde ihm Bescheid geben, hörte er.

Kurz darauf meldete sich Annalene und bat ihn, ihr eine Kopie per Hauspost zukommen zu lassen. Er solle ihr doch jetzt am Telefon nur kurz das Wichtigste aus dem Schriftstück mitteilen. Er tat es in einer sehr sachlichen Art. Sie dankte ihm und erinnerte ihn daran, sie in diesem Fall stets über die neuesten Entwicklungen auf dem Laufenden zu halten. Dann hängte sie ein, ohne ein persönliches Wort an ihn zu richten.

An diesem Abend unterließ es Annalene am Mainufer zu joggen. Sie war zu müde und ging ins Bett. Sie fühlte sich alt und verbraucht. Irgendwann in der Nacht träumte sie, dass sie den kleinen Alexander barfuß über eine grüne Wiese getragen hatte. Das Kind hatte ihr die Ärmchen um den Hals gelegt.

Kapitel 9

Siggi hatte unruhig geschlafen. Er stand früh auf, verzichtete auf die Dusche und schlüpfte in seine Hose, die er achtlos vor dem Bett auf den Boden hatte fallen lassen, griff den Trenchcoat und ging zum Bäcker, der auf seiner Theke auch die Tageszeitungen anbot. Neben den Mehrkornbrötchen nahm er eine *Bild*-Zeitung mit. Das Foto auf Seite 3 war unscharf, aber er sah die dunklen Locken, die den Kopf des Toten umgaben. Ein kalter Hauch erfasste ihn. Sascha? Sascha, der junge Mann, der ihm seinerzeit nur diesen merkwürdigen Rufnamen genannt hatte? Er? Unmöglich! Was hätte er in Ulis Kneipe tun sollen? Flüchtig las er den Bericht, der aber nichts enthielt, was er nicht schon wusste. Jedenfalls gab es keine Angabe zur Identität des Toten. Erneut versuchte er Sascha anzurufen. Danach begann er gedankenverloren in seinem schwarzen Kaffee zu rühren und nachzudenken. Der Kneipenschlüssel, er hatte ihn wirklich gründlich gesucht. Sollte Sascha ihn entwendet haben? Aber wozu?

Um besser denken zu können, entschloss sich Siggi, eine Runde im Kurpark zu drehen. Die Hände in den Manteltaschen vergraben, stapfte er durch den im Stil eines englischen Landschaftsgartens angelegten Park. Heute aber hatte er keinen Blick für die Schönheit der gut gepflegten Anlage.

Hatte er Sascha etwa von dem Geld erzählt, das Uli ihm leihen wollte? Dieser idiotische Kunde, der von dem Kauf zurückgetreten war, wollte unbedingt die Provision zurückhaben und dessen ebenfalls idiotischer Anwalt hatte ihm darin auch noch recht gegeben. Wie hatte auch der alte Eigentümer der Bude die Wasserleitung einfrieren lassen können, nur weil er Heizkosten sparen wollte? Dann war das Ding geplatzt und alles war durchweicht. Was konnte Siggi dafür?

Der gute Uli. Immer war er hilfsbereit. Vielleicht sollte er doch zu ihm ziehen? Jetzt, wo es möglicherweise keinen Sascha mehr gab. Zu dumm, dass er sich darauf eingelassen hatte, Sascha nie in seiner Bleibe zu besuchen. Noch nicht einmal seine Adresse hatte er. Sascha hatte ihm immer wieder erzählt, dass es ihm peinlich sei, seine billige Absteige einem Fachmann für hochwertige Immobilien vorzuführen. In diesem Zusammenhang hatte Sascha immer wieder betont, dass er Siggis Wohnung so unglaublich gemütlich und geschmackvoll fände. Hatte er Sascha erzählt, dass Uli für ihn eine größere Summe bereit hielt und dass er deshalb jetzt wieder öfter seine Abende in der kleinen Kneipe verbringen musste?

Sascha wusste von Siggis Verhältnis zu Uli. Siggi hatte signalisiert, dass er selbstverständlich von Uli ablassen würde, sobald sich zwischen ihnen eine feste Beziehung ergäbe. In diesem Zusammenhang wies Siggi immer auf den großen Altersunterschied hin. Außerdem gab es noch diese Abende, an denen Sascha unbedingt alleine bleiben wollte. Mal waren es Gelegenheitsjobs, alte Freunde oder einfach die Idee, eine Auszeit zu brauchen. Manchmal behauptete Sascha auch, dass er dringend für sein Examen etwas tun müsse. Das hatte Siggi ihm nie geglaubt. Er wusste noch nicht einmal, für welches Fach sich Sascha eingeschrieben hatte. Dagegen erschien ihm Uli gebildeter zu sein.

Erschrocken sah Siggi auf seine gefälschte Rolex, die Uli einem Gast nach einer Chinareise abgekauft hatte. Es war bereits Viertel nach zwölf. Seine Mutter würde sich aufregen, wenn er schon wieder zu spät zum Essen käme. Er konnte es ihr einfach nicht abschlagen, täglich für ihn zu kochen. Außerdem entlastete es sein Budget. Ganz abgesehen davon, dass er seine Kräfte nicht für Einkäufe und Küchenarbeiten einsetzen musste und es bei Muttern sowieso immer am besten schmeckte. Obwohl er spät dran war, entschloss er sich, noch kurz zu Hause vorbeizufahren, um seine schmutzige Wäsche ins Auto zu werfen. Bei der Gelegenheit konnte er sicher eine Ladung gut gebügelter Hemden an sich nehmen.

Dann sah er, dass der Anrufbeantworter blinkte. Ein Herr Saleh von der Polizei hatte die Bitte hinterlassen, ihn dringend zurückzurufen. Das konnte bis nach dem Mittagessen warten.

Seine Mutter empfing ihn mit vorwurfsvoller Miene.

»Siegbert, du musst schon pünktlich kommen, wenn ich für dich koche. Das hast du von deinem seligen Vater, der war auch nie pünktlich.«

Siggi sah betreten zu Boden, dann ließ er die Tasche mit Wäsche fallen, umarmte seine Mutter und sagte zu ihr: »Ach, Mutter, nimm es doch nicht so schwer, wenn ich mal fünfzehn Minuten später komme. Es gibt wirklich Schlimmeres.«

Danach erzählte er von dem Mord in dem Kleinen Wirtshaus, das seinem alten Schulfreund Uli Reinhold gehörte. Seine Mutter reagierte geschockt. Sie wusste, dass er oft bei Uli in dessen Gaststätte verkehrte. Manchmal wunderte sie sich, dass die Freundschaft zwischen den beiden erst so spät erblüht war. Früher, als Siegbert noch zur Schule ging, hatte er einen Uli nie erwähnt.

Von seinen Geldsorgen und den schlecht laufenden Geschäften sagte er nichts. Während er nachdenklich auf seiner Roulade herumkaute – sie hätte ruhig noch weitere fünfzehn Minuten schmoren können – überlegte er, wo jetzt das Geld war, das Uli ihm hatte geben wollen.

Mittlerweile war er beim Schokoladenpudding angelangt und besprach mit seiner Mutter, was sie morgen für ihn zubereiten sollte. Möglichst kalorienarm sollte es sein. Das war ganz im Sinne seiner Mutter, die auch abnehmen wollte, weil ihr Frühjahrskostüm vom letzten Jahr etwas eng geworden war.

Letztes Jahr hatte Siggi sie zu Peek & Cloppenburg in der Friedrichstraße begleitet. Es war ihm wichtig, dass seine geliebte Mama elegant gekleidet war. Manchmal holte er sie von ihrem Damenkränzchen ab oder ging mit ihr ins Theater.

Nach dem Espresso verabschiedete sich Siggi eilig und legte die frisch gebügelten Hemden vorsichtig auf den Rücksitz seines Autos. In seiner Wohnung landeten die Hemden etwas weniger vorsichtig auf dem ungemachten Bett und er griff sich das Telefon. Bevor er diesen Saleh zurückrief, musste er endlich mit Uli reden. Mittlerweile war er sich fast sicher, dass es sich bei dem Toten um Sascha handelte. Bei diesem Gedanken fühlte er neben der Angst, dass seine Beziehung zu Sascha aufgedeckt werden könnte, aber auch so etwas wie Erleichterung. Eine Welle von Zärtlichkeit erfasste ihn, während er dem Freizeichen lauschte.

Uli meldete sich mit sehr zurückgenommener Stimme. Siggi war sofort besorgt. So kannte er Uli gar nicht. Sonst hatte alles, was Uli anfasste, eine gewisse atemlose Dynamik. Jetzt war davon nichts zu spüren. Er hörte nur eine große Erschöpfung aus den wenigen Worten, die Uli von sich gab.

»Uli, ich bin schon auf den Weg nach Sachsenhausen. In einer Stunde bin ich bei dir. Dann können wir alles besprechen. Mach dir keine Sorgen, es wird sich alles aufklären. Kopf hoch, das schaffen wir schon gemeinsam.«

»Ja, hoffentlich hast du recht. Ich warte auf dich. Was ich allerdings nicht weiß, ist, wann die Polizei mich weiter verhören wird. Sollten sie mich abholen, dann ruf ich dich noch einmal an.«

Siggi setzte sich ins Auto und fuhr auf der Autobahn in einem halsbrecherischen Tempo von Wiesbaden nach Frankfurt. Er hatte Glück und kam weder in einen Stau noch musste er sich mit den üblichen Baustellen, die auf dieser Strecke seit Jahrzehnten die Autofahrer nervten, herumärgern. Und so kam er tatsächlich in weniger als einer Stunde bei Uli an.

Uli machte einen niedergeschlagenen Eindruck. Seine sonst so lebhaften dunkelbraunen Augen lagen tief in ihren Höhlen und schauten ihn hilflos und verletzt an. Seinen Mund hatte er krampfhaft zusammengebissen. Die Augenbrauen waren heruntergezogen und bildeten zwei schwarze, gerade Striche. Siggis Herz zog sich vor Mitleid mit seinem Freund zusammen. So hatte er Uli noch nie gesehen. Uli ein Mörder? Das musste alles ein großes Missverständnis sein! Aber wie kam der Tote in Ulis Kneipe und wer außer ihnen beiden hatte noch einen Schlüssel? Es fiel Siggi unendlich schwer, aber jetzt, angesichts des tragischen Ereignisses, musste er endlich beichten, dass ihm der Schlüssel, den Uli ihm vor vielen Jahren überlassen hatte, abhandengekommen war.

»Wie, du findest den Schlüssel nicht, den ich dir gegeben habe? Das darf doch nicht wahr sein. Seit wann vermisst du ihn denn?«

»Uli, ich kann es dir nicht genau sagen! Auf jeden Fall habe ich es erst gestern gemerkt.«

»Wieso kannst du das nicht genau sagen? Hing er nicht an deinem Schlüsselbund?«

»Ja, doch, aber ich habe auch keine Erklärung, wie und wann er auf einmal verschwunden ist.«

»Dein Leichtsinn kann mich noch ins Zuchthaus bringen«, brach es aus Uli heraus. »Wie kann es sein, dass dir jemand von deinem Schlüsselbund einen einzelnen Schlüssel entwendet? Da war doch sicher Absicht dahinter.«

Siggi, der unter keinen Umständen über seine Affäre mit Sascha und seinen Verdacht, dass Sascha der Tote in Ulis Kneipe sein könnte, reden wollte, wand sich wie ein Wurm.

»Was soll ich dir sagen, ich habe keine Ahnung, wie der Schlüssel von meinem Schlüsselbund verschwinden konnte.«

Uli fasste sich an die Stirn und schrie: »Mit welchen Leuten verkehrst du denn, dass man dir einen Schlüssel klauen kann. Ich kann nicht glauben, wie leichtsinnig du bist. Ich kämpfe hier um mein Leben und meine Existenz!«

Siggi verzog schmerzhaft das Gesicht. Er wusste ja, dass Uli recht hatte, aber er würde jetzt den Teufel tun und Uli in seine schmutzigen kleinen Geheimnisse mit Sascha einweihen. Schwer atmend standen sich die beiden Männer gegenüber, als das Telefon klingelte. Die Polizei war dran und Uli hörte, dass man ihn zu einer weiteren Vernehmung ins Präsidium abholen würde. Der Kommissar wäre schon unterwegs. Noch während des Telefonats hörte man, wie das Polizeiauto vor der Tür zum Halten kam. Uli und Siggi eilten die Treppen hinunter und traten vor die Tür. Hauptkommissar Saleh und Florian Wilson stiegen gerade aus dem Auto. Siggi zuckte zusammen.

Saleh erfasste die Situation mit einem Blick.

»Sie sind sicher Herr Siegbert Ranke, Sie kommen auch gleich mit«, herrschte er den erblassten Siegbert an.

Auf dem Weg ins Polizeipräsidium und während er auf den Kommissar wartete, überlegte Siggi, was er nun zu Sascha sagen sollte, ob er zugeben sollte, dass er ihn kannte, wenn der Tote nun tatsächlich sein Sascha war. Fieberhaft fragte er sich, wer ihn mit Sascha zusammen gesehen haben könnte. Eine freundliche Sekretärin unterbrach seine Überlegungen und erkundigte sich, ob er vielleicht einen Kaffee trinken wollte, während er leider noch einen Moment auf den Kommissar warten müsse. Siggi wollte nicht. Seine Nerven flatterten. Was wusste er eigentlich von Sascha? Er studierte, aber was? Er war ungefähr 22 oder 25. Er wusste nicht so genau, wo er wohnte. Irgendwo im Frankfurter Nordend an der Grenze zu Bornheim. Wer waren Saschas Freunde? Warum hatte er nie einen von ihnen kennengelernt? In welchen Kreisen verkehrte er? Was war mit Saschas Eltern, wo lebten sie? Lebten sie zusammen? Hatte er Geschwister? Wo war er aufgewachsen? Vor allem, was machte Sascha, wenn er nicht mit Siggi zusammen war?

Siggi hatte in Wiesbaden und Frankfurt viel Geld für Restaurant- und Theaterbesuche ausgegeben. Sascha hätte ihn wenigstens einmal zu sich nach Hause einladen können. Siggi hatte ihm doch mehrfach erzählt, dass es ihm egal war, wie er wohnte, und dass er in seiner Kindheit auch nicht immer auf Rosen gebettet war. Sascha war immer sehr hungrig, wenn sie gemeinsam aßen. Er schien direkt ausgehungert zu sein. Allerdings war er immer recht teuer gekleidet, das sah er sofort. Auch wenn seine Garderobe bereits ein wenig mitgenommen wirkte.

Nachdem Siggi sich eingestanden hatte, dass er nichts über Sascha wusste, lag die Schlussfolgerung nahe, einfach vorzugeben ihn nicht zu kennen. Er fühlte sich zwar wie ein Judas, aber wie konnte er der Polizei sagen, dass allein die Schönheit des jungen Mannes, die dunkelblauen, leicht verhangenen Augen, die samtige Haut und der angenehme Duft, den er verströmte, ausreichten, sein Denken außer Kraft zu setzen?

Als ihm jedoch das Bild des toten Saschas unter die Nase gehalten wurde, blieb ihm nichts anderes übrig, als dessen Bekanntschaft einzugestehen. Ja, er hätte ihn flüchtig gekannt. Aber er sei zur Tatzeit in Wiesbaden gewesen. Das könne man ganz einfach feststellen.

Überraschenderweise wurden die Beamten wegen eines dringenden Notfalls dazu gezwungen, die Vernehmung abzubrechen. Aber er werde umgehend eine Vorladung zum nächsten Verhör erhalten, teilte man dem verdutzten Siggi mit.

Siggi machte sich auf den Weg zu Uli. Seine Schultern hingen schwer wie Blei an ihm herunter. Da müsste er Uli ja einiges beichten.

Kapitel 10

Uli dachte zunächst, dass man ihn und Siggi zusammen verhören würde. Aber direkt bei der Ankunft im Präsidium hatte man sie in unterschiedliche Zimmer gebracht. Er hatte die Liste mit den Namen der Personen dabei, die in der besagten Nacht des tödlichen Geschehens in seinem Lokal gewesen waren. Sie zu erstellen war kein Problem für ihn, er war nicht umsonst seit vielen Jahren als Kneipier tätig und kannte seine Pappenheimer. Keinen von ihnen traute er zu, einen Mord zu begehen. Ausschließen konnte man es jedoch nicht. Und wer war überhaupt dieser schwarzlockige Jüngling, der ums Leben gekommen war? Er hatte diesen Typen noch nie bei sich gesehen.

Der vernehmende Polizist setzte ihm mächtig zu, aber Uli verteidigte sich so gut es ging. Er war doch unschuldig! Er hatte es sogar abgelehnt, sich einen Rechtsbeistand zu nehmen. Im Vorübergehen hatte er zufällig von einem anderen Polizisten, der vermutlich in der gleichen Sache ermittelte, gehört, dass die Fingerabdrücke auf der Taschenlampe nicht von ihm seien. Damit schien für Uli die Sache klar zu sein. Warum ließ man ihn nicht gehen? Immer wieder stellten sie ihm die gleichen Fragen und immer wieder gab er ihnen die gleichen Antworten. Wollten sie ihn durch Erschöpfung zu einer Falschaussage treiben?

Schließlich hatten sie ihn am Nachmittag gehen lassen. Er war wie benommen, sein Kopf drehte sich und er wollte nur nach Hause. Auch heute würde er seine Kneipe geschlossen halten. Als er kurz nach fünf Uhr vor seinem Lokal stand, warteten schon ein paar durstige Gesellen darauf, dass er es öffnete.

»Nee, Jungs, heute wird das nichts mehr. Kommt vielleicht in zwei oder drei Tagen wieder vorbei. Ich muss mich erst mal sammeln.«

»Ach Uli, komm, lass dich nicht hängen. Wir muntern dich schon wieder auf.«

»Nee, gut gemeint von euch, aber ich kann heute nicht. Bis demnächst, Leute, haltet mir die Treue.«

»Schade Uli, aber Kopf hoch, wir halten zu dir.«

Was er erst in letzter Minute mitbekam, war, dass drei Reporter, die sich in der wartenden Menge versteckt hatten, Fotos von ihm schossen und ihn dann ansprachen, ob er sich zu dem Fall äußern wolle. Uli hatte ihnen die Tür vor der Nase zugeschlagen. Dieses Geschmeiß!

Mit letzter Kraft schleppte er sich in seine Wohnung. Obwohl er seit dem Morgen nichts gegessen hatte, spürte er keinen Appetit. Aber auf ein kaltes Bier hatte er Lust. Durstig stürzte er es hinunter. Unruhig lief er in der Wohnung hin und her. Wer hatte den unbekannten Mann umgebracht? Und wo blieb eigentlich Siggi? Der hatte mit der ganzen Sache doch nichts zu tun. Uli war zu nichts fähig. Zum Ablenken stellte er das Fernsehen ein. Hessischer Rundfunk, Hessenschau. Ja, das konnte er sich sparen! Die konnten auch nichts Neues über seinen Fall berichten. Auf irgendeinem Privatsender lief eine rührselige Schmonzette. Dort blieb er hängen, weil es ihn von der eigenen Situation ablenkte.

Manchmal hatte er mit Siggi solche Filme angesehen. Was Siggi am Anfang seiner Beziehung mit Uli nicht wissen konnte, war, dass in dem beinharten Kerl ein extrem weicher Kern steckte, der seine Rührseligkeit nicht verbergen konnte und mehr als einmal vor dem Fernseher seinen Tränen freien Lauf gelassen hatte. Siggi machte erst ein paar flapsige Witze darüber und Uli schämte sich seiner eigenen Rührseligkeit. Natürlich wollte er vor Siggi nicht als gefühlsduseliger Softie dastehen. Aber bei bestimmten Szenen liefen ihm die Tränen einfach die Wangen herunter. Wenn sie gemeinsam auf der Couch so einen Film sahen, war es ihm schließlich nach langer Zeit der Übung gelungen, nur auf dem Siggi abgewandten Auge zu weinen, so dass Siggi nur das linke trockene Auge sah. Uli war stolz auf diese Leistung.

Kapitel 11

Wo blieb nur Siggi? Er müsste doch schon längst da sein. Uli schaute aus dem Fenster und auf den kleinen Parkplatz vor seinem Haus. Zu seinem Erstaunen sah er Siggi reglos im Auto sitzen und durch die Windschutzscheibe starren. Warum kam er nicht hoch in die Wohnung?

Uli lief hinunter und zerrte Siggi aus dem Auto. »Bist du eingeschlafen? Was machst du denn da? Komm sofort nach oben.«

Kraftlos ließ sich Siggi aus dem Auto ziehen und folgte Uli in die Wohnung im ersten Stock.

»Was ist denn, was haben sie denn mit dir gemacht? Mach endlich mal den Mund auf. Sag was! Was ist passiert?«

Siggi sah sich unsicher in der Wohnung um. Dann schaute er Uli traurig an, stand auf, griff fahrig nach einer Whiskyflasche, nahm ein Glas, goss es mit der bernsteinfarbenen Flüssigkeit halbvoll, setzte es an den Mund und trank den Inhalt, ohne abzusetzen, mit einem Mal aus. Dann setzte er sich auf die Couch.

»Uli, ich muss dir was sagen«, fing er seine Beichte an. »Gib mir erst noch einen Whisky.«

Uli ergriff die Flasche und schenkte routiniert nach. Auch das zweite Glas leerte Siggi in einem Zug. Dann entspannte er sich etwas, lehnte sich auf der dunkelroten Couch zurück, ließ den Kopf auf die Lehne sinken und starrte an die Decke.

»Sascha«, sagte er. Dann schwieg er.

Uli fuhr auf. »Wer ist Sascha?«

»Sascha ist tot.«

Siggis Stimme begann zu zittern. Er richtete sich auf, streckte

Uli das leere Glas hin, das dieser nur zur Hälfte füllte. Siggi bemühte sich um eine feste Stimme: »Sascha ist der Tote in deiner Kneipe. Ich habe ihn gekannt.«

»Waaas«, entfuhr es Uli, der jetzt ebenfalls nach der Flasche griff. »Woher kennst du ihn?«

»Vor einem Jahr.«

»Ich hab nicht gefragt, wie lange, sondern woher. Und jetzt will ich auch noch wissen, wie gut?« Uli wurde wütend.

Siggis Augen füllten sich mit Tränen. Mit leiser Stimme erzählte er von der Begegnung im Café Metropol und dass er sich manchmal mit Sascha getroffen habe.

»Er war so jung und so hübsch und so unnahbar.« Siggi weinte jetzt ungehemmt.

Uli war aufgesprungen. Er trat ans Fenster und starrte blicklos durch die Scheibe. Er überlegte, was er tun sollte.

Hinter ihm fuhr Siggi fort: »Deinen Schlüssel, ich glaube, er hat mir deinen Kneipenschlüssel weggenommen.«

Wie von der Tarantel gestochen fuhr Uli herum und stürzte sich auf Siggi. Er schüttelte ihn an den Schultern. »Was sagst du da? War er bei dir zu Hause?«

Uli drückte Siggi gegen die Rückenlehne der Couch.

»Au, du tust mir weh!«

»Du, du hast mich betrogen. Die ganze Zeit hast du mich betrogen. Du verdammter Armleuchter!«

Uli ließ los, richtete sich auf und wandte sich ab. Er stand mit hängenden Armen mitten im Raum. Sein Körper bebte.

Unsicher und mühsam erhob sich auch Siggi. »Uli, Uli, hör doch zu! Er hat mich verführt. Ich wollte ihn doch nur anschauen, weil er so hübsch ist. Es war auch nur einmal. Ich hab ihm immer wieder gesagt, dass wir zusammen sind, du und ich, und dass wir uns nie trennen werden.«

Langsam drehte Uli sich um. Die beiden Männer standen sich gegenüber und sahen sich an.

»Am besten gehst du jetzt«, sagte Uli gefährlich leise.

Da umarmte Siggi seinen Freund. Uli versuchte ihn abzuschütteln. Siggi ließ nicht los, er fühlte die ihm wohlbekannte Körperwärme. Diese Wärme und der Whisky gaben ihm ein Gefühl der Schwerelosigkeit. Endlich gelang es Uli ihn abzuschütteln.

»Ich hab dir doch gesagt, du sollst jetzt gehen«, raunzte er etwas weniger bedrohlich. Der vertrauten Umarmung konnte auch er sich nur mit Mühe entziehen.

»Ich kann aber nicht mehr fahren, der Whisky …«, murmelte Siggi und versuchte erneut eine Umklammerung.

Uli wich zurück. »Von mir aus kannst du hier schlafen, aber auf der Couch.«

Sprach's und nahm das Bettzeug aus Siggis Hälfte des gemeinsamen Bettes und warf es ihm vor die Füße. Dann knallte er die Tür zum Schlafzimmer zu, um sie sogleich wieder zu öffnen und ins Bad zu stapfen. Während Siggi umständlich das Bettzeug auf der Couch drapierte, lauschte er auf die Toilettenspülung.

Kaum hatte sich Siggi einigermaßen auf der Couch in Position gebracht, tauchte Uli wieder auf.

»Hast du das dem Kommissar erzählt? Ich meine, dass du den Toten kennst und dass du einen Schlüssel zu meinem Laden hast?«

»Dass ich einen Schlüssel zu deiner Kneipe habe, ja. Über Sascha haben wir noch nicht viel geredet. Sie mussten das Gespräch wegen eines Notfalls abbrechen. Ich muss deswegen nochmals zur Polizei.«

»Sag mal, hast du diesem Sascha was von dem Geld erzählt?«

»Ich weiß es nicht mehr«, räumte Siggi schuldbewusst ein.

»Kann schon sein, dass ich es gesagt habe. Ich hab ihm die Sache von der geplatzten Heizung und der fälligen Rückzahlung der Provision erzählt.«

»Was hast du ihm denn sonst noch so alles erzählt?«, fragte Uli wieder hellwach.

»Nichts, Uli. Bitte, Uli, verzeih mir, aber du bist immer so mit deiner Kneipe und deinen Gästen beschäftigt gewesen. Ich kam mir so unwichtig vor. Ich will dich nicht verlieren. Sascha ist tot.«

Uli, vom Whisky und dem Verhör im Polizeipräsidium mürbe und todmüde, meinte mürrisch: »Jetzt lass uns schlafen. Morgen ist auch noch ein Tag. Dann müssen wir uns überlegen, was wir diesem Kriminalkommissar sagen. Vielleicht wollte dieser Sascha tatsächlich mein Geld klauen, aber wer hat ihn umgebracht?«

Damit machte Uli wieder kehrt und knallte erneut die Schlafzimmertür hinter sich zu.

»Schlaf gut«, flüsterte Siggi.

Von den Ereignissen des Tages überrollt und völlig übermüdet, schlief Uli sofort ein. Siggi allerdings lag noch wach und war froh, dass er nicht alles gebeichtet hatte, was er in seinem Herzen verschlossen hielt. Geheimnisse, die er Uli niemals erzählen konnte. Die diversen kleinen Liebeleien im Vorübergehen, die keine Bedeutung für ihn hatten, aber Uli schwer kränken würden.

Er dachte dabei an die New-York-Reise mit dem Verband deutscher Makler und natürlich an seinen Fehltritt in einem der heißesten Szenelokale der Metropole. Angeheitert von diversen Drinks und ein bisschen Gras, wurde er magisch angezogen von der strotzenden Libido eines dunkelhäutigen Tänzers und dessen hemmungslosem und aufpeitschendem Tanz auf der Bühne. Die wilden, zügellosen Bewegungen versetzten Siggi in einen regelrechten ekstatischen Rausch. Er hätte ein Eisklotz sein müssen, um sich nicht von der Sinneslust des durchtrainierten, schweißglänzenden Körpers des kaffeebraunen Adonis hinreißen zu lassen. Und so kam es, wie es kommen musste. Zum Schluss waren nicht nur er und der Tänzer zusammen, sondern es kam zu einem wilden Bacchanal, wozu im Vergleich die schlangenumschlungenen Menschen der Laokoon-Gruppe ein geordneter Haufen waren. Das kollektive Delirium ließ ihn alles um sich herum vergessen. Er war ein Teil dieser sich windenden, keuchenden Menschentraube und ließ sich auf alles ein, was seine entfesselte Phantasie ihm jemals vorgegaukelt hatte. Hätte er sich zügeln können? Wenn er ehrlich war, musste er das verneinen. War es die Sache wert? Damals gab es für seine brennende Lust keine andere Wahl.

Siggi lauschte, ob Uli noch wach war. Der aber lag aufgrund der ungewohnten Menge an Whisky im Tiefschlaf und rührte sich nicht. Nur ein leichtes Schnarchen ließ seine Lippen sanft vibrieren.

Etwas beschämt nahm sich Siggi noch einen Whisky. Es war einfach so, manchmal hatte er das Verlangen nach härteren Sachen. Das mit Uli, das war das Leben mit einem langjährigen Partner. Die Lust ließ nach, das Begehren nahm ab. Man kannte sich, man wusste alles voneinander, die Spannung der ersten Jahre hatte sich in Routine verwandelt. Siggi aber brauchte ab und zu den Kitzel des Unbekannten, den schnellen Sex im Vorübergehen. Ohne diesen Kick schien ihm das Leben nur eine öde Abfolge langweiliger Tage.

Kapitel 12

Am nächsten Morgen erwachten beide mit leichten Kopfschmerzen. Siggi lieh sich von Uli eine frische Unterhose und ein T-Shirt, da er nichts Sauberes unter den Sachen fand, die er bei Uli deponiert hatte. Schlecht gelaunt schickte ihn Uli zum Bäcker, um Brötchen zu holen. Er deckte den Tisch, kochte Eier und Kaffee, fand in seinem Kühlschrank Wurst und Käse.

Als Siggi den Bäckerladen verließ, fiel ihm ein, dass er Sascha vor einigen Tagen bei einem ihrer seltenen gemeinsamen Frühstücke erzählt hatte, dass ihm die Rückzahlung einer Provision drohe, aber dass Uli ihm zum Glück das Geld dafür leihen wolle. Siggi hatte zunächst versucht, mit einem neuen Verkaufsauftrag die Sache zu umgehen. Das zum Verkauf stehende Haus befand sich im Dichterviertel und der potenzielle Käufer hatte das Objekt besichtigen wollen. Siggi jubilierte. Vielleicht würde er die Provision, die er längst ausgegeben hatte, behalten, ja sogar erhöhen können. Dazu kam das Geld, das Uli ihm leihen wollte. Siggi hatte Sascha vorgeschlagen, dass sie dann zusammen eine kleine Reise unternehmen könnten. Bei der Gelegenheit hatte Sascha sich erkundigt, ob es denn nicht gefährlich wäre, so viel Geld in der Kneipe aufzubewahren, aber Siggi versicherte ihm, dass Uli ein todsicheres Versteck für seinen kleinen Tresor gefunden hätte. Und dann kam die für Siggi unerwartete, aber ungemein reizvolle Bitte von Sascha, ob sie nicht an diesem Abend in Siggis Wohnung in Wiesbaden zusammen kochen sollten. Siggi war gerührt und hatte ihn nach seinem Lieblingsgericht gefragt. Die Geldübergabe bei Uli war ohnehin nicht mehr dringend und konnte warten. Er würde Uli einfach sagen, dass er irrtümlich gedacht hätte, dass sie sich erst morgen sehen wollten. Sascha aber war nicht gekommen und hatte sein Handy abgestellt.

Während Uli darauf wartete, dass Siggi vom Bäcker zurückkehrte, ärgerte er sich, dass er gestern von dem Geständnis der Untreue so überrumpelt gewesen war, dass er einen Moment lang geglaubt hatte, Siggi verzeihen zu können. Heute Morgen aber, nach nochmaligem Nachdenken und ohne den Einfluss des Whiskys, war er zutiefst empört über den infamen Betrug. So einfach wollte er es ihm nun doch nicht machen. Wütend und aufgewühlt lief er in seiner Wohnung hin und her. War er für Siggi inzwischen so wenig attraktiv, dass er andere Männer brauchte, um seine Lust auszuleben? Eine heiße Welle der Eifersucht und der Rachegelüste schossen in ihm hoch. Wie konnte er nur so naiv und blind gewesen sein und nicht gemerkt haben, dass Siggi ihn hinterging?

Was war eigentlich damals geschehen, als Siggi mit einigen Kollegen für ein verlängertes Wochenende nach New York geflogen war? Uli hatte nicht mitkommen können, weil er seine Wirtschaft nicht einfach zusperren und die Kundschaft auf dem Trockenen sitzen lassen konnte. Manchmal bedauerte er dieses Angebundensein, aber es kam seinem Naturell doch sehr entgegen. Er war nicht süchtig nach Abenteuer. Im Grunde seines Herzens war er treu, und wenn es seine Gene nicht anders beschlossen hätten, wäre er sicherlich auch ein braver Ehemann mit mindestens zwei Kindern und einer ebenso braven Ehefrau geworden, den nur ab und zu einmal ein Anfall von Jähzorn gepackt hätte, um dem Druck der inneren Dämonen nachzugeben.

Was also hatte Siggi in New York getrieben? Damals, nach dem Ausflug nach Amerika, war Siggi beruflich schwer beschäftigt gewesen, daran erinnerte Uli sich noch. Er müsse beruflich viel aufarbeiten, hieß es, und hätte daher weniger Zeit für ihn. Über mehrere Ecken hinweg hatte er aber gehört, dass einige aus der Reisegruppe in New York in den einschlägigen Clubs durchaus riskante Spielchen getrieben hätten. Als er Siggi daraufhin ansprach, wies dieser die Verdächtigungen entrüstet zurück und beteuerte seine unverbrüchliche Liebe und Treue. Uli wollte ihm das nur zu gerne glauben.

Und nun die Geschichte mit diesem Sascha. Wer weiß, mit welchen Jüngelchen es Siggi noch trieb oder getrieben hatte. Dieser peinigende Gedanke ließ Uli aus dem Sessel hochfahren. Er würde sich sofort einen Termin bei der Aids-Ambulanz in der Frankfurter Uniklinik geben lassen! Das verantwortungslose Verhalten von Siggi war unverzeihlich.

Nein, er wollte jetzt nicht Harmonie und Verzeihen mimen. Er war tief enttäuscht, vor allem auch deshalb, weil er Siggi in all den vielen Jahren immer treu gewesen war. Es musste doch mehr von einem Spießer in ihm stecken, als seine Mitmenschen vermuteten. Nie hätte er von Siggi geglaubt, dass der ihn betrügen könnte. Dieser scheinheilige, hundsgemeine Schuft.

Je länger er darüber nachdachte, wie Siggi ihn hintergangen hatte, desto stärker schmerzte ihn der Verrat.

Unruhig lief er im Zimmer auf und ab. Da hörte er Siggi die Treppen nach oben eilen. Wutentbrannt öffnete er die Tür und schlug Siggi die Tüte vom Bäcker aus der Hand. Brötchen und Croissants flogen im hohen Bogen auf den Boden.

»Ja, glaubst du denn, dass ich mich mit dir an einen Tisch setze, du mieses Schwein, du elender Betrüger. Ich wette, der Sascha war nicht der Einzige, mit dem du mich hintergangen hast, du falscher Hund!«

Siggi, der schon geglaubt hatte, mit der Aussprache am vergangenen Abend die Angelegenheit einigermaßen elegant geregelt zu haben, war von der heftigen Reaktion Ulis so verwirrt, dass er auf der Schwelle zum Zimmer stolperte und in den Raum stürzte.

Uli konnte der Versuchung, es Siggi heimzuzahlen, nicht widerstehen und trat ihn mehrfach wütend in den Hintern. Siggi rappelte sich auf und wehrte sich. Es kam zu einer heftigen Rangelei, in deren Verlauf beide zu Boden gingen und sich ineinander verkeilten.

Schließlich boxte Uli seinen Freund derart grob in den Magen, dass dieser wimmernd zusammenbrach. Von seiner eigenen Brutalität erschreckt, ließ er von Siggi ab und erhob sich schwer atmend.

»Da siehst du mal, wie weit du mich mit deinen Lügen treiben kannst. Ich wüsste nicht, was ich machen würde, wenn ich jetzt eine Pistole zur Hand hätte«, brach es aus ihm heraus.

Siggi blieb schluchzend am Boden liegen. Uli betrachtete ihn kalten Herzens. Dieser Saukerl! Und für dieses Schwein hatte er noch das Geld von der Bank geholt, obwohl er es selbst hätte gut brauchen können.

»Siggi, es ist besser wenn du verschwindest. Ich kann deinen Anblick nicht mehr ertragen.«

Siggi setzte zu einer Verteidigungsrede an, aber Uli schnitt ihm das Wort ab: »Pack deine Sachen und hau ab. Ich will dich hier nie mehr sehen.«

Kapitel 13

Wie betäubt schleppte sich Siggi zu seinem Wagen. Hinter das Lenkrad gekrümmt fuhr er den vertrauten Weg nach Wiesbaden zurück. Vielleicht war es das letzte Mal, dass er diese Strecke fuhr. Er hatte Sascha verloren und nun auch noch Uli. Bei diesem Gedanken tat ihm nicht nur der Magen sondern auch sein Herz weh. Er spürte einen Kloß in der Kehle.

Bevor er sich bei seiner Mutter zum Mittagessen einfand, würde er sich erst ein wenig zu Hause beruhigen müssen. Ein kleiner Whisky wäre sicher gut. Man sollte doch immer damit weitermachen, womit man am Abend zuvor aufgehört hatte. Im Geiste ging er seine Vorräte an alkoholischen Getränken durch. Zum Glück hatte Uli nicht bemerkt, dass er das eine oder andere Mal eine Flasche hatte mitgehen lassen.

Es war noch früh am Tag und Siggi achtete wenig auf den Verkehr. Er war zu sehr in seine Gedanken vertieft. Sein Schutzengel hatte jedoch noch einmal Erbarmen mit ihm und geleitete ihn sicher nach Hause. Allerdings konnte dieser nicht verhindern, dass dort bereits ein Zivilfahrzeug der Frankfurter Polizei auf ihn wartete. Florian Wilson brachte Siggi zurück nach Frankfurt ins Büro des Kommissars.

»Danke, Herr Wilson. Ich brauche Sie nicht mehr hier, Sie können wieder nach Sachsenhausen in Ihre Dienststelle fahren«, sagte Saleh statt einer Begrüßung.

»Und wie komme ich wieder nach Wiesbaden?«, fragte Siggi aufgebracht.

»Dafür wird sich schon ein Weg finden«, entgegnete der Kommissar.

»Sie sind also Siegbert Ranke, der Liebhaber von Ulrich Reinhold«, stellte Saleh unnötigerweise erneut fest.

Siggi schüttelte erbost den Kopf. »Liebhaber, was soll das heißen? Ich bin sein Lebensgefährte!«, erklärte er nachdrücklich.

»So kann man es natürlich auch sehen.« Khalil Saleh lehnte sich in seinem Stuhl zurück. Siggi blickte auf die schwarzen Hosen des Kommissars und überlegte, ob er selbst in schwarzen Hosen auch so gut aussah.

»Damit erhärtet sich Ihr Motiv«, sagte der Kommissar und verschränkte die Arme. »Dann war dieser tote Gigolo also der Liebhaber Ihres Lebensgefährten.«

Siggi ließ diese falsche Anschuldigung zunächst kommentarlos über sich ergehen. Sascha war tot, Uli hatte sich von ihm getrennt. Er hatte kein Geld mehr. Was erwartete ihn noch in dieser Welt ohne Liebe? Er spürte die spitzen Finger des Kommissars, mit denen dieser seine Worte anfasste, fast körperlich. Dieser Mensch hatte keinerlei Sympathie für die gleichgeschlechtliche Liebe. Was konnte er da noch zu seiner Entlastung vorbringen, an der er in diesem Moment des Weltschmerzes sowieso nicht mehr interessiert war?

Saleh riss Siggi aus seinen Überlegungen.

»Herr Ranke, Sie sind vorläufig festgenommen wegen des dringenden Tatverdachts, den Liebhaber Ihres langjährigen Freundes, Alexander Wienhold, aus Eifersucht erschlagen zu haben.«

Man hatte den Namen Alexander Wienhold durch die Datenbank der Polizei laufen lassen und war bei einem Escortservice fündig geworden, der den jungen Wienhold als Sascha auf seinen Katalogseiten präsentierte. Das hatte man Siggi schon vorher mitgeteilt. Als Khalil den Namen Alexander Wienhold wiederholte, riss es Siggi aus seiner Lethargie. Sascha hatte ihn angelogen, ihm einen falschen Namen genannt, das wurde ihm jetzt klar. Oder aber der Kommissar hatte fehlerhaft ermittelt. So viel Falschheit konnte Siggi nicht mehr ertragen. Wut legte sich über seine Trauer. Mit einem Ruck sprang er auf und versuchte sich auf den Kommissar zu stürzen.

»Kal, Kal, pass auf, der Kerl ist gefährlich!«

Khalils Kollege, der das Verhör protokollierte, sprang auf und versuchte den rasenden Siggi aufzuhalten. Der aber konnte nicht mehr an sich halten. In den letzten Tagen hatte das Leben seinen Nerven einfach zu viel zugemutet. Der ganze Frust, seine Enttäuschung und Zorn kamen jetzt hoch. Er schlug wild um sich, fegte aufgebracht die Akten samt Aufnahmegerät und anderen Dingen vom Tisch, trat die Stühle um und schrie seine Wut über das miese Schicksal heraus.

»Ihr Arschlöcher, ihr Idioten, was redet ihr da für einen Schwachsinn, ihr habt ja nichts im Hirn, ihr habt ja keine Ahnung. Warum sollte ich den Sascha töten? Den Sascha, der mir das Liebste war! Sascha war meine große Liebe. Das könnt ihr nicht verstehen, ihr Wichser. Ich habe ihn geliebt, ja, ich habe ihn so geliebt, wie noch nie einen Menschen zuvor. Und ihn soll ich getötet haben? Ihr tickt doch nicht richtig, ihr Schwachköpfe. Ach, lasst mich doch einfach in Ruhe, ihr Stümper.«

Die beiden Polizisten hatten große Mühe, den randalierenden Siggi unter Kontrolle zu bringen. Schließlich hieß es »Handschellen und abführen«. Siggi hatte keine Chance mehr, die völlig verzerrte Darstellung seines Verhältnisses zu Sascha richtigzustellen. Khalil entnahm seiner Hosentasche ein blütenweißes Stofftaschentuch und wischte damit über sein Gesicht und seine Hände, dann warf er es achtlos in den Papierkorb.

An der Pinnwand im Büro des Kommissars hatte Siggi die Aufnahmen des toten Saschas gesehen, der ihn auch noch im Tod faszinierte. Er war zu keinem klaren Gedanken fähig gewesen. Mit Entsetzen sah er, dass er sich in Untersuchungshaft befand. In der Zelle hatte ihm ein anderer Polizeibeamter seine Rechte vorgelesen und gefragt, ob er einen Anwalt wollte. Siggi hatte abgelehnt. Er hatte Sascha nicht getötet. Zum ersten Mal stellte er sich nun selbst die Frage, wer Sascha umgebracht haben konnte. Er wusste nur, dass er es nicht war. Lange genug hatte er am Abend der Tat in seiner Wohnung mit der selbst fabrizierten Saltimbocca auf Saschas Eintreffen gewartet und dabei die zweite Flasche Prosecco geöffnet.

Wie kam Sascha in Ulis Kneipe? Was hatte er dort gewollt? Möglicherweise hatte Sascha sich im Treffpunkt geirrt? Nein, das konnte nicht sein. Siggi hatte die verheißungsvollen Ankündigungen noch genau im Kopf. Ob Sascha hatte Ernst machen wollen und Uli von seiner Beziehung zu ihm, Siggi, erzählen und damit die Heimlichkeiten beenden wollte? So richtig anfreunden konnte sich Siggi mit diesem Gedanken auch nicht. Wenn es aber doch so gewesen wäre, dann käme nur Uli als Mörder in Frage. In rasender Eifersucht könnte er auf Sascha eingeschlagen haben, als dieser ihm von seiner Beziehung zu Siggi erzählte. Natürlich hätte Sascha mit seinem Bemühen um eine Aussprache gewartet, bis der letzte Gast das Lokal verlassen hätte. Der gute Sascha, welch ein reines Wesen. Siggi war von seinen eigenen Visionen vollends gerührt und beschloss, für Sascha ein wunderschönes Grabmal bauen zu lassen. Ein weinender Engel mit nur einem Flügel. Unbedingt musste er Kontakt zu Saschas Familie herstellen. Er würde den Kommissar nach der Adresse fragen, wenn er ihm erst einmal klargemacht hatte, dass nicht er, sondern Uli die Tat begangen hatte. Das Tatmotiv Eifersucht ergab sich von selbst.

Dann aber beschlichen ihn Zweifel an seinen Überlegungen. Hätte sich Uli bei ihrem letzten Treffen tatsächlich so verstellen können, dass ihm nichts anzumerken gewesen war? Siggi war hin- und hergerissen zwischen seiner Überlegung, dass Uli grundsätzlich der Mörder hätte sein können, und seinem noch nicht gänzlich verlorenen Sinn für die Realität des Lebens. Aber eines spürte er ganz deutlich. Nicht Uli, nicht einer seiner anderen knabenhaften Freunde hatte seine tiefsten Gefühle geweckt. Das hatte nur Sascha vermocht. Mit diesem Gedanken fand er auf dem harten Bett in den Schlaf. Die Beantwortung der Frage, ob er Uli dem Kommissar ans Messer liefern sollte, hatte er verschoben.

Kapitel 14

Aus Anspannung hatte Alina in ihrer kleinen Dachgeschosswohnung in der Schifferstraße alle Gardinen abgenommen, gewaschen, gebügelt und wieder aufgehängt und ihre Möbel, die ausnahmslos vom Sperrmüll stammten, von ihr aber geschickt aufgearbeitet worden waren, umgestellt. Uli hatte ihr die kleine Wohnung besorgt, damit sie nicht immer die Fahrt ins Frankfurter Gallusviertel machen musste, wo sie und ihr Mann bei einer anderen Familie aus der Ukraine untergekommen waren. Vladimir, Alinas Ehemann, hatte sehr schnell eine Arbeit und eine bessere Unterkunft bei seiner neuen deutschen Freundin gefunden. Alina bekam eine Samstagsausgabe der Frankfurter Rundschau aufgeschlagen hingelegt und hatte mühsam die Stellenangebote studieren müssen. Ihr Glück war es, dass sie bereits in ihrer Heimat seit vielen Jahren Deutsch gelernt hatte. Am Sonntag ließ sie sich den Weg nach Sachsenhausen erklären, um sich als Köchin vorzustellen. Sie fuhr einfach hin, ohne vorher einen Termin ausgemacht zu haben. Der Wirt hatte ihr bereits zwei Tage später eine Zusage erteilt, vorher hatte er allerdings noch bei ihren Wirtsleuten angerufen. Einmal hatte er ihr in einer schwachen Minute gestanden, dass er ihr am liebsten sofort die Zusage gegeben und sie gebeten hätte, gleich hierzubleiben und anzufangen. Das war an einem Abend gewesen, als Siggi nicht da gewesen war. Es war nicht viel los gewesen. Uli hatte nicht nur Wasser getrunken und Erdnüsschen gegessen, nein, in seinem Weinglas war an diesem Abend Wasser zu Wein geworden. Uli war selten redselig, aber Alina mochte ihn so, wie er war. Knapp, unfreundlich, aber hilfsbereit und ganz sicher nicht bösartig oder hinterhältig.

Siggi dagegen war ihr suspekt gewesen. In den Jahren, die er hier nun schon aus- und einging und ihr die Gefühle ihres Chefs entzog, war er ihr zwar vertraut, aber doch nicht sympathisch geworden. Er war nicht der richtige Partner für Uli. Da war sie sich ganz sicher. Ihre Aufgabe war es jetzt, alles zu tun, um Uli von jedem Verdacht reinzuwaschen. Sie hatte allen Personen, die sie ansprachen, denn schließlich kannte hier jeder jeden, mitgeteilt, dass Uli nur eine Zeugenaussage machen und dass der wahre Täter bald gefasst würde. Aber ob ihren Unschuldsbeteuerungen Glauben geschenkt wurde?

Wie oft war sie in den letzten beiden Tagen einkaufen gegangen, nur um wieder auf Uli angesprochen zu werden? Sie hatte ihn verteidigt wie eine Löwin ihr Junges. Schon am Nachmittag nach der Tat hatte sie vor der Schenke gestanden und auf Uli gewartet, der nicht kam. Wie gerne würde sie Uli ein Alibi geben, aber sie traute sich nicht. Sie hatte sich ausgedacht, ihm vorzuschlagen, dass er die Nacht bei ihr verbracht haben könnte. Aber ob das bei seiner bekannten Homosexualität glaubhaft war? Sie zweifelte daran. Außerdem war sie noch verheiratet, auch wenn sie ihren Mann nicht mehr gesehen hatte seit dem Morgen, an dem er seine Sporttasche gepackt und ihr gesagt hatte, dass er nicht mehr wiederkommen würde. Er fehlte ihr nicht. Zwar war sie einen Moment lang unsicher, weil sie nicht wusste, was jetzt aus ihr werden sollte, wer sich um sie kümmern würde. Dann aber siegte die Freude darüber, dass ab sofort der erzwungene Beischlaf ausbleiben und die Freiheit einkehren würde.

Alina sah ein wenig aus wie Julia Timoschenko, nur dass sie den honigblonden Zopf nicht aufsteckte, sondern lang den Rücken herunterhängen ließ. Sie verehrte die Politikerin, wie sie alle starken Frauen, die es zu etwas gebracht hatten, verehrte. Und sie verehrte Uli.

Sie klingelte in dem Moment bei ihm, als er nach der Erkenntnis, dass Siggi ihn betrogen hatte, erschöpft und mit leeren Augen am Küchentisch saß und nicht mehr weiter wusste. Sie rüttelte an der Tür, sie wusste dass Uli da war. Er riss die Tür auf.

»Lass mich in Ruhe, Alina! Ich muss nachdenken.«

»Wir überlegen zusammen.« Damit schob sie sich an ihm vorbei, ging die Treppen hoch in die Wohnung und setzte sich unaufgefordert an den Küchentisch. Uli ließ sich ihr gegenüber auf seinen Stuhl fallen. Er machte einen apathischen Eindruck.

»Uli, wir müssen wieder aufmachen. Die ganzen Kunden gehen woanders hin. Du musst mit der Polizei reden. Du hast doch nichts getan.«

Alina streckte sich über den Tisch und strich vorsichtig über seine zur Faust geballte Hand. Als hätte er sich verbrannt, zog Uli schnell die Hand weg. Alinas traurigen Blick bemerkte er nicht.

»Soll ich bei der Polizei anrufen?«, schlug Alina betont munter vor.

»Ja, mach du das.«

Sie zog die Visitenkarte, die ihr der Kommissar für den Fall, dass ihr etwas einfallen würde, gegeben hatte, aus ihrer kleinen, schwarzen Handtasche. Bedächtig wählte sie die Nummer von Hauptkommissar Saleh. Sie erreichte ihn sofort.

»Bitte, Herr Kommissar, hier spricht Alina, die Köchin.«

»Welche Köchin, ach ja, ich weiß. Was möchten Sie mir sagen?«

»Ja, können wir bitte wieder öffnen, die Kunden laufen sonst weg.«

»Ja, ja«, murmelte der Kommissar. »Ich komme nachher selbst vorbei und entferne das Siegel. Halten Sie sich bitte zu meiner Verfügung.«

Damit beendete er das Gespräch. Alina strahlte.

Kapitel 15

Als Alina gegangen war, ergriff Uli eine seltsame Unruhe. Ihm, der es gewohnt war, jeden Tag, außer an seinem einzigen Ruhetag, bis spät in die Nacht mit seinen Gästen zu plaudern, zu diskutieren, zu lachen, sie zurechtzuweisen, zu bedienen, ihm fiel die Decke auf den Kopf.

Die vielen Grünpflanzen, die er mit Hingabe pflegte und die seine Wohnung fast in einen kleinen Urwald verwandelt hatten, waren alle gegossen, die vertrockneten Blättchen akribisch abgezupft, die Untersetzer peinlichst gereinigt und der ganze grüne Wald neu arrangiert.

Nicht nur hatte er seine Küche mit einem geradezu verbissenen Eifer bearbeitet, so dass die Küchenspüle aus Edelstahl ihn nahezu blendete, nein, er hatte auch die ganze Wohnung mit dem Staubsauger gereinigt, die Betten abgezogen und die Laken in die Schmutzwäsche gesteckt. Alle Sachen von Siggi hatte er in einen großen, blauen Müllsack gesteckt und in die hinterste Ecke seines Besenschrankes geworfen. Nichts sollte ihn mehr an diesen Verräter erinnern. Er hasste ihn. Seinetwegen war sein ganzes Leben völlig aus den Fugen geraten. Und sich selbst hasste er auch, weil er so blöd gewesen war, Siggi bedingungslos zu vertrauen, während dieser die vergifteten Blumen am Wegesrand, eine um die andere, gepflückt und er, Uli, der vertrauensselige Esel, nichts davon bemerkt hatte.

Tränen der Wut brannten in seinen Augen. Keine Strafe war schwer genug, diesen Verrat wiedergutzumachen. Uli badete geradezu in seinen eigenen mörderischen Inszenierungen. Jetzt verstand er gut, was das hieß: »im Affekt getötet«. Er selbst wäre in seinem aktuellen Zustand durchaus dazu fähig.

Und dann dieser Sascha. Glaubte wirklich jemand, dass er diesen jungen Gigolo getötet hatte? Warum sollte er den Liebhaber von Siggi in seiner eigenen Kneipe töten und ihn dort liegenlassen, bis er selbst die Polizei rief? Er wusste damals gar nichts von der Existenz dieses Kerls. Das war doch alles absurd.

Um sich nicht weiter verrückt zu machen, zwang er sich, das Thema des ungetreuen Freundes nicht weiter zu verfolgen. Schließlich wollte er das Lokal in Kürze wieder öffnen und dazu musste er noch einiges vorbereiten.

Gerade als er daran dachte, wie er die versiegelte Tür öffnen könnte, klingelte es und Kommissar Saleh stand vor seiner Haustür.

»Schön, dass Sie da sind, eben hab ich mich gefragt, ob ich das Siegel selbst wegmachen kann.«

»Das lassen Sie mal lieber sein, wenn Sie keine Unannehmlichkeiten mit der Polizei haben wollen. Bevor ich das Siegel entferne, sollten Sie mir noch ein paar Fragen beantworten. Es geht dabei um die von Ihnen erstellte Liste aller Gäste, die an dem Abend vor dem Totschlag in ihrem Lokal waren.«

Uli zuckte zusammen. Das Wort Totschlag im Zusammenhang mit seiner Kneipe zerrte an seinen Nerven. Sein Magen krampfte.

»Fragen Sie, ich werde Ihnen Auskunft geben, so gut ich es weiß«, presste er kurzatmig hervor.

Der Kommissar wollte noch ein paar Informationen über Adresse und Arbeitsplatz einiger Gäste haben. Bei einigen Personen war er bei der Bearbeitung nicht weitergekommen, weil er sie weder telefonisch noch zu Hause angetroffen hatte. Uli erzählte ihm alles, was er wusste, und kam sich dabei wie ein Verräter vor.

»Im Übrigen«, bemerkte der Kommissar, »dauert die Überprüfung der vielen Gäste, die in der Nacht zum Montag Ihre Wirtschaft besucht haben, natürlich etwas länger. Aber ich will Ihnen ja nicht das Geschäft verderben, solange Sie nicht als Mörder überführt sind.«

Während Uli sich ans Herz griff, ging der Kommissar zur Tür und entfernte mit einem Ruck das Siegel.

»Halten Sie sich morgen früh für eine weitere Befragung bereit. Guten Tag und auf Wiedersehen.«

Uli konnte nur stumm nicken. Jetzt musste er den schwierigen Schritt wagen und in das Lokal hineingehen, in dem die Leiche gefunden worden war.

Einen Augenblick noch blieb er vor der entsiegelten Tür stehen und stellte sich, wie um dem düsteren Eindruck des toten Saschas ein freundlicheres Bild entgegenzusetzen, einen ganz normalen Abend in seinem Lokal vor und ließ seine vertraute Klientel vor seinem inneren Auge aufmarschieren. Und dann sah er sie vor sich. Seine Stammkunden, die still und unauffällig am Tresen standen und nur reagierten, wenn er sie ansprach. Einige von ihnen betranken sich in einer Art ruhigem Ausdauersport und wankten danach ebenso still und unauffällig wieder davon. An ihnen konnte man die erwünschte Tröstung durch den Alkohol und seine wohltuende Wirkung auf eine weniger strenge Wahrnehmung der Realität erkennen.

Andererseits waren da die Gesellschaftstrinker, die ihre Kumpels brauchten, um ihr Bier mit einem Klaren oder einem Kräuterschnaps zu kippen. Kumpels, mit denen sie sich gut gelaunt und lautstark unterhielten, so dass der Rest des Publikums auch in den Genuss ihrer meist unter schallendem Lachen erzählten, schrägen Witze kam. Wenn man selbst schon einen kleinen Promillepegel hatte, war das gut zu ertragen. Manche, hauptsächlich die schon etwas in die Jahre gekommenen älteren Zausel, kamen bei fortschreitender Alkoholisierung in den Zustand einer melancholischen Hellsichtigkeit auf den unvermeidbaren Fortgang der Dinge des Lebens. Das waren in Ulis Augen die angenehmsten in der ganzen Runde. Und dann gab es noch ganze Familien, die sich hier gerne trafen, denn die Gerichte seiner ukrainischen Köchin Alina waren lecker und die Preise, im Vergleich zu anderen Lokalen der näheren und weiteren Umgebung, noch sehr moderat.

Ab und an kamen auch sehr schlanke, gut aussehende und modisch gekleidete junge und junggebliebene Männer, die stets zu zweit auftraten und sich meist sehr unauffällig benahmen. Manchmal kam er mit ihnen ins Gespräch, ihre wissenden Augen trafen sich mit seinen, aber Uli konnte sehr wohl unterscheiden und hielt sich fast immer bedeckt.

Ein Lächeln umspielte seine Lippen. Eigentlich hatte er doch eine sehr nette Kundschaft.

Dann endlich gab er sich einen Ruck und öffnete die Tür. Ein wildes Durcheinander von umgeworfenen Tischen und Stühlen, von zerbrochenen Gläsern und noch nicht getrockneten Pfützen irgendwelcher Flüssigkeiten bot sich seinen Augen. Die Frühlingsdekoration, die er mit viel Liebe an Wänden und Tischen angebracht hatte, lag abgerissen und zerstört auf dem Boden. Aber das Schlimmste war der beißende Gestank chemischer Substanzen, der sich im ganzen Lokal ausgebreitet hatte.

Uli hielt sich die Nase zu. Dann riss er alle Fenster auf. Sein Blick wanderte auf den Boden. Keine Blutspuren. Die Polizei hatte gründlich gearbeitet. Aber er hatte das beunruhigende Gefühl, dass es nicht mehr seine Kneipe war. Sie hatte ihre vertraute Seele verloren. Fremd und schäbig kam sie ihm vor. Der abgestandene Geruch von Zigarettenrauch drang in seine Nase. Ja, manchmal hatte er, obwohl selbst Nichtraucher, zu später Stunde seinen dann meist angeheiterten Gästen gestattet, zu rauchen. Dieser Rauch der vergangenen Jahre hatte sich in Mobiliar und Gardinen festgesetzt und strömte einen unangenehmen Modergeruch aus.

Kritisch schweifte sein Blick über die von ihm seit vielen Jahren geführte Kneipe. Sahen seine Gäste nicht auch, wie billig und bieder die gesamte Einrichtung war? Er musste sich eingestehen, dass er tatsächlich einen ganz schlechten Geschmack hatte.

Wäre jetzt nicht der richtige Moment für eine radikale Veränderung? Ohne Siggi, aber mit einem modern eingerichteten Lokal. Vielleicht kämen dann auch mehr jüngere Gäste zu ihm?

Ein neues Leben könnte für ihn beginnen. Um sein Bankkonto war es doch gar nicht so schlecht bestellt.

Der verschrammte, uralte Linoleumboden müsste unbedingt raus und ein neuer, heller Anstrich würde das Lokal viel freundlicher aussehen lassen. Die dunklen Holzbalken würde er allerdings lassen. Dafür würde schon der Denkmalschutz sorgen. An den Außenfassaden wollte er nichts ändern. Aber innen wollte er Licht und Luft hineinbringen und den Mief der vergangenen Jahre vertreiben.

Vor seinen Augen entstand das Bild einer hellen, heiteren Einrichtung. Diese beglückende Vorstellung richtete sein geknicktes Ich ein wenig auf.

Gleich nachdem er nicht mehr als Verdächtiger bei der Polizei auf der Liste stand, wollte er mit der Renovierung anfangen. Und Siggi? Ach Siggi, der konnte ihn mal kreuzweise.

Kapitel 16

Gedankenverloren wischte Alina ein weiteres Mal über die Theke. Es war schade, dass Uli schon wieder abgeholt worden war. Alina hatte es sich so schön vorgestellt, mit Uli zusammen die Kneipe für die Wiedereröffnung vorzubereiten. Sicher würde sie es auch alleine schaffen, alles aufzuräumen, aber mit Uli zusammen wäre es eben schöner gewesen.

Ein plötzlicher Luftzug ließ sie den Kopf heben. Die Eingangstür war offen. Sie erstarrte. Im Gegenlicht erkannte sie sofort die Umrisse ihres Ehemannes.

»Alina, Schätzchen, wie schön dich zu sehen.« Langsam kam er auf sie zu.

Alina, die genau wusste, was jetzt passieren würde, überlegte fieberhaft, womit sie sich verteidigen konnte. Ihr Blick glitt blitzschnell durch das Lokal. Da war nichts, was sie schützen könnte. Jetzt stand er dicht vor ihr, nur die Theke trennte sie von ihm. Er griff sich ihr Kinn und drückte es nach oben. »Warum willst du mir ausweichen, du kleines Luder, du?«

Selbst wenn sie gewollt hätte, hätte sie nicht antworten können. So sehr drückte er gegen ihr Kinn. Er hatte getrunken. Sie roch seine Fahne.

»Ich hab dich so vermisst. Du schuldest mir was. Auf der Stelle.«

Mit funkelnden Augen, in denen Alina deutlich lesen konnte, was er wollte, ließ er ihr Kinn los und machte Anstalten, zu ihr hinter die Theke zu kommen. Sie wusste, dass er sie zu Boden werfen und ihr die Kleider vom Leib reißen würde, bevor er sie brutal nehmen würde, wie er es oft getan hatte. So viele Male hatte Alina Angst um ihr Leben gehabt, weil er ihr bei dieser Gelegenheit gerne die Luft zum Atmen abschnürte. Das sollte den Kick erhöhen.

Sie sah, wie er sich auf sie stürzen wollte, und duckte sich hinter die Theke, als diese durch einen Schlag erschüttert wurde. Alina hatte, um den Fußboden von den Spuren des Verbrechens zu reinigen, besonders viel Schmierseife verwendet. Unglücklicherweise hatte ihr Ehemann den Bodenverhältnissen keine Aufmerksamkeit geschenkt. Mit der Wucht seiner Entschlossenheit war er im Anlauf ausgerutscht und mit der Schläfe gegen die Thekenkante gedonnert. Als nach dem Schlag alles ruhig blieb, schlich sich Alina vorsichtig um die Ecke und sah ihren Ehemann regungslos auf dem Boden liegen. Vorsichtig tippte sie ihn an. Keine Reaktion. Tränen schossen in ihre Augen. Sie hatte Vladimir getötet, dabei liebte sie ihn doch, auch wenn er brutal und rücksichtslos sein konnte. Erst als ihr wieder der letzte eheliche Beischlaf einfiel, bevor er sie wegen dieser Deutschen verlassen hatte, versiegten ihre Tränen. Alina überlegte, was sie tun konnte. Ihr Blick fiel auf die geöffnete Falltür, die zum Keller führte, und dann auf ihren leblosen Mann. In ihrem Kopf baute sich ein Szenario auf, dem sie nicht ungern stattgegeben hätte. Aber dann erwachte sie aus ihrer Starre und wusste, dass sie jetzt sofort handeln musste, aber nicht so, wie es ihre Fantasie vorschlug. Sie griff zum Telefon und rief den Rettungswagen über die 112 an. Es dauerte eine halbe Stunde bis der Notarzt vorfuhr. Am hellen Nachmittag kamen die Sanitäter zum Glück ohne Martinshorn, nur wenige Passanten bekamen mit, dass die Tür zum Kleinen Wirtshaus offen stand.

Nachdem Vladimir abtransportiert worden war, ging Alina nach Hause, um zu duschen. Vorher hatte sie dem Notarzt ihre Handynummer diktiert, damit man sie notfalls über den gesundheitlichen Zustand ihres Ehemannes informieren konnte.

Während sie eine lange Zeit unter der Dusche stand, überlegte Alina, ob Vladimir mit seiner deutschen Freundin auch so brutal umgegangen war. Wohl nicht. Ein Stich der Eifersucht durchfuhr sie. Sie zog sich an und kehrte in das Wirtshaus zurück.

Zwischenzeitlich war Uli nach Hause gebracht worden.

»Weißt du, was passiert ist?«, begrüßte ihn die frisch geduschte Alina, die außerdem noch ihr bestes Parfum, *Poison* von Dior, ein Geburtstagsgeschenk von Uli, aufgesprüht hatte. Ohne auf eine Antwort zu warten, tischte sie Uli die Neuigkeit auf. »Der Vladimir ist im Krankenhaus.«

Kapitel 17

Nach der Nacht in der Gefängniszelle, in der Siggi seltsamerweise recht gut geschlafen hatte, holte ihn die Realität mit Riesenschritten ein. Als er aufwachte, wusste er zunächst nicht, wo er sich befand. Doch dann dämmerte es ihm und er war sofort hellwach.

In diesem Moment hörte er bereits die Schlüssel in der Tür und ein Wachbeamter stellte das Tablett mit dem Frühstück auf den Tisch in der Zelle. Ein Tisch, ein Stuhl, ein schmaler Schrank und ein nicht minder schmales Bett befanden sich in dem neun Quadratmeter großen Raum.

»Haben Sie sich nicht gewaschen?«, fragte der Beamte. »Um sechs Uhr war Wecken.«

Siggi schüttelte betreten den Kopf. Es war ihm peinlich. »Nachholen«, sagte der Polizist.

»Halt«, rief Siggi dem Mann zu, der im Begriff war, die Zellentür wieder abzuschließen. »Wann ist mein nächstes Verhör mit Kommissar Saleh?«

»Das kann ich Ihnen nicht sagen, Sie haben ja Zeit«, sagte der gute Mann, während er abschloss.

Siggi setzte sich auf den Stuhl und rückte ihn an den wackeligen Tisch, um sein Frühstück in Augenschein zu nehmen. Schätzungsweise dreihundert Gramm Brot, Marmelade und dünner Kaffee. Das war es.

Siggi hatte das Handy abgeben müssen, als er Bettzeug und Waschzeug erhielt. Er hatte nichts zum Spielen. Das Warten auf das nächste Verhör war qualvoll. Als ihm der Gedanke ans Mittagessen kam, fiel ihm seine Mutter ein. Er hatte sie gestern nicht informieren können. Sicher würde sie sich große Sorgen machen, wenn er heute schon wieder nicht auftauchte und auch telefonisch nicht erreichbar war. Vielleicht würde sie bei Uli anrufen. Der Gedanke war ihm unangenehm. Hoffentlich würde Uli nichts Falsches zu ihr sagen. Er musste den Kommissar darum bitten, dass er sie anrufen durfte. Überhaupt wollte er hier raus. Er hatte doch nichts getan. Panisch fing er an gegen die Tür zu klopfen und zu rufen, aber nichts passierte.

Nach einer Weile ließ er sich auf sein Bett fallen. Tränen der Hoffnungslosigkeit standen in seinen Augen. Sein Leben erschien ihm schmutzig und verfehlt. Was sollte nun aus ihm werden, wenn niemand mehr etwas mit ihm zu tun haben wollte? Er würde wieder so einsam werden wie damals, als er sich über einen Begleitservice einen Lover suchen musste.

Zu dieser Zeit hatte es zwar schon Uli in seinem Leben gegeben, aber die Geschichte mit ihm war nicht besonders spannend. Und nie hatte er richtig Zeit für ihn gehabt. Immer war er mit seinem blöden Wirtshaus beschäftigt. Siggi versank in Selbstmitleid. Dieser Typ von *Privacy* war einfach zu teuer gewesen. Und zu gleichgültig.

Während Siggi noch weiter in Selbstmitleid badete, wurde plötzlich die Zellentür aufgerissen und zwei Beamte kamen herein. Siggi hatte sie nicht kommen gehört.

»Zum Verhör, Herr Ranke.«

Siggi fuhr hoch, jetzt hatte er sich gar nicht richtig darauf vorbereitet, was er sagen wollte.

»Wo sind Sie dem Opfer zum ersten Mal begegnet?«, fragte der Kommissar als Erstes statt einer Begrüßung.

Das irritierte ihn derartig, dass er nur herumdrucksen konnte. Aber er musste es ja zugeben, sonst ging seine Strategie nicht auf.

»Im Café Metropol in Frankfurt«, sagte er schließlich laut und vernehmlich. »Ich habe mich sofort in ihn verliebt.«

Jetzt war es heraus und Siggi fühlte sich besser. Er starrte dem Kommissar ohne einen Wimpernschlag fest in die Augen. Und was sagte dieser Hund?

»Ich denke, Sie und Herr Reinhold sind ein Paar!«
Jetzt wurde Siggi so wütend wie Uli in seinen besten Tagen.
»Herr Kommissar«, hob er an.
»Hauptkommissar bitte, wenn Sie schon förmlich werden wollen.«
Sarkasmus konnte Siggi überhaupt nicht ausstehen. Er schlug mit der Faust auf die Schreibtischplatte. Die Hand tat ihm weh und er musste sie massieren, um den Schmerz zu mildern. Er wusste nicht mehr, was er hatte sagen wollen.
»Jetzt haben Sie mich ganz aus dem Takt gebracht mit Ihrer Titelhuberei, Saleh.«
»Herr Saleh«, wurde er wiederum korrigiert. »Sie wollten sich zu Ihrer Beziehung zu Herrn Reinhold äußern.«
»Gar nichts wollte ich«, hatte er dann geschrien, war aufgesprungen und hatte sich mit seiner ganzen Länge über den Schreibtisch geworfen und den Kommissar trotz der schmerzenden Hand heftig an den Schultern geschüttelt.
Sofort hatte sich der ebenfalls im Raum befindliche Polizist seinerseits auf ihn gestürzt, ihn auf den Stuhl gedrückt und Handschellen angelegt.
»Kal, ich fass es nicht, der Kerl ist kein bisschen klüger geworden. Ja, wollen Sie denn noch eine Nacht in der Zelle verbringen?«, wandte er sich an Siggi.
»Wenn Sie sich weiterhin so gewalttätig verhalten, werde ich Sie anzeigen, Herr Ranke. Widerstand gegen die Staatsgewalt. Zu Ihrer Information, das Verhör wird aufgezeichnet. Wollen Sie einen Anwalt?« Khalil wurde langsam ungehalten.
»Nein, keinen Anwalt«, hatte Siggi matt entgegnet. »Ich war es doch nicht. Ich werde doch nicht meine große Liebe einfach abmurksen.« Seine Augen schwammen.
Ob er etwas vom Umfeld von Alexander Wienhold alias Sascha wisse, von anderen Liebhabern, ob er viele Freier gehabt habe? Wo sie verkehrt hätten? Nein, nicht in welchen Betten, sondern in welchen speziellen Etablissements.

Nein, er habe keine Ahnung, entgegnete Siggi.

»Aber wir wissen etwas darüber«, sagte der Kommissar. Er konfrontierte den sprachlosen Siggi mit dem Fakt, dass eine junge Frau, die aus der Zeitung auf den Mord an Alexander Wienhold aufmerksam geworden war, ein Tagebuch des Opfers im Polizeipräsidium abgegeben hatte. Alexander Wienhold hatte offenbar in einer Wohngemeinschaft mit mehreren jungen Damen gewohnt. Als die tüchtigen Mädchen das Bild gesehen und die Nachricht gelesen hatten, hätten sie selbstverständlich sofort das Zimmer ihres Mitbewohners gründlich durchsucht und dabei ein Tagebuch gefunden. Natürlich seien dabei auch wichtige Spuren zerstört worden. Gleichwohl müsse man dort noch eine Wohnungsdurchsuchung vornehmen.

Dieses Tagebuch gäbe Aufschluss über das abrupte Ende der familiären Beziehung zwischen Alexander Wienhold und seinem betuchten Vater und enthielte viele Begegnungen mit Kundinnen im Rahmen seiner Tätigkeit für den Escortservice.

»Als Arbeit kann man das wohl nicht bezeichnen«, meinte der Kommissar.

»Kundinnen?«, fragte Siggi.

»Kundinnen«, wiederholte Saleh bestätigend.

Ob auch etwas über ihn enthalten sei, wollte Siggi wissen. Der Kommissar verneinte und fragte stattdessen erneut danach, was er, Siegbert Ranke, über die Tätigkeiten des Opfers wisse. Er könne ihm allerdings ein paar Beispiele nennen. Süffisant erzählte der Kommissar ihm die Geschichte, wie Alexander von einer älteren Kundin genötigt wurde, eine Eselsmaske aufzusetzen, und noch einiges mehr.

Das Verhör dauerte endlos, weil der Kommissar nahezu Saschas gesamtes Tagebuch verlas. Siggi wurde zusehend apathischer und fiel in sich zusammen.

Etwas milder hatte der Kommissar dann noch einmal gefragt, was nun mit ihm und Herrn Reinhold sei.

»Ich habe keine Ahnung«, murmelte Siggi.

Dann hatte er sich wieder konzentrieren können. »Herr Kommi..., äh, Herr Hauptkommissar, bitte schön, können Sie mir die Anschrift von Saschas Eltern geben? Ich möchte ihnen kondolieren. Wo wird er beigesetzt?«

Diese Frage ließ den Kommissar völlig unbeeindruckt.

»Darum müssen Sie sich schon selbst kümmern, wenn Sie wieder draußen sind. Wir sind doch keine Auskunftei.«

Dann beendete er das Verhör. »Herr Ranke, wir brechen unser Gespräch jetzt ab, Sie können gehen, müssen sich aber jederzeit für weitere Befragungen bereithalten. Dass Sie eine Nacht in der Zelle verbringen mussten, haben Sie allein Ihrer Aggressivität zu verdanken.«

Siggi erhob sich wie betäubt und wankte aus dem Zimmer. Draußen auf der Straße atmete er die frische Luft ein. Er war frei, anscheinend gab es keinen grundlegenden Verdacht gegen ihn. Dadurch, dass er in der Tatnacht von Wiesbaden aus mehrfach versucht hatte, mit seinem Handy Sascha anzurufen, und die Polizei das nachgeprüft hatte, schien er nicht zur engeren Gruppe der Verdächtigen zu gehören. Und dass er so blöd war, durch seinen körperlichen Angriff auf den Kommissar diesen so zu reizen, dass der ihn für eine Nacht in den Knast gesteckt hatte, das hatte er sich selbst zuzuschreiben.

Es war die herabsetzende Darstellung von Sascha, die einen empfindlichen Nerv in ihm getroffen hatte. Er musste schlucken. Nein, er hatte Sascha nicht vergessen. Der gewaltsame Tod seines Geliebten hatte ihn tief bewegt. Aber es war schön, wieder in Freiheit zu sein. Beim nächsten Lokal machte er Halt und bestellte sich einen Espresso und einen Whisky. Den Kaffee stürzte er brühheiß die Kehle hinunter, der Whisky folgte in langsamen Schlucken.

Was war nur aus ihm geworden? Er fühlte sich wackelig. Der Mann hinter der Theke stellte ihm unaufgefordert ein neues Glas Whisky hin.

»Geht aufs Haus. Sie sehen aus, als könnten Sie es brauchen.«

Siggi schenkte dem Mann ein dankbares Lächeln und fragte

sich, ob er wirklich so bemitleidenswert aussah. Rasch stand er auf, zahlte und dankte dem Ober für seine Großzügigkeit. Dann nahm er die nächste S-Bahn nach Wiesbaden.

An diesem Wochenende würde er sein weiteres Leben planen, dachte Siggi, während er die Treppe hinauflief. Im Dämmerlicht seiner Wohnung war das Blinken des Anrufbeantworters unübersehbar. Natürlich, seine Mutter. Die hatte er ganz vergessen. Aber das Gespräch hatte noch Zeit. Zunächst riss er alle Fenster auf und ließ seinen Rechner hochfahren. Der Blick in seine Mails war alles andere als erfreulich. Der Kunde, dem er die Rückzahlung der Maklerprovision schuldete, hatte sich gegen die Alternativimmobilie am Lindenbaum in Frankfurt entschieden. Verflixt, jetzt brauchte er wirklich dringend Geld, wenn er seine Maklerlizenz und seinen guten Ruf behalten wollte. Ganz abgesehen von einer möglichen Klage. Er musste sich wieder mit Uli vertragen. Während er sich auf diesen Schock hin einen Whisky genehmigte, gab er bei Google »Alexander Wienhold« ein. Es gab mehrere Treffer. In einer alten Zeitungsmeldung wurde auch erwähnt, dass der Sohn des Bankiers Jean-Paul Wienhold durch den Tod der Mutter Sarah Wienhold zur Halbwaise geworden war. Das Foto zeigte die Familie Wienhold im Urlaub am Gardasee. Alexander sah seiner Mutter sehr ähnlich. Zum zweiten Mal überkam Siggi ein Anflug von Unmut, als er an Alexander dachte. Warum hatte Sascha ihn belogen? Warum hatte er kein Vertrauen zu ihm gehabt? Seinen Vater, Jean-Paul Wienhold, würde er schon finden und aufsuchen. Aber das konnte warten. Zunächst wollte er den Schmutz der letzten Tage abwaschen.

Er schloss die Fenster und zog sich aus, ließ seine Kleider achtlos zu Boden fallen und schlüpfte in einen kurzen schwarzen Bademantel. Ein Weihnachtsgeschenk von Uli. Dann ließ er Wasser in die Badewanne ein. Schenkte das Whiskyglas wieder voll und stellte den CD-Player ins Bad. Uli hatte ihm eine CD gebrannt, auf der nur das eine Lied zu hören war, *Killing Me Softly*. Die CD enthielt eine Vielzahl von Aufnahmen des Liedes. Uli sagte immer, dass es ihr gemeinsames Lied sei. Nach einem weiteren Whisky schlief Siggi in der Wanne ein. Irgendwann wachte auf. Die Kälte hatte ihn geweckt. Es dauerte einen Moment, bis er realisierte, dass er im kalten Badewasser lag. Fluchend trocknete er sich ab und ging ins Bett, um sich aufzuwärmen. Die CD spielte immer noch *Killing Me Softly*.

Schließlich setzte er sich auf einen Sessel, goss sich noch einen Whisky ein und brütete dumpf vor sich hin. Er hatte keinen Hunger. Splitter seiner früheren Liebschaften blitzten in seinen Kopf auf und verschwanden so schnell wieder, wie sie entstanden waren. Selbst an die legendäre New-York-Reise dachte er kurz. Er machte sich keine Gedanken darüber, wie seine Beziehung mit Uli weitergehen sollte, aber reden wollte er schon noch einmal mit ihm. Uli war all die Jahre immer da gewesen. Er war seine Familie, ersetzte ihm den schmerzlich vermissten Vater, war Bruder und bester Freund, erfüllte alle seine Bedürfnisse, die materiellen und die körperlichen, wenn er gerade keinen Liebhaber hatte. Uli war perfekt, nur besonders sexy war er nicht. Dann dachte er wieder an Sascha, seine große Liebe, dessen seelenloser Körper jetzt in irgendeiner Kühlkammer der Rechtsmedizin lag.

Siggi versuchte sich daran zu erinnern, was ihm der Kommissar anhand von Saschas Tagebuch über dessen Leben um die Ohren gehauen hatte.

Dass Sascha eigentlich Alexander Wienhold hieß, hatte er nun von Kommissar Saleh gehört. Einmal hatte Siggi selbst Sascha in dem Bemühen mehr über ihn zu erfahren, gefragt, wie er denn zu seinem Namen gekommen sei. Siggi hatte »Sascha« bisher für einen weiblichen Vornamen gehalten. Doch dieser hatte nur die Schultern gezuckt und aus dem Fenster gesehen.

Es schmerzte Siggi, dass Sascha so wenig Interesse gehabt hatte, ihm etwas aus seinem Leben zu erzählen. Siggi musste einsehen, dass er für ihn nur ein netter Mann gewesen war, welcher ihn ab und zu, wenn er es am nötigsten gehabt hatte, aushielt. Seine tiefen Gefühle hatte Sascha jedenfalls nicht erwidert. Vielleicht lag es daran, dass er nicht so wohlhabend war, wie Sascha gedacht hatte. Er musste seine Geldsorgen durchschaut haben, auch wenn Siggi ihn immer wieder in teure Restaurants eingeladen hatte. Siggi fragte sich, ob Sascha mit ihm auch Pizza essen gegangen wäre.

Dass der schöne junge Mann so an seinem Leben litt, hatte Siggi jedoch nicht erkannt. Die Momente tiefer Melancholie hatte Sascha nur seinem Tagebuch anvertraut, in den Stunden, in welchen er niemanden sehen oder hören wollte. Diese düsteren Tage schrieb der junge Mann einerseits seinem Vater zu und andererseits der Tatsache, dass er sich gezwungen sah, aus seinem attraktiven Aussehen bei Frauen und Männern gleichermaßen Kapital zu schlagen. Schließlich hatte er das Zimmer in der Wohngemeinschaft und seinen Unterhalt finanzieren müssen. Siggi wunderte sich, warum Sascha ihn nicht gefragt hatte, ob er bei ihm einziehen dürfe. Weshalb wohnte er lieber mit drei Studentinnen zusammen, die ihn ausschließlich für homosexuell hielten, wie Sascha fast spöttisch festgehalten hatte? Den Mädels erzählte er, dass er an der Fachhochschule in Geisenheim Weinbau studieren würde. Damit konnten die Schnepfen nichts anfangen. Sie tranken mit Vorliebe Cocktails und schwärmten von der schicken Bar in der Gerbermühle am Mainufer, die sie für einen echten Geheimtipp hielten. Sascha schrieb, dass er dieses Studienfach außerdem vorgegeben hatte, um seine abendlichen Abwesenheiten im schwarzen Anzug zu erklären. Er sei dann bei diversen Rheingauwinzern zu Weinverkostungen eingeladen gewesen. Und wenn er im Rahmen seines Begleitservices übernachten musste, hatte ihm eben der zu verkostende Wein so gut geschmeckt, dass er im Gästezimmer des Weinguts habe übernachten müssen.

Sascha hatte mit dem Tagebuch begonnen, als es zu dem rasanten Abstieg aus einem unbeschwerten Leben in seine jetzige prekäre Situation gekommen war. Es war ganz unerwartet geschehen. Eines Tages war sein Vater spät nach Hause gekommen und hätte interessiert in Alexanders vor der Villa im noblen Holzhausenviertel geparktes Sportcoupé geschaut. Er hätte ihn gesehen, wie er, nicht etwa in den Armen einer schönen Blondine lag, sondern sich mit einem bärtigen jungen Mann in einem schier ewig währenden Zungenkuss befand.

Der Kuss war es, so hatte Sascha geschrieben, durch den seinem Vater schlagartig klar wurde, dass das, was ihm sein Unterbewusstsein wohl schon seit Jahren signalisiert haben musste, nicht nur ein Verdacht war, sondern die ungeschminkte Wahrheit.

Alexander habe am Ende der Ewigkeit sein väterliches Zuhause betreten, damit ihm sein alter Herr die Schlüssel für die Haustür und das Coupé abnehmen konnte.

»Du kannst gehen. Ich will dich nie wieder sehen.«

Sascha, der damals noch ein letztes Mal den Namen Alexander zugelassen hatte, zitierte seinen Vater wörtlich, der ihm dann die Tür gewiesen habe. Er schrieb, dass er in dem Moment wusste, dass er sein Elternhaus zum letzten Mal gesehen hatte. Nur schwer habe er sich von dem Anblick des dunklen Hauses lösen können. Gerade als er die Haustür hinter sich zugezogen hatte, sei im ersten Stock ein Fenster aufgegangen. Einen Moment lang habe er gedacht, dass sein Vater ihn zurückrufen würde. Stattdessen sei jedoch ein Schwung Kleider auf den gepflegten Rasen geflogen. Er habe gar nichts mehr zu seinem Vater sagen können, denn so schnell wie sich das Fenster geöffnet hatte, hatte es sich auch wieder geschlossen. Eilig habe er seine Kleidung zusammen raffen müssen. Zum Glück hätten sich mehrere Plastiktüten unter der Wurfsendung befunden. Was war sein Vater doch umsichtig gewesen!

Siggi hatte Saleh nicht daran hindern können, ihm brutal die vielen Details vorzusetzen, die ihm unbekannt gewesen waren. Dieser ekelhafte Kommissar hatte auch noch den Kommentar abgegeben, dass er ihn mit den Informationen versorge, die Siggi eigentlich ihm hätte geben müssen.

Sascha habe den Rest dieser denkwürdigen Nacht auf einer Parkbank verbracht und beschlossen, dass er nie wieder einen Fuß in diese Gegend setzen würde. Er habe in dieser Nacht an seine Mutter gedacht und verstanden, warum sie die Überdosis genommen hatte.

Am frühen Morgen musste er zuerst seine Kleider unterbringen. So sei er zum Hauptbahnhof gefahren, um sie einzuschließen. Anschließend habe er das Tagebuch gekauft und in der Mensa der Universität bei einem Kaffee seine Aufzeichnungen begonnen. Über die Aushänge am schwarzen Brett habe er sehr schnell sein WG-Zimmer gefunden. Seinen neuen Mitbewohnerinnen habe er mitgeteilt, dass ihn sein Lebensgefährte sang- und klanglos vor die Tür gesetzt hatte und dass er deshalb sofort einziehen müsse. Die Mädels seien ganz gerührt gewesen und hätten für ihn gekocht.

Sascha hatte so viele Einzelheiten aufgeschrieben, aber Siggi mit keinem Wort erwähnt. Siggi hatte diese zarte Seele nicht mit allzu neugierigen Fragen bedrängen wollen und sich damit getröstet, dass er mit der Zeit schon etwas mehr aus der Vergangenheit seines Geliebten erfahren würde. Jetzt aber hatten der Tod und der Kommissar mit einem Schlag alles zunichte gemacht. Dieser Saleh musste eine sadistische Ader haben, dachte Siggi. Sonst hätte er ihm all das nicht vorgelesen, nur um ihm zu zeigen, wie bedeutungslos er in dem erloschenen Leben von Sascha gewesen war. Siggi erfasste eine tiefe Traurigkeit.

Kapitel 18

Mira schaute auf die Uhr. Es war soweit. Sie legte die Datenblätter auf ihrem Arbeitstisch beiseite und packte ihre Handtasche. Um zwei Uhr nachmittags hatte sie einen Termin bei dem ihr bekannten Rechtsanwalt Manfred Lobesang. Sie wusste nicht recht, ob sie sich freuen sollte, dass sie den Anwalt bereits auf eine sehr persönliche Art kannte, oder ob es nicht besser gewesen wäre, eine völlig neutrale Person zur Verteidigung ihrer Interessen zu nehmen. Eigentlich wollte Heribert dabei sein, aber eine seit Wochen geplante wichtige Geschäftsreise konnte nicht verschoben werden. Es war Mira recht, Heribert hatte so eine Art die Gesprächsführung an sich zu reißen, dass sie manchmal das Gefühl hatte, er spräche von einer ganz anderen Geschichte. Er konnte ja bei den nächsten Besuchen mitkommen.

An ihrer Arbeitsstelle war inzwischen durchgesickert, dass sie wegen des Mordes in Ulis Kneipe zu den Hauptverdächtigen zählte. Sie hatte schon überlegt, ein paar Wochen unbezahlten Urlaub zu nehmen, um nicht den täglichen Spießrutenlauf der neugierigen Blicke ihrer Arbeitskollegen über sich ergehen zu lassen. Dann war sie davon abgekommen. Es erschien ihr wichtig, den Schein der Normalität so lange wie möglich aufrechtzuerhalten. Mit ihrem Chef hatte sie kurz über die Situation gesprochen. Er hatte sich sehr verständnisvoll gezeigt und ihr seine volle Unterstützung zugesagt, was immer sie sich darunter vorzustellen hatte.

Man war ihr gegenüber sehr bemüht, nicht zu zeigen, dass alle von dem Mordverdacht schockiert waren. Ausgerechnet Mira! Mira, die liebe, nette Kollegin, die es allen recht machen wollte, die keine Feinde hatte, die kein Wässerchen trüben konnte. Nie hätten sie Mira ein solches Verbrechen zugetraut. Darüber waren sie sich einig. Aber hatte es sich nicht schon häufig herausgestellt, dass gerade die Personen mit dem unschuldigsten Engelsgesicht die wahren Meister des Todes waren? Und warum war eigentlich die sonst so brave Mira an besagtem Abend ohne ihren Ehemann zu solch später Stunde noch unterwegs gewesen? Das Getuschel hinter ihrem Rücken war allgegenwärtig. Jedenfalls bildete Mira sich das ein. Das abrupt verstummende Gespräch, wenn sie in ein Zimmer trat, die allzu zuvorkommende Freundlichkeit, das schnelle Auseinanderdriften von Gruppen, wenn sie sich näherte. Mira konnte es fühlen, das ganze Labor mitsamt Personal waberte von Gerüchten und Verdächtigungen und sie stand im Mittelpunkt des makabren Interesses. Sie wusste nicht, wie lange sie ihre nach außen gezeigte Stärke durchhalten würde. Einzig ihre Freundin und Arbeitskollegin Iris, die mit ihr in derselben Abteilung arbeitete, war auf ihrer Seite und stärkte sie mit ihrer festen Überzeugung, dass sie keinen Augenblick an ihre Schuld glaubte und immer zu ihr halten würde.

Mira fuhr mit dem Fahrrad von ihrem Arbeitsplatz in der Uniklinik nach Sachsenhausen. Sie war schon häufiger an dem Schild »Manfred Lobesang, Rechtsanwalt« auf der Elisabethenstraße, nicht weit von Ulis Kneipe, vorbeigegangen, ohne zu ahnen, dass sie ihn einmal brauchen würde.

Sie klingelte. Er holte sie selbst von der Tür ab und führte sie in sein Zimmer.

Sein aufmerksamer Blick umfasste sie freundlich.

»Kann ich Ihnen einen Kaffee oder ein Glas Wasser anbieten?«

Sie bat um ein Wasser. Er forderte sie auf, an einem großen, dunklen Teakholztisch Platz zu nehmen.

»Liebe Frau Schönfelder, Sie müssen mir ja nur den Ablauf des Abends erzählen, wie er sich nach meinem Weggang aus Ulis Kneipe gegen Mitternacht abgespielt hat. Ich bin an dem Abend tatsächlich noch zu einer Feier meines Rotary Clubs in den Frankfurter Hof in der Kaiserstraße gegangen. Ein Kollege hatte mich mitgenommen und ich bin erst früh am Morgen mit dem Taxi nach Hause gekommen. Die Polizei hat das schon recherchiert und durch die Aussagen meiner Freunde aus dem Rotary Club bin ich natürlich entlastet worden, sonst wäre ich vielleicht in der gleichen Situation wie Sie. Aber, wie ich hörte, sind Sie anscheinend direkt nach dem Mord noch einmal in das Lokal gekommen. Erzählen Sie mal.«

Mira trank einen Schluck Wasser und berichtete von dem Geschehen und dem schrecklichen Anblick des offensichtlich toten jungen Mannes in Ulis Lokal und dass ihre Fingerabdrücke auf der Mordwaffe, der Stabtaschenlampe, gefunden worden waren. Während sie erzählte, wurde sie sich ihrer bedrohlichen Lage immer stärker bewusst. Ihre Stimme bebte und ihre Augen wurden feucht. Sie war doch unschuldig! Warum wollte die Polizei unbedingt sie als Täterin festmachen? Schließlich konnte sie ihre Tränen nicht mehr zurückhalten und kramte in ihrer Tasche nach einem Taschentuch. Er war schneller, kam um den Tisch herum, setzte sich neben sie und bot ihr sein dezent parfümiertes Taschentuch an.

Plötzlich schien eine elektrische Ladung in der Luft zu liegen. Der flüchtige Hauch eines herben Aftershaves kitzelte ihre Nase. Sie spürte seinen leichten Atem an ihrer Wange. Seine Nähe versetzte sie in einen Zustand flirrender Erregung. Einen Augenblick saß sie wie gelähmt und schaute geradeaus. Dann drehte sie sich nach ihm um. Sie wagte nicht, ihn anzuschauen. Ihr Atem kam zittrig und erst nach einer Weile hob sie langsam den Blick. Seine Augen forschten erstaunt und zärtlich in ihrem Gesicht. Sie war zu keinem Lächeln fähig. Als sie sich erhob und gehen wollte, hatte sie das Gefühl, durch schweres Wasser zu waten. Er folgte ihr, nahm sie am Arm und drehte sie langsam zu sich herum. Ihr war, als könne sie sich willenlos in seine Arme fallen lassen.

Ein paar Sekunden schloss sie träumerisch die Augen, wollte den Zauber des Moments noch ein wenig hinauszögern, als schließlich das Bewusstsein, warum sie zu ihm gekommen war, die Oberhand gewann.

Sie richtete sich energisch auf, schob seine Arme beiseite und sagte: »Ich glaube, wenn Sie meinen Fall übernehmen wollen, dann müssen wir streng professionell vorgehen. Private Gefühle dürfen auf keinen Fall mit hineinspielen.«

Er schaute sie lange an und stimmte ihr zu. »Sie haben ja völlig recht. Ich weiß gar nicht, was in mich gefahren ist. Einen Augenblick war ich etwas verwirrt. Es kommt nicht wieder vor.«

Damit setzte er sich ihr gegenüber und sie setzten ihr Gespräch fort. Er versprach, sich ihres Falles mit vollem Einsatz anzunehmen und sie vor Gericht zu vertreten.

Beim Abschied drückte er ihr lange die Hand und schaute sie zärtlich an. Sie schlug die Augen nieder und ging rasch aus dem Zimmer.

Mira ging wie betäubt auf die Straße. Das süße Gift des Begehrens hatte Besitz von ihr ergriffen. Sie wusste nicht, ob sie lachen oder weinen sollte, und vor allem wusste sie nicht, ob Heribert sie beim nächsten Besuch begleiten sollte. Obwohl, Heribert war stets so von sich eingenommen, dass er gar keine Antenne für die Gefühle anderer Leute hatte, selbst wenn sie sich direkt vor seinen eigenen Augen zeigten.

Kapitel 19

Am Ende eines langen, lauten und turbulenten Abends atmete Uli erleichtert auf. Er sah zu Alina. Sie lächelte ihn an.

»War doch ein toller Abend. So viele Gäste hatten wir schon lange nicht mehr.«

Auch Uli warf einen zufriedenen Blick auf das inzwischen leere Lokal.

»So einen hohen Umsatz hatte ich das letzte Mal zu Fasching. Da kannst du mal sehen, dass das alte Sprichwort ›Ist der Ruf erst ruiniert, lebt es sich ganz ungeniert‹ wirklich stimmt. Was glaubst du, wie viele gekommen sind, nur um den mordverdächtigen Wirt zu sehen und um ihre Sensationslust zu befriedigen? Widerliches Pack! Obwohl, solange der Umsatz stimmt, kann es mir egal sein. Aber es waren auch viele meiner Stammkunden da. Die halten zu mir und wollten mir den Rücken stärken. Hast du gesehen, wie viele mir die Hand gedrückt haben? Das hat mir echt gut getan. Übrigens, das mit der Küche, das hast du toll hinbekommen. Wo hast du nur in so kurzer Zeit das ganze Essen hergezaubert?«

Sie blickte ihn spitzbübisch an.

»Hast du nicht gesehen, dass ich ganz vorne auf der ersten Seite der Speisekarte ein extra Blatt mit den Gerichten für heute Abend eingefügt hatte? Die Liste war ganz kurz. Nur ganz einfache Sachen. Ein paar Dinge hatte ich noch im Gefrierschrank und ein paar habe ich mir heute Nachmittag aus der Metzgerei und dem Rewe besorgt. Das ging ganz gut. Hier hast du die Rechnung. Morgen habe ich mehr Zeit. Dann kannst du wieder unsere normale Speisekarte anbieten.«

Uli schaute erstaunt auf Alina. Dass sie so mitdachte und ihm offensichtlich helfen wollte, freute ihn. Am meisten wunderte er sich jedoch darüber, wie ungerührt Alina den Unfall von Vladimir weggesteckt hatte. Schwere Gehirnerschütterung, weil sein nichtsnutziger Schädel bei der Schlitterpartie auf der Schmierseife mit der Thekenkante kollidiert war. So jedenfalls hatte es ihr der Notarzt beim Abtransport ins Krankenhaus erklärt. Geschah ihm ganz recht.

Uli kannte Vladimir von einigen wenigen Besuchen in seinem Lokal und konnte ihn nicht leiden. Er wusste, dass Alina, solange sie mit ihm zusammengelebt hatte, immer seinen Gewaltattacken ausgesetzt gewesen war. Wenn er Alkohol getrunken hatte und Alina ihm nicht zu Diensten sein wollte, kam er so in Rage, dass er sie grün und blau schlug. Bevor sie die eigene Wohnung in Sachsenhausen bezog, hatte sie ihren Dienst bei Uli häufig mit blauen Flecken angetreten. Über das bösartige Verhalten von Vladimir hatte sie ihm nur einmal voller Scham erzählt, als sie mit zugeschwollenen Augen und blauroten Flecken im Gesicht zur Arbeit erschienen war.

Für ihn war Alina eigentlich nur eine stets zuverlässige, gut funktionierende Person in der Küche gewesen, auf die er sich verlassen konnte. Mehr wollte er gar nicht. Vertrauliche Gespräche brauchte er nicht. Wenn sie abends das Lokal verließ, meistens so kurz nach zehn Uhr, trank sie häufig noch ein Glas gespritzten Apfelwein und machte sich dann auf den Heimweg.

Jetzt schaute er sich Alina etwas näher an. Ihr vom Kochen leicht gerötetes Gesicht, ihre strahlend blauen Augen, der lange, blonde Zopf. Klein und wohlgeformt war sie. Jeder Mann konnte sich glücklich schätzen, eine solche Frau zu haben. Nur für ihn kam sie natürlich nicht infrage. Weil er klare Verhältnisse haben wollte, hatte er Alina nach einigen Tagen darüber aufgeklärt, dass er in der Geschlechterwahl zu denen gehörte, die Männer bevorzugen. Alina hatte es zwar etwas erstaunt, aber doch verständnisvoll aufgenommen. Anscheinend hatte sie es auch ihrem

Vladimir gesagt, damit er auf Uli nicht eifersüchtig war, denn in der Anfangszeit kam er ab und zu ins Lokal, lächelte süffisant und fixierte ihn auf eine so unangenehme Art, dass er Uli böse auf die Nerven ging. Und nun lag dieser Typ also mit einer schweren Gehirnerschütterung im Krankenhaus. Er fühlte kein Mitleid.

Dann wischte er die Gedanken beiseite und fragte Alina, ob sie zur Feier der Wiedereröffnung einen Sekt mit ihm trinken wolle. Alina aber wollte nicht. Sie sei so müde, dass sie unbedingt schlafen müsse. Mit einem herzlichen Händedruck verabschiedete sie sich.

»Hoffentlich sehen wir uns morgen. Mach's gut und lass den Kopf nicht hängen. Sie werden den wirklichen Mörder schon noch finden.«

Auch Uli wollte nur noch schlafen. Ein halber Mond schien friedlich vom sternenklaren Himmel in sein Schlafzimmer. Sobald er jedoch im Bett lag, fuhren seine Gedanken mit ihm Geisterbahn. An Schlaf war nicht zu denken. Genervt stand er auf, goss sich ein Glas Rotwein ein und setzte sich ins Wohnzimmer.

Warum schaffte es die Polizei nicht, den Mörder zu finden? Von seinen Stammgästen, die sich heute Abend in großer Zahl in seinem Lokal eingefunden hatten, war zu hören, dass man Mira der Tat verdächtigte. Anscheinend waren ihre Fingerabdrücke auf der Tatwaffe gefunden worden. Darüber konnte er nur lachen. Mira, dieses nette, naive Gänschen! Nie und nimmer! Sie sollte einen Mord begangen haben? Aus welchem Grund? Der Kommissar musste doch bar jeglicher Menschenkenntnis sein, wenn er Mira so etwas unterstellte.

Nein, als Hauptverdächtiger kam wohl ernsthaft nur er selbst in Betracht. Da sich keine Spuren von ihm auf der Taschenlampe befanden, konnte man von einem geplanten Mord und überlegtem Verhalten zur Vertuschung der Tat ausgehen. Und Grund genug hätte er auch gehabt. Schließlich war Sascha ja Siggis Lover. Das Blöde war nur, dass er von dieser Affäre erst nach dem Tod von Sascha erfahren hatte. Wer aber hatte Sascha wirklich getötet?

Was Sascha in seinem Lokal gesucht hatte, war Uli inzwischen klar. Natürlich hatte er von Siggi gehört, dass Uli für ihn eine größere Menge Bargeld bereithielt. Auf dieses Geld hatte es Sascha abgesehen. Dann hatte er Siggi bearbeitet, statt nach Sachsenhausen zu fahren, in Wiesbaden zu bleiben, sich von ihm bekochen zu lassen und ihn außerdem von den süßen Wonnen des himmlischen Paradieses kosten zu lassen. Trotz seiner Geldnot war Siggi natürlich nur allzu gern auf dieses verlockende Versprechen hereingefallen. Das Geld konnte er ja noch später bei Uli abholen.

Jetzt, nach der Beichte über sein Verhältnis zu Sascha, traute er Siggi dieses Verhalten durchaus zu. Dieser miese Schuft.

Zu schade nur, dass Sascha seine Versprechen nicht eingehalten und sich stattdessen zu nächtlicher Zeit auf die Suche nach dem versteckten Geld in Ulis Kneipe gemacht hatte und hierbei unglücklicherweise sein kurzes, verkorkstes Leben lassen musste. Voller Schadenfreude stellte sich Uli das enttäuschte Gesicht von Siggi vor, als sich mit den vorrückenden Stunden das versprochene Schäferstündchen in Luft auflöste. Langsam goss er sich ein weiteres Glas Rotwein ein. Er war über den Verrat von Siggi noch lange nicht hinweg. Wie konnte er sich in der Person, die ihm das Wichtigste im Leben war, nur so getäuscht haben?

Er seufzte. Das hatte sicherlich mit seinem Anderssein zu tun. Heute konnte er damit zwar gelassener, aber noch immer nicht entspannt umgehen. Wenn er sich an seine Pubertät und die Jahre als junger Mann erinnerte, dann kamen ihm stets die hinterhältigen Kommentare seiner Kameraden ins Gedächtnis, die sie offen, oder schlimmer noch, hinter seinem Rücken über ihn machten. Damals litt er unter diesen Kränkungen wie ein Hund. Zu seinem eigenen Schutz hatte er mit der Zeit die Mentalität einer Bulldogge angenommen. Wenn man ihn angriff, verbiss er sich laut kläffend in den Angreifer und riss ihn zu Boden.

Er fühlte sich sehr allein. Wie gern hätte er jetzt einen Freund gehabt. Wenn wenigstens sein treuer Hund Punk noch lebte!

Auch an seine vor einigen Jahren verstorbene Mutter, die er

sehr geliebt hatte, dachte er mit Wehmut. Sie war die einzige, die ihn verstanden hatte und mit der er über seine Homosexualität sprechen konnte. Anfangs war sie betroffen, als er es ihr erzählte, obwohl sie ihm später einmal gestand, dass sie schon lange den Verdacht gehegt hatte, dass er nicht so wie die anderen Buben war. Aber mit der Zeit konnte sie damit umgehen. Mein Bub bleibt immer mein Bub, war stets ihre Rede. Sein Vater war früh gestorben. Mit ihm hatte er nie darüber gesprochen. Für den galt, solange man nicht darüber redet, gibt es das Problem nicht.

Uli schüttelte sich. Nur kein Selbstmitleid! Über die Jahre hatte er sich ein eisernes Korsett der Selbstdisziplin verpasst.

Jetzt musste er sich ernsthaft um einen Verteidiger kümmern. Nur gut, dass er eine ordentliche Rechtsschutzversicherung hatte. Dieser Rechtsanwalt Lobesang sollte angeblich die Interessen von Mira vertreten. Hoffentlich gab das keine Probleme. Denn es war ihm nicht entgangen, dass dieser auf eine versteckte Art Mira schöne Augen machte und Mira diese wie eine Huldigung stillschweigend entgegen nahm. Ihr Heribert sollte gut auf sie aufpassen. Da denken die Leute immer, sie könnten dies und jenes vor ihm verbergen oder so tun, als wäre da nichts. Aber hinter seinem Tresen entging Uli nichts. Nicht der Streit der Pärchen über ihr Intimleben, nicht die Kommentare der Gäste über sein Essen, nicht das beredte Schweigen von Ehepaaren, die sich nichts mehr zu sagen hatten. Daher war ihm auch das heimliche Augenspiel zwischen Mira und diesem Lobesang nicht entgangen. Als Rechtsbeistand kam er für Uli also nicht in Frage. Er müsste sich einmal umhören. Vielleicht könnte ihm seine Versicherung ja einen nennen.

Und endlich konnte er auch einmal vor sich hin schmunzeln. Ein guter Kumpel von ihm hatte ihm am Abend erzählt, dass der dicke Willy am Tag nach der durchzechten Nacht noch immer viel Alkohol im Blut gehabt haben musste, denn zum Erstaunen der trauernden Hinterbliebenen hätte er sich beim Abholen des Sarges mit der Leiche des verstorbenen Großvaters einer bekannten Familie aus Sachsenhausen recht fahrig und verwirrt verhalten und darüber hinaus vergessen, die hintere Tür des Bestattungswagens korrekt zu schließen. Als er daher mit ganz normaler Geschwindigkeit um eine Ecke gebogen war, sei der Sarg samt des darin liegenden Großvaters mit Karacho aus dem Wagen geschossen, an das Verkehrsschild der Kreuzung geknallt und dort liegen geblieben. Gott sei Dank wäre der Sarg nicht zerbrochen, denn eine Leiche auf der Verkehrsinsel wäre für die Menschen dort sicher kein schöner Anblick gewesen. Zum Glück hätten die nachfolgenden Autos sofort gehalten und Schlimmeres verhindert. Nicht so der dicke Willy. Ohne etwas zu merken, sei er unbeirrt in sein nahe gelegenes Geschäft gefahren und habe erst beim Abstellen des Wagens in seinem Hof den Verlust des eingesargten Großvaters bemerkt. Das laute Hupen diverser Autos an dem Platz des verlorenen gegangenen Großvaters hätte ihn jedoch rasch zum Unglücksort zurückfinden lassen. Zwei unerschrockene Passanten hätten ihm schließlich geholfen, den Sarg wieder in das Auto zu hieven, während eine alte Frau sich schnell bekreuzigte und dann unter Anrufung des Allmächtigen davongeeilt sei. Willy sei vor lauter Hektik und Aufregung der Schweiß nur so das Gesicht hinunter gelaufen.

»Nee, sowas aber auch, das ist mir ja noch nie passiert.« Willy war über seinen wenig pietätvollen Umgang mit dem Toten selbst am meisten erschüttert.

Uli grinste vor sich hin. Der dicke Willy hatte wohl wirklich zu tief ins Glas geschaut, denn jetzt konnte er sich auch daran erinnern, dass ihm Willy bei seinem Einkauf in der Metro im Riederwald am besagten Montag, jenem fatalen Tag, als er noch nichts ahnte, begegnet war. Beim Anblick von Uli war er wie versteinert stehen geblieben und zu keiner Reaktion fähig gewesen.

»Na, kennst du mich nicht mehr«, hatte er daraufhin zu Willy gesagt. »Gell, gestern haben wir alle ein bisschen zu viel getankt. Ist dein Gehirn noch vernebelt? Leidest du an retrograder Amnesie?«

Uli hatte diesen Ausdruck von einem Stammgast gehört, einem Krankenpfleger, der in der Uniklinik arbeitete, und fand ihn in Bezug auf seine Klientel auch sehr passend. Es war nicht selten, dass sich seine Stammkunden am nächsten Tag nicht mehr an ihre im Suff begangenen Sünden, seien sie verbal oder körperlich, erinnerten.

Willy starrte ihn zunächst nur sprachlos an und stammelte dann Unverständliches. Uli ließ ihn stehen und überließ Willy seiner retrograden Amnesie. Der arme Kerl schien tatsächlich noch schwer unter der vergangenen Nacht zu leiden. Kein Wunder, dass der Transport des verstorbenen Großvaters in einem derartigen Fiasko geendet hatte.

Mit diesen doch freundlicheren Überlegungen legte sich endlich der Mantel der Schläfrigkeit über Ulis Gedanken und ließ ihn selig auf der Couch einschlummern.

Kapitel 20

Alina saß an ihrem winzigen Küchentisch und rührte gedankenverloren in ihrer Teetasse. Sie war noch im Nachthemd. Ein hellblaues Modell mit kurzen Ärmeln und lila Blümchen. Sie hatte es vor Monaten stark reduziert in einem mittlerweile geschlossenen Textilhaus erstanden. Ihre Füße steckten in grauen Filzpantoffeln, mit denen sie auch Schloss Neuschwanstein problemlos hätte besichtigen können. Blond und ungeflochten flossen die Haare über ihren Rücken.

Sie überlegte, wie sie den Samstag gestalten sollte. Ihr Hauptinteresse galt der Frage, ob Uli daran denken würde, die Vorräte zu ergänzen, so dass sie am Sonntagabend wieder die ganze Palette der Speisekarte anbieten könnten.

Ihre zweite Überlegung widmete sie Vladimir. Sie hatte gehört, dass der Rettungswagen ihn in die Unfallklinik in der Friedberger Landstraße gebracht hatte. Sollte sie ihn besuchen? Ihren brutalen Ehemann, von dem sie nicht geschieden war? War sie nicht doch noch für ihn verantwortlich? Jetzt war sie froh, dass sie keine Kinder von ihm hatte. In ihren ersten Ehejahren bedauerte sie ihre Kinderlosigkeit und stellte sich immer wieder die Frage, warum es nicht klappen wollte – trotz der unschönen Aktivitäten auf diesem Gebiet.

Warum war er überhaupt wieder in der Kneipe aufgetaucht? Anfangs, nachdem sie die Stelle bei Uli angetreten hatte, war er zwei oder dreimal vorbeigekommen, um zu sehen, was sie dort trieb, wie er es nannte. Die ukrainische Familie, bei der sie beide im Bahnhofsviertel untergekommen waren, hatte ihm wohl gesteckt, wo er den entflogenen Vogel finden konnte. Sie selbst hatte ihm nicht gesagt, wo sie Arbeit gefunden hatte. Er wohnte zwar bei seiner deutschen Freundin, doch ab und zu war es ihm wichtig, sein Revier zu markieren.

Ihr Blick fiel auf die *Bild*-Zeitung vom Freitag. Sie hatte noch nicht hineingeschaut. Unschlüssig schlug sie das Blatt auf. Unter der fetten Überschrift »Sachsenhäuser Kneipenmörder immer noch auf freiem Fuß« berichtete das Blatt darüber, dass alle Hauptverdächtigen nach ersten Verhören wieder freigelassen worden waren. Die *Bild*-Zeitung fürchtete um die öffentliche Sicherheit in Sachsenhausen und brachte noch einmal das Bild des schönen Toten.

Ein Verdacht keimte in Alina auf. Rasend eifersüchtig wie Vladimir trotz seiner eigenen Affäre war, könnte er Sascha für ihren Freund gehalten haben. Vielleicht hatte er das Wirtshaus beobachtet und Sascha hineingehen sehen? Und dann, ja dann hatte er zugeschlagen. Es war doch merkwürdig, dass er nach so langer Zeit wieder bei ihr aufgetaucht war.

Sie hatte nur von einer ihrer Tanten gehört, dass er vor einer knappen Woche mit seiner deutschen Freundin Schluss gemacht hatte oder besser gesagt, sie mit ihm, was Alina nicht gewundert hatte. Ihre einzige Sorge war, dass es ihm gelänge, sie zu überreden, ihn bei sich aufzunehmen. Eine erste Anfrage von ihm hatte sie bereits abgelehnt. Aber sie wusste auch, dass Vladimir hartnäckig war und er sie schließlich mit Gewalt dazu nötigen würde. Ihre Weigerung, ihn bei sich wohnen zu lassen, führte er sicherlich darauf zurück, dass er sich einbildete, Sascha sei seit einiger Zeit ihr Liebhaber und Vladimir würde sich bei Alinas außerehelichen Vergnügungen als Störfaktor erweisen. Über so viel Blödheit konnte Alina nur den Kopf schütteln. Immer mehr verdichtete sich ihr Verdacht, dass Vladimir, getrieben von seiner Eifersucht, der Mörder des jungen Mannes war.

Nach längerem Zögern beschloss sie, Vladimir einen Krankenbesuch abzustatten. Danach würde sie entscheiden, ob sie die Polizei von ihrem Verdacht informieren sollte. Sie zog sich schnell eine Jacke über und ging zur Bushaltestelle. Der Bus kam auch gleich. An der Pforte der Unfallklinik fragte sie nach der Zimmernummer von Vladimir Stankovic. Er lag alleine in einem Zweibettzimmer. Alina war erstaunt, wie viel Luxus ihrem Ehemann zuteilgeworden war. Da lag er in einem weißen Krankenhausnachthemd, die Hände gefaltet auf der Bettdecke. Er sah so hilflos und leidend aus. Alina durchzuckte ein Gedanke. Was, wenn er immer so hilflos gewesen war und diese Hilflosigkeit nur unter seiner Brutalität versteckt hatte? Vladimir schlug die Augen auf. »Alina, du?«

In dem Moment öffnete sich die Tür. Eine Krankenschwester kam herein.

»Oh, der Herr Stankovic hat Besuch. Sie sind seine Frau? Wir haben uns schon Sorgen gemacht, dass niemand nach ihm gefragt hat. Sein Zustand war kritisch, aber jetzt ist er über den Berg. Warten Sie einen Moment, ich versuche den Stationsarzt zu finden.«

Alina setzte sich auf die Bettkante. »Vladimir, es tut mir so leid.«

»Nichts muss dir leidtun, das war ein Unfall. Ich gebe auch zu, dass ich dich vorher gegen deinen Willen anfassen wollte.«

Vladimir versuchte sich aufzurichten und betrachtete Alina mit glühenden Augen. »Du weißt gar nicht, wie weh du mir mit diesem Schönling getan hast. Ich bin nicht blöd. Ich weiß, dass du mehr auf die sanfte Tour stehst. Dieser verdammte Softie! Nur schade, dass ich ihn nicht mit meinen beiden Händen erwürgt habe, so wie ich dich immer ein bisschen würge. Nur ein bisschen stärker. Einmal so richtig zuzudrücken hätte mir noch mehr Spaß gemacht.«

Vladimir grinste, dann wurde er plötzlich ernst und versuchte Alinas Hand zu ergreifen.

»Alina, hör zu, jetzt, wo er tot ist, können wir es noch einmal versuchen. Bitte.«

Alina sah ihn erschreckt an, seine letzten Worte hatte sie gar nicht mehr richtig wahrgenommen. Sollten sich ihre Befürchtungen tatsächlich bewahrheitet haben? Sie wusste nicht, was sie sagen sollte. Jetzt war sie sicher. Ihr Verdacht hatte sich bestätigt. Er hatte Sascha getötet. Entsetzt blickte sie auf den stumm geschalteten Flachbildschirm, der an der Wand hing. Vladimir folgte ihrem Blick und erinnerte sich wieder an seine unrühmlichen Aktivitäten andernorts. »Weißt du eigentlich, Alina, dass ich an dem Abend zu dir wollte, aber dann habe ich zu viel getrunken und musste auf der Bank bei dir in der Nähe meinen Rausch ausschlafen.«

Vladimir war erleichtert, dass ihm diese Schutzbehauptung eingefallen war.« Er lächelte Alina an, aber sie zog ihre Hand zurück.

»Ja. Vladimir, ja, aber ich muss jetzt schnell zurück. Uli will heute auch samstags öffnen. Ich, ich komme morgen früh wieder.«

Schnell stand sie auf. Kaum hatte sie die Tür hinter sich geschlossen, rannte sie den langen Gang entlang. Im Freien kramte sie nervös die Karte von Khalil Saleh aus ihrer kleinen, schwarzen Tasche. Völlig außer Atem wählte sie die Nummer des Präsidiums.

»Ich muss eine Aussage machen. Er hat die Tat gestanden.«

Alina war enttäuscht, dass man sie nicht sofort ins Präsidium bestellt, sondern Florian Wilson vom 9. Polizeirevier mit der Aufgabe betraut hatte, sie zu vernehmen. Florian Wilson hatte sich bei ihr gemeldet. Alina solle ihn gleich noch vor ihrem Dienstantritt treffen. Er hatte darauf bestanden, sie in ihrer Wohnung aufzusuchen.

Alina fühlte sich drittklassig behandelt. Offensichtlich war ihre Aussage nicht so wichtig. Sie durfte nicht ins Präsidium kommen. Florian Wilsons Beteuerungen, dass es etwas gedauert habe, bis die Anordnung zum Verhör seitens der Staatsanwaltschaft eingegangen sei, wollte sie nicht hören. Für Uli hatte man täglich Zeit gehabt, ohne dass es einer Anordnung bedurfte. Florian Wilson hatte vergeblich versucht ihr zu erklären, dass es die beiden Hauptverdächtigen gab und dass weitere Ermittlungen schwierig durchzusetzen waren.

»Aber ich weiß jetzt, wer der Mörder ist. Das ist doch wichtig?«
Alina war schlecht gelaunt, dass man ihre Anschuldigung so wenig ernst nahm. Es gefiel ihr überhaupt nicht, dass der junge Mann ihre Wohnung neugierig musterte, obwohl diese wie immer aufgeräumt war, und ständig Fragen zu ihrem Verhältnis zu Uli stellte. Schließlich hatte Alina genug von der Fragerei nach Uli.

»Es geht um Vladimir. Können wir endlich über ihn reden?«

»Bitte, nur zu«, sagte Florian Wilson, während er seine Blicke weiter in der Wohnung umherschweifen ließ.

Alina erzählte ausführlich von dem Gespräch im Krankenhaus. Sie sprach von Vladimirs Eifersucht, seiner Brutalität bei Liebesspielen. Sie äußerte sich auch über ihren Verdacht, dass Vladimir oder einer seiner Freunde sie beobachtete, was auch immer sie tat. Vladimir würde ihr unterstellen, dass sie bereits vorher mit dem schönen jungen Mann bei diversen Gelegenheiten gesehen worden sei, bevor sie dann so dreist gewesen wäre, es mit ihm in der Kneipe zu treiben. Bei diesen Worten brach Alina in Tränen aus. Florian Wilson hielt ihr hilflos ein Taschentuch hin.

»Sie glauben das doch nicht«, schniefte Alina. »Er hat das nur behauptet, weil er so eifersüchtig ist. Ich kenne diesen jungen Mann gar nicht.«

Alina putzte ihre Nase und hob den Kopf. »Eigentlich hätte ich immer Grund zur Eifersucht gehabt. Schließlich wurde ich wegen einer anderen verlassen. Aber er hat keinen Grund, mir so zu misstrauen, wie er das tut.« Alina holte tief Luft, bevor sie weiterredete.

»Vladimir hat behauptet, er hätte an dem Abend viele Stunden in der Kneipe gegenüber dem Kleinen Wirtshaus gesessen, hätte sich dann aus Müdigkeit auf einer Bank bei der Volksbank hingesetzt und wäre eingeschlafen. Dann sei er wieder zum Kleinen Wirtshaus zurück, und dann, ja dann muss es passiert sein.«

Alina kamen erneut die Tränen. Florian Wilson notierte sorgfältig ihre Worte. Dann ließ er sie endlich ins Bad verschwinden, um sich noch einmal die Zähne zu putzen, bevor sie zur Arbeit gehen musste. Sie verließen Alinas Wohnung gemeinsam. Florian Wilson hatte es eilig, Alina bei Uli abzusetzen, damit er sofort zu Hauptkommissar Saleh ins Polizeipräsidium fahren konnte, um ihm die brisante Neuigkeit über den wahren Mörder von Alexander Wienhold zu überbringen.

Vladimir wurde kurz darauf im Krankenhaus verhaftet. Der Kommissar kümmerte sich wenig um den Protest der blonden Stationsärztin und um die Androhung eines juristischen Nachspiels. Seinem gesunden Menschenverstand zufolge war der Patient wiederhergestellt, sollte er denn überhaupt jemals ernsthaft verletzt gewesen sein.

Kapitel 21

Schlecht gelaunt erledigte Siggi einige Einkäufe. Er musste mit seinem Geld haushalten. Auf den Gang zum Arbeitsamt in Sachen Hartz IV hatte er wirklich keine Lust. Irgendwie musste er sich jetzt intensiv um seine Arbeit kümmern. Immerhin war er gelernter Immobilienkaufmann. Das Problem mit der Provision musste gelöst werden.

»Siegbert, endlich!« Kaum hatte er die Tür aufgeschlossen, als seine Mutter auch schon auf ihn zustürzte. Siggi dachte, sie würde ihn umarmen, aber Dorothea Ranke bremste kurz vor ihm ab.

»Was soll das? Du kannst doch nicht einfach wegbleiben, ohne ein Wort zu sagen. Wie oft habe ich versucht, dich anzurufen.« Seine Mutter hatte sich vor ihm aufgebaut und blickte zu ihm hoch. »Ich habe mir solche Sorgen gemacht. Wer kümmert sich denn um mich, wenn dir etwas passiert?«

»Mutter, ich kann dir alles erklären. Lass uns doch erst mal in die Küche gehen, wir müssen uns doch nicht direkt hinter der Tür unterhalten.«

Siggi vermisste den vertrauten Essensgeruch. Samstags gab es normalerweise Suppe und Würstchen, danach Grießbrei mit Erdbeersirup. Widerwillig gab seine Mutter den Weg frei.

»Ich habe nichts gekocht. Du bist seit Dienstag nicht mehr zum Essen gekommen, ohne dich abzumelden. Ich habe dein Essen in den letzten drei Tagen eingefroren. Du kannst es dir mitnehmen. Wo warst du überhaupt? Warum hast du mich nicht angerufen?«

Dorothea ließ sich auf einen Küchenstuhl sinken. Sie war komplett angezogen. Offensichtlich hatte sie vorgehabt, wegzugehen.

Siggi wurde leicht ärgerlich. Er hatte Hunger und keine Lust, Rede und Antwort zu stehen. Er riss sich zusammen.

»Komm Mutter, du musst doch wenigstens was essen. Wir gehen zum Italiener an die Ecke. Der hat doch samstags mittags auf.«

Mit einem Schulterzucken willigte seine Mutter ein.

Siggi bestellte Insalata dello Chef sowie eine Pizza mit allem und hoffte inständig, dass seine Mutter bezahlen würde. Ihre Handtasche hatte sie jedenfalls mitgenommen. Siggi trank einen großen Schluck Rotwein und schob zwei Oliven hinterher.

»Also Mutter«, begann er. »Da gibt es doch meinen alten Schulfreund Uli.«

Dorothea Ranke nickte zustimmend und ergänzte, dass in dessen Lokal doch der tote Mann gefunden worden sei. Siggi reagierte prompt auf das Stichwort.

»Die haben mich dann am Mittwoch auch verhört. Und gleich dort behalten.«

Seine Mutter riss den Mund auf und hielt sofort die Hand davor.

»Warum hast du mir das nicht gleich erzählt?«

»Nicht so laut, Mutter. Ich hatte Angst, dich am Telefon zu erschrecken.«

Seiner Mutter fiel die Gabel aus der Hand.

»Aber Siggi!« Nie nannte sie ihn so. »Du hast doch nichts damit zu tun, oder?«

»Nein, Mutter beruhige dich doch. Die haben alle verdächtigt, die in der Kneipe verkehrt sind. Und weil ich doch in Wiesbaden wohne, wollten sie mich nicht immer abholen müssen. Die Polizei muss auch sparen und die Personaldecke ist dünn. Außerdem bin ich doch jetzt wieder hier, oder?«

Das leuchtete Dorothea Ranke ein. Nachdem Siggi noch weitere Details zum Opfer und zum hauptverdächtigen Wirt hatte verlauten lassen, kam er zum Thema.

»Und Mutter, weil ich doch in den letzten Tagen nicht arbeiten konnte, sind einige Klienten abgesprungen und haben bei der Konkurrenz abgeschlossen. Mir sind dadurch fette Provisionen entgangen, die ich fest eingeplant hatte. Könntest du mir eventuell etwas Geld leihen? Nur so lange, bis ich den Laden wieder in Schwung gebracht habe. Ich weiß, Vaters Pension ist nicht allzu hoch, aber du hast doch Ersparnisse.«

Seine Mutter blickte etwas gequält.

»Ja schon, aber das Geld ist doch angelegt und ich muss es erst kündigen.«

»Hast du kein Sparbuch oder Tagesgeldkonto?« Siggi blieb beharrlich.

»Aber mein Junge, wenn ich zum Pflegefall werde, brauche ich doch das Geld.«

Siggi lächelte.

»Mama, erstens siehst du nicht aus wie 68 und bist meilenweit von der Pflegebedürftigkeit entfernt. Zweitens hast du doch mich.«

Er ergriff mit beiden Händen ihre auf dem Tisch liegende Hand. Dorothea Ranke entzog sie ihm und fuhr sich mit einem geschmeichelten Lächeln durch die Haare. Reflexhaft griff auch Siggi sich ins Haar und befühlte seine kahle Stelle. Er hatte den Eindruck, dass sie sich vergrößert hatte.

»Sag mal«, meinte seine Mutter. »Du bist doch Mitglied bei den Rotariern. Die haben doch alle Geld.«

»Schon Mama, aber die haben auch alle schon ein Haus.«

»Ach so, natürlich.« Frau Ranke war ihre Bemerkung ein wenig peinlich. »Siegbert, wir gehen am Montag nach dem Essen zur Bank. Du kommst doch? Und was ist mit morgen?«

Sie winkte dem Kellner, der zusammen mit der Rechnung zwei Grappa aufs Haus mitbrachte. Dorothea Ranke bezahlte und gab ein knappes Trinkgeld. Anschließend zog sie fünfzig Euro aus ihrem Portemonnaie und schob sie Siggi hin.

»Morgen können wir natürlich nicht essen gehen, wir waren ja heute. Ich muss jetzt sparen und werde etwas auftauen.«

Siggi lächelte seine Mutter erfreut an. Der Samstagabend im Club war gerettet.

»Natürlich, Mama, du hast wie immer Recht.«

Siggi begleitete seine Mutter in ihre Wohnung. Sie wollte sich ein wenig hinlegen.

Um Benzin zu sparen, war Siggi zu Fuß unterwegs. Zuhause googelte er Jean-Paul Wienhold und stellte fest, dass dieser erst in das Licht einer breiteren Öffentlichkeit getreten war, als seine Frau Selbstmord begangen hatte.

Saschas Mutter war also zehn Jahre vor ihrem Sohn gestorben, rechnete Siggi aus. Ihm kamen Tränen bei dem Gedanken an das traurige Schicksal von Mutter und Sohn. Eine starke Antipathie gegenüber Saschas Vater bemächtigte sich seiner. Trotzdem wollte er den Mann kennenlernen, den Vater dieses schönen, unnahbaren jungen Manns, dessen Mutter nicht bei dem Sohn hatte bleiben wollen. Es konnte also nur an Saschas Vater gelegen haben, dass sie sich umgebracht hatte. Die Abneigung gegenüber ihrem Mann musste stärker gewesen sein als die Liebe zu diesem wunderbaren, dunkellockigen Geschöpf, diesem Cherubim, der ihr Sohn war.

Siggi schauderte bei dem Gedanken, diesem Ungeheuer bald gegenüberzutreten. Er nahm sich vor, Stärke zu zeigen und der Gefahr zu trotzen. Ihn würde man nicht in die Knie zwingen.

Was er noch aus dem Internet erfuhr, war, dass Jean-Paul Wienhold Chef und Gesicht einer der größten Investmentbanken Deutschlands war. In den Medien wurde der hochgewachsene, grauhaarige Mittsechziger mit den scharfen Zügen als ausgewiesener Taktiker beschrieben. Er war für seine hochriskanten, meist erfolgreichen Spekulationsgeschäfte an der Börse bekannt und für manche seiner gerade noch an der Legalität operierenden Transaktionen gehasst. Man sagte von ihm, dass er im Laufe seiner Karriere alles dem Mammon geopfert habe. Familie, Freunde und manchen seiner eigenen Kollegen. Sein Weg nach oben war mit Leichen gepflastert. Viele Eigentümer und Manager, deren Firmen er durch undurchsichtige Manipulationen an den Rand des Bankrotts getrieben hatte, hofften, dass er einmal über seine eigenen Fallstricke stolpern würde. Aber diesen Gefallen tat Wienhold ihnen nicht. Unbeirrbar ging er seinen einsamen Weg weiter nach oben.

Siggi überlief eine Gänsehaut bei dem Gedanken, Saschas Vater gegenüberzutreten. Er fragte sich, ob der Vater ihn an den Sohn erinnern und ihm damit einen Adrenalinstoß verpassen würde, und hatte Angst davor, dass auch der Vater sein Blut in Wallung bringen könnte. Siggi nutzte seinen Höhenflug und wählte die Rufnummer der Bank.

Obwohl es Samstagnachmittag war, wurde er sofort mit dem Büro von Jean-Paul Wienhold verbunden. Siggi fragte sich, ob die Banken in Zeiten der Krise einen Notdienst eingerichtet hatten und wie der Freizeitausgleich von Wienholds Sekretärin aussehen könnte. Wahrscheinlich verfügte der Banker über mehrere Assistentinnen. Siggi seufzte. Dann meldete sich eine klangvolle Stimme mit den schlichten Worten »Sekretariat Wienhold«. Siegbert Ranke erkannte die Gunst der Stunde und teilte der Dame ohne Namen mit, dass er, Ranke, Herrn Wienhold sofort in einer dringenden familiären Angelegenheit sprechen müsse. Siggis Stimme ließ keinen Widerspruch zu. Er wurde tatsächlich verbunden.

Die tonlose Stimme von Saschas Vater erstaunte ihn nicht. Siggi war glücklich auf einen trauernden Vater zu treffen. Nun gewann auch seine Trauer wieder die Oberhand und mit bewegter Stimmung sagte er zu Jean-Paul Wienhold: »Ich möchte Ihnen mitteilen, dass ich mit Ihrem Sohn in seinen letzten Tagen in einer sehr engen Freundschaft verbunden war. Mir liegt viel daran, im Gespräch mit Ihnen Trost über den Verlust des viel zu früh Verstorbenen zu finden.«

Wienhold sagte nichts.

Siggi fuhr fort, er sagte, was er fühlte. »Wie gerne möchte ich den Vater des wunderbaren Menschen kennenlernen, der mir begegnet ist. Darf ich Sie persönlich sehen?«

Ohne einen weiteren Kommentar sagte ihm Saschas Vater, dass er ihn am Mittwochabend in seiner Privatwohnung sehen wolle. Knapp waren die Angaben, kurzangebunden die Verabschiedung.

Siggi war glücklich. Er wusste, dass er einen guten Tag hatte. Dann begann er einen Brief zu entwerfen. Erneut vertraute er auf die Kraft seiner Worte.

Kapitel 22

Am Sonntagabend leerte sich das Lokal zeitig. Uli verschwendete einen kurzen Gedanken an den dicken Willy. Der wurde auch immer seltsamer.

Als er mit Siggi alleine im Schankraum war, fuhr er ihn an, was ihm einfiele, hier wieder aufzutauchen. Siggi hob beschwichtigend die Hände, griff in die Tasche seiner Tweed-Jacke und zog ein zusammengefaltetes Blatt Papier heraus.

»Da, lies«, war alles, was er sagte.

Uli entfaltete das Blatt und hielt es unter das Licht, bevor er in einer Schublade nach seiner Lesebrille kramte. Dann studierte er angestrengt den Text.

Lieber Uli,

bevor wir uns gleich wieder streiten, möchte ich dir auf diesem Weg meine Sicht der Dinge mitteilen. Ich bedaure es sehr, dass ich dich mit Sascha betrogen habe. Das weißt du. Ich bitte dich auch hiermit offiziell um Entschuldigung dafür. Es soll nicht wieder vorkommen. Du weißt, wie sehr ich an dir hänge. In meinem Leben habe ich schlimme Fehler gemacht. Aber Sascha ist tot. Uli, bitte verzeih mir diesen Vertrauensbruch und gib unserer langen, innigen und tiefen Beziehung noch eine Chance. Du kannst doch nicht alles, was zwischen uns war, einfach so wegwerfen. Lass uns die letzten Tage vergessen. Ich weiß, dass du noch Gefühle für mich hast, so wie ich für dich.

Dann wollte ich dich noch um einen Gefallen bitten. Kannst du mir nicht das versprochene Geld mitgeben? Ich habe großen Ärger

mit dem Kunden und einen Rechtsstreit kann ich jetzt gar nicht gebrauchen. Ich appelliere in der Sache nicht nur an dich als Partner und Freund, sondern auch an deine Hilfsbereitschaft als Mensch.
Dein dich liebender Siggi.

Siggi hatte unter den Text noch ein großes rotes Herz gemalt, in dem ein Pfeil steckte. Die Zeichnung war ihm etwas missglückt.

Uli ließ das Blatt sinken und setzte die Lesebrille ab.

Siggi sah ihn erwartungsvoll und mit leicht klopfendem Herzen an. Er fragte: »Können wir jetzt nach oben gehen?«

Uli sagte immer noch nichts. Irgendwie schien es Siggi, dass er ganz blass geworden war. Hatten ihn seine Worte so mitgenommen? Hoffnung keimte in ihm auf.

»Geh jetzt und lass dich hier nie wieder blicken. Du hast Lokalverbot. Lebenslänglich.« Uli sagte es ganz leise, fast flüsterte er.

Siggi rührte sich nicht von der Stelle.

»Raus hier, aber plötzlich.« Ulis Stimme war jetzt nicht mehr ganz so leise.

Siggi ging immer noch nicht.

Ruckartig stürzte Uli hinter dem Tresen hervor.

»Sonst passiert hier noch ein Mord«, schrie er schrill.

Siggi stürzte nach draußen. Die Tür ließ er offen.

An diesen Abend hatte Willy nicht einschlafen können, hatte er doch auf jeglichen Alkoholkonsum im Kleinen Wirtshaus verzichtet. Keinesfalls wollte er so abstürzen wie vor einer Woche. Da ihm nichts Besseres einfiel, stand er wieder auf und vertrat sich ein wenig die Füße in der nächtlichen Klappergasse. Unweigerlich musste er am Kleinen Wirtshaus vorbeigehen. Seine Blicke saugten sich an der Tür fest. Fast fielen ihm die Augen aus dem Kopf, als er Siggi auf die Straße stürzen sah, gefolgt von Ulis drohenden Worten. Dieser Satz brannte sich ihm ein. Dann wurde die Tür von innen zugeknallt und zweimal abgeschlossen. Schweiß brach ihm aus. Endlich würde dieser Siggi nicht mehr in seinem Revier wildern. Dieser dümmlich-arrogante Typ sah noch lange nicht gut aus, nur weil er hager und mager war.

Als Uli an diesem Abend die Tür zu seiner Wohnung aufschloss, zitterten ihm die Hände. Hatte er nicht Siggi schon beim letzten Mal gesagt, dass er sich nicht mehr bei ihm blicken lassen sollte? Und nun das. So ein unwürdiger, billiger Brief. Er konnte es nicht fassen. Siggi hatte sich in einer solch schäbigen Weise an ihn gewandt, dass es ihn ekelte. Und dann hatte er noch die Frechheit besessen, ihn wieder einmal um Geld anzugehen. Jetzt, da er ihn vor die Tür gesetzt hatte. Hatte Siggi denn überhaupt keinen Sinn mehr für Anstand? Ging es ihm so schlecht, dass er um Geld betteln musste?

Ulis Geduld mit ihm war endgültig erschöpft. Was sich Siggi geleistet hatte, war nicht zu verzeihen. Am meisten haderte er aber mit sich selbst. Wie hatte er all die Jahre nicht erkennen können, welch miesen Charakter Siggi hatte? Was hatte er eigentlich in ihm gesehen? Wie blind war er gewesen, um den verderbten Kern von Siggi nicht zu erkennen? Ja, es war richtig gewesen, Siggi aus dem Haus zu schmeißen. Eigentlich hätte er ihm gleich seine restlichen Sachen vor die Füße kippen sollen. Dann hätte er ihn nicht mehr wiedersehen müssen. Sollte doch Alina ihm den Rest seiner Habseligkeiten übergeben. Er wollte ihn auf keinen Fall mehr wiedersehen.

Kapitel 23

Am frühen Morgen rief Uli bei seiner Rechtsschutzversicherung an. Nein, wurde ihm gesagt, er müsse nicht einen Anwalt der Versicherung nehmen, er könne sich einen Verteidiger seiner Wahl aussuchen. Man kenne aber einen guten Fachmann für diese Art von Anklagen in Frankfurt und wolle Uli gern dessen Adresse geben.

So kam es, dass Uli mit Gerald Rucklieb in Kontakt kam. Rucklieb, der gerade einen spektakulären Mordprozess im Jugo-Mafia-Milieu für einen Klienten gewonnen hatte, war nicht abgeneigt, seinen Fall zu übernehmen. Er hätte zwar gerade einige kleinere Fälle in Bearbeitung, könne es sich aber durchaus vorstellen, Uli zu verteidigen. Von dem Mord in Ulis Lokal hatte er bisher nur aus der Presse gehört. Er würde sich freuen, wenn er bei dem Termin, den sie bereits für morgen festgelegt hatten, die Details des Falles besprechen konnte.

Hoffnungsfroh legte Uli den Hörer auf. Er machte sich Vorwürfe über sein leichtfertiges Handeln. Schließlich war er der Hauptverdächtige und hatte sich mit seiner Weigerung, einen Verteidiger zu engagieren, wie ein trotziges, uneinsichtiges Kind gezeigt. Für die Polizei zeigten alle Fakten auf ihn. Sie hatten nur noch keine Beweise. Uli hatte das ungute Gefühl, dass man den Fall schließlich so konstruieren würde, dass er als alleiniger Täter dastand.

Obwohl er sich geschworen hatte, keine Zeitungen zu lesen, konnte er es sich nicht verkneifen, hin und wieder in der Frankfurter Boulevardpresse zu schmökern. Für die war der Mord ein Dauerbrenner. Natürlich mit den dezenten oder manchmal auch weniger dezenten Hinweisen auf die Homosexualität des Wirtes. Es war widerlich.

Uli machte sich Sorgen um seine Gäste. Die Wiedereröffnung seines Lokals war zwar ein toller Erfolg gewesen, aber am Tag darauf hatte er festgestellt, dass die Besucher weniger zu seinen Stammkunden aus Sachsenhausen und Umgebung gezählt hatten, sondern eher fremde Gäste aus anderen Gegenden gewesen waren. Er konnte sich des Eindrucks nicht erwehren, dass man aus voyeuristischen Gründen zu ihm kam, weil man einen unter Mordverdacht stehenden Wirt sehen wollte. Er merkte das auch an anderen Signalen. Selbst seine Nachbarn, Freunde und Bekannte zeigten sich nicht mehr so vertraut mit ihm wie sonst. Der eine oder andere wandte schon einmal den Blick in die andere Richtung, um ihn nicht grüßen zu müssen. Und wenn sie ihn grüßten und er wie üblich ein kleines Schwätzchen halten wollte, gaben sie vor, in Eile zu sein. Gangs von Jugendlichen zogen abends um seine Kneipe und grölten dummes Zeugs. Auch Mario, der Pizzawirt, und das Personal vom benachbarten Eissalon zogen sich zurück, wenn sie seiner ansichtig wurden. Wer wollte schon gern mit einem Mordverdächtigen gesehen werden?

Es tat weh. Uli fühlte sich fast wie ein Ausgestoßener. Am liebsten hätte er seine Unschuld auf die Gasse hinausgeschrien. Aber wem nützte so eine Darbietung? Damit machte er sich doch nur lächerlich. Er musste einfach die Zähne zusammenbeißen und weitermachen.

Um sich abzulenken drehte er das Radio an. Sie spielten *Killing Me Softly*, das Lieblingslied von ihm und Siggi. Bei diesem Lied hatten sie sich vor langer Zeit in einem Club kennengelernt. Immer wenn sie zusammen das Lied hörten, schauten sie sich verschwörerisch an und dachten an den magischen Moment ihres Kennenlernens. Einen Augenblick lang versank Uli in seinen Erinnerungen, bis er das Radio mit einem brutalen Schlag zum Verstummen brachte. Er wollte nicht mehr an Siggi erinnert werden.

Als Uli am nächsten Morgen an Gerald Ruckliebs Kanzleitür in der Schweizer Straße klingelte, dauerte es eine Weile, bis ihm geöffnet wurde. Schließlich erschien Rucklieb an der Tür. Er trug einen Morgenmantel, aber keine Schuhe, war nicht rasiert und schaute mürrisch und unausgeschlafen auf Uli, der, um der Knoblauchwoge, die sich unaufhaltbar von Ruckliebs Mund auf ihn zubewegte, zu entgehen, einen hastigen Schritt nach hinten machte. Beinahe wäre er die Treppe rückwärts hinabgestürzt.

»Was ist denn, was machen Sie denn da?« Rucklieb gähnte ausgiebig und mit offenem Mund, so dass Uli ohne Probleme sein rosiges Gaumensegel sehen konnte.

»Kommen Sie, kommen Sie herein. Sie sind sicher Herr Uli Reinhold. Sie müssen verzeihen, ich habe gestern Nacht aus ermittlungstaktischen Gründen an einer montenegrinischen Hochzeit teilgenommen und bin erst sehr spät am Morgen heimgekommen.«

Uli bemühte sich, seinen Ekel vor dem montenegrinischen Knoblauch nicht allzu deutlich zu machen, und folgte seinem Gastgeber in die Wohnung, in der er offensichtlich auch sein Büro hatte. An sich hatte Uli gar nichts gegen eine ordentliche Portion Knoblauch einzuwenden, aber die Konzentration der schwefelhaltigen Abbauprodukte im Atem seines zukünftigen Verteidigers ließ darauf schließen, dass dieser sich in einem ganzen Fass voll Knoblauch gewälzt haben musste.

»Bitte gedulden Sie sich ein Viertelstündchen. Ich will mich nur rasch duschen und stehe Ihnen dann zur Verfügung. Hier ist mein Büro. Da steht auch eine Kaffeemaschine. Bitte bedienen Sie sich. Ich komme gleich.«

Uli fragte sich, ob sein Entschluss, Rucklieb als seinen Verteidiger zu nehmen, vielleicht falsch gewesen war. Vorsichtshalber würde er sich beim Gespräch so weit entfernt wie möglich von ihm platzieren. Du lieber Gott, der Gestank war eine absolute Zumutung. Aber er wollte jetzt keinen Rückzieher machen. Immerhin ging es um sein weiteres Leben.

Er bereitete sich einen Espresso aus der ultramodernen Kaffeemaschine, warf vier Zuckerstücke hinein und trank das schwarze, brennendheiße Getränk in einem Zug aus.

Nach einer langen Viertelstunde tauchte Rucklieb wieder auf. Die Morgentoilette hatte tatsächlich ein Wunder bewirkt. Weißes Hemd, untadeliger dunkelblauer Anzug, leichter Duft nach Aftershave, der allerdings von einer wilden Knoblauchnote übertönt wurde.

Im Mund einen Pfefferminzbonbon, sagte er zu Uli: »Jetzt erzählen Sie mal alles, was an dem besagten Abend passiert ist. Und erzählen Sie wirklich alles, auch die nichtigsten Nichtigkeiten, die Ihnen an dem Abend aufgefallen sind.«

Uli tat sein Bestes und gab, nur unterbrochen von einigen kundigen Nachfragen und Anmerkungen von Rucklieb, einen kompletten Bericht über die Geschehnisse des so fatal geendeten Sonntags in seiner Kneipe, wobei er auch darauf zu sprechen kam, dass er glaubte, der Mörder wollte eigentlich ihn und nicht das tatsächliche Mordopfer, also den Freund seines ehemaligen Freundes Siggi, umbringen.

»Haben Sie Feinde unter Ihren Gästen oder im Privatbereich?«

Uli zögerte einen Augenblick, denn diese Frage traf einen heiklen Punkt in seinem Leben. Natürlich war ihm bewusst, dass er durch seine aufbrausende Art selbst bei geringen Provokationen den einen oder anderen hart, wenn nicht sogar bösartig, angegangen war. Manche hatten ihm verziehen, andere waren nie wieder gekommen.

Ja, musste er Rucklieb eingestehen, er hatte Feinde unter seinen Gästen, er hatte sicher sogar einige eingeschworene Feinde. Aber dass die ihm nach den Leben trachteten, das glaubte er nicht.

»Könnte es jemand aus der Schwulenszene sein?«

»Das kann ich mir nicht vorstellen. In meine Kneipe kommen nur wenige aus diesem Milieu. Ich habe meinen Bekannten von Anfang an gesagt, dass ich eine bürgerliche Kneipe führe.«

Rucklieb fragte Uli geschickt aus, stellte Fangfragen und versuchte Widersprüche auszumachen. Aber Ulis Antworten waren absolut stimmig. Entweder war er ein ganz abgefeimter Schauspieler oder er hatte überhaupt kein Talent, sich zu verstellen.

Ruckliebs Menschenkenntnis sagte ihm aber, dass dieser Mann nicht schauspielern konnte. Der war echt.

Sie wälzten das Thema, wer der Mörder von Sascha gewesen sein könnte, hin und her, kamen aber zu keinem Ergebnis. Angesichts dieser nicht zu klärenden Situation wollte sich Rucklieb auf die Verteidigung von Uli konzentrieren. Schließlich kam es darauf an, den Verdacht, der auf Uli lastete, zu entkräften. Wenn die Staatsanwaltschaft Klage gegen ihn erheben würde, dann aufgrund der Annahme, dass Uli den jungen Liebhaber seines langjährigen Freundes Siegbert aus Eifersucht heimtückisch ermordet hätte. Diese Anklage galt es zu verhindern.

Rucklieb hatte in seinen langen Berufsjahren als Verteidiger jegliche Art von Angeklagten vor sich gehabt. Er kannte sie alle, die Schwerverbrecher, die angeblichen Unschuldslämmer, die Normalbürger, die unverschuldet in eine unüberblickbare Situation geraten waren, die kaltblütigen Mörder, die Gelegenheitstäter und viele mehr. Dieser hier schien zu der Sorte von Menschen zu gehören, die ohne eigenes Zutun in eine mörderische Affäre hineingezogen worden waren.

Beim Abschied sagte er zu Uli: »Jetzt machen Sie sich mal keine allzu großen Sorgen. Das kriegen wir schon hin. Ich werde mich bei der Polizei um Akteneinsicht bemühen.«

Dann gab er ihm noch ein paar Hinweise, wie er sich bei weiteren Verhören durch die Polizei zu verhalten habe, und beschwor ihn, sofort anzurufen, wenn es Probleme gäbe. Er drückte Uli fest die Hand, gab ihm einen aufmunternden Schlag auf die Schulter und begleitete ihn zur Tür hinaus.

Beim Abschied nahm Uli den Knoblauchgestank fast nicht mehr wahr. Er atmete auf, nicht nur des Geruches wegen, sondern weil er sich zum ersten Mal seit seinen Verhören durch die Polizei und dem Verdacht, dass er der Mörder des jungen Mannes sein könnte, erleichtert fühlte. Dieser Rucklieb machte einen sehr kompetenten Eindruck. Fast euphorisch von den Mut machenden Aussagen Ruckliebs setzte er sich in sein Auto und fuhr nach Hause.

Kapitel 24

Ein seltsamer Laut traf Miras Ohren. Sie wusste nicht, ob Heribert auf seine etwas eigentümliche Weise gelacht oder ob ihre in die Jahre gekommene Waschmaschine beim Verlangsamen des Schleudergangs eine Abfolge asthmatischer Seufzer von sich gegeben hatte. Doch, ja, es war Heribert. Er las die *Neue Presse* und frohlockte über die hinterhältigen Zeilen, die dort über Uli zu lesen waren. Er gönnte ihm durchaus die böse Lage, in der er jetzt steckte. Alles, was Mira zu Ulis Verteidigung sagte, wollte er nicht hören.

»Du solltest dich freuen, denn du bist ja auch eine Hauptverdächtige, meine Liebe. Je mehr der Verdacht auf Uli lastet, umso weniger bist du in der Schusslinie der Polizei. Ich bin mal gespannt, wie dich der Lobesang aus der Bedrouille hauen kann.«

»Mein Gott, zum wievielten Male habe ich dir schon gesagt, dass es nicht Bedrouille heißt, sondern Bredouille?«

Mira, die auf der Schule Französisch gelernt hatte, konnte es nicht ertragen, dass Heribert schon wieder das Wort falsch ausgesprochen hatte.

»Und«, fuhr sie fort, »weißt du, was eine Canaille ist?«

»Natürlich weiß ich das. Was soll denn das jetzt?«

»Vielleicht gehst du ja mal in dich und forscht bei dir nach, ob du nicht solch eine Canaille bist.« Mira zeigte sich angriffslustig.

»Blödsinn, was habe ich damit zu tun?«

Mira schaute ihn einen Augenblick verächtlich an, dann aber senkte sie den Blick und ermahnte sich, still zu halten.

Als sie nämlich am Nachmittag endlich die seit Tagen herumliegende Schmutzwäsche in die Waschmaschine gepackt hatte, war aus der Brusttasche von Heriberts Hemd die Abrechnung des Hotels herausgefallen, in dem er auf seiner Dienstreise übernachtet hatte. Beim Überblicken der Rechnung fiel ihr auf, dass er in einem Doppelzimmer mit einer zweiten Person übernachtet hatte. Ein Stich fuhr ihr ins Herz. Das hätte sie ihrem Mann nicht zugetraut. In ihrem blinden Vertrauen auf Heriberts unverbrüchliche Liebe zu ihr wäre sie nie auf den Gedanken gekommen, dass ausgerechnet er sie hintergehen könnte. Niemals! Ihr langweiliger Ehemann ein Ehebrecher? Es fiel ihr schwer, sich ihren eher umständlichen Heribert mit einer anderen Frau in einer erotischen Situation vorzustellen. Sicher war er verführt worden. Von allein wäre er gar nicht auf die Idee gekommen, sie zu betrügen. Eher hätte sie sich das von sich selbst vorstellen können. Gelegenheit dazu hatte sie mehr als genug gehabt. Allein aus Trägheit oder einer familiär bedingten Nibelungentreue-Ideologie hatte sie nie die Chance genutzt. Sie kam sich verraten vor. Dieser hinterhältige Leisetreter, dieser dreiste Betrüger! Ihr bereits angeschlagenes Selbstwertgefühl sauste noch tiefer in den Keller.

Um herauszufinden, ob er sie tatsächlich betrogen hatte, rief sie beim Hotel an und gab vor, dass sie ihr teures Nachthemd im Zimmer vergessen hätte und ob man es bereits gefunden habe. Ja, man erinnere sich, dass Frau Schönfelder dort übernachtet habe, aber ein Nachthemd habe man nicht gefunden. Wie betäubt legte Mira den Hörer auf.

Damit war für Mira klar, dass Heribert auf außerehelichen Abwegen wandelte. Was sie am meisten wunderte, war der Leichtsinn, mit der er die Rechnung in seinem Hemd aufbewahrt hatte. Er, der die Umsicht und Sorgfalt in Person war, sollte einen solchen Leichtsinnsfehler begangen haben? Sie konnte es nicht glauben. Steckte etwa Absicht dahinter? Wollte er sie auf diese hinterhältige Art darauf hinweisen, dass er kein Interesse mehr an ihr hatte? Einen Augenblick zögerte sie noch, aber dann musste sie Heribert doch zur Rede stellen.

»Was hast du eigentlich während deiner Geschäftsreise letzte Woche mit der Dame auf deinem Zimmer gemacht?«

»Ach«, lächelte er süffisant, »jetzt verstehe ich die Canaille. Aber Schatz, da musst du dir wirklich keine Gedanken machen. Das war einfach nur eine Verwechslung mit den Namen und den Zimmern. Ein Kollege von mir war mit seiner Frau angereist und die Rezeption hat alles durcheinander gebracht. Du kannst meinen Kollegen anrufen, es war übrigens Hans Bauergrün, den du auch kennst. Er wird dir bestätigen, dass das Hotel den Fehler begangen hat. Warum sollte ich dich denn betrügen? Du bist doch meine Frau, ich habe überhaupt kein Verlangen, mich mit anderen Weibern abzugeben. Mir reicht meine eigene schusselige Frau. Mehr kann mein einfaches Gemüt gar nicht schultern, das weißt du doch, nicht wahr?«

Mira stand wie angewurzelt. Log er sie an oder stimmte es tatsächlich, was er ihr mit der Namens- und Zimmerverwechslung erklären wollte? Sie war sich nicht sicher. Einen Augenblick noch stellte sie sich Heribert mit der fremden Frau leidenschaftlich im Bette wälzend vor. Nein, doch eher unwahrscheinlich! Seine Version klang glaubhafter.

Und weil der Mensch im hin- und herwogenden Leben ein paar Rettungsanker und feste Strukturen braucht, die ihm versichern, dass er sein Dasein nicht als zielloses Treibgut auf hoher See verbringt, nahm sie seine Erklärungen erleichtert entgegen. Gleichzeitig nahm sie sich vor, ihr Verhalten zu Herrn Lobesang, ihrem Rechtsanwalt, in Zukunft von keiner Gefühlsaufwallung mehr beeinflussen zu lassen.

Kapitel 25

Als Uli am nächsten Abend sein Lokal öffnete, kamen einige wenige Stammgäste, aber die meisten Gäste kannte er nicht. Es schien ihm, als ob seine altvertrauten Gäste einen Bogen um sein Lokal machten. Solange der Verdacht, dass er der Mörder des jungen Mannes war, nicht ausgeräumt wurde, würde sich an der Situation vermutlich nichts ändern. Um kurz vor zehn Uhr sagte er zu Alina, dass sie nach Hause gehen könne. Alle Gäste waren gegangen. Er schloss die Tür zu, ging nach oben und setzte sich vor den Fernseher. Er sorgte sich um die Zukunft seiner Kneipe.

Das Fernsehprogramm langweilte ihn. Nach einem Glas Rotwein fielen ihm die Augen zu. Der Schlaf gönnte ihm eine kurze Verschnaufpause. Er träumte von glücklicheren Zeiten.

Lautes Grölen von der Straße riss ihn aus seinen Träumen. Benommen schaut er sich um, aber dann wusste er sofort, wer es war. Er drehte das Licht aus und schaute aus dem Fenster. Da waren sie wieder, diese miesen Typen. Es war nicht das erste Mal, dass sie mit lauten Gesängen und hasserfüllten Schimpfworten Uli als Mörder denunzierten. Gestern erst hatte er mühselig ein Graffiti von der Hauswand entfernt. »Schwuler Mörder« hatten sie darauf gesprayt. Heute schien die Randale kein Ende zu nehmen. Es waren junge Kerle, die tief in das Gesicht gezogene Baseballkappen trugen. Sie warfen Steine gegen sein Haus und grölten »Mörder, Mörder, schwuler Mörder«. Diese Saubande! Aber die Polizei wollte er nicht rufen. Das hätte ihm noch mehr schädliche Schlagzeilen in der Presse und in seiner Umgebung gebracht. Da musste er durch.

Ulis Selbstwertgefühl war durchaus solide gestrickt und er war hart im Nehmen. Aber diese Denunziationen verletzten ihn mehr, als er sagen konnte. Sein Herz krampfte sich zusammen und zum ersten Mal in seinem Leben konnte er sich vorstellen, was seine Mutter meinte, wenn sie sich bei ihm wegen ihrer Herzschmerzen beklagte. Sein Herz fühlte sich an, als ob es jemand in die Zange genommen hätte. Und es gab keinen, an den er sich in seiner Not hätte wenden können.

Nach einiger Zeit hörte das Randalieren auf. Auf keinen Fall würde Uli jetzt hinuntergehen und sich die Schäden am Haus ansehen. Er biss die Zähne zusammen und goss sich ein Glas Whisky ein. Wenn das so weiter ging, würde er zweifellos als Alkoholiker enden. Der Whisky aber half ihm, auf der Couch in einen unruhigen Schlaf zu fallen.

Das nächste Mal, als er wach wurde, drang beißender Rauch in seine Nase. Er machte Licht und schaute unsicher auf seine Uhr. Zwei Uhr früh. Hatte er vielleicht in seiner Küche die Kochstelle angelassen, als er sich noch eine Suppe heißgemacht hatte? Er rannte in die Küche. Aber der Rauch kam nicht von dort. Plötzlich sah er, wie unter seiner Flurtür dicker, schwarzer Rauch hervorquoll. Er riss die Tür auf, nur um sie sofort wieder zu schließen. Der Rauch zog von unten über das Treppenhaus in seine Wohnung im ersten Stock. Der Weg über die Treppen nach draußen war ihm versperrt. Er war gefangen! Panik packte ihn. Wohin konnte er flüchten? Er musste unbedingt die Polizei benachrichtigen! Orientierungslos hastete er durch die Wohnung. Welche Nummer musste er für den Notruf wählen? Einen Augenblick versagte sein Gedächtnis. Dann fiel sie ihm wieder ein: 110.

»Hier ist Uli Reinhold aus dem Lokal ›Das kleine Wirtshaus‹ in Sachsenhausen. Bei mir brennt es. Ich bin im ersten Stock. Die Flurtreppe ist vollkommen verqualmt. Ich kann nicht aus dem Haus. Bitte holen Sie mich sofort hier raus.«

Als die Feuerwehr nach wenigen Minuten kam, saß Uli auf dem

Dach seines Hauses, hielt sich ein nasses Tuch vor den Mund und schrie aus vollem Hals: »Hier bin ich, hier! Holen Sie mich runter.«

Mit Hilfe einer Drehleiter pflückte man Uli vom Dach. Als man ihn aus dem Rettungskorb zog, fiel er dem verdutzten Kommissar Florian Wilson direkt in die Arme.

Das Feuer war schnell gelöscht. Es stellte sich heraus, dass die Täter ein Bündel Werbezeitungen, die im Postschlitz der Haustür steckten, angezündet hatten, die den Rauch über das Treppenhaus in seine Wohnung gelenkt hatten. Ein Brandanschlag, der den Tod von Uli billigend in Kauf nahm. Ein versuchter Mord!

Kapitel 26

Der Schaden durch den Brandanschlag war nur gering. Das Lokal selbst war gar nicht betroffen. Uli musste lediglich die Rußspuren und das Löschwasser, das die Feuerwehr in den Treppeneingang zu seiner Wohnung hineingespritzt hatte, beseitigen. Das war Arbeit genug. Anscheinend hatte das stabile, schmiedeeiserne Postfach an seiner Eingangstür einen größeren Brand vereitelt. Die vom Regen feuchten Werbezeitungen hatten nur einen Schwelbrand mit viel Qualm verursacht. Und Gott sei Dank hatte er keine Rauchgasvergiftung erlitten, weil er sich rechtzeitig auf das Dach gerettet hatte. Nur gut, dass Kommissar Florian Wilson genau zur richtigen Zeit zur Stelle war. Wie ein fürsorglicher Schutzengel hatte er sich seiner angenommen. Ein warmes Gefühl der Dankbarkeit und Zuneigung zu dem jungen Polizisten durchflutete Uli.

Aber sein Seelenfrieden war nachhaltig gestört. Dieses gottlose Gesindel! Diese skrupellosen Kerle! Die Polizei hatte ihm gesagt, dass sie gegen die Brandstifter wegen versuchten Mordes ermitteln würden. Sie hätten ihn wahrhaftig bei lebendigem Leib räuchern wollen. Was hatte er getan, um sich diesen Zorn zu verdienen? Er konnte nur vermuten, dass die sogenannte Volksseele in Gestalt einiger junger Männer, die keine Ahnung von Gott und der Welt hatten, sich anmaßte, ein Urteil über ihn und seine Art zu fällen. Ein schwuler Mörder! Das hätten sie gerne. Darüber könnten sie sich lange das Maul zerreißen. Jämmerliche Idioten, die nur ein bisschen Alkohol und das aufstachelnde Gerede ihrer einfältigen Kumpels brauchten, um diejenigen anzugreifen, die nicht in die Koordinaten ihrer borniertern Kleinkariertheit hineinpassten.

Am Abend hörte er in der Hessenschau, dass die Polizei den Mörder von Sascha verhaftet hatte. Zu seiner großen Verwunderung sollte es sich um Vladimir, den Ehemann von Alina, handeln. Uli hatte Mühe, diese Nachricht zu verstehen. Was hatte denn ausgerechnet Vladimir mit dieser Geschichte zu tun? Und warum hatte ihm Alina nichts davon erzählt? Aber natürlich war er nur zu gerne bereit, es zu glauben. Ihm war jeder Mörder recht, wenn nur er nicht mehr im Fokus der Ermittlungen stand.

Am nächsten Morgen rief Kommissar Saleh bei Uli an und sagte ihm, dass er aufgrund der aktuellen Ermittlungen nicht mehr als Mörder in Frage käme. Als Uli ihn nach den Einzelheiten fragen wollte, winkte der Kommissar ab. Darüber könne er nicht mit ihm reden.

Nach dieser befreienden Nachricht setzte sich Uli einen Augenblick hin. Er merkte deutlich, wie sich der Druck auf seinem Herzen schlagartig verflüchtigt hatte. Er konnte wieder frei atmen.

Kapitel 27

Siggi suchte nach seinem schwarzen Anzug. Dann verwarf er den Gedanken jedoch wieder und entschied sich für dunkelblaue Jeans und einen schwarzen Pulli. Das Treffen sollte nun doch nicht bei Jean-Paul Wienhold zu Hause stattfinden. Siggi wurde mitgeteilt, dass Herr Wienhold ihn schon um vierzehn Uhr im Oscar's im Frankfurter Hof an der Kaiserstraße erwarten würde. Jetzt musste er sich doch ein wenig beeilen. Er hatte sich auf den Abend eingestellt. Während der Fahrt nach Frankfurt nahm er sich vor, seinen Maklergeschäften neuen Schwung zu geben. Er würde Faltblätter drucken lassen, die er in Briefkästen von Einfamilienhäusern einwerfen würde. Anzeigen wollte er schalten, in denen er sich als Makler des Vertrauens präsentieren würde. Unterwegs hörte er im Radio das Lied, das ihn so sehr mit Uli verband. Er hatte Sehnsucht nach Uli. Jedenfalls meinte, er ein solches Gefühl zu verspüren.

Saschas Vater erwartete ihn schon. Offensichtlich hatte er im Oscar's zu Mittag gegessen und ihn zum Digestif bestellt. Siggi war deswegen ein wenig beleidigt. Bei seinem Eintreffen wurde er sogleich in Empfang genommen und gefragt, ob man ihn, Herrn Ranke, zum Tisch von Herrn Wienhold begleiten dürfe. Notgedrungen musste Siggi einen Espresso bestellen. Alles andere wäre falsch gewesen.

Jean-Paul Wienhold ließ seinen Blick auf ihm ruhen. Siggi fühlte sich unbehaglich. Dieses Gefühl verstärkte sich noch, als Wienhold ohne Umschweife die Frage stellte, wie er Alexander kennengelernt habe und, vor allem, welcher Art die Beziehung zu seinem Sohn gewesen sei. Siggi rührte nervös in seiner Tasse. Viel Zeit zum Überlegen hatte er nicht. Natürlich hatte er sich im Vorfeld des Treffens Gedanken darüber gemacht, ob er von seiner Liebe zu Sascha sprechen sollte, und natürlich hätte er sich selbst diese Frage bejaht. Nun unter diesem unverwandten Blick mitten im gut besuchten Oscar's erschien ihm das etwas unangebracht. Also murmelte er etwas, was so klang wie: »Wir haben uns immer sehr gut verstanden.«

Jean-Paul Wienhold hakte nach: »Wobei gut verstanden?«

Nervös entgegnete Siggi: »Immer wenn wir uns getroffen haben, haben wir uns gut verstanden.«

»Lieber Herr Ranke, bitte verschwenden Sie nicht meine Zeit. Es war Ihr Wunsch, über meinen Sohn zu sprechen.«

Dass Saschas Vater im Begriff stand, ungehalten zu werden, war nicht zu übersehen.

»Wir haben uns vor ungefähr einem Jahr zufällig in einem Café kennenlernt. Dann habe ich mich in ihn verliebt.«

Jean-Paul Wienhold runzelte die Stirn, holte tief Luft und sah auf die Uhr.

»Wissen Sie was, Herr Ranke? Das Gespräch fängt nun doch an mich zu interessieren, aber ich muss zurück in die Bank.«

Er überlegte kurz. »Kommen Sie doch um achtzehn Uhr dreißig in Jimmy's Bar im Hessischen Hof. Dann können wir weiterreden.«

Der Kellnerin bedeutete er im Gehen, dass er morgen bezahlen würde. Sie lächelte freundlich und sagte: »Selbstverständlich, Herr Wienhold, vielen Dank für Ihren Besuch.«

Siggi ärgerte sich, dass er für seinen Espresso fünf Euro bezahlen musste. Lustlos schlenderte er über die Zeil und überlegte, ob er noch einmal nach Wiesbaden zurückfahren sollte. Dazu hatte eigentlich keine Lust. An einem Pavillon auf der Zeil gönnte er sich ein asiatisches Mittagessen für vier Euro. Schuldbewusst fiel ihm ein, dass er sich gar nicht bei seiner Mutter abgemeldet hatte. Sofort griff er zu seinem Handy und rief sie an.

»Mama, weißt du was passiert ist? Da hat ein reicher Amerikaner Interesse an einem meiner Objekte. Er wollte es noch vor seinem Abflug sehen, und ich musste ganz schnell nach Frankfurt fahren.«

Seine Mutter fragte ihn, warum dieser Amerikaner in Frankfurt ein Haus kaufen wolle, wenn er doch in den USA lebe.

»Ja weißt du, eigentlich will er das Haus für seine Tochter kaufen. Sie ist mit einem Deutschen verheiratet. Er möchte dann bei ihr wohnen, wenn er geschäftlich hier zu tun hat. Das ist für ihn angenehmer, als im Hotel zu übernachten.«

Siggi fand, dass das richtig gut geklungen hatte. Er seufzte. »Manchmal geht eben das Geschäft vor.«

Seine Mutter sagte ihm, dass sie morgen das Essen von heute eben noch einmal aufwärmen müsse. Siggi versprach in jedem Fall pünktlich zu sein. Erleichtert beendete er das Gespräch. Halb vier. Er traute sich nicht, bei Uli anzurufen und ihn zu fragen, ob er kurz vorbeischauen dürfte. Eigentlich stand ihm im Moment der Sinn nach einer Siesta, aber eine weitere Abfuhr von Uli wollte er sich nicht erteilen lassen. Dessen ablehnende Haltung hatte doch mehr an seinem Selbst gekratzt, als er sich eingestand. Stattdessen lief er unentschlossen die Zeil auf und ab, kaufte sich allerdings wegen der Ebbe in seinem Portemonnaie nichts, obwohl ihm die eine oder andere Kleinigkeit in den Schaufenstern gut gefiel. Dann machte er einen Besuch bei Beate Uhse in der Stiftstraße. Nachdem er sich dort lange genug herumgedrückt hatte, trank er in der B-Ebene der Hauptwache einen Kaffee und suchte dort die öffentliche Toilette auf. Mit einer *Bild*-Zeitung ging er zum Mainufer. Dort ließ er sich auf einer Bank nieder und betrachte Spaziergänger, Radfahrer, Möwen und Schiffe. Schließlich wurde es ihm ein wenig zu kühl. Er ging zu seinem Auto zurück und verbrachte dort die restliche Zeit. Jetzt würde er eben als Erster eintreffen.

Er startete das Auto, fuhr zu Jimmy's Bar und hoffte, in der Nähe des Hessischen Hofs, der die Bar beherbergte, einen Parkplatz zu finden. Er fühlte sich ein wenig derangiert, beschloss jedoch, dies als Männlichkeit zu verbuchen und selbstbewusst aufzutreten. Kaum hatte er sich in die Karte vertieft, als auch Wienhold die Bar betrat, sich neben Siggi auf einen Barhocker setzte und einen Scotch orderte. Er trug ein frisches Hemd und einen Krawattenschal und roch angenehm frisch nach einem bekannten Aftershave. Siggi kam sich neben ihm fast ein bisschen schäbig vor und bestellte ein Pils. Nachdem Saschas Vater sein Glas fast ohne abzusetzen ausgetrunken und das nächste schon in Auftrag gegeben hatte, wandte er sich Siggi zu. Er fixierte ihn mit einem abschätzigen Blick und kam übergangslos zur Sache.

»Ich weiß, dass mein Sohn schwul war. Deshalb habe ich ihn ja rausgeschmissen.«

Auf Siggis erstaunten Blick ergänzte er: »Ja, wussten Sie das etwa nicht? Was hat er Ihnen denn erzählt?«

Jetzt errötete Siggi. »Er hat mir nicht erzählt, dass er zu Hause rausgeflogen ist. Das habe ich von der Polizei gehört.«

Sein Erröten ging in eine Zornesröte über. »Es ist doch kein Grund, den eigenen Sohn vor die Tür zu setzen, nur weil er Männer liebt«, empörte er sich.

»Was wollen Sie eigentlich von mir?«, fragte ihn Wienhold. »Vorwürfe zu meinem Erziehungsstil möchte ich mir eigentlich nicht anhören. Von Ihnen schon gar nicht.«

Siggi war sprachlos. Das war kein trauernder Vater, mit dem er gemeinsam hätte trauern können. Er warf den Kopf zurück.

»Ich wollte mich mit Ihnen über die Trauerfeier für Ihren Sohn unterhalten.«

»Es wird keine Trauerfeier geben.« Jean-Paul Wienhold bestellte den dritten Scotch, während Siggi versuchte, sich seine Erschütterung nicht anmerken zu lassen.

Mit einem Grinsen im Gesicht kam ihm der alte Wienhold ganz nahe. »Erzählen Sie es mir doch. Wie haben Sie es mit meinem Sohn getrieben? Was für Praktiken habt ihr beide drauf gehabt?

Ich will es wissen. In allen Einzelheiten. War er ein guter Liebhaber?«

Siggi gruselte. Am liebsten wäre er aufgesprungen und hinausgerannt, aber er traute sich nicht. Dieser Mann war ein Monster im Geschäftsanzug.

»Ich kann nicht darüber sprechen. Ich will es auch nicht. Ich jedenfalls werde das Andenken an diesen Engel auf Erden wahren.«

Um Wienholds Mund zuckte ein verächtliches Lächeln.

Siggi hatte einen spontanen Einfall: »Ich möchte einen Wiesbadener Bildhauer beauftragen, eine Skulptur von Alexander anzufertigen. Die Statue soll nur einen einzigen Engelsflügel bekommen. Ich hatte gedacht, dass sie auf seinem Grab stehen könnte. Aber wenn Sie keine Trauerfeier machen wollen, dann gibt es sicher auch kein Grab. Dann lasse ich sie eben in einem Wiesbadener Park, am besten im Kurpark, oder besser noch, auf dem Neroberg aufstellen. Dort wäre er dem Himmel noch etwas näher.«

Siggi lehnte sich schweigend zurück und verschränkte die Arme. Er ließ seine Worte wirken. Der Gedanke, ob er die Skulptur dort überhaupt aufstellen dürfte, kam ihm gar nicht in den Sinn.

Da Wienhold nur in sein Glas stierte und nichts dazu sagte, redete Siggi weiter.

»Meine Geschäfte gehen derzeit nicht so gut. Auch Makler leiden unter der Krise, selbst wenn es immer heißt, dass jetzt alle ihr Geld in Immobilien anlegen wollen. Ich wollte damit sagen, also ich meinte …« Verlegen suchte Siggi nach den passenden Worten. »Es würde mir schwer fallen, die Kosten für die Skulptur alleine zu tragen, und ich würde mich freuen, wenn Sie sich daran mit zwanzigtausend Euro beteiligen könnten.«

Nach diesen Worten sackte Siggi atemlos in sich zusammen und sagte nichts mehr.

Wienhold sah ihn eine Weile nur verblüfft an und sagte dann mit schneidender Stimme: »Es war wohl ein Fehler von mir, mich mit Ihnen hier zu treffen. Gehen Sie mir aus den Augen, Sie, Sie, Sie Abschaum. Raus!«

Als Siggi überstürzt und ohne einen weiteren Kommentar das Lokal verlassen hatte, bat Wienhold um einen weiteren Scotch und zog sich auf einen Sessel im hinteren Bereich zurück.

Als sein Zorn auf diesen windigen Kerl halbwegs verflogen war, ließ es der Vater zum ersten Mal nach dem Rauswurf seines Sohnes zu, dass sein versteinertes Herz über dessen Schicksal trauerte. Er verlor sich in den Erinnerungen an frühere Zeiten.

Alexander, sein einziges und geliebtes Kind, das seine Zuneigung nicht erwidern wollte. Immer, wenn er abends nach Hause kam und den Kleinen auf den Arm nehmen und ihn an sich drücken wollte, entzog er sich ihm und kletterte weinend zu seiner Mutter auf den Schoß. Was hatte er an sich, dass sein kleiner Junge Angst vor ihm hatte? Auch später fand er keinen Zugang zu ihm. War es seine Schuld? Als er dann erfahren musste, dass sein Sohn homosexuell war, traf es ihn wie ein Schlag. Ständig quälte ihn die Vorstellung, wie andere – auch ältere Männer – seinen Sohn anfassten. Dieser Ranke war ja auch um einiges älter. Er spürte förmlich Alexanders Hände, die aber anderen Männern galten. Nur seine väterliche Liebe hatte sein eigenes Fleisch und Blut zurückgewiesen. Schon früh hatte er die Mutter des Knaben dafür gehasst, dass sie ihm die Zärtlichkeiten des Sohnes vorenthielt. Vielleicht war Sarah eine Fehlentscheidung gewesen. Die einzige Fehlentscheidung in seinem Leben. Er dachte an seine Kindheit im Elsass, die ersten Schultage in Karlsruhe. Später war er Klassensprecher geworden. Er wusste, dass er nicht sonderlich beliebt war. Viele Freunde hatte er nicht.

Die ersten Geschichten mit Mädchen begannen. Sarah hatte er schon lange gekannt, bevor er sich dazu entschloss, ihr einen Antrag zu machen. Er hatte ihr nach einem Abendessen einen teuren Ring an den Finger gesteckt und schlicht zu ihr gesagt: »Nun ist es soweit, wir heiraten.«

Die steile Stirnfalte in Sarahs Gesicht übersah er. Er hatte nie verstanden, warum sie sich umgebracht hatte. Die Ärzte sprachen von Depressionen. Wie konnte sie ihrem Sohn das nur antun?

Alexander war damals erst 15 Jahre und in einem schwierigen Alter. Er konnte ihm die geliebte Mutter nicht ersetzen und dem traumatisierten Sohn nicht helfen. Seit ihrem Selbstmord hatte er sich noch stärker in seine Arbeit gestürzt. Die bohrenden Fragen nach dem Sinn des Lebens musste er mit immer mehr Geschäftigkeit zudecken.

Wenn er nur die Bilder in seinem Kopf hätte stoppen können. Vielleicht hatte er im Affekt eine nicht wiedergutzumachende Überreaktion gezeigt. War es richtig gewesen, den Sohn brutal und ohne Aussprache hinauszuwerfen, als er dessen Neigung erkannt hatte?

Den Gedanken, dass er mitverantwortlich für Alexanders tragisches Ende sein könnte, verwarf er. Er hatte ihm zwar seine finanzielle Unterstützung entzogen, aber er konnte nichts dafür, dass Alexander in die zwielichtigen Kreise geraten war, in denen er seinen Mörder gefunden hatte. Was hatte er nachts in dieser merkwürdigen Kneipe zu suchen gehabt? Natürlich war es um Geld gegangen. Genauso wie es diesem windigen Freund nicht um Liebe, sondern um Geld ging.

Aber die Idee dieses Herrn Ranke, ein Denkmal für seinen verlorenen Sohn zu errichten, hatte ihm nach nochmaligem Überlegen doch gut gefallen. Allerdings würde er es in eigener Regie umsetzen. Er würde nun doch eine würdige Trauerfeier für Alexander vorbereiten, und noch während des Gesprächs hatte er sich vorgenommen, sofort am nächsten Morgen im Polizeipräsidium nachzufragen, wann er seinen Sohn zur Beerdigung abholen lassen konnte. Allein dafür hatte sich das Treffen gelohnt. Nun würde niemand mehr über seine mangelnde Vaterliebe nachdenken.

Der Gedanke, warum sowohl seine Frau als auch sein Sohn auf so tragische Weise ums Leben gekommen waren, streifte ihn vage. Darüber aber wollte er jetzt nicht weiter nachdenken. Er bestellte noch einen Whisky und ließ sich dann ein Taxi kommen.

Kapitel 28

Am Freitagabend hatte Annalene lange gearbeitet. Sie verbot es sich, an den zurückliegenden Freitag und das Frühlingsfest zu denken. Das Wetter war schön, so dass sie abends noch eine Runde am Mainufer laufen und die Blicke der männlichen Passanten registrieren konnte. Mehr als diese Blicke aber schätzte sie die hinter der Skyline untergehende, glühendrote Sonne. Diese brannte wie ihr einsames Herz. Auch diesen Gedanken verbot sich Annalene. Irgendwann würde Wolfgang Waldau die langweilige Maria satt haben und sich wieder bei ihr einfinden. Sie beschloss, die Scheidung, so gut es eben ging, zu verzögern.

An der Untermainbrücke beendete sie ihre Runde. Nach einer Dusche machte sie es sich mit einem Glas Weißwein und einem Tomatensandwich vor dem Fernsehen gemütlich. Morgen Vormittag würde sie ihren Onkel anrufen.

Nach ihren Einkäufen konnte sie ihn gegen halb zwölf tatsächlich erreichen.

»Es tut mir leid, Onkel Jean, dass ich mich jetzt erst melde. Darf ich heute Nachmittag vorbeikommen?«

»Komm halt, wenn du dich nun schon nach einer Ewigkeit wieder daran erinnerst, dass du Familie hast.«

Annalene bemühte wieder ihr geliebtes Mainufer, um quer durch das Gedränge des Römerbergs das Café Bitter und Zart zu erreichen. Sie wollte ein paar exquisite Pralinen für ihren Onkel aussuchen, um ab Konstablerwache mit der Buslinie 36 bis zur Holzhausenstraße zu fahren. Die Fahrt war ihr unangenehm. Zurück würde sie ein Taxi nehmen.

Der Bankier empfing sie in schwarzen Jeans und schwarzem Polohemd. Sein Gesicht war zerknautscht, ihre Begrüßungsküsse wehrte er ab. Annalene versuchte erneut ihn zu umarmen.

»Ich bin so traurig und fühle mit dir«, sagte sie leise.

»Setz dich in den Salon«, bellte er.

»Wollen wir uns nicht ein wenig auf die Terrasse setzen?«, fragte Annalene.

Jean-Paul schüttelte schweigend den Kopf und deutete auf einen Biedermeiersessel. Er bot ihr nichts zu trinken an und blieb stehen.

»Warum kommst du erst jetzt? Du ermittelst doch in dem Fall.«

»Nein, Onkel Jean, ich werde zwar informiert, aber die Ermittlung leitet ein Hauptkommissar.«

»Willst du nicht wissen, wer deinen Cousin heimtückisch ermordet hat?«, fuhr er sie an.

»Jean, du machst doch auch keinen Schalterdienst in deiner Bank, oder neuerdings doch?«, entgegnete sie giftig. Dann lenkte sie ein. »Du musst mir erzählen, warum Alexander bei einem Escortservice gelandet ist. Musste er Geld verdienen und sah keine andere Möglichkeit? Oder hat es ihm Spaß gemacht?«

Schwer atmend ließ sich Jean-Paul Wienhold in einen Sessel fallen. Es fiel ihm sichtlich schwer, seiner Nichte zu berichten, wie er eines Abends seinen einzigen Sohn des Hauses verwiesen und die Brücken zu ihm abgebrochen hatte.

»Dass er bei einem Escortservice gearbeitet hat, habe ich erst von der Polizei gehört, als sie endlich mit der schönen Nachricht bei mir aufgetaucht sind.« Sein Sarkasmus tat Annalene weh.

»Hast du ihm keinen Unterhalt gezahlt?«, fragte sie.

»Nein, wollte ich nicht. Ich hatte keinerlei Interesse, ihm seine Liebhaber zu finanzieren.«

Schweigend hörte sie zu. Jetzt wurde ihr auch klar, warum ihr Cousin sie nie besonders beachtet hatte.

»Hast du nie versucht ihn anzurufen, um zu hören, wie es ihm geht?«, wollte sie wissen.

Jean-Paul Wienhold schüttelte nur den Kopf. Sein Gesicht spiegelte seinen Kummer wider und die stumme Bitte, dass man ihn nicht mit seinen Versäumnissen quälen solle.

Sie stand auf. »Ich mache uns jetzt einen Tee und wir essen Schokolade. Ist gut für die Nerven.«

Sie hielt ihm ihr Päckchen aus dem Schokoladenladen unter die Nase. Jean-Paul blieb willenlos. Als Annalene aus der Küche kam, in welcher sie sich mühsam zurechtgefunden hatte, saß Jean-Paul noch genauso unbeweglich im Sessel wie vor zehn Minuten.

Sie legte die Pralinen auf ein Tellerchen mit dickem Goldrand.

»Was hat er in dieser Kneipe zu suchen gehabt?«, fragte er schließlich mit bebender Stimme.

»Das wissen wir nicht genau, die Ermittlungen laufen noch. Aber etwas anderes wollte ich dich fragen. Hättest du vielleicht Lust auf einen Besuch in der Oper? Mama hat mir zwei Freikarten für ihr hiesiges Gastspiel mit der Berliner Staatsoper geschenkt. Ich würde gerne mit dir hingehen.«

Er war sichtlich froh über den Themenwechsel und verfiel wieder in den ihm eigenen, bissigen Tonfall.

»Singt die rothaarige Hexe immer noch? Sie muss doch schon scheintot sein. Nein, danke, lieber besuche ich diese Dreckskneipe und schlage dort alles kurz und klein. Wie hält dein Vater es eigentlich aus, dass seine Frau immer unterwegs ist? Was macht er eigentlich, der alte Schlawiner? Hat er eine Freundin?«

»Nein, hat er nicht. Deinem Bruder Marcel geht es derzeit nicht so gut. Sein Arzt hat ihm eine Auszeit verordnet, sonst drohe ihm ein Herzinfarkt. Er erholt sich in unserer Villa in Spanien von seinem Burnout.«

Jean-Paul Wienhold zog spöttisch die Mundwinkel nach unten. »Die Bezeichnung Villa ist für diese Bruchbude wohl etwas übertrieben.«

»Ihn rufst du also auch nie an, obwohl er dein Bruder ist«, konnte Annalene sich nicht enthalten festzustellen. »Sonst wüsstest du Bescheid, wie schlecht es ihm geht.«

Sie nippte an ihrem Tee und nahm sich eine der Pralinen, an der sie vorsichtig eine Ecke abbiss, um dann genießerisch die Augen zu verdrehen.

»Verdreh nicht so die Augen«, bemerkte ihr Onkel. »Das Schielen steht dir nicht.«

Annalene seufzte. »Weißt du, Onkel Jean, dass mein Mann Wolfgang eine Freundin hat?«

Für einen Moment schloss Annalene die Augen und beschwor das Bild ihres Mannes herauf. Wie gerne wäre sie heute Abend mit ihm in die Oper gegangen. Sie mochte zwar keine Opern, aber für die Auftritte ihrer Mutter machte sie gerne eine Ausnahme und war jedes Mal hinterher wie elektrisiert.

»Mama singt die alte Lady in Leonard Bernsteins *Candide*. Es ist die Umsetzung eines satirischen Romans und mehr so eine komische Oper oder ein Musical. Wir würden beide auf andere Gedanken kommen.«

»Ich mag keine *Candide*«, sagte Jean-Paul Wienhold und griff nach der zweiten Praline, um sie mit der Faust zu zerquetschen. Angewidert verzog er das Gesicht, als er auf seine Hand blickte.

»Ich komme gleich wieder«, sagte er und stand auf. Jetzt traten Annalene die Tränen in die Augen. Als der Bankier nach einer geraumen Weile wieder zu ihr zurückkam, war er noch unfreundlicher gestimmt.

»Dass dein Mann dich verlassen hat, geschieht dir recht, der Mann hat endlich seinen Fehler begriffen.«

»Ich will mich jetzt nicht mit dir streiten, Onkel«, sagte sie und erhob sich. »Du wirst es nicht verhindern können, dass wir uns bei der Trauerfeier sehen. Ich denke, dass auch Mama und Papa teilnehmen werden. Und ich werde Wolfgang anrufen und fragen, ob er auch mitkommen möchte«, fügte sie trotzig hinzu.

»Ich werde jetzt gehen. Mit dir kann man einfach nicht reden.« Annalene wurde sogleich wieder versöhnlich. »Wenn dir die Decke auf den Kopf fällt, ruf mich einfach an, ja?«

Jean-Paul Wienhold nickte grimmig und sah seiner Nichte

nach, die, nachdem sich die Haustür hinter ihr geschlossen hatte, zu ihrem Mobiltelefon griff, um ein Taxi zu bestellen. Sie blieb am Gartentor stehen. Plötzlich stand ihr ein Mann mit dunkelbraunem Teint und schwarzen, zurückgekämmten Haaren gegenüber. Unübersehbar war die scharfgeschnittene Nase. Sie hatte den Mann nicht kommen sehen.

»Haben Sie ein Taxi für Wienhold bestellt?« Annalene nickte.

»Ich stehe auf der anderen Seite«, sagte der Taxifahrer. Annalene stieg hinten ein. Der durchdringend parfümierte Mann beobachtete sie im Rückspiegel.

»Würden Sie sich bitte auf den Verkehr konzentrieren?«, sagte Annalene, der seine neugierigen Blicke nicht verborgen geblieben waren.

»Ich kenne Sie von irgendwo«, sagte der Taxichauffeur. »Sie sind eine Promi, mir fällt noch ein, wer.«

Annalene sagte nichts und schrieb ihrer Mutter in einer Kurznachricht, dass sie heute Abend alleine in die Oper käme, und fragte, ob sie vielleicht nach der Vorstellung noch ins Walon & Rosetti gehen wolle.

Sie bezahlte und hielt das Trinkgeld betont klein.

»Ich jetzt weiß, wer Sie sind«, sagte der Mann grinsend zum Abschied. »Weiß ich auch, wo ich Sie abgeholt habe.«

Annalene beschlich ein ungutes Gefühl. Bevor sie weiter darüber nachgrübeln konnte, erhielt sie eine Mitteilung ihrer Mutter. Sie freue sich sehr, sie heute Abend nach der Vorstellung zu treffen, Annalene solle am Bühneneingang warten.

Kapitel 29

Annalene hatte sich für die Oper ein langes, schmales, schulterfreies schwarzes Kleid angezogen. Die langen Ponyfransen und der knallrote Lippenstift gaben ihrem eleganten Auftritt etwas Trotziges. Es machte ihr nichts aus, alleine unterwegs zu sein, aber Wolfgang fehlte ihr dennoch. Während sie in der Mitte der ersten Reihe saß, überlegte sie, ob er mit Maria auch in die Oper ging. Ein Platz neben ihr blieb frei. Morgen früh würde sie ihn anrufen und fragen, ob er mit ihr zur Trauerfeier für ihren Cousin gehen wolle.

Annalene studierte die Pressestimmen, als sie am Bühneneingang auf ihre Mutter wartete. Sie las, dass ihre Mutter mit perfekter, altersloser Stimme singe und als zur Bühne zurückgekehrter Star die große Überraschung des Abends sei. Annalene hatte schon lange nicht mehr alleine mit ihrer Mutter gesprochen und war ein wenig nervös. Die alte Dame erschien in der Tür, die der Tenor für sie aufgestoßen hatte, der sogleich wieder ihren Arm ergriff. Annalene lächelte und der Sänger führte ihr ihre Mutter mit einer knappen Verbeugung zu, bevor er sich aufmachte, um die Künstlerkantine aufzusuchen.

Annalene umarmte sie heftig. »Du warst großartig, Mama. Was für ein Stück. Und du besitzt immer noch eine unvergleichliche Bühnenpräsenz.«

»Danke, mein Liebes, wie lange ist es her, dass wir uns nicht gesehen haben?«

»Weihnachten, Mama. Wollen wir ein Stück in Richtung Hauptbahnhof gehen oder möchtest du die paar Meter mit dem Taxi zurücklegen?«

Annalene schielte nach den Schuhen ihrer Mutter. Die Sopranistin trug silberne Turnschuhe zu einer braunen Samthose und einem weichfallenden, cremefarbenen Chiffonoberteil. Ihre Haare waren noch immer brandrot. Die Diva strich die Haare zurück und Annalenes Blick streifte die Ringe.

»Sind das alles Geschenke von Vater?«, fragte sie.

»Zum Teil, ja.« Sie standen an der Ampel.

»Du wohnst noch in meiner alten Wohnung?« Die Augen ihrer Mutter suchten die Fenster. Die wenigen Meter zur Moselstraße legten sie schnell zurück. Die alte Dame wirkte ein wenig ängstlich und Annalene hakte sie unter, während sie streng die anderen Passanten musterte.

Wie immer war das Walon & Rosetti gut besucht. Sie fanden einen Platz an der Bar. Ihre Mutter entschied sich für einen Manhattan und Annalene schloss sich an.

»Du weißt es schon, Mama?«, fragte Annalene.

Ihre Mutter nickte. »Ich bin erschüttert. Wie kann ein so schöner junger Mann von Format einfach in einer biederen Vorortkneipe erschlagen werden? Annalene, weißt du, wer der Mörder ist und warum er es getan hat?«

»Nein, Mama, wir tappen noch im Dunkeln. Vielleicht war es eine Eifersuchtstat des Ehemanns der Köchin. Es ist aber unklar, was Alexander in der Kneipe wollte. Mama, es muss unter uns bleiben, was ich dir gesagt habe. Du kommst doch zum Begräbnis?«

»Dein Vater kommt auch, wir haben schon deswegen telefoniert. Auch wenn er gerade in Spanien ist, ist er wie immer gut unterrichtet. Wie trägt es Jean-Paul?«

»Ich war heute Nachmittag bei ihm. Er scheint seine Trauer in Aggressivität umzuformen. Es geht ihm schlecht.«

»Papa geht es auch nicht gut.«

»Machst du dir Sorgen, Mama?«

»Nein, Liebes. Lass uns noch etwas trinken.«

Ein Blick genügte und der Barkeeper eilte heran.

»Darf ich beide Damen zu einem Drink einladen und um ein Autogramm bitten?«

Annalene hatte einen Sitznachbar bekommen, der ein Opernprogramm über den Tresen schob. Sie war bereits im Begriff, das Heft zurückzuschieben, als ihre Mutter sagte, dass sie sehr gerne signiere.

Annalene versuchte dem ungebetenen Gast den Rücken zuzudrehen, während sie leise weiterredete.

»Du weißt auch, dass Wolfgang sich scheiden lassen will. Er hat eine andere.« Sie beugte sich so dicht zu ihrer Mutter, dass sie deren klassischen Duft einatmen konnte.

»Es wird schon wieder, meine Kleine. Wie oft wollte sich dein Vater schon scheiden lassen, weil ich immer unterwegs war. Und was ist? Wir sind immer noch zusammen und je älter wir werden, desto besser wird unsere Beziehung. Die Distanz hat dazu geführt, dass wir uns nie gegenseitig zerfleischt haben. Lass uns zahlen, Liebes. Ich bin müde.«

»Ja, Mama, du hast Recht. Morgen rufe ich Wolfgang an.«

Zum zweiten Mal innerhalb von vierundzwanzig Stunden bestellte Annalene ein Taxi.

Sie war nach einem kurzen Stück ausgestiegen und hatte ihrer Mutter das Taxi zur Weiterfahrt und zum Bezahlen überlassen. Nachdem Annalene ihre Mails und ihr Telefon auf dringende dienstliche Vorkommnisse überprüft hatte, ging sie schlafen. Bevor sie einschlief, lag sie lange wach. Sie ärgerte sich, dass sie vergessen hatte, mit ihrer Mutter intensiver über Alexanders Homosexualität zu reden. Auch hatte sie gar nicht nach deren weiteren Plänen gefragt. Schließlich dachte sie auch an Khalil Saleh. Er hätte sie von ihrer Fixierung auf Wolfgang befreien können, aber es war in jeder Hinsicht eine Unmöglichkeit gewesen. Annalene stand wieder auf und genehmigte sich einen kleinen Whisky. Anschließend konnte sie problemlos einschlafen und wachte am Sonntagmorgen sehr früh auf. Es war erst kurz vor zehn Uhr und sie war schon Laufen gewesen, hatte geduscht und gefrühstückt.

Sie griff nach dem Telefon und wählte Wolfgangs Nummer. Ihr Herz klopfte ein wenig, während sie wartete. Er meldete sich.

»Störe ich gerade?«, fragte Annalene statt einer Begrüßung.

»Nein, gar nicht.« Er kannte die Stimme seiner Frau nur zu gut.

»Ich muss mit dir reden«, sagte sie dann.

»Das dachte ich mir«, erwiderte Wolfgang Waldau gut gelaunt.

»Wieso?«, fragte Annalene.

»Na, sonst hättest du doch nicht angerufen.«

Annalene gewann ihre Fassung wieder und informierte ihren Ehemann über die Ermordung ihres Cousins und die Festnahme des mutmaßlichen Täters. Wolfgang unterbrach sie kaum. Nur als sie auf Alexanders Schwulsein zu sprechen kam, fragte er nach, was der alte Wienhold dazu gesagt hätte. Annalene beschrieb seine gallige Art. Wolfgang meinte, dass es zu verstehen sei, dass Alexander die fehlende väterliche Liebe bei anderen Männern zu finden hoffte. Schließlich versprach Wolfgang Waldau hoch und heilig, dass er Annalene zur familiären Trauerfeier begleiten und sie vorher abholen würde. Ob sie schon wüsste, wann der Termin sei. Annalene machte sich eine Notiz, dass sie Saleh fragen musste, wann der Leichnam zur Bestattung freigegeben wurde oder ob diese Freigabe bereits erfolgt sei.

Sie wollte das Telefongespräch noch nicht beenden und erkundigte sich, wie es Maria gehe.

»Sie bereitet schon das Mittagessen vor.«

»Oh«, sagte Annalene. »Pass auf, dass du nicht zu dick wirst bei dieser guten Verpflegung.« Sie hatte den Eindruck, dass Wolfgang sich auf seinen Bauch klopfte.

»Wollen wir vielleicht der Köchin das Revier überlassen und bis zum Mittagessen einen Spaziergang machen?«, schlug sie vor.

»Liebling, du weißt schon, dass wir uns getrennt haben?«, fragte Wolfgang Waldau mit der leisen Ironie, die er auch bisweilen im Gerichtssaal anklingen ließ. Wie der Vater der Polizeipräsidentin war auch er Richter am Oberlandesgericht.

»Und du weißt auch, dass wir noch verheiratet sind«, konterte

Annalene. »Wenn es dir jetzt nicht passt, weil du vielleicht zum Kartoffelschälen abgeordnet bist, können wir auch gerne heute Nachmittag zum Kaffeetrinken gehen.« Sie würde diese Maria schon in ihre Schranken verweisen und den Kampf um die Ehe aufnehmen.

Da Wolfgang Waldau zu dem neuerlichen Vorschlag nur schwieg, ging seine Noch-Ehefrau einen Schritt weiter.

»Ich war gestern bei einem Gastspiel von Mama in der Oper. Sie hatte mir zwei Karten reserviert. Der Platz neben mir ist frei geblieben. Mama hat hinreißend ausgesehen.«

»Du wahrscheinlich auch«, kam Wolfgang Waldau nicht umhin festzustellen.

»Gehst du eigentlich mit Maria auch in die Oper oder muss sie so viel kochen?« Annalene fragte es sehr freundlich und sanft.

»Annalene, wir sehen uns. Ich muss jetzt auflegen. Pass gut auf dich auf.«

Sie ließ es sich nicht nehmen, einen Kuss ins Telefon zu hauchen, bevor sie auflegte und beschloss ins Büro zu fahren.

Der diensthabende Beamte in der Pforte sprang auf, als er seine oberste Chefin heraneilen sah. Er salutierte leicht und hielt die Tür auf. Der Beamte hatte seine Chefin bisher noch nie in Jeans gesehen, aber an ihrer weißblonden Mähne war sie leicht zu erkennen.

Nach drei Stunden konzentrierter Arbeit beschloss Annalene, dass es genug sei, verließ das Gebäude wieder und ließ sich noch einen schönen Sonntag wünschen. Sie lief den Alleenring entlang, bis sie zum Grüneburgpark gelangte. Die Ansammlung von Fahrbahnen kam ihr sonntäglich öde und träge vor. Am Wasserturm betrat sie den Park, durchquerte ihn und gelangte zum Café Siesmayer. Sie betrat das Café und wollte auf der Terrasse Platz nehmen, als ihr Blick auf zurückgekämmte, leicht gegelte schwarze Haare fiel. Das dazugehörige blütenweiße Hemd rundete das Bild von Khalil Salehs Rücken ab. Er schien mit einer ihm gegenübersitzenden Brünetten intensiv zu diskutieren. Annalene blieb wie vom Donner gerührt stehen. Als sie sah, wie er seine Hand auf die Hand seiner Tischdame legte, trat Annalene die Flucht an. An der Kuchentheke konnte sie sicher sein, dass er sie nicht bemerkte. Schnell ließ sie sich zwei Stücke Kuchen einpacken, ohne sich länger mit der Auswahl aufzuhalten. Wenn sie nur ein Stück verlangt hätte, wäre sie sich zu armselig und bedauernswert vorgekommen. Sie beschloss nach Hause zu laufen und sich ein wenig ihrem Haushalt zu widmen. »Wie die gute Maria«, dachte sie. Das Kapitel Khalil Saleh war für sie zum Glück beendet gewesen, bevor er ihr gefährlich werden konnte.

Kapitel 30

Nach langem Zureden war es Khalil endlich gelungen, Brigitte am Sonntag zu einem Gespräch ins Café Siesmayer zu bewegen. Sie war noch immer gekränkt und hatte ihm nicht verziehen, dass er sie ohne Vorwarnung ins Messer der scharfen Fragen seiner Mutter hatte laufen lassen. Aber das Schlimmste sei gewesen, hielt sie ihm vor, wie er sich dabei noch amüsiert hätte, während sie mit Rücksicht auf seine Mutter darauf verzichtete, ihr ebenso scharf entgegenzutreten.

»Du bist und bleibst ein Macho«, warf sie ihm vor, »und im Grunde wird sich daran auch nichts ändern.«

»Ach Süße, bitte nicht so dramatisch. Du weißt doch, dass ich dich liebe. Mach mich doch nicht für das Verhalten meiner Mutter verantwortlich. Trotz ihrer akademischen Bildung hat sie immer noch ein anderes Frauenbild im Kopf und für ihren Sohn wünscht sie sich nun einmal eine fürsorgliche Frau …«

»Nicht ein einziges Mal hast du den Mund aufgemacht und mich verteidigt«, fiel ihm Brigitte ins Wort. »Stattdessen musste ich mir gefallen lassen, wie deine Mutter mir mein Leben schlechtredete und mir zu verstehen gab, dass ich dem falschen Glauben anhänge. Das ist doch der Gipfel der Selbstgefälligkeit.«

Khalil, der seine Mutter trotz allem sehr gern hatte, wäre es am liebsten gewesen, wenn Brigitte endlich mit diesem leidigen Thema aufhörte, aber er sah ein, dass Brigitte vom Besuch bei seinen Eltern zutiefst verstört war. Nur gut, dass wenigstens sein Vater sich zurückgenommen und bemüht hatte, den strengen Fragen seiner Frau ein wenig die Schärfe zu nehmen. Aber das war kein Trost für Brigitte. Khalil redete auf sie ein, beschwichtigte, nahm alle Schuld für den missglückten Besuch bei seinen Eltern auf sich. Aber Brigitte war zu beleidigt und noch nicht bereit, zu vergessen.

Dabei quälten Khalil ganz andere Sorgen. Eigentlich könnte er sich entspannt zurücklehnen, jetzt, wo die Köchin des schwulen Wirtes ihren ukrainischen Ehemann als Mörder von Alexander Wienhold entlarvt hatte. Aber irgendetwas, so jedenfalls sagte es ihm sein Bauchgefühl, war daran zu glatt. Er hatte Vladimir selbst verhört. Zugegeben hatte der nichts, aber was hieß das schon? Wer würde schon einen Mord gestehen, wenn die Fingerabdrücke einer anderen Person auf der Tatwaffe sind? Aber zuzutrauen wäre ihm jede Schandtat. Er musste unbedingt mit seinen Kollegen noch einmal die bisherigen Erkenntnisse sorgfältig abklopfen. Er seufzte tief. Und dann der Ärger mit Brigitte.

Brigitte, die ihren Schatz kannte, sah ihm an, dass er in Gedanken bereits wieder auf einer anderen Baustelle weilte. Sie gab es auf. Dieser Kerl wollte das verletzende Verhalten seiner Mutter einfach nicht ernst nehmen. Ihr Ärger schoss wie eine Stichflamme empor. Sie dachte über eine endgültige Trennung von Khalil nach.

»Und um was machst du dir jetzt wieder Gedanken? Jedenfalls nicht um mich«, fauchte sie ihn an. »Wenn dir meine Sorgen egal sind, kann ich ja gehen.«

Sie griff nach ihrer Tasche, ließ den völlig perplexen Khalil einfach sitzen und verließ wutentbrannt das Café. Er zahlte rasch und folgte Brigitte. Beim Überqueren der Straße meinte er, in der Ferne eine Person mit wehendem blonden Haar zu erkennen, die ihm irgendwie bekannt vorkam. Aber er musste die mit schnellem Schritt enteilende Brigitte einholen. Er musste sie wieder für sich gewinnen.

Kapitel 31

Nach einer nur kurzen Verschnaufpause, in der er die Schäden des Brandanschlags beseitigte, konnte Uli sein Lokal wieder öffnen. Kurz vorher erschien Siggi im Kleinen Wirtshaus, in der Hand eine blühende rote Orchidee. Im Türrahmen blieb er stehen.

Uli hob den Kopf und erkannte ihn im Gegenlicht. »Siggi, was willst du denn hier?«

Siggi kam näher.

»Wie siehst du denn aus?«, entfuhr es Uli, als sein Blick auf Siggis nackte Beine fiel, die nur von einer kurzen Bermudahose bedeckt waren.

»Du hast doch hier lebenslänglich Hausverbot. Ist dir das nicht klar?« Uli regte sich auf. »So wie du aussiehst, kann man hier in Sachsenhausen nicht rumlaufen. Du vertreibst mir die Gäste.«

»Ich habe nichts anzuziehen«, erwiderte Siggi beleidigt. »Meine ganzen Sachen sind doch noch bei dir, Uli.«

»Etwas mehr als dieses Höschen wirst du wohl schon noch haben. Du bist doch auch anständig angezogen hier abgehauen.«

»Gar nicht bin ich abgehauen. Du hast mich zweimal rausgeschmissen«, erwiderte Siggi noch eine Spur beleidigter.

»Das war noch einmal zu wenig. Aber gut, irgendwann müssen deine Sachen hier ohnehin verschwinden, bevor ich sie wegschmeiße. Das können wir dann jetzt gleich erledigen. Dann holen wir mal deine Sachen.«

Siggi stapfte hinter Uli die Treppe nach oben. Es roch immer noch nach Rauch.

Als sie Ulis Wohnung betreten hatten, hielt ihm Siggi die blühende Orchidee hin. »Bitte, Uli, ein Geschenk für dich.«

»Ich will deine blöde Blume nicht, nimm sie wieder mit«, sagte Uli schroff. Dann zog er einen großen blauen Müllsack aus der Besenkammer.

»Hier sind deine Sachen, pack die Blume oben drauf, sonst schaffst du es nicht auf einmal.«

»Ich will es gar nicht auf einmal schaffen, ich will bei dir bleiben.«

Siggi versuchte Uli zu umarmen und an sich zu ziehen. Uli stieß ihn zurück.

»Wenn du nicht bei zehn verschwunden bist, werfe ich dich die Treppen hinunter.«

Uli fing an zu zählen. Siggi sagte nichts mehr. Er biss sich auf die Lippen. Dafür würde Uli noch büßen müssen. Mühsam schleppte er den Beutel nach unten und ging grußlos. Die knappen Hosen, die kaum unter dem leichten Kaschmirpulli hervorragten, waren ihm jetzt peinlich. Was hatte er sich nur dabei gedacht?

An diesem Abend kamen viele von Ulis Stammkunden, so als wollten sie ihm zeigen, dass sie ihm wieder ihr Vertrauen schenkten. Sie feierten Uli und er feierte mit ihnen, obwohl er tief in seinem Herzen einen Groll gegen sie hegte. Jetzt, wo seine Unschuld erwiesen war, krochen sie aus ihren Löchern und klopften ihm auf die Schulter: »Wir wussten doch schon immer, dass du mit der ganzen Geschichte nichts zu tun hast!«

Uli ließ seine bitteren Gedanken nicht nach außen dringen. Das Leben ging weiter!

Ein Essen nach dem anderen marschierte aus der Küche. Alina war völlig ausgelastet. Ihr blonder Zopf wippte angespannt und auf ihrem Gesicht zeigten sich hektische rote Flecken. Aber sie war glücklich, dass das Geschäft wieder auf Hochtouren lief.

Sie hatte mit Uli nur ganz kurz über die Verhaftung von Vladimir gesprochen und angedeutet, dass Vladimir aufgrund ihrer Aussage in Untersuchungshaft gekommen war und der Staatsanwalt Anklage wegen Mordes erhoben hatte. Uli konnte sich zwar immer noch keinen Reim auf den Zusammenhang machen, aber es war ihm egal.

»Hallo Uli, alter Mörder, lass dich drücken!«

Uli schaute vom Zapfhahn auf und sah Mira in der Tür stehen. Er lief zu ihr hin, nahm sie überschwänglich in die Arme, tanzte mit ihr einen kleinen Foxtrott und küsste sie stürmisch auf beide Wangen.

»Wir Mörder müssen doch zusammenhalten«, raunte er ihr ins Ohr. »Wo hast du denn deinen Heribert gelassen?«

»Ach, der ist immer noch eingeschnappt wegen der blöden Geschichte von damals, aber heute musste ich einfach kommen. Uli, nur wir beide wissen, welch schreckliche Zeit wir durchgemacht haben, immer mit dem Damoklesschwert über uns, als Mörder verhaftet zu werden. Heute feiern wir. Ich bin ja so glücklich!«

Hochgestimmt hob Mira den Kopf. Heribert wäre es sicher lieber gewesen, wenn sie zu Hause geblieben wäre. Aber war sie eine Heilige? Die Erleichterung, dass der Mörder gefasst worden war, hatte sie in eine solch euphorische Stimmung versetzt, dass sie nichts aufhalten konnte. Der sauertöpfische Ausdruck auf Heriberts Gesicht bei ihrer Ankündigung, dass sie zu Uli gehe, war ihr egal. Sie musste ihrer Freude ein Ventil geben, denn sie platzte vor unterdrückter Lebenslust und wollte dieses Gefühl mit anderen teilen.

Im ganzen Lokal herrschte eine Bombenstimmung. Man redete, lachte, aß und trank. Es war wie in den alten Zeiten, als noch keine dunklen Wolken die Stimmung trübten.

Mira saß am Tresen und trank ein Glas Rotwein mit dem obligatorischen Mineralwasser.

»Komm, Mira, heute gebe ich einen aus, hier hast du ein Mispelchen.«

Mira, die von der Festnahme Vladimirs gehört hatte, konnte ihr Glück kaum fassen. Sie war vollkommen entlastet. Sie konnte den Leuten wieder offen ins Gesicht blicken.

Das Mispelchen, das Uli ihr reichte, war in reichlich Calvados getunkt und lief ihr brennend die Kehle hinunter. Sie genoss es. Unternehmungslustig schaute sie in die wogende Menge, als ihr Blick von einem aufmerksamen Augenpaar aufgefangen wurde. Es war Manfred Lobesang, der sich, nachdem Mira ein Zeichen des Erkennens gegeben hatte, vom anderen Ende der Bar durch die Massen zu ihr hin drängte.

»Guten Abend, Frau Schönfelder. Wie ich sehe, geht es Ihnen wieder gut. Leider, leider ist unsere geschäftliche Zusammenarbeit wohl beendet. Gut für Sie, aber schade für mich. Unsere Treffen waren doch sehr interessant.«

Als sich Lobesang neben sie stellte und wegen des Gedränges eng an sie gedrückt wurde, wurde Mira von einer leichten Schwäche in den Beinen heimgesucht. Lobesang fasste sie schützend um die Taille und drückte sie sanft an sich.

»Ganz schön voll hier, nicht wahr«, sagte er mit ruhiger Stimme und sah sie über den Rand seiner hellbraunen Hornbrille an. »Kann ich Sie auch zu einem Mispelchen einladen?«

Mira konnte nur nicken. Was hatte dieser Mann nur an sich, dass sie sich in seiner Anwesenheit so wehrlos fühlte? Seine Berührung versetzte sie in einen vibrierenden Hitzezustand. Sie versuchte, sich ein wenig von ihm fortzubewegen, aber sein Arm rückte keinen Millimeter von ihrer Taille. Ihr wurde schwindlig, und der Drang, von ihm abzurücken, ließ nach. Im Gegenteil, sie hatte den absurden Wunsch, ihm noch ein wenig näher zu kommen. Wie unbeabsichtigt drehte sie sich zu ihm hin und ihre Körper berührten sich frontal. Mira fühlte sich fiebrig, als hätten sich alle Nervenfasern entzündet und würden eine elektrisierende Wärme ausstrahlen. Der Wunsch, ihn zu umarmen, wurde übermächtig, aber aus einem noch nicht ganz blinden Augenwinkel sah sie, wie Uli ihr zublinzelte.

Schlagartig wurde ihr klar, dass er die Situation durchaus erkannt hatte. Peinlich für sie, denn dann war es anderen Personen vielleicht auch nicht entgangen, was sich hier abspielte. Mit einem

Ruck löste sie sich von Lobesang und stellte sich neben ihn. Nicht, dass es ihr unangenehm gewesen war. Sie fühlte sich in seinem festen Griff sehr wohl. Aber sie wollte in der Öffentlichkeit nicht das Bild einer verführbaren Frau abgeben – schließlich war sie verheiratet.

In diesem Moment öffnete sich die Tür und der dicke Willy betrat das Lokal. Er quetschte sich an den Feiernden vorbei zur Theke und bestellte ein Pils und einen Schnaps. Florian Wilson nutzte die Gelegenheit, um unbemerkt das Lokal zu verlassen.

Uli, der abgesehen von seiner Köchin Alina seine kleine Kneipe ohne Hilfskräfte bewirtschaftete, sah Willy wohl, war aber aufgrund der auf ihn niederprasselnden Bestellungen gar nicht in der Lage, ihn sofort zu bedienen. Nicht sofort und auch nicht in den nächsten Minuten, so dass Willy sich benachteiligt fühlte und lautstark protestierte.

»Nerv net,« schrie Uli ihm zu. »Du siehst doch, dass ich zu tun hab. Musst dich noch ein bisschen gedulden.«

Willy musste jedoch schon in einem anderen Lokal seinen ersten Durst und etwas darüber hinaus gestillt haben, denn jetzt wurde er ungeduldig.

»Ich will jetzt mein Pils und wenn es nicht sofort kommt, hau ich dir hier den Laden zusammen.«

Uli, der im hinteren Teil des Ladens bediente, hatte nicht verstanden, was Willy gesagt hatte.

»Was ist denn, was hast du gesagt? Ich hab dich nicht verstanden.«

»Dass ich dir deinen Lade zusammenhaue, wenn ich nicht gleich mein Pils kriege.«

Uli hielt einen kleinen Augenblick inne, denn solche Worte hatte er von seiner Kundschaft bisher noch nicht gehört. Er überlegte einen Augenblick, ob er Willy für diese Unverschämtheit in seiner gewohnt harschen Art angehen sollte, entschied sich aber dagegen, denn an diesem Abend der Freude wollte er sich keine Ausraster leisten.

»Nur ruhig Blut mit den jungen Pferden! Hier hast du dein Pils und das Schnäpschen gleich dazu. Wo warst du denn, dass du so durcheinander bist? Du hast doch schon vorher was gebechert, oder?«

Willy ließ sich nicht besänftigen. »Ich hab's satt, dass du mich wie den letzten Dreck behandelst und auf mir rumtrampelst. Der dicke Willy ist immer gut als Zielscheibe für deinen Spott. Ich bin aber auch nur ein Mensch. Nicht nur schlanke Leute haben ein Recht auf Respekt. Aber für dich bin ich ja nur die fette Sau.«

Uli schaute überrascht auf. Ein seltsames Feuer brannte in Willys Augen. Das Gesicht hatte sich hochrot verfärbt und die rotblonde, inselförmige Reststrähne auf dem sonst fast kahlen Kopf zeigte kriegerisch nach oben. Er hatte keine Ahnung, was Willy von ihm wollte. Was er jedoch nicht brauchen konnte, war ein Krach. Er hatte schlicht und einfach keine Zeit dazu.

»Komm Willy, vergiss es, hier haste dein Pils, nun gib endlich Ruhe.«

Willy aber wollte sich nicht beruhigen. »Deinem feinen Freund Siggi hast du jetzt wohl endlich den Laufpass gegeben. Aber dass der Kerl dich mehr wie einmal betrogen hat, das haben die Spatzen von den Dächern gepfiffen. Und du Depp hast das nicht einmal gemerkt. Dabei gab es andere, die hätten sich geschmeichelt gefühlt, wenn du sie nur einmal ein bisschen freundlicher angesprochen hättest.«

Uli begann die eskalierende Situation schwer auf die Nerven zu gehen. »Jetzt ist es aber genug. Wenn du dich jetzt nicht hinsetzt, dein Maul hältst und einfach nur brav dein Bier trinkst, schmeiß ich dich raus. Hast du mich verstanden?«

Willy kippte Bier und Schnaps sturzbacharig in seinen Rachen, stellte die Gläser krachend auf den Tresen und schrie: »Und dass du nichts Besseres zu tun hast, als dich dem ersten besten neuen Liebhaber, diesem Milchbübchen von einem Hilfspolizisten, an den Hals zu werfen, das ist doch der Gipfel!«

Mittlerweile herrschte Ruhe im Lokal. Die Anwesenden hörten sich interessiert den Schlagabtausch zwischen Willy und Uli an.

Uli konnte sich das Verhalten von Willy nicht erklären. Für ihn war er einer seiner Stammgäste, der ihm gutes Geld in die Kasse brachte. Über Willys Privatleben war ihm nichts bekannt. Dass er nie eine Freundin mitgebracht hatte, schob Uli auf seinen Beruf. Es war sicher nicht einfach, eine Frau zu finden, die dem Beruf des Bestatters etwas abgewinnen konnte, und eine Schönheit war Willy auch nicht. Was wollte Willy denn von ihm? Und was ging es ihn an, dass er sich mit dem jungen Polizisten gut verstand?

»Jetzt gib mir noch ein Bier und einen Schnaps und sag deinem feinen blonden Polizeikadetten, dass er mich am Arsch lecken kann!«

Uli hatte schon die ganze Zeit an sich gehalten, Willy nicht mit einem Schlag seiner Faust vom Barhocker zu fegen, aber er dachte an seine Gäste und wollte die Situation nicht ganz aus dem Ruder laufen lassen.

»Wieso musst du einen anständigen Menschen beschimpfen, den du gar nicht kennst? Und jetzt ist Sense, jetzt hast du die rote Linie überschritten! Verlass mein Lokal und komm erst wieder, wenn du nüchtern bist.«

Mit diesen Worten stürzte Uli hinter seinem Tresen hervor und versuchte, Willy aus dem Lokal zu drängen.

»Ich mach Kleinholz aus deiner blöden Kneipe!«

Willy löste sich gewaltsam aus Ulis Griff, nahm einen Barschemel und schlug auf den Tresen ein. Glas splitterte, Bier und andere Getränke spritzten umher. Die Gäste gingen in Deckung.

Uli hatte keine Ahnung, was Willy so in Rage versetzt hatte, aber so außer sich hatte er ihn noch nie erlebt.

Schließlich gelang es mit Hilfe einiger Gäste, den tobenden Willy aus dem Lokal zu bugsieren und vor die Tür zu setzen. Bei der Rangelei war Willy ein Schlüsselbund aus der Tasche gefallen. Uli, der erst dachte, es sei sein eigener Schlüssel, hatte sich noch eine Sekunde über den rosa Anhänger gewundert. Dann hatte er ihn sofort wieder in Willys Tasche gesteckt. Unter allen Umständen wollte er verhindern, dass Willy noch einmal zurückkäme, um seinen Schlüssel zu reklamieren.

Aufatmend schloss er die Tür von innen zu. Willy brachte es fertig und kam postwendend wieder zurück.

»Ihr seid jetzt bei mir zwangseinquartiert«, rief er seinen Gästen zu. »Aber keine Angst, ich mach gleich wieder auf.«

Mit Hilfe von Alina kehrte er die Scherben zusammen und wischte die verschütteten Getränke auf. Warum war Willy so ausgerastet? Er war doch sonst ein netter Kerl. Und was in aller Welt ging Willy sein Verhältnis mit Florian an? Was hieß hier überhaupt Verhältnis? Er hatte ja gar kein Verhältnis zu Florian. Das war höchstens ein zartes Pflänzchen der gegenseitigen Sympathie und des sich Hingezogenfühlens.

Der Abend nahm seine Fahrt wieder auf. Nach dem Streit mit Willy hatten die Gäste nichts Besseres zu tun, als sich ausgiebig über dessen seltsames Verhalten zu unterhalten. Einige waren sogar der Meinung, dass Willy schwul und einfach nur eifersüchtig sei. Uli konnte nur darüber lachen. Das wäre ihm doch in all den Jahren, die er Willy kannte, einmal aufgefallen.

Auch Mira und ihr Anwalt hatten den Streit mit größter Aufmerksamkeit verfolgt. Lobesang hatte den Vorfall genutzt, wieder näher an Mira heranzurücken.

»Sagen Sie, Frau Schönfelder, hätten Sie Lust, noch woanders hinzugehen? Irgendwohin, wo wir uns ungestörter unterhalten können?«

Einen Augenblick war Mira versucht »Ja, gerne« zu sagen. Doch dann gab ihr Verstand ihr zu verstehen, dass sie heute keinen Anlass zu irgendwelchen Tuscheleien geben sollte.

Sie wandte sich ihm zu und murmelte: »Vielleicht ein anderes Mal.«

Er schaute sie aufmerksam an, »Ja gut, das klären wir dann beim Weggehen. Ich könnte Sie auf der Arbeit anrufen. Ihre Telefonnummer habe ich ja.«

Kapitel 32

Mira saß in dem wuchtigen, dunkelbraunen Ledersessel in der Bar der Gerbermühle und schaute angespannt in das züngelnde Feuer eines offenen Kamins, der aparterweise auf Augenhöhe, an der Stirnseite des hohen Raums, in eine Wand aus unbehauenem Stein eingefügt worden war. Ihre türkisfarbenen Sandaletten standen auf einem im Boden eingelassenen Glasfenster, das den Blick auf die unverputzten Mauern eines uralten Kellers freigab, der sicher zu Zeiten Goethes noch genutzt worden war. Leise melodische Klänge schwebten im Raum. In der Hand hielt sie ein Glas mit einem überaus wohlschmeckenden Rotwein. Beeindruckt von seiner Güte, hatte sie den diskreten Ober gefragt, wie der Wein heiße. Ein argentinischer Malbec aus den dortigen Anden, klärte sie der hochgewachsene Barkeeper auf.

Sie hob den Kopf und schaute Manfred Lobesang an, dessen Augen sie während der ganzen Zeit nicht einen Augenblick losgelassen hatten. Er saß ihr gegenüber und trank einen Gin Tonic.

Mira hatte sich fein gemacht. Das türkis-cremefarbene Kleid mit dem leicht schwingenden Rock ließ sie noch schlanker erscheinen, als sie es ohnehin war. Die Sorgen der letzten Wochen und das Damoklesschwert des auf ihr lastenden Mordverdachts hatten ihr den Appetit verdorben. Sie hatte mindestens drei Kilo abgenommen. Das flackernde Licht des Kaminfeuers verlieh ihrem kastanienbraunen Haar einen rötlichen Schimmer und in der nur schwach ausgeleuchteten Bar schienen ihre veilchenblauen Augen noch dunkler und intensiver zu leuchten als bei Tage.

Heribert war im Auftrag seiner Firma auf Dienstreise. So hatte sie die Einladung nach einem Moment der Überlegung doch angenommen.

»Ich hoffe, dass es Ihnen wieder besser geht. Jetzt müssen Sie ja keine Angst mehr haben, wegen Mordes angeklagt zu werden«, sprach Lobesang sie an.

»Ja, Gott sei Dank wurde der Mörder endlich gefasst. Sie wissen ja, dass es mir eine Zeitlang gar nicht gut ging, als ich noch als Hauptverdächtige galt, aber jetzt ist die Unsicherheit vorbei«, erwiderte Mira.

Was sie Lobesang nicht sagte war, dass ihr Unterbewusstsein es anscheinend noch nicht geschafft hatte, diese Tatsache zu verarbeiten. Noch immer schickte es ihr jede Nacht einen anderen verstörenden Albtraum. Sie wurde verfolgt, geschlagen, bedroht, gekidnappt. Man ermordete ihre Eltern und ihre Geschwister, sie wurde im Auto von der Straße gedrängt und landete schwer verletzt im Straßengraben, ihr Arbeitgeber bezichtigte sie, eine Mörderin zu sein, und ihre Arbeitskollegen wandten sich kalt von ihr ab, sie lag hungrig und durstig in einem dunklen Verlies und keiner kümmerte sich um sie. Und immer wieder das Gesicht des toten jungen Mannes. Mehr als einmal erwachte sie mit Tränen in den Augen und einem frenetisch schlagenden Herzen, so dass sie fürchtete, es würde zerspringen. Danach lag sie lange wach und konnte keinen Schlaf finden. Und am Morgen das Gefühl, stundenlang gemartert worden zu sein, und dieses aberwitzige Chaos nicht zu bändigender, schrecklicher Vorstellungen und eine lähmende Zerschlagenheit des ganzen Körpers. Nein, es ging ihr tatsächlich noch nicht so gut, wie es den Anschein hatte.

Sie schaute auf und begegnete Lobesangs zärtlichem Blick. Rasch schob sie die Gedanken an ihre nächtlichen Albträume beiseite und gab sich dem Zauber des Abends hin.

Er gefiel ihr, er gefiel ihr sogar sehr. Seine Ernsthaftigkeit, seine höflichen Manieren, nicht nur ihr gegenüber, sondern auch bei anderen Personen, seine sympathische Art, sich über eigene und fremde Schwächen lustig zu machen, ohne verletzend zu sein. Er war kein Angeber und sehr, sehr höflich.

Als er sein Glas ergriff, lächelte er sie an und eine kleine Strähne seines blonden Haares fiel ihm über die Augen. Aus einem Impuls neigte sie sich vor und strich ihm das Haar aus der Stirn.

Das hätte sie lieber lassen sollen. Diese Berührung war für beide elektrisierend. Sie zuckten zusammen, als ob sie einen Schlag erhalten hätten. Dann lachten sie, erst verlegen, dann befreit.

»Ich bin froh, dass Sie meine Einladung angenommen haben. In Ulis Lokal kann man sich nur schwer unterhalten. Und vor allen Dingen sind wir dort nicht ungestört. Hier, in der Gerbermühle, ist sicher keiner von Ulis Gästen anwesend.«

»Nein, das glaube ich auch nicht. Die würden sich in so einer Umgebung auch gar nicht wohlfühlen. Haben Sie den ungewöhnlichen Leuchter einmal genauer betrachtet? Man sollte meinen, dass Hemingway oder ein anderer Großwildjäger jeden Moment hier hereinkommen könnte. Sehr originell und sehr dekorativ.«

»Ja, sehr schön. Ich war schon öfters hier. Als Anwalt habe ich schon den einen oder anderen Klienten vertreten, der sich mit mir unbedingt hier treffen wollte. Vielleicht wollte man mir imponieren, vielleicht wollte man mich korrumpieren. Wer weiß das schon?«

So, so. Interessant! Er war hier also sozusagen Stammgast. Nichtsdestotrotz fühlte sich Mira von dem Ambiente bezaubert.

Sie unterhielten sich anregend. Über Gott und die Welt, über ihre Ehe mit Heribert und über seine vor einem Jahr erfolgte Trennung von seiner Frau, die im Übrigen von ihr ausgegangen war. Er gestand ihr, dass ihm das Ende seiner Ehe sehr zugesetzt und er den Grund für das Auseinandergehen bis heute nicht verstanden hatte.

Sie trank noch ein Glas des wunderbaren argentinischen Malbec und er einen weiteren Gin Tonic. Das sie umgebende Publikum in der Bar war für beide nicht existent. Sie sahen nur sich und je mehr sie von sich sahen, umso mehr verliebten sie sich ineinander. Ihre Wangen fingen an zu glühen und ihre Blicke sprühten Blitze. Sie hatten das Gefühl, füreinander geschaffen zu sein. Alle Versuche Miras, sich gegen dieses betörende Gefühl zur Wehr zu setzen, waren sinnlos. Als sie sich das Du anboten, war der besiegelnde Kuss auf den Mund eine zärtliche Verführung.

Die Zeit verging wie im Fluge. Beim Verlassen des Lokals nahm er sie wortlos in den Arm und führte sie zu seinem Auto.

»Fahren wir zu mir?«, fragte er.

Mira schüttelte den Kopf. Sie wollte auf gar keinen Fall seinem Begehren nachgeben, obwohl sich alle Fasern ihres Körpers ausstreckten und, wie von einem Magnet angezogen, in seine Richtung strebten. Aber sie mochte keine hastigen Liebesaffären. Meistens verbrannte man sich dabei die Finger und die darauffolgende Ernüchterung hinterließ ein schales Gefühl. Außerdem war sie eine verheiratete Frau, die allerdings, das war ihr durchaus klar, jetzt geradezu brandgefährlich mit dem Feuer spielte.

Benommen öffnete Mira das Gartentor zu ihrem Haus. Das automatische Licht ging an und sie schloss die Haustür auf. Einmal noch drehte sie sich um. Hinten, am Ende der Straße ließ Manfred einmal kurz das Licht aufblenden. Sie machte kein Zeichen des Erkennens, sondern hob nur einmal den Kopf und verschwand im Haus.

Sie rechnete es ihm hoch an, dass er sie nicht weiter bedrängt hatte. Der Abschiedskuss hatte sie einen Moment zögern lassen, ob es die falsche Entscheidung gewesen war, nicht zu ihm gegangen zu sein. Als er sein Auto, so wie sie ihn gebeten hatte, weit vor ihrem Haus anhielt, wollte sie sich mit einem leichten Kuss auf die Wange verabschieden. Er aber zog sie an sich, drückte behutsam seinen Kopf in ihr Haar und berührte ihre Ohren sanft mit seinen Lippen. Eine Welle der Erregung durchflutete sie. Sein Mund suchte ihre Lippen und küsste sie zärtlich. Sie erwiderte den sanften Druck und legte einen Arm an seine Schulter. Der Kuss wurde tiefer und leidenschaftlicher und hätte sie beide mitgerissen, wenn sich Mira nicht entschieden von ihm gelöst hätte.

Beide atmeten heftig und schauten sich fragend an. Ihre Blicke sagten, dass ihre Geschichte gerade erst begonnen hatte.

In dieser Nacht schauten die Chimären, die Miras Nächte seit langer Zeit mit immer neuen Albträumen heimgesucht hatten, nur einmal kurz zu ihr hinein. Aber heute gab es nichts für sie zu tun. Mira lag mit einem leichten Lächeln im Bett und träumte glücklich auf Wolke sieben. Kein Gedanke an Heribert trübte ihr Hochgefühl.

Kapitel 33

»Hallo Uli, bitte leg nicht gleich wieder auf.«
»Was willst du, Siggi?«
Unfreundlich und kühl war die Frage, aber er hatte nicht gleich aufgelegt.
Siggi verspürte eine leichte Euphorie in sich aufsteigen. »Entschuldige bitte, wenn ich dich geweckt habe«, sagte er.
»Nein, kein Problem, ich bin schon länger auf den Beinen.«
Siggi stutzte. Es war doch Sonntag. Warum war Uli so früh aufgestanden?
»Uli, ich habe eine Bitte. Ich müsste noch einmal bei dir vorbeikommen. Du hast vergessen, mir die Toilettenartikel aus dem Bad einzupacken.«
Uli sagte nichts.
Siggi nutzte die Gunst der Stunde. »Dürfte ich denn bei der Gelegenheit ein Stündchen in deinem Lokal verbringen? Ich weiß, ich habe lebenslänglich Hausverbot, aber ich müsste etwas mit Herrn Lobesang besprechen. Der kommt doch immer sonntagabends. Und einen Anwalt kann ich mir derzeit schon gar nicht leisten.«
Uli zögerte. »Na gut, aber nur wegen deiner Toilettensachen und nur dieses eine Mal.«
»Oh, danke Uli, du bist ein Schatz.«
Uli drückte das Gespräch weg. Vor seinem Anruf hatte Siggi darauf geachtet, dass im Hintergrund leise *Killing Me Softly* lief.
Als Siggi kurz nach sechs Uhr erschien, hatte er sich alle Mühe gegeben. Grauer Anzug. Weißes Hemd ohne Krawatte. Es war

schließlich kein Geschäftstermin. Trotz des warmen Wetters hatte er Socken angezogen und darauf geachtet, dass sie genau den gleichen Farbton hatten wie seine Mokassins. Seine Haare hatte er so geföhnt, dass die kahle Stelle nicht zu sehen war. Um sie zu fixieren, schob er seine Sonnenbrille nach oben in die Haare.

»Der Lobesang ist noch nicht da. Vertreib mir den bloß nicht. Stell dich bei der Tür an die Theke und halt dich zurück. Hier haste ein Wasser. Musst ja dann gleich wieder fahren.«

Siggi schluckte und bedachte Uli mit einem Hundeblick.

An diesem Abend drängten sich die Gäste wieder im Kleinen Wirtshaus. Uli war zufrieden. Die Verdienstausfälle wegen der Mordgeschichte hatte er inzwischen wieder ausgeglichen. Alina hatte in der Küche alle Hände voll zu tun und er selbst kam mit der Getränkeausgabe kaum nach. Möglicherweise hatte ihm der Mordfall so viel Publicity gebracht, dass er ein größeres Publikum anzog. Na, dann hatte der Mordfall ja auch sein Gutes gehabt.

Er war so gut gelaunt, dass er den Tresen geradezu rockte. Heute ging ihm alles wunderbar von der Hand. Das war nicht immer der Fall, denn er litt, wie die meisten Männer, an der Unfähigkeit, mehrere Dinge gleichzeitig tun zu können. Wenn er eine Bestellung aufnahm, dann konnte er keine Frage nach Preisen oder der Bitte nach einer Serviette oder Besteck nachkommen. »Nerv net« war seine Standardantwort und dabei konnte er recht barsch werden. Ein neuer Gast musste diese uncharmante Behandlung immer erst schockartig lernen. Manchmal ließ Uli in seinem Lokal den Eindruck aufkommen, dass nicht der Gast König war, sondern dass er als Wirt dem Gast die Gnade erwies, ihn zu bedienen. Augenscheinlich schlummerte in vielen Menschen eine gewisse masochistische Bereitwilligkeit, sich demütigen zu lassen, denn wie wäre es sonst zu erklären, dass manche Gäste, die häufig das bevorzugte Ziel seiner Bösartigkeit waren, immer wiederkamen?

Heute Abend aber war Uli bestens gelaunt. Das Lachen mit seinen Kumpels wurde immer lauter und hemmungsloser. Stiller wurde es nur, wenn sich zwei oder drei von ihnen zum Rauchen vor die Tür verzogen. Nach einer besonders laut knatternden Lachsalve auf irgendeinen zotigen Witz von einem der sogenannten »Buben« öffnete sich die Tür und Willy trat ein.

Stille senkte sich über das Lokal.

»Dass du dich wagst, hier noch einmal aufzutauchen, das ist schon dreist«, knurrte Uli. »Gibt es kein anderes Lokal, das du heimsuchen kannst? Deine Vorstellung beim letzten Mal war, gelinde gesagt, unter aller Sau.«

Willy stand da, mit gesenktem Kopf und rotem Gesicht. Dann schaute er Uli mit flackernden Augen an und sagte: »Ich will mich bei dir entschuldigen. Was ich letztes Mal hier gesagt und getan habe, war nicht gut.«

»Nicht gut? Ich glaube, du tickst nicht richtig. Du warst eine Bedrohung für meine ganze Kundschaft, von mir ganz zu schweigen. Sei froh, dass ich nicht die Polizei gerufen habe.«

Willy, dem es nicht gefiel, dass das ganze Lokal ihn anstarrte, trat von einem Bein auf das andere und sah aus wie der sprichwörtliche arme Sünder.

»Ich bin auch bereit, für den Schaden aufzukommen. Sag mir einfach, wie viel ich dir schulde. Ich zahl's dir gleich auf die Hand. An dem Abend hatte ich mich vorher schon volllaufen lassen und war nicht mehr Herr meiner selbst.«

Mit einem schiefen Lächeln betrachtete Uli interessiert den sich vor Scham windenden Willy. Sollte er noch weiter Salz in die Wunde reiben oder es gut sein lassen? Er überlegte kurz, aber da gab es, außer der kürzlichen Randale, nichts Anstößiges in Willys Strafregister und so zeigte er sich heute gnädig.

»So, so, du warst nicht mehr Herr deiner Selbst. Du willst wohl sagen, dass du dich wie eine verdammte fette Wildsau benommen hast. Aber ich will mal nicht so sein und bin bereit, dich wieder in die Reihe meiner Gäste aufzunehmen. Dafür musst du aber blechen.«

Erregt hob Willy den Kopf und nickte dann stumm.

»Ja, dann schlage ich vor, dass du eine Lokalrunde ausgibst. Meine Gäste werden sich freuen und mein Portemonnaie auch.«

»Gut, dann machen wir das so. Ich hoffe, dass es zwischen uns dann wieder in Ordnung ist. Mir ist das sehr wichtig.« Willy zeigte sich erleichtert.

Unter den Gästen, die den Dialog zwischen Willy und Uli aufmerksam mitverfolgt hatten, brach lautes Gejohle und Händeklatschen aus. Ein Gratisgetränk kam allen gelegen. Uli kam mit den Bestellungen kaum hinterher. Willy drängte sich in die Mitte der Zechenden und tat so, als wäre nie etwas gewesen.

Um zwölf Uhr löste sich die Gesellschaft langsam auf. Nur Willy saß vor seinem halbleeren Glas und ließ Uli nicht aus den Augen. Schließlich waren nur noch Uli und Willy da. Uli wunderte sich, denn Willy hatte nur drei Gläser gespritzten Apfelwein getrunken, musste also im Grunde fast nüchtern sein.

»Na, findest du den Absprung nicht? Wartet denn keiner auf dich zu Hause?«

Uli wollte sein Lokal schließen. So interessant war es nicht, sich mit dem nicht sehr unterhaltsamen Willy die Stunden um die Ohren zu schlagen.

»Ach, du kannst ja schon alles dichtmachen. Ich trink nur mein Glas leer und dann geh ich auch.«

Das ließ sich Uli nicht zweimal sagen. Er ging vor die Tür, schloss die Läden vor den kleinen Außenfenstern, holte die Tafeln mit den Essensangeboten rein und kam wieder zurück ins Lokal.

Willy hatte ausgetrunken und sagte Tschüss und dann einen Satz, der Uli in den Ohren hängen blieb.

»Im Übrigen, wenn du mich noch einmal fette Sau nennst, mach ich dich platt. Ich nenne dich ja auch nicht schwule Sau oder Schwuchtel!«

Bevor Uli reagieren konnte, war sein Gast im Dunkel der Nacht verschwunden.

Ein Dreiviertelmond schien durch das geöffnete Dachfenster auf Ulis Bett. Der hatte die Augen geschlossen, schlief aber nicht.

Was wollte ihm Willy mit dieser Drohung sagen? Ihn plattmachen. Geschäftlich oder körperlich? Und noch etwas hatte dieser Satz bei Uli bewirkt. Ihm wurde bewusst, wie leicht ihm diese bösartigen Beschimpfungen von der Zunge gingen. Er dachte sich gar nichts dabei. Auf der anderen Seite konnte er sich nichts Hassenswerteres vorstellen, als dass man ihn selbst wegen seiner Homosexualität bloßstellte, geschweige denn, ihn schwule Sau oder Schwuchtel nannte. Hätte sich das jemals ein Kunde in seinem Lokal getraut, ihm so etwas zu sagen, dann hätte er diesen wohl hochkant aus der Kneipe geworfen.

Kapitel 34

Als Willy aus dem Lokal trat, ließ er erst einige Schritte weiter die zurückgehaltene Luft aus seinem Mund entweichen. Um nichts in der Welt wollte er bei Uli den Eindruck erwecken, dass er sich bei dieser Aussage aufgeregt hatte. Er wollte bei Uli das Bild eines coolen, entschlossenen Menschen hinterlassen, der sich nichts mehr gefallen ließ, und es sah so aus, als ob es ihm gelungen war, denn Uli war offensichtlich über seinen Satz so verblüfft gewesen, dass er zu keinem Kommentar mehr fähig gewesen war. Dieser Auftritt war Willy gelungen. Stolz ging er die paar Straßen zu seiner Wohnung.

Zu Hause angekommen, goss er sich einen Schnaps ein und sah die Spätnachrichten im Fernsehen. Als er sich entkleidete, stellte er sich vor den Spiegel und betrachtete aufmerksam seinen aufgedunsenen, bleichen Leib. Ja, er zwang sich geradezu, seinen verfetteten Körper ganz genau anzusehen. Was er sah, gefiel ihm ganz und gar nicht. So mitleidlos hatte er sich in den letzten Jahren noch nie betrachtet. Nein, eine Schönheit war er wahrlich nicht. Er stellte sich vor, wie dieser nackte Körper auf andere Personen wirkte. Auf andere Personen, die er körperlich begehrte.

Willy schämte sich schon lange für seinen Körper. Er schämte sich so sehr, dass er nur selten seiner Vorliebe für gutaussehende, schlanke junge Männer nachging. Wenn er seinen Trieb gar nicht mehr unterdrücken konnte, fuhr er in das Strichermilieu nach Mainz und besorgte sich einen jungen Mann. Willy war wählerisch und extrem vorsichtig. Wenn ihm einer zu neugierig oder zu offensichtlich drogenabhängig vorkam, ließ er sich auf nichts ein. Er nannte nie seinen richtigen Namen und benutzte immer einen anderen Mietwagen, denn er wollte unter keinen Umständen erpressbar sein. Er traf sich nie mit demselben Stricher und betrieb keine gewalttätigen Praktiken, die ihn auffällig machten für Racheakte oder kriminelle Machenschaften.

Sich selbst aber verzieh er nicht, dass er seine Bekanntschaften in diesem anrüchigen, schmierigen Milieu suchte. Nach diesen eher seltenen Eskapaden ekelte er sich vor sich selbst und verachtete sich. Er hätte gerne einen festen Freund gehabt. Aber es war ihm bisher nicht gelungen, jemanden kennenzulernen, den er wirklich liebte und der auch ihn mochte. Außerdem wollte er seiner Umgebung auf keinen Fall Anlass zu Spekulationen geben. In seinem Umfeld wusste keiner, dass er schwul war. Nicht einmal seiner Schwester Doris hatte er von diesem sorgsam gehüteten Geheimnis erzählt.

Aber mit den Jahren fiel es ihm immer schwerer, gegen seine Natur zu leben. Er brauchte dringend eine Person, mit der er über seine Bedürfnisse sprechen konnte. Warum war Uli immer so gemein zu ihm? Mit Uli hätte er sich vorstellen können, eine Beziehung zu haben. Aber der war seit Jahren mit diesem Windhund Siggi liiert. Nach der Trennung der beiden sah Willy jetzt eine Chance, sich ihm zu nähern. Er müsste nur sein äußeres Erscheinungsbild ändern. Er müsste abnehmen. Wenn er schlank wäre, würde Uli ihn sicher mit anderen Augen sehen.

›Widerliche fette Sau‹ hatte Uli damals zu ihm gesagt. Das hatte sich tief in seiner Seele eingegraben. Der Stachel dieser bösartigen Kränkung saß so tief, dass sie nicht ungesühnt bleiben konnte. Da war Uli einfach zu weit gegangen und Willy musste sich Genugtuung verschaffen, wenn er sich in seiner rasenden Wut nicht selbst den Schädel an der Wand blutig schlagen wollte. Er liebte ihn doch! Gerade wegen der unerwiderten Gefühle liebte er ihn umso heftiger.

Er schaute nochmals in den Spiegel und nahm sich fest vor, ab sofort ein striktes Diätprogramm zu beginnen. Kein Bier, kein

Kuchen, keine Pizza. Was blieb ihm dann von seinem Leben, das einen Großteil seines Reizes aus dem Genuss guten und reichlichen Essens und Trinkens bezog? Nun, das Ergebnis seiner Kasteiung wäre ein neues Ich. Er lächelte siegesgewiss vor sich hin und sah sich selbst als attraktiven, schlanken Mann, der unwiderstehlich auf andere Männer wirkte. Mit diesem Bild vor Augen legte er sich ins Bett und schlief tief und fest bis zum Morgen.

Am nächsten Tag ging Willy wie gewohnt seiner Arbeit nach. Zwei Söhne hatten ihn gebeten, ihre verstorbene Mutter aus dem Budge-Seniorenzentrum abzuholen. Die von ihnen sehr geliebte Mutter hatte sich nach einem kurzen, halbherzigen Ringen um ihr Leben lieber Gevatter Tod in die Arme geworfen als weiterzukämpfen, so wie ihre Söhne es von ihr verlangt hatten. »Sie wollte einfach nicht mehr weiterleben«, sagte einer der Söhne verwundert.

Nach dem Ableben ihres Mannes vor einem Dreivierteljahr hatte sie keine Lust mehr, sich an ein Leben in Einsamkeit zu gewöhnen, und hatte dem Tod eine freimütige Botschaft zukommen lassen, er möge sie doch abholen. Häufig wird der Tod als bösartiger Geselle beschrieben, der seine Opfer zur Unzeit abberuft, aber nicht weniger häufig ist er ein willkommener Gast für die Menschen, die nach dem Tode des altvertrauten Partners im Weiterleben keinen Mehrwert für sich sehen. Für Frau Huber stellte sich das Leben nach einer fast sechzigjährigen, innigen Zweisamkeit mit ihrem Mann nicht mehr als lebenswert dar, und so hatte sie beschlossen, ihren Tod durch Nahrungsverweigerung herbeizuführen. Schließlich war ihr dies, trotz heftigen Einspruchs ihrer Söhne und ungeachtet deren Verzweiflung, gelungen.

Willy bemühte sich nun, die bis auf die Knochen abgemagerte alte Dame einigermaßen fürsorglich in den mit weißen Spitzendeckchen und Kissen ausstaffierten Sarg zu legen. Kaum schwerer als ein Vögelchen war sie. Geschäftsmäßig blickte er ihr ins Gesicht. Er sah keine Bitterkeit. Nur eine leichte Melancholie schwebte noch auf ihren Zügen.

Da kannte Willy ganz andere Kaliber. Vor kurzem hatte er einen überaus schwergewichtigen, an seiner eigenen Fresssucht zugrunde gegangenen Mann mittleren Alters, der an einem übergroßen Schinkenbrötchen erstickt war, in ein Krematorium bringen müssen. In den verzerrten Zügen des Opfers zeichnete sich der verzweifelte Kampf ums Leben, aber auch das Erstaunen über das unerwartete Ende deutlich ab. Willy hatte vor dem entblößten Leib des Mannes gestanden und schon damals gedacht, dass er mit dem Abnehmen jetzt ernst machen sollte. Auch im weiteren Ablauf gab es mit dem großen Leichnam Probleme über Probleme. Nicht nur brauchte er einen extra großen Sarg, sondern auch zwei Männer mehr als üblich, die halfen, den Sarg in das Auto zu hieven. Und selbst im Krematorium gab es Schwierigkeiten. Nur mit Mühe hatte eine Katastrophe verhindert werden können, als beim Verbrennen der gigantischen, mehrheitlich aus Fettgewebe bestehenden Leiche eine plötzlich aus dem Sarg aufschießende riesige Feuerlohe den Kamin so stark erhitzte, dass der Dachstuhl des Krematoriums in Brand geriet. Allein die eilends herbeigerufene Feuerwehr konnte ein größeres Debakel verhindern.

Ja, Willy war ernsthaft entschlossen, sein Gewicht um einige Kilos zu erleichtern. Gleich heute wollte er damit anfangen. Die beste Adresse für gute Ratschläge zum Abnehmen war seine Schwester. Die hatte es tatsächlich geschafft, aus ihrer einstigen vollschlanken Rubens-Figur ein relativ schlankes Erscheinungsbild zu machen. Am Abend würde er sie anrufen.

Schon den ganzen Tag war er sehr sparsam mit dem Essen umgegangen, fühlte jetzt jedoch, da es auf den Abend zuging, ein flaues Gefühl im Magen. Aber die Vision von sich als schlankem, gut aussehendem Mann ließ die Versuchungen in Form der Süßigkeiten, die er in der Schreibtischschublade seines Büros stapelte, an sich abprallen. Vielleicht sollte er sie vorsichtshalber doch wegwerfen, um nicht in einem Moment der Schwäche oder Langeweile verführt zu werden. Erst zögerlich, dann aber umso energischer griff er sich die Schokolade, die Kekse und die anderen Leckereien und versenkte sie mit einem leichten Zucken im Handgelenk und einem kleinen Bedauern in der Mülltonne. Gut so, jetzt waren wenigstens die Verlockungen aus seinem Auge. Er musste auf alle Fälle durchhalten. Wie sonst könnte er sich Uli nähern? Der Gedanke an Uli beflügelte ihn. Der Hunger war verschwunden. Er musste durchhalten. Als er sich nach dem Toilettengang die Hose hochzog, berauschte er sich an dem Gefühl, dass er den Gürtel schon ein Loch enger stellen konnte.

An diesem Abend gönnte er sich nur trockenes Brot mit magerem, gekochtem Schinken. Schlimmer war jedoch, dass er auf das Bier verzichtete. Das fiel ihm wirklich schwer.

Schon mehrfach hatte er versucht, seine Schwester anzurufen. Wo steckte sie nur? Sie wurde in letzter Zeit immer wunderlicher. Früher hatten sie wenigstens ab und zu miteinander gesprochen, aber die Abstände zwischen ihren Gesprächen wurden immer länger. Nicht, dass er sie sehr vermisste, aber er hatte sonst nur wenige Gesprächspartner. Die Angst, sich nicht als der geben zu können, der er wirklich war, machte seinen Bekanntenkreis zwangsläufig überschaubar. Er hatte sich nie überwinden können, seiner Schwester Doris zu sagen, dass er homosexuell war. Die Eltern, speziell der Vater, hatten ein strenges Regiment geführt. Ob sie geahnt hatten, dass ihr einziger Sohn schwul war? Willy wusste es nicht. Er jedenfalls war ein Meister der Verstellung. Je mehr er sich anstrengte, seine wahre Ausrichtung zu verheimlichen, umso verschlossener wurde er. Vielleicht ahnte sein Vater sogar, dass Willy nicht so wie die anderen Jungen war und führte ihn daher noch enger an der Leine. Bei Doris waren sie nicht so streng. Die konnte ihre Kindheit und Jugend genießen. Das weckte seinen Neid. Er missgönnte ihr das leichte Leben, weil er in der einengenden Zwangsjacke der falschen Identität wie ein Hund litt. Und deshalb drangsalierte er sie, schlug sie hin und wieder und verpetzte ihre harmlosen kleinen Streiche bei den Eltern. Wenn sie dann von den Eltern zurechtgewiesen wurde, fühlte er

Schadenfreude und Genugtuung in sich aufsteigen. Er hatte ihr das Leben schwergemacht, wo er nur konnte.

Doris verstand nicht, warum ihr Bruder sie so schlecht behandelte. Erst viele Jahre später, als ein schwuler Bekannter ihr einmal sagte, er glaube, Willy sei schwul, gingen ihr die Augen auf und sie verstand, dass er aus diesen Gründen kein Interesse an Mädchen hatte. Sie hatte sich schon immer gewundert, warum Willy den Freundinnen, die sie hin und wieder ins Elternhaus mitbrachte, niemals Beachtung geschenkt hatte. Jetzt war es ihr klar. Das Problem war, dass sie es zwar wusste, aber dieses Wissen nicht mit ihrem Bruder teilen konnte, denn jedes Mal, wenn sie nur vage von Homosexualität zu sprechen begann, verschloss er sich wie eine Auster und ließ sie nicht an sich ran. Es kränkte sie sehr, dass ihr einziger Bruder kein Vertrauen zu ihr hatte.

Nach dem sehr übersichtlichen Abendessen dauerte es nicht lange, bis Willys Magen sich zunächst durch ein diskretes Grummeln bemerkbar machte. Im weiteren Verlauf des Abends aber wurde es heftiger. Willy wollte sich ablenken, aber der Hunger ließ es einfach nicht zu.

»Himmelherrgott, ich muss durchhalten.« Willy überlegte, welche Ablenkungen ihm denn noch zur Verfügung standen. Er könnte sich im Internet ein paar junge Männer ansehen. Das hatte jedoch sofort zur Folge, dass ihm sein unbefriedigter Trieb so stark zusetzte, dass er die Autovermietung in der Hanauer Landstraße anrief, um sich dort einen Mietwagen auszuleihen. Er schaute auf die Uhr. Schon nach elf Uhr. Nach Mainz zu fahren, würde zu lange dauern. Sollte er es nicht doch einmal in der Frankfurter Bahnhofsgegend versuchen? Er rang mit sich und seiner antrainierten Vorsicht. Am Schluss siegte der übermächtige Trieb.

In der Sixt-Niederlassung auf der Hanauer Landstraße mietete sich Willy einen unauffälligen grauen Opel, setzte sich die dunkelblonde Perücke, die er nur zu diesen Gelegenheiten trug, auf sein schütteres Haar und machte sich auf den Weg ins Frankfurter Bahnhofsviertel. Er hatte es eilig. In den einschlägigen Straßen und Sträßchen direkt neben den strahlenden Wolkenkratzern der Banken drehte er seine Runden. Banken und Bordelle hatten doch viele Gemeinsamkeiten, stellte er zynisch fest. Beide handelten mit der Gier des Menschen. Hier in Frankfurt hatten sie noch nicht einmal die Scham, diese Nähe zu verleugnen.

Es gab viel seltsames Volk zu sehen. Angefangen von den meist verwahrlosten Gestalten der offenen Drogenszene bis zu den Huren und Freiern aller Art, die sich sowohl bei den schäbigsten Hinterhofpuffs als auch vor den schillerndsten, in grellen Neonfarben leuchtenden Edelbordellen herumtrieben. Frauen aller Hautfarben auf atemberaubenden Stilettos mit langen Haaren oder blonden oder roten Perücken zeigten sich in glitzernden, kurzen Röcken oder trugen zu einem kurzen Oberteil nur Netzstrumpfhosen. Hinzu kam eine große Zahl suchender und verhandelnder Männer. Beim Anblick einiger heruntergekommener Interessenten hätte Willy geschworen, dass die sich keinen gekauften Sex leisten könnten. Aber aus eigener Erfahrung wusste er, dass man sich da sehr täuschen konnte. In dieser Szene waren die grauesten aller grauen Mäuse und die schrillsten Paradiesvögel unterwegs. Das Aussehen gab keinen Hinweis auf ihre pekuniäre Ausstattung.

Willy hatte keine Augen für diese buntbewegte Atmosphäre. Er suchte etwas anderes. Endlich sah er eine auch ihm bekannte Bar, in der sich junge Männer anboten, und fand schließlich einen Parkplatz, was in diesen engen Gassen gar nicht so einfach war. Er trat durch die Tür des Lokals, schaute sich um, erklomm umständlich und schnaufend einen Barhocker und taxierte die meist an ihrer Cola nuckelnden Jungs, die so taten, als sähen sie die Freier gar nicht. Willy gefiel ein junger Kerl mit einem schmalen, dunklen Gesicht, kurzgeschnittenem rabenschwarzem Haar und hohen Augenbrauen. Er suchte Blickkontakt zu ihm. Der junge Mann zeigte sich zunächst unnahbar und beachtete ihn nicht, sondern machte exaltierte Späßchen mit einem Kumpel, bevor er

Willy mit einem kurzen Blick streifte und an die Bar kam. Willy zeigte jetzt sein Interesse ganz unverhohlen.

»Kann ich dir einen ausgeben?«

Der junge Mann nickte nur und sagte dann zu der Frau am Tresen: »Viola, Schätzchen, gib mir mal einen Cuba Libre rüber.«

Die Bardame, die auch schon bessere Tage gesehen hatte, reichte ihm das Getränk, dann setzte er sich auf den freien Barhocker neben Willy. Er blickte Willy mit seinen dunklen Augen abschätzend an.

»Bist du neu in der Gegend? Ich hab dich hier noch nie gesehen.«

Willy nickte. »Ja, ich bin auf der Durchreise. Muss heute Abend noch weiter.« Er würde den Teufel tun und dem jungen Kerl erzählen, dass er aus Sachsenhausen kam. Eigentlich wollte er gleich zur Sache kommen, aber ein paar Präliminarien mussten schon sein, wenn man in diesen Kreisen nicht als absoluter Primitivling angesehen werden wollte.

»Schönes Teil«, sagte er und deutete auf den mit vielen Glitzersteinchen geschmückten, nietenbeschlagenen Gürtel, der den schmalen Unterleib des jungen Mannes so zusammenzog, dass dessen Gemächt umso stärker zur Geltung kam. Willy starrte gebannt auf das Angebot.

»Ja, der Gürtel ist echt cool. Gefällt er dir? Hab ich von einem guten Freund geschenkt bekommen. War echt teuer.«

»Wie heißt du?«

»Sandro, für meine Freunde.« Ein schnelles Lächeln zog seine leicht geschminkten Lippen auseinander.

»Was verlangst du?« Willy konnte den Blick nicht von dem dargebotenen Päckchen wenden. Lange konnte er sich nicht mehr beherrschen.

»Kommt drauf an, was du willst.«

»Das Normale, keine Extras. Wo gehen wir hin?«

»Hinten gibt es Video-Kabinen. Ich zeig sie dir.«

Als Willy nach einer halben Stunde das Etablissement wieder verließ, fühlte er sich zwar erleichtert, hasste sich aber dafür umso mehr. In all den Jahren, in denen er seinen Trieb in irgendwelchen billigen Hinterhofkaschemmen hatte befriedigen lassen, hatte er sich danach immer vor sich selbst geekelt. Zu allem Überfluss hatte sich Sandro bei dem hastigen Geschäft mit seinen fingerfreien schwarzen Lederhandschuhen, die er partout nicht ablegen wollte, in Willys Perücke verhakt, woraufhin diese zu Boden fiel und Willys halbkahlen Schädel mit den von Schweiß verklebten Haaren zur Schau stellte. Einen Augenblick hatte sich Willy geschämt. Was für ein lächerliches Bild musste er abgegeben haben. Aber schließlich zahlte er dem schönen Knaben einen guten Preis und hatte das Recht so auszusehen, wie er aussah. Teufel auch, er war eben keine Schönheit. Wäre er ein attraktiver Mann, hätte er es auch nicht nötig sich Liebe zu kaufen.

Warum schaffte er es nicht, einen gleichgesinnten Freund zu finden? Er dachte an Uli und daran, dass er abnehmen wollte. Den heutigen Tag hatte er, was das Abnehmen betraf, gut überstanden, obwohl ihn jetzt der Wunsch nach einem kühlen Bier und einem Schnaps übermannte. Aber er würde stark bleiben.

Er gab das geliehene Auto zurück und fuhr mit seinem eigenen zurück. Zu Hause duschte sich Willy schnell und ging dann ohne etwas zu essen oder zu trinken ins Bett. Nur eine volle Flasche Mineralwasser stellte er wie üblich neben sein Bett.

Kapitel 35

Vladimir lag nicht mehr in seinem Krankenhausbett. Er starrte auf graue Wände und eine schwere Tür, in die ein Sichtfenster eingelassen war. Der Blick auf die Tür sagte ihm, wo er sich befand. Gestern Morgen nach dem Frühstück waren sie in sein Zimmer gestürmt, die junge Ärztin in Begleitung von drei Polizisten. Einer von ihnen trug keine Uniform. Er hatte ihm seine Rechte vorgelesen und einen Haftbefehl gezeigt. Er, Vladimir, war wegen dringenden Mordverdachts verhaftet worden und sollte sofort ins Gefängnis gebracht werden. Alle Einwände der Ärztin prallten an dem Einsatzkommando ab. Sie hatten sich nicht im Mindesten dafür interessiert, was die junge Medizinerin zu Vladimirs schlechtem Gesundheitszustand vorzubringen hatte. Der ohne Uniform hatte nur den anderen beiden Polizisten ein Handzeichen gegeben. Unter den Augen der Polizei musste sich Vladimir anziehen. Daraufhin wurden ihm die Handschellen angelegt. Die blonde Ärztin hatte ihm noch beruhigend die Hand gedrückt.

Im Präsidium wurde er intensiv verhört, seine empörten Versuche, die Beamten von ihrem Irrtum abzubringen, wurden abgeschmettert. Am Nachmittag wurde er in die JVA in Preungesheim gebracht. Vladimir überlegte, was sie alles zu ihm gesagt hatten, aber er hatte so genau nicht zugehört, es war alles viel zu schnell gegangen. Nur so viel war ihm klar geworden: Er sollte in Alinas Kneipe den Kerl erschlagen haben.

Aber er hatte den Kerl doch nicht erschlagen. Vladimir wurde wütend.

»Wärter!«, schrie er und trommelte gegen die Tür. Niemand

kam. Vladimir trommelte noch fester. Nichts geschah. Erschöpft ließ er sich auf das Bett sinken. Er hatte Hunger. Nach einem Moment der Ruhe wurde er richtig wütend. Er schmiss einen Stuhl auf den Zellenboden, dass es nur so krachte. Hatten sie nicht gehört, was hier abging? Dass man ihn ignorierte, machte Vladimir noch wütender. Er riss die Matratze aus dem Bett und trampelte darauf herum. Mit dem Kopf rannte er gegen die Wand. Dann zerriss er unter Aufbietung seiner Kraft die Bettdecke und stopfte Fetzen davon in die Kloschlüssel. Er spülte so oft, bis das Wasser über den Zellenboden lief. Endlich wurde die Tür geöffnet. Vladimir nahm den Stuhl und schlug zu. Der wachhabende Polizist ging schreiend zu Boden, zwei Kollegen stürmten über ihn hinweg in die Zelle und überwältigten ihn, nachdem sie ihm Pfefferspray in die Augen gesprüht hatten. Er bekam wieder Handschellen angelegt und wurde in eine andere Zelle gebracht. Dort wurde er ans Bett gefesselt. Vladimir schrie und strampelte, aber es half ihm nichts.

Als es bereits zu dämmern begann, wurde die Tür wieder geöffnet. Zwei Beamte hielten ihn fest und zogen ihm Handschellen an. Dann wurde er in ein Zimmer geführt. Dort wurde er bereits erwartet.

»Guten Abend, Herr Stankovic, ich bin Herr Stelling, Ihr Pflichtverteidiger.«

Die Polizisten drückten Vladimir auf einen Stuhl und zogen sich etwas zurück. Sein Verteidiger setzte sich, schlug die Beine übereinander und sagte: »Herr Stankovic, ich habe mir Ihre Akten bereits angeschaut und wollte mit Ihnen jetzt persönlich über die Ihnen zur Last gelegte Tat sprechen.«

Vladimirs Magen knurrte.

»Ich war's nicht«, sagte er matt. Dann schob er seinen Oberkörper ruckartig über den Tisch und kam seinem Verteidiger gefährlich nahe. Bevor die Beamten eingreifen konnten, lehnte sich Vladimir jedoch wieder zurück.

»Ich war das nicht.« Vladimir wurde laut. »Schaff mir meine

Frau her. Sie soll mir sagen, dass ich das war, dann werde ich sie mit meinen eigenen Hände erwürgen.«

»Herr Stankovic, mit Ihren Aussagen über Ihre Frau tun sie sich selbst keinen Gefallen. Wussten Sie eigentlich, dass das Opfer homosexuell war?«

»Ich weiß doch gar nicht, von wem Sie hier sprechen, verdammte Scheiße. Ich jedenfalls habe keinen ermordet und habe mit der Sache überhaupt nichts zu tun. Ich weiß nur, dass der Wirt schwul ist. Fragen Sie ihn doch.«

So sehr auch sein Verteidiger versuchte, ihn zu der Anschuldigung durch seine eigene Frau auszufragen, gelang es ihm nicht, Vladimir zu einer Aussage zu bewegen.

Schließlich schrie Vladimir: »Ruhe, ich will meine Ruhe. Lassen Sie mich mit Ihren idiotischen Fragen in Ruhe. Ich bin nicht der Mörder, den Sie suchen.« Vladimir holte tief Luft.

»Ich hab doch nur gesagt, dass ich ihn erwürgt hätte, wenn ich der Mörder gewesen wäre. Da hätte der Mörder doch ein bisschen Spaß gehabt, wenn er schon so was macht, oder? Was ist denn daran so schlimm? Wärter, ich will in meine Zelle.«

Stelling verstand plötzlich, dass die Köchin einem sprachlichen Missverständnis aufgesessen war.

»Haben Sie sich auf Deutsch unterhalten?«, fragte er noch, bevor Vladimir apathisch auf seinem Stuhl zusammensackte und nicht mehr reagierte.

Die beiden Beamten zogen ihn vom Stuhl hoch und schoben ihn vor sich her bis zu seiner Zelle. Dabei gelang es Vladimir, der wieder zum Leben erwacht war, einem der Beamten in die Beine zu treten.

Der Pflichtverteidiger verließ eilig die Haftanstalt. Noch auf dem Weg zu seinem Wagen rief er Alina Stankovic an und konfrontierte sie mit der Bemerkung ihres Mannes zum Thema Mord durch Erwürgen. Alina begriff schnell, welchem fürchterlichen Missverständnis sie aufgesessen war. Unter Tränen beschwor sie den Anwalt, dass er sein Wissen noch nicht an den Kommissar weitergeben solle. Sie wollte selbst für ihren Fehler einstehen. Alina weinte. Stelling versprach ihr, einen Tag zu warten und ihr die Möglichkeit der Selbstbezichtigung einzuräumen. Unter Tränen dankte ihm Alina. Vladimirs Verteidiger war ohnehin der Meinung, dass weitere Hafttage für seinen Mandanten nur förderlich seien, damit er sich beruhigen könne.

Kapitel 36

Gestern war dieser Anwalt bei ihm gewesen. Seitdem hatte er sich nicht mehr blicken lassen. Vladimir musste sich anstrengen, die Wochentage im Blick zu behalten. Er hatte nichts zum Schreiben und nichts zum Lesen. An Radio oder Fernsehen war nicht zu denken. Außerdem saß er in Einzelhaft. Er war doch unschuldig, warum kam dieser Anwalt nicht wieder? Die Polizei allerdings war schon mehrfach bei ihm gewesen und hatte versucht, ein Schuldeingeständnis aus ihm herauszupressen. Aber er konnte ja nichts eingestehen, was er nicht begangen hatte. Deshalb bissen sie bei ihm auf Granit. All seine Unschuldsbeteuerungen fanden kein Gehör. Er war geschockt und von seiner bisherigen guten Meinung über die deutsche Rechtsprechung total abgekommen.

Sobald er das hier hinter sich hatte, würde er Alina um Verzeihung bitten. Immer wieder. Er würde zur Agentur für Arbeit gehen, sich melden, eine Umschulung beantragen. Die Aushilfsjobs als Maurer waren ihm zu anstrengend geworden. Es war keine Arbeit mit Zukunft. Jetzt war Schluss mit den Beutezügen und der Hehlerei.

Vladimir hielt inne. Der Kokon, in den er sich in den letzten Tagen eingesponnen hatte, zerriss. Beutezug? Die Erinnerung an den letzten Einbruch holte ihn in die Realität zurück. Zur Tatzeit hatten er und seine Kumpels doch die teure Markenware bei Radio Bittel in der Triebstraße abgeräumt. Dass er wegen Alina und ihrem vermeintlichen Liebhaber in Sachsenhausen auf der Lauer gelegen hatte, war doch nur eine Schutzbehauptung gewesen, um von dem Bruch abzulenken. Sobald dieser verdammte Anwalt auftauchte oder sonst wer, mit dem zu reden war, würde er das klären. Egal, was seine Kumpels von ihm hielten, egal, welche Strafe ihm dafür aufgebrummt wurde. Nichts konnte so schlimm sein, wie unschuldig wegen Mordes verurteilt zu werden. Vladimir witterte Morgenluft. Er bedauerte zutiefst, dass er die Gefängniswärter so gegen sich aufgebracht hatte. Jetzt musste er warten. Er begann unruhig in der Zelle auf und ab zu gehen.

Endlich wurde die Zellentür geöffnet. Drei Mann standen bereit, ihn abzuführen.

»Der Kommissar will dich sprechen«, sagte einer der Beamten. Vladimir spürte einen Adrenalinstoß in seinem Körper und streckte begierig seine Arme nach vorne, damit man ihm die Handschellen anlegen konnte.

Widerwillig hatte sich Khalil Saleh in die Justizvollzugsanstalt begeben. Er mochte keine Gefängnisse, aber heute Morgen kurz nach acht Uhr hatte er einen Anruf von der kleinen Köchin aus dem Wirtshaus erhalten. Er hatte sich gerade einen Kaffee gemacht und auf einen ruhigen Vormittag gefreut, an dem er die Akte Alexander Wienhold schließen wollte, um sie dem Staatsanwalt zu übergeben, damit der Prozess gegen Vladimir Stankovic eröffnet werden konnte. Alina Stankovic hatte diesen Plan durchkreuzt.

Alina ahnte nicht, wie sehr sie den Kommissar Saleh mit der Frage, ob sie gleich zu ihm kommen könnte, weil sie eine neue Aussage machen wollte, bedrängte. Blass und übernächtigt saß sie vor ihm, der noch immer sehr ausgeschlafen wirkte. Tiefe Schatten lagen unter ihren Augen und ihr sonst so rundes Gesicht wirkte hohlwangig. Mit beiden Händen umklammerte sie ihre Handtasche.

»Was ich gesagt habe, war falsch. Ich habe eine Falschaussage gemacht.«

Saleh war immer wieder fasziniert davon, wie gut diese Alina die deutsche Sprache beherrschte. Tränen liefen in Sturzbächen über ihr Gesicht. Er konnte nicht umhin, ihr ein Papiertaschentuch über den Schreibtisch zu reichen. Alina putzte geräuschvoll ihre Nase und hob den Kopf.

»Ich habe meinen Mann missverstanden. Er hat nicht gesagt, dass er den Alexander umgebracht hat. Er hat nur gesagt, dass er ihn auch gerne mit seinen eigenen Händen umgebracht hätte. Verstehen Sie den Unterschied?«, fügte sie unnötigerweise hinzu.

Der Kommissar lehnte sich leicht entnervt zurück. »Und das fällt Ihnen erst jetzt ein?«, fragte er.

Alina nickte.

»Und wer hat Ihnen den Unterschied zu dieser Aussage erklärt?

»Der Anwalt, Vladimirs Anwalt.« Bei diesen Worten hatte sie wieder angefangen, ihren Tränen freien Lauf zu lassen.

»Was haben Sie denn mit ihm zu tun gehabt?«, fragte Saleh.

Erschreckt sah Alina auf. »Ich, nichts, ich ... er wollte sich mit mir über Vladimir unterhalten.«

Khalil Saleh schüttelte stumm den Kopf.

»Vielen Dank, Frau Stankovic, Sie können jetzt erst einmal nach Hause gehen. Ich werde den Anwalt Ihres Mannes kontaktieren und mir seine Einschätzung zu dieser Sache anhören. Sie müssten sich allerdings noch einmal hierher bemühen, um Ihre Aussage zu unterschreiben.«

Nachdem der Kommissar den Anwalt telefonisch erreicht und dieser bestätigt hatte, dass es sich seiner Einschätzung nach so verhielt, wie es Alina Stankovic dargestellt hatte, war Saleh beim Staatsanwalt gewesen. Dieser hatte den Haftrichter angerufen und der hatte befunden, dass Vladimir sofort freigelassen werden müsse.

Die Presse, was würde man der Presse sagen, das war die Hauptsorge des Staatsanwaltes gewesen. Weitaus weniger galt sein Interesse dem noch immer nicht gefassten richtigen Mörder. Das aber war die Hauptsorge des Kommissars. Jetzt musste er seine Ermittlungen noch einmal von vorne beginnen.

Vladimir ging auf die Knie und dankte seinem Schöpfer, als Saleh ihm eröffnete, dass er aufgrund der revidierten Aussage seiner Frau freigelassen würde. Anschließend machte er Anstalten, dem Überbringer der Nachricht die Füße zu küssen. Saleh stand schnell auf und wollte gehen, als er von Vladimir zurückgehalten wurde.

»Herr Kommissar, ich muss auch noch eine Aussage machen.« Saleh setzte sich widerwillig wieder an den Vernehmungstisch.

»Ja, bitte, ich höre.«

»Der Fernsehladen in Bergen-Enkheim zur Tatzeit, das war ich.« Saleh sah irritiert auf.

»Na, der Bruch.«

»Sie bezichtigen sich also eines Einbruchs zur Tatzeit. Verstehe ich das richtig?«

Vladimir nickte.

Khalil Saleh zog die Augenbrauen hoch. »Ich werde mich mit dem Einbruchs- und Diebstahlsdezernat in Verbindung setzen und klären, ob es zur fraglichen Zeit diesen Einbruch gegeben hat. Natürlich hätten Sie damit ein hieb- und stichfestes Alibi, vorausgesetzt, es hat diesen Einbruch zur Tatzeit tatsächlich gegeben und Sie werden als Täter überführt. Dafür hätten Sie dann die Konsequenzen zu tragen.«

Saleh seufzte. Diese Einbruchsgeschichte machte die Sache noch komplizierter.

Vladimir wurde in seine Zelle zurückgebracht. Es mussten noch ein paar Formalitäten erledigt werden. In dieser Nacht schlief er tief und träumte von Alina und einer grünen Wiese und vielen lachenden kleinen Kindern, die zwischen weißen Lämmern umherliefen.

Der Pflichtverteidiger hatte beschlossen, am nächsten Morgen seinen Schützling im Gefängnis aufzusuchen, um ihm mitzuteilen, dass sich seine Unschuld erwiesen hatte und dass es alleine seiner Intervention zu verdanken war, dass er so schnell freikommen würde. Selbstverständlich sei er bereit, ihn auch in dieser Einbruchsgeschichte zu verteidigen. Kommissar Saleh hatte ihm eine Kurzmitteilung geschickt und ihn über den Einbruch bei Radio Bittel in der Triebstraße informiert. Es stellte sich heraus, dass Vladimir die Wahrheit gesagt hatte und nicht der Mörder von Alexander Wienhold gewesen sein konnte. Khalil war tief betroffen, denn das hieß, dass er in der Mordsache des jungen Mannes in Sachsenhausen keinen Meter weiter gekommen war.

Inzwischen hatten er und seine Kollegen alle Personen, die in der Mordnacht mitgefeiert hatten, vernommen, aber keine brauchbaren Hinweise auf den Täter erhalten. Im Gegenteil, sie hatten sich unsäglich blamiert, den Ukrainer als angeblichen Mörder festzunehmen, während dieser zur selben Zeit ein Geschäft in Bergen-Enkheim ausraubte und sich zur Tatzeit nicht einmal in der Nähe der Kneipe befunden hatte. Warum hatten sie nur die wirren Reden seiner Frau für bare Münze genommen? Wie konnte Wilson ohne genauere Nachprüfung dieser Frau geglaubt haben, dass ihr eigener Mann der Mörder sei? Und dann ihr plötzlicher Rückzug, sie hätte ihren Mann missverstanden.

Unglaublich, wie naiv sie gehandelt hatten. Für diesen Fehlgriff hatte er sich von seinem Vorgesetzten und auch von Kollegen schon einiges anhören müssen. Manche Kritik enthielt auch eine gewisse, versteckte Schadenfreude, weil man Khalil bereits länger dienenden Kommissaren als Hauptkommissar vor die Nase gesetzt hatte. Und dies nur, weil er einen Migrationshintergrund hatte und sich die Leitung des Präsidiums gerne modern und aufgeschlossen zeigen wollte. So jedenfalls hörte er es aus ihren Worten heraus.

Er war dieses Gerede mächtig leid. In Frankfurt hatte er das Licht der Welt erblickt und fühlte sich in erster Linie als Frankfurter Bub. Natürlich mochte er Jordanien, die Heimat seiner Eltern, und war auch schon einige Male dort gewesen. Aber verwurzelt war er in Frankfurt, und dass er in Jordanien leben wollte, konnte er sich nicht einmal in seinen wildesten Träumen vorstellen.

Khalil brannte der Mordfall in Sachsenhausen unter den Nägeln. Er musste in dieser Sache endlich vorankommen. Vielleicht sollte er die Gäste auf einen möglichen homosexuellen Hintergrund überprüfen. Aber außer dem Eigentümer des Lokals und dessen Freund hatte sich bisher keiner geoutet. Ob er seine Kollegen doch einmal mit einigen Fotos ins Bahnhofsviertel und zu den einschlägigen Treffs schicken sollte?

Kapitel 37

Das Begräbnis von Alexander Wienhold sollte um elf Uhr auf dem Hauptfriedhof stattfinden. Siggi hatte die Todesanzeige in der *FAZ* gelesen. Es trieb ihm die Tränen in die Augen vor Kummer, aber auch vor Zorn, wenn er die gemeinen Lügen las, die ihn ansprangen: »Mein über alles geliebter Sohn wurde das Opfer einer grausamen Tat. Ein Denkmal soll an ihn erinnern. In meinem Herz bleibt er unvergessen. Die Beisetzung findet im engsten Familienkreis statt.«

Siggi war vor Wut ganz blass geworden. Da hatte sich doch dieser miese Banker, der ihn mit Schimpf und Schande davongejagt hatte, seiner Idee mit dem Denkmal bemächtigt. So eine Frechheit. Siggi hatte sofort beschlossen an dem Begräbnis teilzunehmen. Das war er Sascha schuldig. Von wegen liebender Vater. Wenn einer Sascha geliebt hatte, dann war er es gewesen.

Am Morgen des Begräbnisses zog er seinen dunklen Anzug mit einer schwarzen Krawatte an. Dann setzte er seine Sonnenbrille auf und hoffte, dass er nicht angesprochen wurde.

Eine Menschenmenge stand vor dem Friedhofsgebäude. Siggi blieb in einiger Entfernung stehen. Er hatte Angst, sich unter die Leute zu mischen. Dann aber dachte er an den so heimtückisch getöteten Freund, fühlte die Tränen hinter seiner Sonnenbrille aufsteigen und musste heftig schlucken.

Jean-Paul Wienhold stand auf der obersten Treppenstufe des Eingangs. Auch er blickte hinter dunklen Augengläsern über die Menschenmenge hinweg. Sein Blick schien an Siggi hängen zu bleiben. Doch dann trat der Geistliche zu ihm und gab ihm die

Hand. Jetzt konnte Siggi aufatmen und auch seine Tränen nicht mehr zurückhalten. Er war wohl nicht erkannt worden.

Die Türen zur Trauerhalle öffneten sich. Schweigend folgten die Trauergäste dem schwarzgekleideten, aufrecht schreitenden Jean-Paul Wienhold in die Halle. Siggi sah, wie zwei ihm unbekannte Personen nach vorne eilten, ein Mann und eine Frau, um den Bankier links und rechts zu flankieren. Besonders auffällig waren die flammend roten Haare der Dame. Es folgte ihnen in zweiter Reihe ein weiteres Paar. Siggi wusste, dass er die weißblonden Haare, die zu einem strengen Zopf geflochten waren, schon einmal gesehen hatte. Im Übrigen befand er diese Person für ziemlich extravagant. Er fragte sich, ob es dem Anlass angemessen war, in einem kurzen schwarzen Wollkleid, das aussah wie ein zu groß geratener Pullover, einem Begräbnis beizuwohnen. Es war schließlich nicht irgendein Begräbnis, es handelte sich um die Trauerfeier für seinen über alles geliebten Sascha. Auch schien der runde schwarze Hut mit nach oben gebogener Krempe und einem kleinen Schleier, der das Gesicht verdeckte, nicht recht zu dem pulloverartigen Kleid passen zu wollen. Jedenfalls war der Anblick zwischen den sonstigen schwarzen Anzügen und Kostümen etwas gewöhnungsbedürftig. Was Siggi aber am meisten an dieser exzentrischen Person störte, war das augenscheinliche ausschließliche Interesse an dem sie begleitenden Mann. Am Ende der in die Trauerhalle einziehenden Menge machte Siggi den Hauptkommissar aus. Siggi fand es frech, dass er, nicht zur Familie gehörend, einen der vorderen Plätze anstrebte und auch noch schräg hinter der Exzentrikerin Platz nahm. Siggi hatte die Friedhofskapelle als Letzter betreten und ließ sich schnell in die hinterste Reihe gleiten.

Orgelmusik ertönte, und es roch nach Weihrauch. Aufgebahrt vor dem Altar stand der Sarg unter einem Meer weißer Lilien. Davor, auf einer Staffelei, eine große, gerahmte Fotografie von Sascha. Siggi fühlte sich von den Orgelklängen und der Mischung aus Blütenduft und Weihrauch einer Ohnmacht nahe.

Der Pfarrer schien mit der Familie Wienhold gut bekannt zu sein. In seiner Predigt sagte er: »Wir, seine Zeitgenossen, sind dankbar dafür, dass wir Alexander Wienhold eine Weile schauen durften. Und damit von diesem Kind Gottes, das leider viel zu früh vom Schöpfer abberufen wurde, ein Zeugnis bleibt, hat uns sein Vater mit der schönen Idee überrascht, auf seinem Grab eine Skulptur von seinem Abbild aufzustellen.«

Siggi war außer sich. Die Sache war doch allein seine Idee gewesen!

»Und Jakob nahm einen Stein und richtete ihn auf als Denkmal.« Der Pfarrer fuhr mit seiner Predigt fort.

Siggi lauschte zustimmend seinen Worten. Am Ende der Predigt stand Wienhold auf und verlor viele Worte darüber, wie sehr er seinen einzigen Sohn, der nun zu seiner Mutter heimgegangen sei, geliebt hatte.

Danach zog die Trauergemeinde in einer langen Reihe zum Grab, an dem der Pfarrer die letzten Worte sprach.

»Erde zu Erde, Asche zu Asche, Staub zu Staub.«

Erde und Blumen fielen auf den Sarg. Siggi dachte an das Denkmal, während er wartete. Es musste ein unten grob behauener schwarzer Stein sein, der nach oben immer mehr die menschliche Gestalt annahm. Anstelle des einen Arms würde die Skulptur einen ausgebreiteten Engelsflügel haben. Der andere Arm musste locker neben dem Körper hängen. Überwältigend würden die in Stein gemeißelten Gesichtszüge Saschas sein. Er musste später nachsehen, welches falsche Denkmal der Bankier aufstellen ließ. Überhaupt würde er Saschas Grab täglich besuchen. Wenn ihm die Statue nicht gefiel, würde er sie einfach umstoßen.

Siggi weinte und als er an der Reihe war, ergriff er die Schaufel und ließ die Erde in das offene Grab fallen. Statt nun so wie die anderen Trauernden dem trauernden Vater zu kondolieren, schlug er zu. Einmal, zweimal. Seine Schläge trafen das Gesicht des verlogenen Vaters. Niemand hinderte ihn. Alle waren wie paralysiert. Langsam und ungehindert entfernte sich Siggi.

Erst nach einigen Schritten nahm er wahr, wie Bewegung in die Trauergesellschaft kam. Siggi sah sich vorsichtig um und bemerkte, wie Jean-Paul Wienhold umringt wurde. Er hatte die Hände vor das Gesicht gelegt und stand mit hängendem Kopf neben dem Grab. Die neben ihm stehende Pulloverfrau warf den Schleier ihres Hutes zurück und sah sich suchend um. Nachdem die anwesenden Presseleute zunächst eine Fotosalve auf den geschlagenen Vater abgefeuert hatten, stand nun auf einmal sie im Zentrum des Interesses der Presseleute.

Von hinten machte Kommissar Saleh, der das Umschwenken des Interesses ebenfalls bemerkt hatte, einen Satz nach vorne, stellte sich schützend vor die nun unverschleierte Person und breitete schützend die Arme aus. Er sprang hin und her, um sie immer wieder zu verdecken.

»Zurück«, schrie er, bevor er über Funk den Streifenwagen, der vor dem Friedhof wartete, informierte. Die Pressevertreter wichen zurück. Siggi sah, wie Polizisten heraneilten. Er bemerkte, dass ihm keiner folgte. Von einem Baum verborgen, blieb er stehen und beobachtete das weitere Geschehen.

»Herr Wienhold, wer war das?«

»Kennen Sie den Mann?«

Jean-Paul Wienhold und die Dame im Pulloverkleid wurden umringt. Siggi meinte Jean-Paul Wienhold nicken zu sehen. Er rührte sich nicht vom Fleck.

Schließlich brach die Gesellschaft auf. Jean-Paul Wienhold wurde nun von der Pulloverfrau und ihrem Begleiter geführt. Man begab sich offenbar zu einem Leichenschmaus. Trotz seiner Angst fiel Siggi auf, dass keine jungen Männer an der Trauerfeier teilgenommen hatten. Hatte Sascha keine Freunde gehabt?

Siggi hatte die Ohrfeigen nicht geplant. Obwohl er sich nach den Treffen mit Saschas Vater wie ein geprügelter Hund gefühlt hatte, war ihm zunächst der Gedanke an einen Racheakt nicht gekommen. Eigentlich hatte er nur unerkannt an der Trauerfeier teilnehmen wollen. Aber als Wienhold das Denkmal als seine ureigene Idee darstellte, konnte er seine Wut nicht mehr unter Kontrolle halten.

Der Hauptfriedhof versank wieder in seine mittägliche Ewigkeitsruhe. Beim Verlassen des Friedhofs befiel Siggi eine unbändige Sehnsucht nach Uli. Er war sein bester Freund gewesen. Nach all den Jahren konnte ihre Freundschaft doch nicht einfach zu Ende sein! Er nahm sich vor, ein anderer Mensch zu werden. Keine jungen Männer mehr. Keine dubiosen Geschäfte. Er würde hart und absolut seriös arbeiten. Er wollte Uli wiederhaben. Er fühlte sich stark.

Kapitel 38

Als Annalene am nächsten Morgen die Zeitung aufschlug, erstarrte sie.

»Polizeipräsidentin in Mordfall an Bankierssohn verwickelt«, musste sie lesen. Darunter ein Bild von ihr mit zurückgeschlagenem Schleier und unruhigem Blick. Hinter ihr im Bild stand Wolfgang und sah zu ihr herüber.

Annalene hatte kaum Zeit gehabt, über die Konsequenzen, die aus der Berichterstattung zu ziehen waren, nachzudenken, als das Telefon klingelte. Sie wurde sofort zum Innenminister in Wiesbaden bestellt.

Annalene sagte ihrer Mitarbeiterin, dass sie ihren Chauffeur informieren möge, und ging zur Toilette. Fünf Minuten später saß sie bereits in ihrem Wagen und war sichtlich nervös. Sie konnte sich vorstellen, was der Minister von ihr wollte, und so kam es auch. Warum sie ihn nicht sofort informiert habe und an die Öffentlichkeit gegangen sei mit der Nachricht, dass ein Mitglied der Familie der Polizeipräsidentin ermordet worden war?

Annalene meinte schwach, dass dieser Fakt möglichweise ein falsches Licht auf den Fall geworfen hätte, dass man ein politisches Motiv hätte sehen können. Der Minister entgegnete, dass nun nicht nur der Fall in einem ungünstigen Licht dastehe, sondern insbesondere sie. Hätte sie ihre verwandtschaftliche Beziehung zu dem Mordopfer sofort umfassend aufgedeckt, wäre sie selbstverständlich für die Zeit der Ermittlung vom Dienst freigestellt worden, damit sie keinen Einfluss auf die Polizeiarbeit nehmen konnte. Dieses wäre nun nachzuholen. Sie sei also vorübergehend bis zur endgültigen Klärung beurlaubt und habe sofort ihren Schreibtisch an ihren Stellvertreter zu übergeben. Zudem müsse sie nun, erklärte der Innenminister, mit einem Disziplinarverfahren rechnen.

Mit diesen Worten beendete er das Gespräch und empfahl Annalene dringend, ihren Schreibtisch sofort zu räumen. Er würde sich um die weiteren Regelungen in dem Frankfurter Polizeipräsidium persönlich kümmern. Es sei nur zu hoffen, dass der Fall zu einem sofortigen Abschluss gebracht werde und ein sauberes Ermittlungsergebnis vorliege, das zeige, dass sie gar nichts, aber auch nichts mit dem Fall zu tun habe. Der Minister gab ihr knapp die Hand und schüttelte den Kopf. Annalene war entlassen.

Sie war völlig geschlagen und wusste nicht, was sie tun sollte. Natürlich würde sie sich sofort nach Hause begeben. Ob sie von zu Hause aus Kontakt mit Kommissar Saleh aufnehmen sollte, um ihn um ein privates Treffen zu bitten, ging ihr durch den Sinn. Von diesem Vorhaben nahm sie Abstand und rief stattdessen ihren Vater an. Er war noch nicht wieder nach Spanien zurückgekehrt, weil er auf seine Frau wartete, die ihn für eine Woche begleiten wollte. Annalene fragte ihn, ob sie auch mitkommen könnte. Sie könnte nach den Aufregungen der letzten Tage ein paar ruhige Tage an der Costa Brava gut gebrauchen. Die Vorstellung, mit ihren Eltern eine Art Familienurlaub zu verbringen, versetzte sie in eine freudige Stimmung.

Sie informierte Khalil Saleh und ihre Mitarbeiterin per Mail, wie und warum sie in nächster Zeit im Urlaub zu erreichen sei. Annalene hoffte inständig, dass Saleh gute Arbeit leistete, damit die ihr angedeutete Umsetzung auf ein Abstellgleis im Innenministerium nicht zur Realität wurde.

Annalene erstellte eine Liste der Dinge, die sie für ihren Spanienaufenthalt benötigen würde. Sie hatte vor, den freien Nachmittag mit Einkäufen in der Stadt zu verbringen. Mit einer großen Sonnenbrille ausgestattet wollte sie gerade aufbrechen, als ihr Mobiltelefon klingelte.

»Hallo Frau Waldau«, meldete sich Hauptkommissar Saleh. Annalene registrierte sehr wohl, dass er auf die Anrede »Frau Präsidentin« verzichtet hatte.

»Ich muss Sie sprechen.« Saleh erklärte ihr, dass er den Auftrag erhalten hatte, sie zu dem Mord an ihrem Cousin zu befragen. Da man sie schlecht vorladen konnte, wollte er in Begleitung des Polizisten Florian Wilson, der in Sachsenhausen vor Ort ermittelte, gerne das Verhör bei ihr zu Hause durchführen.

»Bin ich jetzt etwa verdächtig?« Annalene Waldau war sprachlos. Mit der Ankündigung, dass er in zwanzig Minuten da sei, beendete Khalil Saleh das Gespräch. Annalene setzte die Sonnenbrille ab und ließ sich auf die Couch fallen.

Auf dem ihr gegenüberstehenden Sitzmöbel nahmen kurz darauf Saleh und Wilson Platz. Letzterer packte das Aufzeichnungsgerät aus. Nach den einleitenden Sätzen, während derer Khalil seine Blicke durch den großen, hellen Wohnraum schweifen ließ, begann das Verhör.

»Frau Waldau, können Sie sich vorstellen, wer Ihren Cousin Alexander Wienhold getötet hat, und warum?«

»Wussten Sie, warum er die Gaststätte in Sachsenhausen aufgesucht hat?«

»Wussten Sie, dass er schwul ist?«

»Homosexuell«, korrigierte die beurlaubte Polizeipräsidentin.

Danach prasselten wieder Khalil Salehs Fragen auf sie ein. Wann sie ihren Cousin das letzte Mal gesehen hätte. Wie das Verhältnis zwischen ihr und ihm gewesen sei. Wie das Verhältnis zwischen Vater und Sohn gewesen war. Warum Alexander Wienhold bei einem Escortservice gearbeitet habe. Warum sie ihre verwandtschaftliche Beziehung zu dem Toten hatte geheim halten wollen. Wo sie, Annalene Waldau, sich zum Tatzeitpunkt befunden habe. Ob das jemand bestätigen könne. Warum sie vorhabe, sich nach Spanien abzusetzen.

Nachdem das Verhör beendet war, brach Annalene hemmungslos weinend zusammen. Schließlich ergriff Wut von ihr Besitz, eine unsagbare Wut. Sie gab ihr die Triebkraft, um aufzustehen. Nachdem sie ihr Gesicht gewaschen hatte, fühlte sie sich viel besser. Ihr Zorn richtete sich einzig und allein auf Khalil Saleh, der sie, in wessen Auftrag auch immer, derartig gedemütigt hatte.

Sie rief ihren Onkel an und teilte ihm mit, dass sie sich momentan nicht im Dienst befände und auch in das Haus nach Spanien reisen würde. Falls er sich über den Fortgang der Ermittlungen informieren wolle, müsse er Kommissar Saleh ansprechen. Schließlich ließ sie sich dazu hinreißen, ihm zu erzählen, dass man sie in den Kreis der Verdächtigen aufgenommen hatte. Er hatte noch so viel Sachverstand, zu sagen, dass ihre Kollegen wohl kein besonderes Urteilsvermögen hätten.

Annalene beendete das Gespräch und ging danach in die Küche, wo sie ein großes Glas Wasser trank, bevor sie Wolfgang anrief. Nachdem sie ihm die Angelegenheit erzählt hatte, fragte sie ihn mit weicher Stimme, ob er mitkommen würde.

»Du wolltest doch immer, dass ich Zeit für dich habe. Jetzt habe ich sie.«

»Anna, wie stellst du dir das vor?«, fragte er leise. »Ich muss arbeiten, ich habe einen vollen Verhandlungskalender. Und überhaupt, was soll ich Maria sagen?«

»Du könntest ihr sagen, dass du meinen Vater in einer dringenden Angelegenheit um Rat fragen musst.«

Wolfgang Waldau verstand sich gut mit ihrem Vater. Sie konnten sich wunderbar über ihre Fälle austauschen.

»Komm mich wenigstens am Wochenende in Cadaqués besuchen und schick Maria zu ihrer Mutter oder, noch besser, in die Wüste.«

Kapitel 39

Warme Luft schlug Annalene entgegen, als sie das Flugzeug über die Rampe verließ. Es war der typische warme Wind des Südens mit einem entfernten Geruch nach Meer und Putzmitteln. Sie bemerkte, dass dieses Parfüm des Südens überall gleich war, egal, wo man landete. Auch der Staub war überall gleich. Sie genoss die Sonne, den Wind und die Wärme. Bald würde sie am Meer sein. Wenn sie während des Fluges noch an ihre Suspendierung und die geäußerten Verdächtigungen gedacht hatte, fielen diese Gedanken jetzt von ihr ab. Sie wollte mit alldem nichts mehr zu tun haben und nur noch Urlaub machen. Einzig der Gedanke an Wolfgang legte einen leichten Schatten über ihr Gemüt.

Vom Airport in Girona gab es keine Zugverbindung nach Cadaqués, so dass Annalenes Vater mit einigen Taxifahrern über den Preis verhandelte, bis der Betrag ihm akzeptabel erschien.

Das Haus in Cadaquès hatte einen großen, verwilderten Garten und bestand aus Erdgeschoß und zwei Stockwerken. Annalenes Zimmer lag im zweiten Stock und war drückend warm. Sie riss die Fensterläden auf, damit der Wind und die Sonne sie besuchen konnten. Sie verzichtete auf die Klimaanlage. Die Wände waren weiß getüncht und man hatte eine Kopie eines Gemäldes von Dalí aufgehängt. Annalene hängt es ab und stellte es mit dem Gesicht zur Wand. Die alten Holzmöbel und die weißen Spitzendeckchen gefielen ihr. Sie warf sich auf das Bett und schlief sofort ein.

Ihre Mutter musste sie wecken. Man hatte sich für halb sieben für einen Spaziergang durch den Ort verabredet. Anschließend wollte die Familie essen gehen. Als sie an Haus und Garten von

Salvador Dalí vorbeikamen, erklärte ihr Vater schwärmerisch, dass Annalene es unbedingt besichtigen müsste. Da das Haus nicht sonderlich groß war, wurden im Viertelstundentakt acht Personen durchgeschleust. Im Garten befänden sich ebenfalls Skulpturen, der Swimmingpool und die bekannten »Köpfe« und »Eier«. Viele von Dalís berühmtesten Werken waren hier in seinem Atelier erschaffen worden.

Annalene schüttelte nur abwinkend den Kopf, als ihr Vater mit ihr eine Besichtigung vornehmen wollte. Sie mochte Dalí wirklich nicht. Ihr Vater fragte etwas pikiert, ob es denn überhaupt einen Maler gäbe, den sie mochte. Annalene sagte, dass das Wetter, Land und Leute einfach zu schön seien, um über Kunst zu diskutieren.

Die beiden Frauen, die ältere wie die jüngere, zogen die Blicke der Katalanen auf sich und Marcel Wienhold war stolz auf seine Familie. Sie aßen hervorragend im Restaurant El Barroco, das libanesische Spezialitäten anzubieten hatte. Annalene dachte ein wenig an Khalil Saleh und nahm einen großen Schluck Rotwein.

Am Samstagmorgen schlenderten Mutter und Tochter zu zweit über den Markt, bevor sie zu dritt an den Strand gehen wollten. Annalenes Mobiltelefon klingelte. Sie erschrak und dachte, dass es nichts Gutes bedeuten konnte, wenn man sie am Samstag anrief. Aber es war ein aufgeräumter Wolfgang, der sich meldete.

»Annalene, ich stehe hier am Flughafen. Wie komme ich nach Cadaqués?«

Annalenes Herz setzte aus. »Du musst einen Flieger nach Girona nehmen, wenn du noch einen Platz findest.«

»Nein, nein, meine Süße«, entgegnete ihr Ehemann. »Ich bin schon in Girona gelandet, aber jetzt komme ich nicht weiter.«

»Waaaas? Nimm ein Taxi – und du musst erst den Preis verhandeln.«

»Wie ist denn die Adresse?«, fragte Wolfgang, der noch nie in Cadaqués gewesen war.

Vater, Mutter und Tochter warteten mit selbstgemachter Zitronenlimonade auf das Eintreffen ihres Gastes. Ein viertes Glas stand bereit. Als das Taxi hielt und Wolfgang durch die offenstehende Gartentür trat, rannte Annalene ihm entgegen und warf sich in seine Arme. Nachdem Wolfgang sich zu ihnen auf die Terrasse gesetzt hatte, musste er erzählen, wie es ihm gelungen war, sich freizumachen.

»Ich habe Maria gesagt, dass ich mit Marcel über deinen Fall diskutieren muss. Schließlich betrifft es mich auch. Natürlich war Maria nicht begeistert, dass ich ohne sie nach Spanien reise. Zum Glück weiß sie nicht, dass du auch hier bist. Und als ich gelesen habe, dass Salvador Dalí hier gelebt und gearbeitet hat, musste ich einfach kommen«, setzte er noch hinzu.

Annalene verdrehte die Augen und sagte, dass es sich gut träfe, dass sie das wunderschöne Museum auch noch nicht besichtigt habe. Marcel Wienhold gönnte seiner Tochter einen spöttischen Blick. Er hätte gar nicht gewusst, dass sie beide so kunstsinnig seien. Ihre Mutter schaltete sich ein. Es tat ihr leid, dass sie kein eigenes Zimmer für ihren Schwiegersohn bereitgemacht hatte. In den nicht benutzten Räumen stapelte sich der Staub und die Möbel waren abgedeckt. Wolfgang versicherte, dass es ihm überhaupt nichts ausmache, bei seiner Frau zu schlafen. Annalenes Blick verdunkelte sich. Sie hatte etwas mehr Enthusiasmus erwartet. Schnell stand sie auf und rannte nach oben. Ihr war eingefallen, dass der Dalí mit dem Gesicht zur Wand stand. Erleichtert kam sie mit einem Lächeln wieder nach unten.

Nach einem Mittagsimbiss, der aus Weißbrot, Schinken, Käse, Oliven und einem leichten Wein bestand, beschloss man, endlich an den Strand zu gehen. Wolfgang Waldau hatte tatsächlich an Bermudashorts gedacht. Allerdings war ihm seine blasse Haut ein wenig peinlich. Auch hatte er Dank Marias Küche etwas zugenommen. Annalene ließ es sich nicht nehmen, ihn sehr gründlich mit Sonnenöl einzureiben.

Abends zogen sich die Männer für ein Fachgespräch zurück, während Anna, Annalenes Mutter, die der Tochter einen Teil des

Namens geschenkt hatte, und Annalene sich an Paella versuchten. Nach reichlichem Weingenuss gingen beide Paare schlafen, wobei Annalene und ihr Mann noch lange wachlagen und bei einer im Luftzug flackernden Kerze ihre Beziehung ausloteten. Der Alkohol machte Wolfgang geständig. Er sagte, wie sehr ihn die steile Karriere seiner Frau gedemütigt habe. Nie hatte Annalene Zeit gehabt und immer war ihr Beruf wichtiger als er. Schließlich hatte er die mütterliche Maria kennengelernt, die es sich zur Aufgabe machte, sich ausschließlich um ihn zu kümmern. Er gab zu, dass es ihm manchmal schon ein wenig zu viel Fürsorge war. Wolfgang hielt ein und gestand, dass er außerdem sie, Annalene, um ein vielfaches attraktiver fände und dass er möglicherweise eine Fehlentscheidung getroffen hätte. Auf dieses Stichwort wollte sich seine attraktive Ehefrau ihm schon zuwenden, aber sie sah, dass er weiterhin unverwandt in die brennende Kerze blickte. Annalene musste schlucken. Nach einer Weile erzählte er, wie er Maria kennengelernt hatte. Sie hatte ihn an einem Rauchertisch vor einem Café um Feuer gebeten und gefragt, ob er auch alleine unterwegs sei.

»Sehr mutig«, sagte Annalene und stand auf, um die Kerze auszublasen. Dabei wünschte sie sich, dass Wolfgang zu ihr zurückkehrte.

Am nächsten Morgen wachte sie vor ihrem Noch-Ehemann auf und betrachtete ihn mit aufgestütztem Ellenbogen. Seine drahtigen kurzen grauen Haare gefielen ihr noch immer genauso wie seine melancholischen grauen Augen und der leidende Zug, den sein Gesicht aufwies. Als sie bemerkte, dass er sich regte, stellte sie sich schlafend und genoss den leichten Kuss, den er ihr auf das zerwühlte Haar drückte, bevor er aufstand.

Nach dem Frühstück gingen sie tatsächlich in das Dalí-Museum. Wolfgang war von dem Areal hingerissen.

»Hier müsste man leben«, sagte er und sah seiner Frau in die Augen. »Am Montagmorgen muss ich zurückfliegen.«

Nach einem weiteren Strandbesuch, Ortsbesichtigung und einem Essen im Restaurant hielten sie sich in dieser Nacht nicht mehr zurück. Es war Wolfgang, der mit verbissener Miene den Anfang machte.

»Du musst zu mir zurückkommen«, flüsterte Annalene, bevor sie in ihr Kissen zurücksank. Als sie aufwachte, war Wolfgang Waldau verschwunden.

Kapitel 40

Jean-Paul Wienhold fühlte sich verwundet. Er hatte ein trauriges Wochenende hinter sich. Nach der Trauerfeier für seinen Sohn hielt ihn am Samstag und Sonntag eine Totenstille gefangen. Am Montagmorgen wollte er wie immer in seine Bank fahren, als ihn unerklärliche Übelkeitsgefühle vom Dienstantritt fernhielten. In der Tat musste er sich, von einer heftigen Übelkeit geschüttelt, wieder hinlegen. Er verfluchte den Moment der Mildtätigkeit, in dem er seiner Haushälterin zwei Wochen Heimaturlaub genehmigt hatte. Was sollte er ohne die ältliche Agnes tun?

Nachdem er den Montag mit einigen Gläsern Whisky verdämmert hatte, fühlte sich der Geschäftsmann am nächsten Tag wie neu erfunden. In der Bank zog er in gewohnter Manier die Strippen und jagte seine Sekretärin durch das Haus. Abends war er in Hochform und beschloss auszugehen. Er fragte seinen Fahrer, ob er Überstunden machen könnte. Dem erfreuten Lächeln seines Leibeigenen verdankte er noch bessere Laune und ordnete eine Fahrt nach Sachsenhausen an. Schon lange wusste er, dass er den Ort des Todes sehen musste. Wann, wenn nicht heute?

Der lackschwarze Audi A8 vor dem Kleinen Wirtshaus erregte die Neugier der Raucher, die sich vor der geöffneten Tür aufhielten. Der Limousine parkte genau vor dem Eingang. Ein Chauffeur stieg aus und öffnete einem hochgewachsenen, älteren Herrn in legerer, aber eleganter Kleidung die Tür. Dort blieb er stehen und musterte Wirt und Gäste.

Jegliches Gespräch verstummte. Nachdem der neue Gast die Lage in der Schenke erfasst hatte, steuerte er auf den großen

Tisch in der hinteren Ecke zu. Noch immer schwiegen alle. Erst als der Neuankömmling mit lauter Stimme »ein Pils« geordert hatte, ohne dass Uli nach seinen Wünschen gefragt hatte, hob das Stimmengewirr wieder an.

»Ein Messebesucher!« – »Ein Staatsgast!« – »Ein berühmter Dirigent!« Die Meinungen über die mögliche Identität des Neuankömmlings gingen auseinander.

Uli servierte formvollendet das Getränk und betrachtete seinen Gast mit unverhohlener Neugier. Dieser leerte das Glas mit einem Zug und bestellte bereits das zweite Pils und einen Klaren. Als sich Uli gerade fragte, wie lange der Betrieb heute dauern würde, stand sein neuer Gast plötzlich vor ihm an der Theke. Mit der flachen Hand schlug er auf den Tresen, dass es nur so klirrte.

»So und jetzt zeigst du mir, wo ihr in dem Scheißladen meinen Sohn erschlagen habt.«

Totenstille. Ein zweites Mal krachte die Hand auf den Tresen.

»Na, wo habt ihr euch über ihn hergemacht, wo seid ihr über ihn hergefallen? Habt ihr ihn euch mitten in die Kneipe gelegt, habt euch angestellt, bis ihr alle ihn einmal besteigen konntet? Mieses schwules Gesindel. Fehlgeleitete Untermenschen, die sich hier treffen, weil sie sonst keiner haben will.«

Wieder krachte seine Hand auf das Holz. Die Stille wurde noch stiller. Niemand wagte zu atmen.

»Buchenwald war gestern, heute sollte man solche abartigen Kreaturen wie euch allesamt in die Kanalisation stecken. Widerliches Pack.«

Uli holte tief Luft und dann platzte ihm der Kragen. »Raus hier, aber sofort. Sie haben Lokalverbot. Was fällt Ihnen eigentlich ein?«

Jean-Paul Wienhold lachte hämisch. »Halt's Maul, du Oberschwuchtel.«

Uli war außer sich. Als Alina das Essen für einen Gast brachte, war Uli über die Unterbrechung erleichtert. Sie sah heute besonders reizend aus, denn sie hatte sich für eine rosa-weiß karierte Kochmütze entschieden, die das gleiche Muster hatte wie ihre

Schürze. Augen und Wangen leuchteten besonders lebhaft und reizvoll.

Jean-Paul Wienholds Kopf flog herum. Für einen Moment verschlug es ihm die Sprache.

»Was macht denn diese reizende junge Dame in diesem Drecksloch?«

Bevor Alina etwas entgegen konnte, sagte er: »Kommen Sie, junge Frau, ich spendiere Ihnen ein Glas Champagner«, und zu Uli gewandt: »Gibt es in dieser miesen Spelunke irgendein champagnerähnliches Getränk?«

»Selbstverständlich gibt es hier Champagner.« Uli wurde ärgerlich. »Die Flasche kostet aber vierzig Euro.«

Jean-Paul Wienhold lachte nur höhnisch auf. »Du schuldest mir weitaus mehr als vierzig Euro, du schuldest mir ein Menschenleben.« Er unterdrückte ein Schluchzen. »Solche verkehrt gepolten Kreaturen wie du und die anderen Schwänze hier haben meinen Sohn von seinem Weg abgebracht, haben ihn in den Schmutz gezogen und dann kaltblütig erschlagen, nachdem er euch nichts Neues mehr zu bieten hatte und abgenutzt war.«

Alina entfuhr ein Schreckenslaut. Sie rutschte vom Hocker und baute sich vor Jean-Paul Wienhold auf, streckte ihm die Hand hin. »Herzliches Beileid, Herr Wienhold. Es tut mir sehr leid, was hier passiert ist.«

Der alte Wienhold war jetzt sichtlich gerührt. »Was sind Sie doch für eine couragierte, saubere Person. Sie passen nicht hierher.«

Seitdem dieser Mann durch die Tür seines Lokals getreten war, schien es Uli, als wäre er in einem Theaterstück gelandet, das zufällig in seinem Lokal aufgeführt wurde und das er zunächst nur als Zuschauer wahrnahm. Ihm war, als ob sein Bewusstsein aus ihm herausgetreten wäre und dem ganzen Geschehen von außen zusah. Anfangs hatte er gar nicht verstanden, was dieser Mann von ihm wollte. Der dramatisch-theatralische Auftritt des offensichtlich kultivierten Herrn hatte ihn zutiefst verstört. Er konnte sich erst keinen Reim auf die bösartigen Anklagen machen, bis ihm dämmerte, dass der Vater des ermordeten Saschas vor ihm stand. Es war tragisch, dass Saschas Vater den Schauplatz aufsuchte, um zu sehen, wo sein einziger Sohn vom Leben in den Tod befördert worden war.

Angesichts des Vaters, der seinen Sohn verloren hatte, versuchte Uli, die Wogen zu glätten. Er hielt Saschas Vater zugute, dass ihn der grausame Mord an der Menschheit verzweifeln ließ, dass er die ganze Welt und besonders Uli für diese Tat verdammen wollte.

»Also, Herr, Herr ... ich kann mich jetzt leider nicht mehr erinnern, wie Sie heißen, aber natürlich tut mir der Tod Ihres Sohnes sehr leid. Ich möchte aber betonen, dass ich damit nichts zu tun habe. Ich bin in dieser Angelegenheit völlig unschuldig. Im Gegenteil, durch diese Situation ist mein eigenes Leben völlig aus den Fugen geraten.«

Inzwischen hatte sich Alexanders Vater von seiner kurzzeitigen Rührung durch Alinas Beileidsbezeugung wieder gefangen und zeigte seine angestammte arrogante Miene.

»Mein Name ist Wienhold. Merken Sie sich das. Auch mein Sohn Alexander trug diesen Namen. Das müssten Sie eigentlich wissen.«

Die Stimme des Vaters bekam einen schneidenden Ton. »Ich wollte nur einmal sehen, wie der Ort aussieht, in dem mein Junge ermordet wurde. Jetzt weiß ich es. Und Ihre billigen Unschuldsbeteuerungen können Sie sich sparen. Wenn ich mir die traurigen Gestalten in diesem Puff ansehe, dann weiß ich, mit wem ich es zu tun habe. Seien Sie getrost, Sie werden mich hier nie wieder sehen.«

Damit warf er hundert Euro auf den Tisch, blickte mit tiefer Verachtung auf das verstummte Publikum und verließ das Lokal, ohne die Türe zu schließen.

In der darauffolgenden Stille hörte man erst den Anlasser und dann das gedämpfte Motorengeräusch eines davonfahrenden Autos.

Nur zögernd kamen die Gespräche der Gäste wieder in Gang.

Auch Uli hatte es die Rede verschlagen. Er fühlte sich angegriffen. Außerdem tat ihm der Vater von Sascha wirklich leid. Ein Mann aus bester Gesellschaft und dann dieses unwürdige Ende des einzigen Sohnes. Eine schreckliche Geschichte.

An diesem Abend kam keine Gemütlichkeit mehr auf. Die Worte von Saschas Vater hatten jegliches Gefühl für Lustbarkeiten abgewürgt.

Nachdem Alina gegangen war und auch die letzten Nachzügler sich verabschiedet hatten, eilte Uli nach draußen, um seine Fensterläden zu schließen. Es war eine milde Nacht. Die Sterne funkelten. Nachdenklich blieb er einen Augenblick stehen und sah hinauf in den blinkenden Sternenhimmel. Er dachte an Alexander und an dessen verbitterten Vater.

Aber die Erde drehte sich weiter und das Leben nahm seinen Lauf.

Nachdem Jean-Paul Wienhold erschöpft in die Polster seiner Limousine gesunken war, bat er seinen Fahrer, einen Umweg zu machen. Er sollte ihn einfach eine Weile fahren, er sei noch nicht bereit, sich seinem einsamen Zuhause zu stellen. Der junge Mann im schwarzen Anzug – er legte Wert auf standesgemäße Dienstkleidung – antwortete: »Aber gern, Chef, wird gemacht.« Dann fügte er teilnehmend hinzu: »War's sehr schlimm, Chef?«

Der alte Wienhold antwortete nicht. Er fühlte sich völlig leer. Der hinter ihm liegende Auftritt hatte ihn viel Kraft gekostet. Sein wunderschönes Kind erschlagen auf dem Boden dieser jämmerlichen Kneipe. Tief erschüttert schossen ihm die Tränen in die Augen.

»Ach, Alexander, warum habe ich deine Homosexualität nicht akzeptieren können? Dann würdest du noch leben.«

Wienhold sprach tonlos mit sich selbst, wissend, dass ihm die starre Haltung, die er soeben zum Ausdruck gebracht hatte, erhalten bleiben musste, sonst würde er zusammenbrechen. Solche Gedanken – dass er Alexander in den Tod getrieben hatte – durfte er nicht denken. Dann wollten seine Gedanken zu seiner verstorbenen Frau, Alexanders Mutter, zurückkehren. Auch das durfte er nicht zulassen. Vielmehr sollte er sich auf den Weg konzentrieren, den sein Fahrer eingeschlagen hatte. Dieser war, nachdem er die Klappergasse verlassen hatte, durch ein Gewirr kleiner Gässchen gekurvt und schickte sich jetzt an, über die Alte Brücke auf die Hanauer Landstraße zu gelangen.

»Chef, ich will mal sehen, ob die hier tatsächlich abends immer Autorennen veranstalten.«

Als der Chauffeur bei Fechenheim die Hanauer Landstraße verließ, um über eine Überführung links nach Bergen-Enkheim abzubiegen, bat Wienhold ihn, kurz anzuhalten. Er wolle zu dem Bahnhof Mainkur hinübergehen. Ohne weitere Fragen hielt der junge Mann an. Vielleicht musste sein Chef eine Toilette aufsuchen.

Jean-Paul Wienhold hatte von der Omega-Brücke, die über die B 40 führte, die Gleise und Züge gesehen. Eine seltsame Lust überfiel ihn. Er wollte die Gleise entlanggehen und den entgegenkommenden Zügen begegnen. An dem kleinen Mainkur Bahnhof rauschten die ICEs mit nur minimal gedrosselter Geschwindigkeit durch. Nur im Berufsverkehr hielt die eine oder andere Regionalbahn oder weniger häufig auch ein Regionalexpress hier an. Der Bahnhof besaß drei Gleise an zwei Bahnsteigen, die durch eine Unterführung miteinander verbunden waren. Wienhold lief die Gleise entlang in Richtung Hanau. Es kam kein Zug. Der hinter ihm liegende Abend lief wie ein Film in seinem Kopf ab, auf den er keinen Einfluss hatte. Immer wieder sah er seinen Sohn auf dem schmutzigen Boden der schäbigen Kneipe liegen.

Sein schönes Kind, das seine Gefühle nicht erwidert hatte. Ob Sarah doch recht gehabt hatte, als sie ihm eines Tages in hellsichtiger Klarheit sagte, dass Alexander seine kalte Härte fühlte und daher nicht von ihm gestreichelt werden wollte? Später, als er sah, wie Alexander den jungen Mann küsste, brach eine Welt für ihn zusammen und eine rasende Wut erfasste ihn, als er erkennen musste, dass sich sein Kind von ihm nicht hatte anfassen lassen wollen, sehr wohl aber von anderen Männern. Diese quälende Vorstellung ließ ihn lange nicht los.

Während Wienhold die Gleise entlanglief, kamen immer mehr Erinnerungen aus seinem verpfuschten Familienleben zu ihm zurück. Es war ein lauer Abend und es war angenehm ein Stück zu laufen. Wenn er nur die Bilder in seinem Kopf hätte aufhalten können. Auf dem Nachbargleis rauschte ein ICE an ihm vorbei. Ein Sog erfasste ihn. Fast wäre er auf die Gleise gefallen. Es war schon kurz vor Mitternacht. Vielleicht hatte es in seinem Leben eine zweite Fehlentscheidung gegeben. War es richtig gewesen, den Sohn brutal hinauszuwerfen, nachdem er dessen Neigung erkannt hatte?

Er hatte keine Lust in sein einsames Zuhause zurückzukehren. Sein Dasein war freudlos. Geld hatte er genug verdient. Menschen, für die er sich bewahren sollte, gab es nicht. Wen interessierte sein Denken und Handeln? Sein Metier war die Zerstörung. Mehr war es nicht.

Viele Züge würden diese Strecke nicht mehr entlangfahren. Er überlegte, wie sich der Schmerz anfühlen würde, wenn der Zug über ihn hinwegraste. Er musste nicht schlimm sein, denn nach einem kurzen, schmerzhaften Aufblitzen würde der süße Tod folgen, der ihn zu Sarah und Alexander bringen würde. Der Tod würde in Sekundenbruchteilen eintreten. Er würde keinen Schmerz empfinden. In der Ferne sah er Lichter auf sich zukommen. Ganz ruhig setzte er sich auf die innere Schiene und legte sich quer über die Gleise.

»Alexander«, murmelte er tonlos. »Ich komme zu dir.«

Es wurde gleißend hell unter seinen geschlossenen Lidern. Erstaunt öffnete Jean-Paul die Augen und drehte seinen Kopf zu dem Licht.

Hochaufgetürmt sah er die Lok vor sich stehen. Der Regionalzug hatte rechtzeitig die Geschwindigkeit gedrosselt, da er an der Mainkur halten sollte. Dem Zugführer waren die schattenhaften Bewegungen des hochgewachsenen Mannes auf dem Gleis nicht entgangen. Wienhold setzte sich auf und sah, wie der junge Eisenbahner aufgeregt in ein Telefon sprach. Verzweifelt fuhr er sich dabei durch das Haar.

Wienhold blieb teilnahmslos sitzen, wo er saß. Zuckendes Blaulicht tauchte in der Nähe auf. Polizei, Rettungswagen und Notarzt waren eingetroffen. Alle Beteiligten redeten auf ihn ein. Er hörte, wie von einem Eingriff in den Bahnverkehr gesprochen wurde, sein Fahrer redete mit der Polizei, stand Rede und Antwort. Zwei Sanitäter versuchten ihn erfolglos hochzuziehen. Er weigerte sich jedoch, auf eigenen Füßen zu stehen. Schließlich legten sie ihn auf eine Trage. Ein Arzt fragte ihn, ob er ihn hören könne. Jean-Paul Wienhold reagierte nicht. Auch nicht, als er angeschnallt und ihm mitgeteilt wurde, dass man ihn zur Untersuchung in die Psychiatrie der Uniklinik bringen würde.

Der Zugverkehr in Richtung Frankfurt war für mehr als zwei Stunden unterbrochen. Der junge Zugführer musste trotz seines überlegten Handelns in ärztliche Betreuung überführt werden.

Kapitel 41

Gegen acht Uhr dreißig erhielt Alina einen Anruf von Vladimirs Anwalt. Sachlich teilte er ihr mit, dass er keine Zeit habe, ihren Mann im Gefängnis abzuholen. Er meinte, dass sie in der Verantwortung stünde, sich um ihren Mann zu kümmern, und für seine geordnete Rückkehr in den Alltag Sorge zu tragen habe. Schließlich habe sie die missliche Situation zu verantworten.

Alina verschlug es die Sprache. Um pünktlich am Gefängnis zu sein, lief sie zum nächsten Taxihalteplatz. Sie hatte Glück. Es stand ein abfahrbereiter Wagen in der Haltebucht. Alina hielt wie in alten, längst vergangenen Tagen dem Fahrer den Zettel mit der Anschrift hin.

»So, so, zum Knast wollen Sie also. Na, dann wollen wir mal schnell machen.«

Als sie sich durch den morgendlichen Verkehr auf der Friedberger Landstraße gekämpft hatten und vor der Preungesheimer Haftanstalt hielten, stand Vladimir schon vor dem Eingang. In der Hand hielt er eine Plastiktüte mit seinen Habseligkeiten. Alina war ganz gerührt, als sie ihn so verloren mit hängenden Armen vor dem verschlossen Metalltor stehen sah, das so wie die Mauern insgesamt mit Stacheldraht gekrönt war.

»Hier können Sie halten«, rief sie dem Fahrer zu. »Wir fahren sofort zurück, ich bin gleich wieder da.«

Dann riss sie die Tür des Wagens auf und stürzte Vladimir entgegen. Er schien ihr in diesem Moment der liebste Mensch der Welt zu sein. An die vielen Schmerzen, die sie durch ihn erfahren hatte, dachte sie nicht mehr, genauso wenig wie an seine Untreue.

Alina umarmte Vladimir und zog ihn mit sich zum Taxi. Der Anwalt hatte gleich nach seinem Gespräch mit Alina in der JVA angerufen und mitgeteilt, dass die Ehefrau Vladimir Stankovics unterwegs sei, um ihren Ehemann abzuholen.

Alina erklärte Vladimir, dass sie ihn mit zu sich nach Sachsenhausen nehmen und erst einmal für ihn sorgen wolle. Schließlich trage sie an allem die Schuld. Es täte ihr sehr leid, und sie wollte alles tun, damit Vladimir wieder zu Kräften käme. Und ausruhen müsse er sich. Und sie sei ja immer noch seine Frau. Vladimir war seinerseits sehr gerührt. So kannte er Alina gar nicht. Er hielt ihre Hand.

Alina schleppte Vladimir in ihre Dachgeschosswohnung und machte erst einmal Frühstück. Er solle sich solange noch einmal hinlegen und ausruhen. Der Heimkehrer wollte aber lieber am Küchentisch sitzen und ihr bei den Vorbereitungen der Mahlzeit zusehen. Bald hatten sie dampfenden Tee und Eier mit Speck vor sich stehen. Es gab auch Toast und Marmelade. Alina schwieg erst. Dann brach der Damm, und sie erzählte Vladimir, wie furchtbar es für sie gewesen war, in der Bahnhofsgegend so beengt bei ihren Landsleuten zu wohnen, keine eigene Wohnung zu haben. Wie unwürdig es war, auf der Zeil nach Putzarbeit zu fragen, so wie er es von ihr verlangt hatte. Wie sehr es sie gedemütigt hatte, dass er sie wegen einer deutschen Frau so schnell hatte sitzenlassen und doch gleichzeitig eheliche Rechte eingefordert habe. Sie würde ja mit ihm schlafen wollen, aber unter schönen Bedingungen und mit Zärtlichkeit. Bei den letzten Worten war Alina ein wenig rot geworden. Vladimir griff über den Tisch nach ihrer Hand.

»Alina«, sagte er. »Sieh mich an. Wir wollen es noch einmal miteinander versuchen. Willst du?«

»Ja, Vladimir, ich will es.« Alina sah Vladimir an.

»Alina, noch eine Sache. Bist du mir treu geblieben? Hat es andere Männer gegeben, Alina?«

»Nein, Vladimir, nein, nur dich.«

»Alina«, begann er wieder. »Wollen wir es gleich wieder miteinander versuchen? Ich soll mich doch ins Bett legen zum Ausruhen.« Er grinste verlegen.

Alina lächelte schief. Sie wollte es jetzt auch, es war ihr in dem Moment egal, ob er wieder auf seine harte Art mit ihr schlafen würde, sie wollte ihn spüren. Vladimir, der in seiner rauen Schale einen guten Kern besaß, erkannte Alinas Bereitwilligkeit. Er nahm sie in seine Arme, küsste sie und trug sie zum Bett. Dabei war er so zärtlich zu ihr, wie es sich Alina immer gewünscht hatte. Er fühlte, wie Alina kam. Anschließend flüsterte er ihr ins Ohr, dass er ein Idiot gewesen sei.

»Ein doppelter Idiot«, sagte er. »Einmal, weil ich gedacht habe, dass ihr ukrainischen Frauen die harte Tour liebt. Und einmal, weil ich die süße Alina für einen Moment wegen einer anderen Frau verlassen habe.«

Alina fiel ein, dass ihr Vladimir erzählt hatte, wie er seine Mutter einmal hatte schreien hören, als sich sein Vater mit ihr befasst hatte. Er war damals noch ein kleiner Junge gewesen. Außerdem kam ihr der Verdacht, dass Vladimir vielleicht gar nicht so viele Erfahrungen mit anderen Frauen hatte, wie sie immer vermutet hatte. Alina lächelte.

Es war sehr schön und er sehr zart gewesen. Er hatte sie liebevoll gestreichelt. Beide schliefen eng nebeneinander liegend, bis sich Alina für den Dienst bei Uli fertigmachen musste. Vladimir versprach, nur kurz wegzugehen, um sich eine Pizza zu besorgen. Alina gab ihm Geld und fragte ihn, ob sie trotz der dramatischen Verhältnisse zusammen in die Ukraine zurückgehen wollten. Doch darüber wollte Vladimir lieber ein anderes Mal reden. Alina versprach ihm, dass sie so schnell wie möglich wieder zurück sein und Uli fragen würde, ob er eine Arbeit für ihn wüsste. Sie wagte es jedoch nicht, Uli zu gestehen, dass Vladimir jetzt bei ihr wohnte.

Der Abend im Kleinen Wirtshaus verlief eher ruhig. Die wenigen Gästen verabschiedeten sich noch kurz vor elf Uhr und Uli bedeutete Alina, dass sie gehen könne, da keine weiteren Essensbestellungen zu erwarten seien. Er war nicht sehr freundlich zu ihr. Dass sie sich von Saschas Vater nach dessen Auftritt zu Champagner hatte einladen lassen, würde er ihr nicht so schnell verzeihen. Alina bemerkte sehr wohl, dass sie bei Uli in Ungnade gefallen war. Es bedrückte sie. Mit hängendem Kopf schlich sie die Schifferstraße entlang. Ihre Tasche hielt sie mit beiden Händen an die Brust gedrückt und schaute auf dem kurzen Weg zu ihrer Mansardenwohnung in dem kleinen Haus weder nach links noch nach rechts.

Schon auf der Treppe fiel ihr auf, dass das Fernsehen ausgeschaltet war. Wo war Vladimir? Angstvoll schloss sie die Tür auf. Sie ging in ihr Schlafzimmer, das Bett war nicht gemacht. Ein mit Kippen gefüllter Aschenbecher stand auf dem Tisch, daneben eine leere Flasche Wodka und ein Wasserglas. Alina fragte sich, was hier vorgegangen war. Schweren Herzens betrat sie die Küche. Hier gab es keine Spuren, die auf Besuch hinwiesen. In dem aufgeräumten Zimmer lag nur ein Blatt Papier auf dem Tisch. Alina beachtete es nicht. Sie ging zurück ins Wohnzimmer, um den Aschenbecher auszuleeren, Gläser und Flasche wegzuräumen. Die Zeit, die sie mit Vladimir verbracht hatte, war nicht einfach gewesen, doch es hatte auch immer wieder gute Momente gegeben.

Müde und traurig schlurfte Alina in ihr Schlafzimmer, um sich auszuziehen. Als sie im Bett lag, konnte sie nicht einschlafen. Es war so still und leer. Sie stand wieder auf und machte sich eine heiße Milch mit Honig. Unablässig liefen ihr die Tränen über die Wangen. Während sie schniefte, zog sie die Schublade des Küchentischs auf, um nach einem Papiertaschentuch zu suchen. Dabei fiel ihr Blick auf das Blatt, das sie achtlos auf dem Tisch hatte liegen lassen. Es war eine amtliche Vorladung. Vladimir war für den nächsten Tag zur »Vernehmung in Sachen schwerer Einbruch bei der Firma Radio Bittel in Frankfurt« einbestellt worden. Alinas Tränen stockten. Sie ließ das Blatt zu Boden fallen und wusste, dass Vladimir das Weite gesucht hatte.

Kapitel 42

Der Vladimir war es nicht, hatte ihm eben Kommissar Saleh telefonisch mitgeteilt, und zwar aufgrund unwiderlegbarer Tatsachen, die seine Unschuld am Mord von Sascha bewiesen. Als Uli nähere Details wissen wollte, gab Saleh sich zugeschlossen und sagte, dass er sich noch einmal Ulis Kunden vorknöpfen wolle, die sich in der Mordnacht im Lokal aufgehalten hatten.

Dieser Saleh, dieser arrogante Typ, dass der sich immer so bedeckt hielt. Das hasste Uli an dem Kommissar. Schließlich ging es um seine Existenz. Er fasste sich ans Herz. Der Druck war wieder da.

Alina, die ihm am Tresen gegenüberstand und an den verschwundenen Vladimir dachte, ging es auch nicht besser. »Vielleicht sollten wir das Lokal mal vierzehn Tage schließen und in den Urlaub fahren«, meinte sie.

»Wo soll ich denn hinfahren? Ich wüsste ja gar nicht, wo ich hinfahren sollte und mit wem? Als schwuler Mann allein in den Urlaub zu fahren macht einfach nur depressiv. Ich bin ja keiner von dieser widerlichen, pädophilen Sorte, die sich auf Thailand vergnügt, wenn du weißt, was ich meine. Nee, das wäre kein Spaß für mich. Da bleib ich lieber zu Hause.«

Uli konnte einem Urlaub nichts Positives abgewinnen.

»Ich würde mal gerne wieder in die Ukraine fahren und meine Familie besuchen.« Alina ließ einen tiefen Seufzer hören.

»Ach, lass uns einfach weitermachen. Was bleibt uns denn schon anderes übrig.«

Und so brachten sie auch diesen Abend hinter sich. Unter seiner

Kundschaft hatte sich die Freilassung des Ukrainers noch nicht herumgesprochen. Der Kommissar hatte ihm gesagt, dass es erst morgen früh in die Presse kommen sollte.

Nachdem er Alina verabschiedet und das Lokal abgeschlossen hatte, setzte sich Uli oben in seiner Wohnung in einen Sessel und goss sich einen Whisky ein. Manchmal hatte er das Gefühl, ein Glas Whisky beschleunige seine Denkvorgänge. Ohne das Licht anzudrehen, ging er in die Küche und griff sich die Flasche, die immer auf dem Kühlschrank stand. Bevor er sie an die Lippen setzte, warf er einen Blick aus seinem Küchenfenster und sah aus seinen halbverschlafenen Augen, wie in einem in der Nähe seines Hauses geparkten Auto etwas aufblitzte. Er setzte die Flasche vorsichtig ab und schaute aufmerksam aus der Dunkelheit des Zimmers auf den von einer Laterne beleuchteten Wagen. Sollten etwa die Angriffe der Hooligans wieder anfangen? Musste er wieder um sein Leben fürchten? Aber jetzt hatte er Brandmelder im ganzen Haus installiert. Außerdem hatte er nach dem Einbruch in sein Lokal eine bombensichere neue Schließanlage an allen Türen im Parterre einbauen lassen. So fühlte er sich einigermaßen geschützt.

Seine Augen, die sich jetzt an die Dunkelheit gewöhnt hatten, sahen eine Person in dem Auto sitzen, die sich mit einer Taschenlampe unter dem Lenkrad zu schaffen machte. War das etwa ein Autodieb? Jetzt erkannte er auch das Auto. Es war sein eigenes Auto, das er heute Abend nicht wie üblich in seinem abgeschlossenen Hof, sondern auf der Straße geparkt hatte. Auf seiner Hofeinfahrt hatte er einige Paletten mit Baumaterial für sein Lokal abgestellt und das Auto aus Platzgründen auf der Straße geparkt. Als er genauer hinschaute, sah er auf der gegenüberliegenden Straßenseite eine weitere Person, die anscheinend Schmiere stand. Wegen der heruntergezogenen Kappe konnte er das Gesicht nicht erkennen. Auffällig waren nur die weißen Turnschuhe, die der Typ trug.

Uli schnappte sich sein Handy, wählte die Nummer der Polizei in der Hans-Thoma-Straße und flüsterte ins Telefon, dass man direkt vor seinem Haus seinen Wagen klauen wolle. Er würde jetzt selbst nach unten gehen und nach dem Rechten schauen.

»Bleiben Sie im Haus. Begeben Sie sich nicht in Gefahr!« Florian Wilson, der junge Kommissar, bangte um Ulis Leben.

»Ich werde mir von diesen verdammten Halunken doch nicht mein Auto klauen lassen«, schrie Uli ins Telefon, hängte auf, rannte im Dunkeln die Treppe hinunter, öffnete die Tür und stürzte auf die Straße zu seinem Wagen. Anscheinend war der Dieb so intensiv damit beschäftigt, das Auto kurzzuschließen, dass er das Kommen von Uli gar nicht bemerkte. Als dieser mit einem Ruck die Türe öffnete, schaute er ihn völlig überrascht an.

»Gell, mein Jüngelchen, das hättste nicht erwartet.«

Uli zog den überrumpelten Dieb mit Schwung am Nacken aus dem Auto. Der versuchte zwar noch, ein Messer, das er auf dem Beifahrersitz deponiert hatte, zu greifen, aber der überfallartige Zugriff von Uli ließ es nicht mehr dazu kommen. Rücksichtslos zerrte Uli den jungen Mann aus dem Auto, als sich plötzlich von hinten eine geschmeidige Gestalt auf ihn warf und versuchte, seinen Kumpanen aus Ulis Klammergriff zu lösen.

»Mach die Schwuchtel platt«, schrie der Dieb. »Da, nimm das Messer vom Sitz.«

Aber Uli hielt fest und versperrte dem Ganoven den Zugriff zum Messer. Sein Adrenalinspiegel war mittlerweile so hoch, dass er von den Tritten und Schlägen des zweiten Halunken kaum Schmerzen verspürte. Dann hörte er auch schon das Martinshorn der Polizei. Dem zweiten Schläger wurde die Situation zu brenzlig, er stellte seine Attacken ein und verschwand in den dunklen Gassen der Altstadt. Nur der Dieb wand sich wie ein Aal, aber Uli wuchsen in dieser Situation übermächtige Kräfte.

»Was machen Sie denn da? Lassen Sie mich mal.« Mit diesen Worten stürzte sich Kommissar Florian Wilson auf den Dieb und drückte ihn zu Boden. Dieser ergab sich endlich in sein Schicksal und ließ sich widerstandslos die Handschellen anlegen. Als der Mann aufstand, fragte Florian Wilson: »Kennen Sie den?«

Uli, völlig außer Atem, schaut erst auf Florian, dann auf den Dieb. »Nein, den habe ich noch nie hier gesehen.«

Kapitel 43

Nachdem Uli seinem Rechtsanwalt Gerald Ruckließ mitgeteilt hatte, dass die Staatsanwaltschaft den zunächst für schuldig befundenen Ukrainer aufgrund unumstößlicher Beweise aus der Haft entlassen hatte, wollte sich Ruckließ selbst einen Eindruck von der Glaubwürdigkeit der Person verschaffen, deren Aussage seinen Mandanten wieder unter Tatverdacht gestellt hatte. Mit diesem Vorsatz machte er sich am Abend auf den Weg nach Sachsenhausen.

Als er in der Gastwirtschaft eintraf, um Alina zu befragen, war sie noch in der Küche. Ein Tisch links vom Eingang war besetzt. Dort war gerade Essen geordert worden, welches Uli in die Küche rief, während Ruckließ Platz nahm. Er setzte sich an die Theke und saß noch keine drei Sekunden, als Uli sich ihm erstaunt zuwandte.

»Na, was verschafft mir denn diese Ehre? Sie hätte ich jetzt am wenigsten hier erwartet. Müssen wir etwas Dringendes besprechen? Aber zuerst, was kann ich Ihnen zu trinken anbieten?«

»Guten Abend, Herr Reinhold. Ja, da wundern Sie sich, nicht wahr? Aber ich wollte doch einmal den Tatort in Augenschein nehmen und außerdem ein paar Worte mit Ihrer Köchin, Frau Alina Stankovic, wechseln. Sie hat nun die Anschuldigung, dass ihr Ehemann Vladimir der Schuldige sei, wieder zurückgenommen. Das heißt, dass Sie jetzt wieder der Hauptverdächtigte sind.«

»Aber nicht hier, hier können Sie nicht mit ihr reden. Ich will nicht, dass meine Gäste alles mithören und noch mehr von ihnen wegbleiben, weil ich ihnen zu kriminell bin.« Uli war krebsrot angelaufen.

Rucklieb beruhigte ihn und sicherte ihm zu, dass er auch nicht in einem anderen Lokal über ihn reden, sondern am besten Alina bei ihr zu Hause befragen würde, wenn sie mit der Arbeit fertig sei.

»Ach ja, schenken Sie mir doch einen Rotwein ein, bitte.«

Uli griff zur Flasche und nickte düster. »Dafür kann sie natürlich nichts, dass sie den Vladimir missverstanden hat. Aber ich sitze mal wieder in der Scheiße.«

In diesem Moment betrat Alina den Gastraum. Sie trug noch ihre Kochuniform und ihr vom Kochen leicht gerötetes Gesicht sah unter der Kochmütze allerliebst aus. Zaghaft stellte sie sich an die Theke.

Rucklieb war überrascht. Er hatte keine Ahnung, dass Ulis Köchin eine kleine Schönheit war. Er stieg vom Barhocker und stellte sich vor.

»Mein Name ist Rucklieb. Ich bin der Verteidiger von Herrn Reinhold und würde mich mit Ihnen gerne einmal über Ihren Mann Vladimir unterhalten, und darüber, warum Sie Ihre Beschuldigung gegen ihn wieder zurückgenommen haben.«

Alina erschrak, sie wich zurück und schaute hilfesuchend zu Uli.

»Kann ich Ihnen etwas zu trinken bestellen, Frau Stankovic?«, fragte Rucklieb.

»Nein danke, oder doch, einen Sauergespritzten, den nehme ich mir mit in die Küche, ich habe noch ein paar Essen fertig zu machen. Dann können wir reden.«

Mürrisch reichte Uli ihr den Apfelwein. Er hatte schlechte Laune. Die Drohung von Willy, dass er ihn plattmachen wolle, ging ihm nicht aus dem Kopf, und dann wieder der Verdacht, dass er der Mörder war. Und wo blieb eigentlich Florian Wilson?

Rucklieb, dem die argwöhnischen Augen seines Mandanten auf die Nerven gingen, schlug Alina vor, bei ihr zu Hause über das angebliche Missverständnis mit Vladimir zu sprechen. Sie solle ihm ihre Adresse nennen. Er würde nach Dienstschluss in ihre Wohnung kommen.

»Ich wohne gleich hier in der Schifferstraße.«
Sie nannte die Hausnummer und huschte zurück in die Küche. Rucklieb hatte fast schon das zweite Glas Rotwein geleert, als Alina aus der Küche kam und sagte, dass sie jetzt fertig sei.
»Tschüss Uli, dann bis morgen.«
Uli schüttelte den Kopf und sah der in ihrer Kochuniform davoneilenden Alina nach. Nachdem Rucklieb seinen Wein ausgetrunken hatte, verabschiedete er sich mit einem Kompliment über die anheimelnde Gastwirtschaft und kontrollierte, auf die Straße tretend, den Verlauf der Hausnummern, bevor er langsam in die richtige Richtung schlenderte. Mit leichtem Herzklopfen drückte Rucklieb den Klingelknopf. Sie wohnte ganz oben. Als sie lächelnd die Tür öffnete, sah Rucklieb, dass sie die Kochuniform gegen einen hellblauen, wattierten Morgenmantel vertauscht hatte. Ihre Füße steckten in Filzpantoffeln. Rucklieb schnürte es die Kehle zu, so sehr rührte ihn der Anblick.

Lächelnd bat ihn Alina, in der Küche Platz zu nehmen. »Ich habe nur die Küche und ein Schlafzimmer«, fügte sie entschuldigend hinzu.

Rucklieb sagte, dass es ihm egal wäre, wie viele Zimmer sie bewohnen würde. Es ginge ihm nicht um die Größe ihrer Wohnung sondern um sie. Errötend stellte Alina eine Kerze und eine Flasche Wodka nebst Gläsern auf den Tisch. Sie tranken.

Rucklieb sah sie lange an, er legte seine Hand auf ihren Arm.

»Alina, Sie müssen mir jetzt sagen, was Sie im Krankenhaus gehört haben.«

Wahrheitsgemäß berichtete Alina von dem Gespräch, von Vladimirs Unterstellungen und seiner Äußerung, dass er es bedauern würde, ihrem vermeintlichen Liebhaber nicht einen befriedigenderen Tod durch Erwürgen zugefügt zu haben. Rucklieb vergewisserte sich noch einmal über den genauen Wortlaut. Alina fing wieder an zu weinen und klagte sich an, dass sie so dumm gewesen sei, das nicht richtig verstanden zu haben. Weinend fragte Alina, ob sie denn gar nichts machen könnte, damit Uli wieder unverdächtig sei.

»Kann ich ihm vielleicht ein Alibi geben und sagen, dass er bei mir war und dass ich jetzt erst verstanden habe, dass es genau in der Nacht war, als der Mord war?«, fragte sie.

»Frau Stankovic, das geht wirklich nicht. Damit machen Sie alles nur viel schlimmer. Und wenn Sie jetzt eine absichtliche Falschaussage machen, verliert auch ihr Missverständnis seine Glaubwürdigkeit. Bitte halten Sie sich jetzt aus dem Fall heraus.«

Alina starrte Rucklieb entsetzt an. Mit solchen harten Worten hatte sie nicht gerechnet.

Um sie zu beruhigen, trat der Anwalt hinter sie und legte ihr die Hände auf die Schultern. Für einen kurzen Moment vergrub er sein Gesicht in ihrem Haar, das leicht nach Kräutern duftete und angenehm weich war. Er fühlte sich sehr von Alina angezogen und es drängte ihn, sie an sich zu ziehen. Dann aber riss er sich mit einem Ruck los. Es ging nicht, dass er sich dazu verleiten ließ, eine Zeugin zu verführen. Abrupt stand er auf und sagte, dass er jetzt schnellstens gehen müsse. Um seine Erregung zu verbergen, lief er mit zwei Sätzen zur Tür. »Sie hören von mir.«

Er fuhr einige Meter und fand einen Parkplatz. Er konnte nicht konzentriert fahren. Zu sehr hatte die Vorstellung von ihm Besitz ergriffen, dass er Alina verführte. Er stellte sich vor, wie Alina seine Erregung bemerkte. Bestimmt hatte sie nach der Trennung von Vladimir keine sexuellen Begegnungen mehr mit anderen Männern gehabt. Sie war hübsch, lieb und niedlich, aber unantastbar wie es Kinder eben für Erwachsene sein sollten. Aber er, Gerald Rucklieb, würde sie jetzt anfassen. Sein Puls beschleunigte sich und seine Beine wurden weich. Diese Weichheit breitete sich in seinem ganzen Körper aus. Er ließ sich zurückfallen und legte sich tief in den Sitz.

»Trag mich ins Bett, ich kann nicht mehr aufstehen«, flüsterte sie in seinen Gedanken. Freudige Erregung durchlief ihn. Dann zog er hastig den Reißverschluss seiner Hose auf und verfluchte den Gürtel, der ihn behinderte. Endlich hatte er sich befreit. Diese zwei Minuten waren eine quälende Ewigkeit für ihn gewesen. Er kam ungehindert zum Ziel und ließ sich aufatmend zurückfallen. Zum Glück war die Straße menschenleer.

Als Gerald Rucklieb nach Hause kam, war er immer noch völlig perplex darüber, wozu er sich hätte hinreißen lassen. Jetzt war ihm nach etwas Hartem zu Mute. Er genehmigte sich mehrere Whisky pur ohne Eis, legte eine CD von Metallica auf und versuchte, die missglückte Geschichte mit der ukrainischen Köchin zu verdrängen.

Kapitel 44

O Fortuna - velut luna - statu variabilis. Mira drückte auf das Gaspedal. Sie hatte keine Ahnung, warum ihr jetzt ausgerechnet der Anfang der Carmina Burana in den Sinn kam und sie den mitreißenden Vorwärtsdrang dieses Liedes auf das Gaspedal übertrug. Der BMW ihres Mannes gehorchte willig dem festen Druck ihres Fußes und glitt fast lautlos mit 160 km/h über die Autobahn. In ihren starr nach vorne gerichteten Augen brannte das Feuer eines jagenden Adlers. Voll konzentriert machte sie einen automatischen Abgleich von Chancen und Risiken des sie umgebenden Verkehrs. Sie fuhr auf Sicht und hatte alles unter Kontrolle. Die Lippen fest aufeinandergepresst, zeigte ihr Gesicht keine Regung. Mit traumwandlerischer Sicherheit passte sie sich den wechselnden Verhältnissen auf der Straße an. Nie war sie wacher gewesen. Sie liebte die Geschwindigkeit und genoss die präzise Zuverlässigkeit des Gefährts, das sich wie auf einer von Magneten geführten Trasse zu bewegen schien. Das Auto gehorchte ihr ergeben bei 220 km/h. Trotz der hohen Geschwindigkeit zeigte der Motor keine Unsicherheiten. Im Gegenteil, bei 250 km/h schnurrte der Wagen wie ein zufriedenes Kätzchen. Für einen Augenblick vergaß sie ihre Sorgen. Ein Glücksgefühl durchflutete sie. Sie war die Herrin der Autobahn. Keine Falte des Zorns oder der Anspannung kräuselte ihre Stirn. Ein euphorisches Gefühl der Überlegenheit stieg in ihr auf. Der für Gefahren blindmachende Rausch der Geschwindigkeit hatte sie voll erfasst. Wissend um ihre hohe Geschwindigkeit hatte sie sich fest auf der linken Spur eingerichtet. Die anderen Autos blieben wie lahme

Enten hinter ihr zurück. Es gab keine Konkurrenten, die sie überholen wollten. Die latente Gefährlichkeit des schnellen Fahrens bescherte ihr einen angenehm kitzelnden Reiz.

In ihrem Inneren sang ein vielstimmiger Chor immer wieder das rhythmisch vorwärtsdrängende Lied vom Beginn der Carmina Burana: *Hac in hora - sine mora - corde pulsum tangite …*

Ihr Oberkörper wippte leicht im Takt des Liedes - andante presto. Sie verschwendete keinen Blick an die vorbeischießende Landschaft.

Der Anruf heute am Samstagmorgen hatte sie aus ihrer apathischen Stimmung herausgerissen. Sie kannte die Frau nicht, die ihr am Telefon sagte, ob sie wüsste, dass ihr Ehemann Heribert sie in Wiesbaden im Hotel »Fünf Hasen« mit ihr betrüge.

»Und glauben Sie mir, ich wäre nie auf den Gedanken gekommen, Heribert bei Ihnen anzuschwärzen. Aber er hatte die Frechheit, vor meinen Augen mit einer anderen Frau herumzumachen, und das nicht zum ersten Mal. Das konnte ich ihm nicht durchgehen lassen. Das muss ich mir nicht bieten lassen. So ein toller Mann ist er nun auch nicht und besonders spendabel war er auch noch nie.«

Mira, den Hörer wie versteinert am Ohr haltend, wollte die Geschichte erst gar nicht glauben. Aber aus den Details, die diese Frau von Heribert wusste, ließ sich klar ersehen, dass sie die Wahrheit sagte.

Dann war es also doch wahr, dass er sie betrogen hatte, schon damals, als sie den Hotelbeleg für ein Doppelzimmer für Herrn und Frau Schönfelder in seinem Sakko fand und er ihre Anschuldigungen mit für sie doch recht einleuchtenden Worten zurückgewiesen hatte. Auch da hatte er sie belogen, und wer weiß, wie lange seine Liebschaften schon dauerten. Dieses Mal hatte er ihr gesagt, dass die Fortbildungsveranstaltung bis Samstagabend dauere. Und dann hatte er doch tatsächlich seine langjährige Geliebte dort im Hotel bei sich untergebracht.

»Das Hotel ›Fünf Hasen‹ in Wiesbaden«, sagte diese etwas weinerliche Stimme am Telefon, »das war unser Treffpunkt all die Jahre, wo wir uns bei Heriberts Geschäftsreisen immer gesehen haben. Tut mir leid, dass ich Ihnen das jetzt so brutal am Telefon sagen muss.«

Einen Augenblick blieb Mira ganz still. Immerhin brach gerade in diesem Moment das Gefüge ihrer gesamten geordneten Welt zusammen, ihre Ehe.

»Hallo, sind Sie noch dran?«

»Ja, ich bin noch dran, aber gleich nicht mehr«, Mira räusperte sich und legte auf.

Der BMW von Heribert stand in der Garage. Was hatte ihr Heribert erzählt? Er brauche sein Auto nicht, weil sein Freund und Kollege, Hans Bauergrün, der auch aus Sachsenhausen kam, das Firmenauto für den gemeinsamen Fortbildungslehrgang ausleihen wolle und ihn mitnähme.

Wiesbaden, das war doch nicht weit weg. Sie würde sein schnelles Auto nehmen, nach Wiesbaden ins Hotel fahren und ihn dort zur Rede stellen. Das Ausmaß ihres ingrimmigen Zorns war so groß, dass ihre Rache keinen Aufschub duldete. So jedenfalls konnte ihr gemeinsames Leben nicht weitergehen.

In Gedanken stellte sie Heribert gerade kalt die entscheidende Frage: »Was soll diese Ehe, wenn du dich schon lange von ihr verabschiedet hast?«

Gerade, als sie sich diese Szene ausmalte, bemerkte sie, dass sie mit überhöhter Geschwindigkeit in eine langgezogene Linkskurve fuhr. Automatisch ging sie vom Gas und rammte den Fuß auf das Bremspedal, aber das Tempo war für diese Kurve noch viel zu hoch. Der hintere Teil des Autos brach nach rechts weg. Vorsichtig versuchte sie gegenzulenken, ohne das Lenkrad zu verreißen. Aber die hohe Geschwindigkeit und die innewohnende Massenträgheit trieben das Auto zwangsläufig weiter über die Standspur hinaus auf die rechte Seite der sich anschließenden Bankette, und dann an die mit einem dünnen Grasbelag bedeckte Anhöhe neben der Autobahn. Die Räder verließen den asphaltierten Grund

und schrammten auf der grasüberzogenen Anhöhe parallel zur Autobahn entlang. Ein lautes Schlagen aus dem Inneren des außer Kontrolle geratenen Autos und ein fast unbeherrschbares Schlingern warfen sie auf dem Sitz hin und her. Mit verkrampften Händen hielt sie das Steuer eisern fest und raste in einem 15°-Winkel zur Autobahn auf der Grasfläche entlang. Sie wunderte sich noch, dass sie sich nicht mit dem Auto überschlagen hatte. Aber offensichtlich hielt die Geschwindigkeit das Fahrzeug davon ab, abzustürzen, und der Untergrund war hart und trocken genug, damit die Räder griffen und der Wagen nicht ausbrechen konnte. In ihrem Kopf war alles glasklar. Sie war nicht in Panik. Sie dachte nur daran, wie sie das Gefährt wieder auf die normale Fahrspur bringen konnte. Inzwischen hatte sich die Geschwindigkeit soweit verringert, dass es ihr gelang, den schweren Wagen allmählich von der Anhöhe wieder auf die Standspur hinunter zu lenken. Ihr Glück war es, dass auf dieser Strecke – wahrscheinlich aufgrund von Bauarbeiten – die sonst auf der Autobahn in regelmäßigen Abständen stehenden Orientierungsbalken fehlten. Das rettete vermutlich ihr Leben und die Existenz des Autos.

Als die Räder wieder den stabilen Boden der Autobahn unter sich hatten, drückte sie aufs Gaspedal und beschleunigte, um sich wieder in den normalen Verkehr einzufädeln. Ein lautes Hupkonzert von allen Seiten drang bis zu ihr durch. Es kümmerte sie nicht.

Bei der nächsten Möglichkeit wollte sie das Auto zum Stehen bringen und nachsehen, ob es irgendwelche sichtbaren Schäden erlitten hatte. Es dauerte nicht lange und sie kam zu einem Parkplatz. Sie lenkte den BMW in eine Parkbucht und stellte den Motor aus. Als der Motor mit einem zittrigen Nachklingeln still stand, nahm sie die schmerzenden, völlig verkrampften Hände vom Steuer. Dann erfasste Mira, ohne dass sie sich wehren konnte, ein unkontrollierbares Zittern mit anschließendem Kollaps. Ihr brach der kalte Schweiß aus und ihr gesamter Körper wurde von einem wilden Krampf hin und her geschleudert. Eine entsetzliche

Übelkeit überkam sie. Sie öffnete die Autotür und erbrach sich quälend lange, bis ihr die Galle hochkam. Tränen der Anstrengung durch das ständige Hochwürgen schossen ihr in die Augen. Ihr Körper schien Karussell mit ihr zu fahren. Als trotz heftigen Würgens nichts mehr aus ihr herauskam, wischte sie sich den Mund mit einem Papiertaschentuch ab und lehnte sich in den Sitz zurück. Ihr Herz schlug in einem unsinnig schnellen Rhythmus, dass sie glaubte, es müsse platzen. Sie schluchzte laut auf. War es die Sache wert, dass sie ihr Leben riskierte, um Heribert den Ehebruch nachzuweisen? Sie zweifelte daran.

Noch immer am ganzen Körper bebend, stieg sie aus und kontrollierte den BMW, ob er Schaden genommen hatte. Vorsichtig vermied sie, in ihr Erbrochenes zu treten. Offensichtlich hatte der BMW das Abenteuer gut überstanden. Nur die verdreckten Räder und die Rahmen oberhalb der Räder trugen noch Reste von Gras und brauner Erde.

Jetzt musste sie sich nur noch hineinsetzen und weiterfahren. Als sie sich auf den Fahrersitz setzte, zitterten ihre Beine so sehr, dass es unmöglich war, die Pedale zu bedienen. Sie nahm ihre Handtasche, schloss das Auto ab und ging zur Toilette. Dort wusch sie sich Gesicht und Hände und trank gierig das Wasser aus dem Wasserhahn. Danach fühlte sie sich besser. Sie ging fünf Minuten hin und her. Dann fühlte sie sich stark genug, sich wieder in das Auto zu setzen und weiterzufahren. Dieses Mal fuhr sie nicht schneller als 100 km/h und blieb auf der rechten Spur. Ihr Gesicht zeigte keinen Ausdruck irgendeines Gefühls. Diese Geschichte musste sie jetzt einfach hinter sich bringen.

Die moderne Navigationstechnik des Wagens brachte sie zuverlässig zum Hotel »Die fünf Hasen«. Für die Fahrt hatte sie, trotz des dramatischen Zwischenfalls auf der Autobahn, kaum mehr als eine halbe Stunde gebraucht.

Das kleine, aber feine Hotel in einem Außenbezirk von Wiesbaden mit seinen blumengeschmückten Säulen vor dem Eingang und einem winzigen Garten mit Terrasse, zeigte sich im Sonnenschein von seiner schönsten Seite. Es war kurz vor elf Uhr als Mira die Empfangshalle betrat.

»Können Sie mir bitte sagen, wo Herr Schönfelder ist?« Mira wandte sich mit fester Stimme an die junge Frau an der Rezeption.

»Ich glaube, Herr Schönfelder frühstückt noch auf unserer Gartenterrasse. Wenn Sie die Stufen zur Terrasse hinuntergehen, finden Sie ihn dort.«

Mira bedankte sich für die Auskunft und machte sich auf die Suche. Sie brauchte nicht weit zu gehen. Auf dem Treppenabsatz stehend, sah sie ihn, wie er mit verkniffener Miene unter einem Sonnenschirm im Garten saß und sich mit seinem Kollegen Hans Bauergrün unterhielt. Sie trat an den Tisch und räusperte sich.

Heribert, der gerade einen Schluck aus der Kaffeetasse getrunken hatte, ließ bei ihrem unerwarteten Anblick zunächst die Tasse wie erstarrt in der Luft stehen, um sie gleich darauf mit einem lauten Klirren auf den Unterteller abzustellen. Er verschluckte sich und fing an zu husten. Diese Überraschung war ihr gelungen.

»Könnte ich dich wohl einen Augenblick sprechen, Heribert? Allein!«

»Hans, wir sehen uns nachher. Ich melde mich später bei dir.« Der letzte Schluck Kaffee hatte sich in Heriberts Speiseröhre festgesetzt und verursachte ihm einen krampfartigen Husten, der seinen Brustkorb zu sprengen drohte.

Er hatte es eilig, seinen Freund Hans zu verabschieden. Um alles in der Welt wollte er ihn jetzt nicht Zeuge einer ehelichen Auseinandersetzung werden lassen. Denn das sah er Miras in Falten gelegter Stirn an, dass hier ein Konflikt drohte. Sollte Olivia etwa ihre Drohungen wahr gemacht haben? Da half jetzt nur eisernes Leugnen, wenn er seiner Ehe noch eine Chance geben wollte.

Mira betrachtete ihren Mann. Hatte sie ihn wirklich einmal geliebt? Jetzt fühlte sie nur eine unsägliche Kälte und Gleichgültigkeit für ihn. Nein, sie wollte nicht einmal mehr mit ihm streiten. Ihr Zorn war verraucht und einer großen Müdigkeit gewichen.

»Heribert, du ahnst sicher, was mich hierher geführt hat, nicht wahr?«

Das unsichere »Nein«, das sich schließlich unter ständigem Räuspern und Hüsteln aus seiner Kehle löste, brachte sie zu einem zynischen Lachen.

»Nein, du weißt es nicht, also besser gesagt, du willst es nicht wissen, nicht wahr? Mich hat heute Morgen diese Olivia, deine langjährige Geliebte, angerufen und mir verraten, was du in all den Jahren, wenn du auf Geschäftsreisen warst, mit ihr hier im Hotel getrieben hast.«

»Was soll ich mit dieser Frau gemacht haben? Das siehst du falsch, liebe Mira, vollkommen falsch. Mit dieser Frau hatte ich gar nichts. Im Gegenteil, ich habe sie zurückgewiesen, weil sie mir hinterhergelaufen ist.«

Erregt und leichenblass war Heribert vom Stuhl aufgesprungen und schaute sie mit flammenden Augen an. »Du wirst dieser Frau doch nicht mehr glauben als mir?«

»Heribert, wenn eine Frau mir sagen kann, an welcher intimen Stelle du dein Tattoo hast, dann weiß ich Bescheid. Oder zeigst du allen Frauen deinen Hintern? Außerdem hat sie mir so viele vertrauliche Dinge von dir erzählt, das kann sie nicht erfunden haben. Einmal nur sei so stark und sage die Wahrheit. Gestehe einfach ein, dass du mich betrogen hast.«

Heribert aber segelte weiter auf seiner Tour der Verleugnung der Tatsachen und stritt alles ab.

Mira war nicht in der Stimmung, einen langatmigen, sinnlosen Konflikt mit ihren Mann auszutragen. Außerdem war es ihr zuwider, wie ihr Mann auf diese billige Art versuchte, sich herauszureden. Es war schäbig und ihrer langjährigen Ehe unwürdig.

Sie sagte nur: »Ich kann dieses jahrelange Hintergehen und Ausnutzen meiner Gutgläubigkeit nicht mehr hinnehmen. Ich fühle mich verletzt. Du hast mich jahrelang betrogen. Das kann und will ich dir nicht verzeihen. Wir werden uns trennen. Versuch gar nicht, mich umzustimmen. Mein Entschluss steht fest. Ich möchte, dass du aus dem Haus ausziehst. Wie du weißt, ist es das Haus meiner verstorbenen Tante und gehört mir. Ich will mit dir nicht mehr zusammenleben. Ich fahre jetzt zurück. Halte mich nicht auf.«

Mit diesen Worten drehte sich Mira um und wollte gehen. Heribert fasste sie heftig am Arm.

»Du willst doch wegen einer solch albernen Geschichte nicht unsere Ehe aufs Spiel setzen?«

»Ich, aufs Spiel setzen? Du hast doch unsere Ehe jahrelang aufs Spiel gesetzt, nicht ich. Aber ich will nicht mit dir streiten. Ich bin nur so müde, lass mich einfach nur gehen.«

Heribert ließ ihren Arm nicht los.

»Und was ist mit dieser Geschichte mit deinem Anwalt, diesem Lobesang? Hast du da nicht auch vielleicht etwas zu beichten?«

Mira versuchte, seinen Arm abzuschütteln. »Da ist gar nichts, was ich mir vorzuwerfen hätte. Gar nichts! Kannst du nicht einmal zu deinen Taten stehen und zugeben, was du in all den Jahren getrieben hast?«

Sie riss sich los und lief zum Auto. Heribert rannte hinter ihr her und als er sah, dass sie in seinen BMW einsteigen wollte, färbte sich sein Gesicht noch eine Nuance röter.

»Du fährst mein Auto? Das verbiete ich dir! Du kannst doch nicht einfach mein Auto benutzen. Du hast doch gar keine Ahnung, wie man so ein Geschoss fährt. Was ist denn das für ein Dreck an den Rädern? Hast du etwa einen Unfall gehabt?« Heribert umkreiste sein kostbares Auto und kontrollierte jeden Millimeter. Trotz seiner Aufregung über Miras Trennungsabsichten hatte er jetzt nur Augen für den verschmutzten Zustand seines geliebten Wagens.

Mira setzte sich ins Auto, drückte auf die Türsicherung und startete den Wagen. Als Heribert versuchte, die Tür zu öffnen, gab sie Gas. Nur mit einem schnellen Sprung zur Seite konnte er verhindern, dass er unter die Räder seines eigenen Autos kam. Ihr letzter Blick in den Rückspiegel zeigte ihr einen völlig aufgelösten Mann, der wild mit den Armen fuchtelte und ihr nachschrie. Es war ihr egal. Sie konnte seinen Anblick nicht mehr ertragen. Sie brauchte Abstand.

Auf dem Weg nach Frankfurt war sie unkonzentriert und dachte über ihre Ehe mit Heribert nach. Natürlich waren sie schon lange verheiratet. Es war keine schlechte Ehe gewesen und am Anfang hatten sie sich sicher auch geliebt. Aber wie das Leben so ist, so zeigte sich im Laufe der Jahre, dass ihre Interessen doch sehr auseinanderdrifteten. Sie fand ihn zusehend langweiliger und ihm schien es ähnlich zu ergehen. Warum sonst hatte er eine Geliebte? Und natürlich hatte Heribert recht, wenn er sie an Manfred Lobesang erinnerte.

Wenn da nur nicht der noch ungeklärte Mordfall in Ulis Kneipe wäre! Seitdem die Polizei den Ehemann der ukrainischen Köchin wegen erwiesener Unschuld auf freien Fuß gesetzt hatte, war der Fall wieder völlig offen und auch sie erneut im Visier der Fahnder. Komisch, dass man sie nach der geänderten Sachlage noch nicht angesprochen hatte.

Als Heribert am frühen Nachmittag die Tür seines Hauses aufschloss, musste er feststellen, dass Mira nicht da war.

Mira war nach Frankfurt gefahren und ging am Mainufer spazieren. In ihrem Kopf drehte sich ein Knäuel unfertiger und widersprüchlicher Gedanken, aus denen sich aber allmählich ein fester Entschluss herausbildete. Sie wollte sich von ihrem Mann trennen. Was sie Heribert im Hotel in Wiesbaden vielleicht ein wenig übereilt, aber durchaus ernst gemeint an den Kopf geworfen hatte, war das vorausgenommene Ergebnis ihrer heutigen Überlegungen. Ja, es hielt sie nichts mehr an Heriberts Seite.

Ein Wunder, dass sie sich nicht schon früher getrennt hatten. Obwohl, sie glaubte nicht, dass sich Heribert von ihr getrennt hätte. Für ihn war das Leben perfekt, so wie es war. Eine funktionierende Ehefrau mit eigenem Einkommen, ein komfortables Haus, ein gutes Auskommen und nebenher eine Gespielin, die der Eintönigkeit des Ehealltags von Zeit zu Zeit den notwendigen Kick gab.

Wie hochmütig sie gewesen war, anzunehmen, Heribert hinge so an ihr, dass er sie niemals betrügen würde. Eher hätte sie sich in der Rolle der Ehebrecherin vorstellen können.

Als sie nach Hause kam, saß Heribert angespannt auf der Couch, hatte sich ein Bier eingeschenkt und sagte: »Setz dich hin, wir müssen miteinander sprechen.«

Mira stand nicht der Sinn nach einer Aussprache. Sie wollte ihn weder beschimpfen noch sonst irgendwie moralisch niedermachen. Für sie war die Sache gelaufen und sie hatte ihre Konsequenzen gezogen. Sie brauchte keine Rechtfertigung, keine Entschuldigung, keine Reue. Sie brauchte gar nichts von ihm. Aber sie war klug genug, ihm eine Chance zu geben, seine Argumente darzustellen, denn sonst würde er keine Ruhe geben, würde ihr ständig hinterherlaufen und sie bedrängen. Ihre Nerven waren derzeit für lautstarke Auseinandersetzungen zu schwach. Sie nahm sich vor, absolut cool zu bleiben und sich nicht von ihm provozieren zu lassen.

»Dass du auf diese unschöne Weise von meinem Seitensprung erfahren hast, das tut mir in der Seele leid.« Heribert hatte sich also durchgerungen, seine Untreue nicht weiter zu beschönigen. »Ich weiß nicht, was ich tun soll, um dein Vertrauen wiederzugewinnen.«

»Du brauchst nichts zu tun. Es interessiert mich nicht mehr. Deine Erklärungsversuche sind völlig unnötig. Ich habe meine Entscheidung getroffen.«

Heribert wollte nicht glauben, dass Mira es wirklich ernst meinte, und versuchte unter Aufbietung aller Kräfte, seine Sicht der Dinge darzustellen. Er bekannte sich schuldig. Er flehte um Verzeihung. Er heulte und flennte. Er lag auf den Knien.

Mira betrachtete ihren Ehemann, als würde er ein Drama aufführen, in dem sie nur eine unbeteiligte Zuschauerin war. Der im Staub liegende und um Wiederaufnahme in den Himmel flehende Sünder war ihr völlig gleichgültig.

»Das kannst du mir doch nicht antun, nach all den Jahren. Du weißt doch, ich habe nur immer dich geliebt. Gib mir noch eine Chance.«

Heriberts schmerzlich verzogenes Gesicht hätte einen Stein erweichen können. Nur Mira betrachtete ihn mit einer gewissen Abgeklärtheit, und ja, fast Lethargie. Ihr Herz schlug den ihr vertrauten Rhythmus. Sie war über sich selbst erstaunt. Ließ sie das alles ungerührt? Hoffentlich brachte er seinen Monolog bald zu Ende. Mira unterdrückte ein Gähnen. Er machte sich zum Narren.

»Hör auf, Heribert. Lass das Schauspiel. Es macht keinen Eindruck auf mich.«

»Wie kannst du nur so kalt sein? Hast du denn gar kein Herz? Wir haben uns doch geliebt.« Heriberts Stimme stieg zu einem weinerlichen Diskant.

»Lass gut sein, Heribert. Es hat keinen Sinn. Du kannst mich nicht mehr umstimmen.«

»Mira, ich liebe dich doch. Du kannst mich nicht einfach verlassen.«

Und so ging es unentwegt weiter. Mira hatte sich inzwischen eine Flasche Rotwein aufgemacht und folgte nur noch mit marginalem Interesse den unaufhörlichen Anklagen ihres Noch-Mannes und der gleich darauffolgenden Verteidigung seiner selbst.

Mira war erschöpft. Sie konnte das unrühmliche Schauspiel, das Heribert aufführte, nicht mehr ertragen.

»Hör auf. Ich will es nicht mehr hören. Lass uns einfach im Guten auseinandergehen. Jeder kann sein Leben dann so führen, wie er es will.«

»Ich will aber dich. Ich brauche dich.«

»Hast du leider zu spät gemerkt. Ja, wenn es ein einmaliger Ausrutscher gewesen wäre. Aber so. Nein, das kann ich nicht verzeihen.«

Als Heribert merkte, dass er mit seiner Rolle als bußfertiger Sünder nicht weiterkam, verlegte er sich aufs Drohen.

»Du willst mich ja nur verlassen, um dich diesem Lobesang an den Hals zu werfen. Oder warst du etwa schon mit ihm im Bett?«

Das war das richtige Stichwort für Mira.

»Schön, dass du mich daran erinnerst. Ich muss ihn tatsächlich wieder treffen. Aufgrund deiner Geschäftsreise weißt du ja gar nicht, dass der Mann von Alina entlassen wurde. Angeblich wegen entlastender Umstände. Das heißt, man sucht weiterhin den Mörder von diesem Sascha. Und vielleicht erinnerst du dich auch noch daran, dass ich zu den Hauptverdächtigen gehöre. Am Montag muss ich zum Verhör zur Polizei. Man will mich noch einmal gründlich befragen. Glaub mir, ich habe genug Sorgen. Möglicherweise komme ich sogar ins Gefängnis. Da habe ich wahrhaftig keine Zeit für irgendwelche Techtelmechtel. Und jetzt verzeih mir, ich bin müde, ich gehe ins Bett.«

Heribert sank auf die Couch zurück und schickte sich ins anscheinend Unvermeidliche. Er sah aus wie ein verzogener kleiner Junge, dem man das liebste Spielzeug genommen hatte.

Kapitel 45

Es war erst fünf Uhr früh, aber Mira war schon wach. Ihr Rücken tat weh und ihr ganzer Körper war verspannt. Seit ihrer Aussprache mit Heribert schlief sie schlecht. Die frühe Sonne, die mit ihren hellen Strahlen die leichten Übergardinen durchdrang, tat ein Übriges, um sie lange vor der Zeit aus einem unruhigen Schlaf zu wecken. Die Albträume mit quälenden, apokalyptischen Bildern, die sie seit dem Mord an Sascha jede Nacht heimsuchten, wurden immer schauriger und verängstigten sie. Und keiner war an ihrer Seite, der ihr Trost spenden konnte.

Es war nicht zu leugnen, sie war es nicht mehr gewohnt, allein im Ehebett zu schlafen. Heribert hatte seine berufsbedingten aushäusigen Aufenthalte immer recht kurz gehalten. Er schätzte den Komfort des eigenen Hauses. Jetzt allerdings war er von Mira ins Gästezimmer verbannt worden, das sie im Erdgeschoss ihres Hauses eingerichtet hatten. Sie wusste, dass Heribert nachts genauso ruhelos war wie sie. Häufig hatte sie gehört, wie er die Treppe zum ehelichen Schlafzimmer hochstieg und vor der Tür stehen blieb. Sie hörte sein angestrengtes Atmen und betete inständig, dass er die Tür nicht öffnen möge. Manchmal, wenn sie mitten in der Nacht aufgewacht war, meinte sie, noch ein leises Klappen der Tür gehört zu haben. Er machte ihr Angst. Sie beschloss, die Tür abzuschließen.

Abends, wenn sie nach der Arbeit nach Hause kam, kam Heribert jedes Mal auf die von Mira beabsichtigte Trennung zu sprechen. Es gab lautstarke Auseinandersetzungen, Drohungen und Verwünschungen. Er lebte noch immer in der Illusion, er könne sie von ihrem Entschluss, sich scheiden zu lassen, abbringen. Aber sie blieb hart. Damit kam er nicht zurecht.

»Ich will nicht mehr mit dir argumentieren und ich kann dir nicht verzeihen. Lass mich einfach in Ruhe!«

»Ich will dich aber nicht in Ruhe lassen. Mein ganzes Leben ist ein einziger Trümmerhaufen. Was soll ich denn meinen Eltern und den Freunden und den Kollegen im Büro erzählen.«

»Wenn das dein ganzes Problem ist, dann tust du mir leid. Du hast es doch selbst zu verantworten. Bist du fremdgegangen oder ich? Und denk daran, du hast mich nicht nur einmal oder zweimal betrogen, dein Betrug ging über Jahre. Außerdem, einmal werden es doch alle erfahren.«

»Ich weiß ja, dass es meine Schuld war. Aber geliebt habe ich immer nur dich. Du weißt doch, dass ich nur dich liebe.« Seine Stimme brach.

»Ist gut, Heribert, aber ich kann dir nicht mehr glauben und bin an einem Neubeginn nicht interessiert. Für mich ist diese Ehe zu Ende.«

Aber die täglichen Treueschwüre von Heribert setzten ihr zu. Er tat ihr ein wenig leid mit seinem verhärmten Gesicht und dem traurigen Blick. Manchmal fragte sie sich unsicher, ob sie nicht zu hart reagiert hatte. Vielleicht hatte er doch aus seinem Fehltritt gelernt. Sollte sie vielleicht doch noch einmal einen Neubeginn mit ihm wagen? Ihr Gefühl sagte nein, aber die Vorstellung, ganz allein in dem Haus zu wohnen, machte ihr Angst. Ihre furchtsame Natur brauchte die Präsenz eines anderen Menschen im Haus, um sich sicher zu fühlen.

Auch mit der Verhandlung in der Mordsache ging es keinen Schritt voran. Nach der letzten Vorladung, in der sie nur bereits bekannte Sachen noch einmal bestätigen musste, wurde sie zu keinem weiteren Verhör aufgefordert. Ihre Unsicherheit wuchs. Auf der Arbeit kapselte sie sich fast völlig ab.

Sie mied das gemeinsame Wohnzimmer und hatte sich im Obergeschoss eingerichtet, wo das Schlafzimmer und noch ein kleines Zimmer waren. Warum nur hatte sie ihm das Gästezimmer im Erdgeschoss und das große Wohnzimmer überlassen? Sie ärgerte sich über ihre eigene Dummheit.

Und so ging es hin und her. Mira fand die Gespräche mit Heribert immer anstrengender. Sie merkte, wie sie langsam mürbe wurde, und wollte doch nicht kapitulieren. Aber je länger es dauerte, umso kraftloser wurde sie. Einmal, als er sie besonders hart belagerte, brach sie die Diskussion mittendrin ab und sagte: »Ich nehme mir jetzt einfach mal ein Bad und möchte nur noch entspannen und nichts von dir sehen und hören.«

Mit diesen Worten ließ sie ihn stehen, stieg die Treppen zum Schlafzimmer hoch, holte sich ihren Bademantel, ging ins Bad und ließ warmes Wasser ein. Gerade als sie sich in das nach Rosenöl duftende Wasser gleiten lassen wollte, bemerkte sie, dass sie ihr großes Badetuch im Schlafzimmer hatte liegen lassen. Lautlos ging sie barfuß die Treppen hoch und sah beim Blick ins Wohnzimmer, wie Heribert mit abgewandtem Rücken kaum hörbar ins Telefon flüsterte. Im Schlafzimmer signalisierte das rote Licht ihres Zweittelefons, dass unten gesprochen wurde. Vorsichtig hob sie den Hörer auf. Sie horchte und stellte fest, dass Heribert mit einer Frau sprach.

»Gedulde dich, meine Süße, es dauert nicht mehr lange, dann können wir uns wiedersehen. Meine Taktik ist aufgegangen. Mira ist unfähig, allein zu leben. Ich weiß, dass sie bald darum betteln wird, dass ich bei ihr bleibe. Dann können wir unser Verhältnis wieder fortsetzen, meine kleine Wildkatze, dein Kater ist schon ganz scharf nach dir und deinen geilen Sexspielen. Ich vermisse dich so sehr meine Pussycat ...«

Mira ließ den Hörer fallen. Sie konnte es nicht glauben. Es fehlte nicht viel und sie hätte sich von Heriberts tragischer Büßerrolle beeindrucken lassen und ihm eine zweite Chance gegeben. Solch eine perfide Verstellung hätte sie ihm wirklich nicht zugetraut. Eiskalte Wut erfasste sie. Sie stürzte die Treppe hinunter und sah noch, wie Heribert den Hörer blitzschnell auflegte, aufsprang und ihr mit leichenblassem Gesicht entgegen sah.

»Da hast du jetzt nicht aufgepasst, mein Lieber. Du hast wohl gedacht, dass ich in der Badewanne liege. Jetzt kenne ich dein wahres Gesicht. Hinter meinem Rücken telefonierst du mit dieser Olivia und machst den Termin für dein nächstes Schäferstündchen aus. ›Meine scharfe Pussycat‹ … Nein, mein lieber Heribert. Jetzt ist endgültig Schluss.«

»Nein Mira, nein Mira, das, das ist nicht wahr, das verstehst du falsch.« Heribert begann zu stammeln. »Ich wollte, ich wollte, ja, ich wollte mich nur ein letztes Mal mit Olivia treffen, um mich auf anständige Weise von ihr zu verabschieden.«

»Heribert, es ist vorbei. Morgen früh packst du deine Sachen und verschwindest aus meinem Haus. Ich will dich hier nie mehr sehen.«

»Aber Mira, ich liebe dich doch.«

»Ach, lass mich einfach in Ruhe und geh mir um Gottes willen mit deinen falschen Liebesschwüren aus den Augen. Du widerst mich an.«

Heribert wusste, dass es für ihn keine Chance mehr gab und zog sich besiegt und am Boden zerstört ins Gästezimmer zurück. Diese Partie hatte er endgültig verloren.

Mira hingegen rief Manfred Lobesang an und schilderte ihre Situation. Sie verabredeten sich für den nächsten Abend. Er würde sie um acht Uhr abholen.

Kapitel 46

Siggi hatte den dramatischen Auftritt von Saschas Vater bei Uli gar nicht mitbekommen. Erst Uli hatte ihn telefonisch über das Geschehen informiert. Siggi fühlte sich schlecht und fragte sich, ob seine Ohrfeigen am Grab von Sascha den alten Wienhold zu der Wahnsinnstat auf den Gleisen getrieben hatten.

Selbst seine Mutter konnte er nicht mehr anrufen. Immerhin schaffte er es noch sich auszuziehen und seinen Anzug aufzuhängen, bevor er sich mit einer Flasche Whisky ins Bett verzog. Er fühlte sich schlecht. Wo war er da hineingeraten? Er hörte seine Standardmusik und wunderte sich, dass kein sehnsuchtsvoller Weltschmerz bei dem Gedanken an Sascha in ihm aufkam. Dann schlief er traumlos.

Gegen Morgen wachte er auf, weil er ins Bad musste. Da es noch sehr früh war, legte er sich noch einmal hin und schlief erneut ein. Jetzt träumte er. Er saß bei Uli an der Theke, Uli war freundlich zu ihm gewesen, hatte ihm einen Whisky hingestellt, ohne dass er ihn hatte bestellen müssen. Dabei hatten sich ihre Hände berührt, und Uli hatte ihn einen Moment direkt und mit ernster Miene angesehen. Siggi seufzte wohlig im Traum. Dann änderte sich die Traumsequenz. Die Tür sprang auf und ein wilder Mob stürmte in Ulis Lokal. Unter ihnen befand sich auch der Totengräber. Dieser schwang seine Arme, die eine Sense umklammerten, über Siggis Kopf.

Schweißgebadet wachte Siggi auf. Er hatte Angst, dass er seinen eigenen Tod gesehen hatte. Schnell duschte er sich, zog Jeans und Pullover an, und als er sich noch einmal vor dem Spiegel kämmte und die lichte Stelle am Hinterkopf befühlte, beschloss er spontan, seine Haare blond zu färben. Erstens sah man die beginnende Kahlheit bei blonden Haaren nicht so deutlich wie bei dunklen Haaren, und zweitens wusste er, dass Uli ihn häufig und mit Bewunderung auf das naturblonde Haupt von diesem Anwalt, diesem Lobesang, aufmerksam gemacht hatte. Gleich nach dem Mittagessen bei seiner Mutter wollte er in den Drogerie-Markt gehen und sich eine passende Haarfarbe aussuchen. Er hatte seiner Mutter schon häufig beim Haarefärben geholfen und traute sich durchaus zu, es auch alleine bewerkstelligen zu können.

Dann warf er einen Blick in den Kühlschrank und rief seine Mutter an, ob er etwas einkaufen solle, denn er wolle zum Essen kommen.

Nachdem er aufgelegt hatte, bemerkte er, dass der Anrufbeantworter blinkte. Kommissar Saleh hatte ihm gestern, während er in Sachen Trauerfeier unterwegs war, auf den Anrufbeantworter gesprochen. Im Mordfall des jungen Mannes in der Sachsenhausener Gaststätte hätte es eine dramatische Wende gegeben. Die Ermittlungen müssten neu aufgenommen werden – er solle sich gegebenenfalls für eine Befragung bereithalten. Siggi war außer sich. Vielleicht wusste Uli mehr. Zu dumm, dass sein Laden samstags geschlossen war.

Beim Mittagessen beruhigte Siggi seine Mutter, was sein gestriges Fernbleiben betraf, und versprach ihr, dass er sie zum Essen ausführen würde. Morgen Abend würde er sie zu seinem alten Freund Uli mitnehmen, um ihren Vorwurf zu entkräften, dass er ihr noch nie seinen besten Freund vorgestellt hätte. Sie müsse allerdings bezahlen, das Geld bekäme sie in der nächsten Woche wieder.

Nach dem Mittagessen war Siggi in einen Drogeriemarkt geeilt und hatte sich für ein helles Goldblond entschieden. Außerdem konnte man das sicher leicht wieder dunkler einfärben, wenn es nicht gut aussah. In seiner Wohnung las er zweimal die Packungsbeilage. Dann hatte er sich nackt ausgezogen und im Badezimmer die verschiedenen Flakons und Tütchen zusammengeschüttet. Sorgfältig begann er die Farbe aufzutragen. Leider war ihm bei dem letzten Auftragen ein Tropfen Farbe in den äußeren Augenwinkel gelaufen. Siggi jaulte vor Schmerz laut auf. Wieder und wieder ließ er Wasser über das brennende und stechende Auge laufen. Nach einer Weile konnte er es vorsichtig wieder öffnen. Mit aller Willenskraft schaffte er es, die Farbe aus seinen Haaren zu spülen. Das eine Auge mit dem Handtuch zuhaltend schaute er sich das Ergebnis an. Er war erschüttert. Ein anderer Mensch sah ihm aus dem Spiegel entgegen. Sorgfältig föhnte und kämmte er sich das Haar, wobei er immer wieder das Auge spülen musste. Zum Schluss träufelte er sich die Lotion für trockene Augen in sein unteres Lid, die ihm sein Augenarzt vor einiger Zeit verschrieben hatte. Die Schmerzen ließen langsam nach.

Beim Blick in den Spiegel beglückwünschte er sich zu seinem kühnen Entschluss und kam sich so unwiderstehlich vor wie Brad Pitt in seinen jungen, blonden Jahren. Die neue Haarfarbe gab ihm Selbstbewusstsein. Er hatte es geschafft, ein anderer zu werden. Davon wollte er auch Uli überzeugen. Ob ihm die Farbe gefallen würde? Siggis Mutter jedenfalls gefiel sie.

Am Sonntag holte Siggi seine Mutter rechtzeitig ab. Sie hatte sich sehr elegant, fast ein wenig zu elegant angezogen. Siggi fragte sich, ob er seiner Mutter von Ulis Kneipe in einer geschönten Version erzählte hatte. Er brannte darauf, Uli wiederzusehen, und hoffte inständig, dass die Gegenwart seiner Mutter Uli davon abhalten würde, ihm die Tür zu weisen. Er hatte doch so wunderbar von Uli geträumt, bis der Sensenmann aufgetaucht war.

Siggi hatte seiner Mutter eingeschärft, dass sie sich an einen der kleinen Tische setzen und beide sofort ein teures Gericht bestellen sollten. Er kannte Uli: dieses Geschäft würde er sich nicht entgehen lassen.

Siggi parkte wie gewöhnlich vor der Volksbank. Beim Aussteigen sprühte er heimlich etwas von seinem Eau de Toilette auf seine Hemdbrust und dirigierte seine Mutter in das Kleine Wirtshaus.

An diesem frühen Abend war es noch ziemlich leer. Uli hatte erst vor wenigen Minuten geöffnet. Er war noch sehr beschäftigt und schien Siggi gar nicht zu bemerken. Erst als sie bereits Platz genommen hatten und er mit zwei Speisekarten herbeigeeilt kam, erkannte er ihn.

Nach einer Schocksekunde fragte Uli entgeistert: »Wie siehst denn du aus?«

Siggi wusste nicht, was er meinte. »Wieso, wie soll ich denn aussehen?«

»Na, du bist doch ganz blond. Das sieht aber nix aus.«

Siggi ärgerte sich und fuhr sich mit der Hand durch das Haar. »Ist doch egal, wie ich aussehe. Es interessiert dich doch sowieso nicht.«

Dann besann er sich und fügte hinzu: »Uli, darf ich dir meine Mutter vorstellen?«

»Freut mich, Frau Ranke, nehme ich an.«

»Mama, das ist Uli, ein langjähriger Freund«, ergänzte Siggi.

Uli gab Dorothea Ranke die Hand, fragte sie artig nach ihrem Befinden und danach, wie sie sich heute fühle, und fügte hinzu, dass das Wetter ja ganz nett sei und dass er sich freue, die Mutter seines Freundes kennenzulernen. Mit was könnte er ihnen dienen? Frau Ranke, beeindruckt von Ulis liebenswürdigem Redeschwall, sagte, dass auch sie sich freue, den Freund ihres Sohnes kennen zu lernen und dass sein Lokal sehr hübsch sei und sie beide wegen ihres Hungers gerne seine berühmten Rumpsteaks probieren wollten.

Uli war entzückt über die Bestellung seiner teuersten Gerichte und schlug professionell vor: »Und zu trinken? Wollen wir mal den Rotwein probieren?«

»Sehr gerne.« Dorothea Ranke war sichtlich begeistert.

Uli sah Siggi ernst und vielsagend an, während er den Tisch für das Essen eindeckte.

»Sehr nett, dein Freund«, meinte seine Mutter, nachdem Uli sich entfernt hatte. »Eine gute Idee von dir, mich hierher mitzunehmen. Danke, mein Sohn.«

Langsam füllte sich das Lokal. Siggi erkannte niemanden. Doch dann betrat Mira Schönfelder die Gaststätte und ließ sich wie gewöhnlich am Ende der Bar nieder. Missmutig bestellte sie einen Tee. Uli und sie steckten die Köpfe zusammen und schienen etwas zu besprechen. Jetzt stellte sich auch noch Alina in ihrer Kochuniform dazu. Siggi fragte sich, was es da zu tuscheln gab. Er war viel zu lange weg gewesen. Mit jeder Faser seines Körpers wollte er wieder dazugehören. Seine Mutter redete und redete, aber er hörte gar nicht zu. Von dem Gespräch an der Theke war absolut nichts zu verstehen. Siggi befürchtete schon, dass Alina möglicherweise die Steaks in der Pfanne vergessen könnte. Doch dann verschwand sie wieder in der Küche. Einen Moment später stand Uli mit zwei Tellern in der Hand am Tisch.

»Lassen Sie es sich schmecken, Frau Ranke«, sagte er liebenswürdig. Und zu Siggi gewandt: »Du dir auch, mein Lieber.«

Siggi witterte Morgenluft. Sein Traum hatte ihn nicht getrogen. »Mein Lieber« hatte er zu ihm gesagt. Siggi war glücklich.

Als Uli die Teller abräumte, erkundigte sich Siggis Mutter nach einem Dessert.

»Ja, was mache mer denn da?«, fragte Uli, um dann, ohne auf eine Antwort zu warten »zwei Palatschinken!« in die Küche zu brüllen. Alina würde das schon hinbekommen. Nach etwa einer Viertelstunde kam er mit zwei eher nach Kaiserschmarren aussehenden Süßspeisen wieder, die mit Puderzucker und Apfelmus versehen waren. Alina konnte wirklich zaubern.

Als Uli die leeren Teller abräumte, wandte er sich direkt an Siggi: »Ich muss mit dir reden. Unter vier Augen. Es gibt da was, was ich mit dir besprechen möchte. Geht's morgen?«

Siggi hatte das Gefühl, dass seine Wangen glühten. Er konnte nur nicken. Dann murmelte er mit belegter Stimme: »Ja, morgen um fünf bin ich hier.«

»Kann ich Ihnen ein Mispelchen aufs Haus bringen, gnädige Frau?« Uli zeigte sich von seiner charmanten Seite.

»Oh, gerne!« Frau Ranke war entzückt.

»Dir bring ich lieber nichts, Siggi, du musst ja deine Mutter heil nach Wiesbaden bringen.«

Siggi nickte ergeben und bat um die Rechnung, die er mit dem Geld aus dem Portemonnaie seiner Mutter, das sie ihm versteckt unter dem Tisch in die Hand gedrückt hatte, bezahlte.

Das hochprozentige Mispelchen schmeckte Siggis Mutter ausgezeichnet und brachte ihre Stimmung in ungeahnte Höhen. Siggi merkte den Einfluss dieses hinterhältigen Getränks an dem unaufhörlichen und gut gelaunten Geplapper seiner Mutter, das ihm die ganze Fahrt bis nach Hause in die Ohren drang. Für seinen Freund Uli fand sie nur äußerst schmeichelhafte Worte. Siggi freute sich über den gelungenen Besuch im Kleinen Wirtshaus.

Was Siggi weniger gefallen hatte, war der Auftritt von Florian Wilson, gerade als er die Rechnung bestellt hatte. Er war hineinspaziert, noch dazu in seiner Uniform, als gehörte der Laden ihm, hatte sich vor dem Tresen aufgebaut, ein Wasser bestellt und sich äußerst vertraulich mit Uli unterhalten. Die Empörung über dieses anbiedernde Verhalten war Siggi ins Gesicht geschrieben. Selbst Uli schien über die unerwarteten Avancen von Florian überrascht.

»Ich habe heute Nachtdienst und bin gerade unterwegs, Streife fahren. Ich dachte, ich schaue mal vorbei.« Florian Wilson bedachte Siggi mit einem vielsagenden Blick.

Uli hatte nichts gesagt und weiter seine Gläser gespült, während Siggis Mutter zu Uli an die Theke gegangen war und sich noch einmal bedankt hatte, um dann mit Siggi das Lokal zu verlassen.

Auch Florian Wilson war aufgestanden. »Uli, ich zahl dir das Wasser später.«

Er ging in einigem Abstand hinter den beiden her und sah, wie Mutter und Sohn in den ihm bekannten Audi mit Wiesbadener Kennzeichen einstiegen und abfuhren. Irgendetwas war an dem Ranke verändert. Was war es nur? Er überlegte krampfhaft, aber es wollte ihm nicht einfallen.

Siggi hatte sehr wohl bemerkt, dass sich Florian Wilson am gestrigen Abend kurzzeitig an seine Fersen geheftet hatte. Für wie blöd hielt er ihn denn? Siggi beschloss, ihm die eigene Dummheit vor Augen zu führen.

Am nächsten Morgen hatte er sich die Telefonnummer des 9. Polizeireviers in Sachsenhausen beschafft und tatsächlich Florian Wilson an seinem Schreibtisch zu sprechen bekommen. Siggi hielt sich nicht lange mit der Vorrede auf.

»Ranke hier. Sie sind mir gestern Abend gefolgt. Was soll das? Bin ich wieder verdächtig? Oder verdächtigen Sie etwa meine Mutter?«, fragte er hämisch.

»Oh, Pardon, Herr Ranke, ich glaube, das war ein Missverständnis«, redete sich Florian Wilson heraus.

Siggi kam zur Sache. »Wie können Sie denn mit dem Herrn Reinhold privat verkehren, wenn er vermutlich wieder tatverdächtig ist?«

Das Wort »vermutlich« hatte Siggi absichtlich benutzt. Er war sehr zufrieden mit seiner Feinsinnigkeit.

»Wer sagt Ihnen denn, dass ich mit Uli Reinhold privat verkehre?«, entgegnete der Polizist ertappt.

»Mein lieber Mann, ich hab doch Augen im Kopf.« Mit Siggis Feinsinnigkeit war es vorbei. »Wie weit haben Sie es denn getrieben? War es wenigstens schön?« Siggi wurde von einer Welle der Eifersucht heimgesucht. »Wie war er, war es bei ihm der Wohnung?« All die Vorfreude auf den heutigen Abend fiel von Siggi ab.

Florian Wilson seufzte tief. »Nichts, was Sie denken. Wir haben uns doch oft über Gartenanlagen und Pflanzen unterhalten. Sein Hobby ist auch meine Leidenschaft. Meiner Mutter gehört ein Schrebergarten, den habe ich in ein wahres Paradies verwandelt.«

»Was Sie nicht sagen«, meinte Siggi. »Und, hat er Ihnen auch seine Briefmarkensammlung gezeigt?«

»Nicht doch, Herr Ranke.« Der junge Polizist geriet in einen weinerlichen Tonfall. »Ich sollte mir seine Grünpflanzen ansehen. Wir standen vor einer großen Pflanze am Fenster. Ich war auf einmal mutig und legte ihm die Hand auf die Schulter. Da ist er herumgefahren und hat mich angeherrscht, dass er keine Abenteuer mit jungen Männern suche. Er wäre ja nicht wie Sie.« Florian Wilsons Stimme bekam einen vorwurfsvollen Ton. »Das war alles. Weiter ging es nicht. Sie sind schuld.«

Fast bekam Siggi Mitleid mit dem verschmähten Blondschopf. Vielleicht sollte er sich mit dem Knaben befassen, wenn Uli ihn wieder abblitzen ließ. Siggi überlegte und sogleich zogen Visionen einer heißen Affäre mit Florian Wilson durch seinen Kopf. So versunken war Siggi in den Bildern, die vor seinem geistigen Auge abliefen, dass erst das Rufen aus dem Telefon ihn wieder in die Wirklichkeit zurückholte.

»Herr Ranke, Herr Ranke, sind Sie noch dran?«

»Wiedersehen, Herr Wilson, ich muss jetzt weg, vielen Dank für die Auskünfte.«

Kapitel 47

Am nächsten Tag machte sich Siggi auf den Weg zu seiner Mutter. Er überraschte sie mit der Frage, ob er einige von seinen alten Kinderbüchern mitnehmen könne. Nach dem Essen händigte ihm seine Mutter ein Bilderbuch namens »Der blaue Stuhl« und einige Bände der Reihe Hanni und Nanni aus. Diese Auswahl akzeptierte Siggi kommentarlos, denn er konnte sich nicht mehr daran erinnern, ob er als Junge ein Lieblingsbuch gehabt hatte. Auch seinen alten Teddybär nahm er bei der Gelegenheit mit.

Zu Hause setzte er sich auf die Couch um sich den »blauen Stuhl« anzusehen. An dieses Bilderbuch konnte er sich überhaupt nicht erinnern. Gespannt blätterte er den schmalen Band auf. Zwei sehr kindliche Geschöpfe in Form eines sehr langen und dünnen und eines sehr dicken und runden Hundes spielten ganz allein mit einem blauen Stuhl in der Wüste. Siggi erfreute sich an dem Assoziationsreichtum ihrer Spiele und an der geschraubten Sprache der Herren Klops und Schwärzlich. So hießen die beiden Hunde. Aber dann kam ein Kamel vorbei und behauptete ernstlich, ein Stuhl sei zum Draufsetzen da. Damit hatte es die Situation kaputt gemacht.

Wütend klappte Siggi die unergründlichen Gedanken des Verfassers zu. Mit diesen Betrachtungen war die Zeit vergangen. Siggi musste sich schwer hetzen, um nicht zu spät zu seinem Treffen mit Uli zu kommen. Schließlich musste er noch duschen. Er hatte ganz vergessen über die Frage nachzudenken, ob er seine Haare wieder braun färben sollte. Jetzt war es dafür zu spät.

Mit feuchten Haaren stürzte er zu seinem Auto. Die Karre sprang nicht an. Tränen schossen Siggi in die Augen. Er schaute auf die Uhr. In zehn Minuten ging die S-Bahn nach Frankfurt. Ohne zu zögern winkte er einem Taxi und ließ sich mit Vollgas zum Bahnhof bringen. Für einen Fahrschein reichte die Zeit nicht mehr. Er konnte gerade noch in die Bahn stürzen, bevor sich die Türen schlossen.

Erschöpft fiel Siggi auf einen Fensterplatz in dem recht leeren Zug. Zunächst konnte er an gar nichts denken, so sehr war er außer Atem. Doch hinter Mainz stellte er sich die Frage, warum heute, wie schon oft in seinem Leben, alles schiefgelaufen war. Die Antwort, die er sich schließlich geben musste, war die, dass er immer wieder von seiner ausgeprägten Sexualität bestimmt wurde und deshalb oft triebhaft handelte. Siggi wollte sich gerade als Getriebener fühlen, als ihm die Idee kam, dass er vielleicht mittels einer Therapie von seinem starken Trieb loskommen könnte. Eigentlich hatte er doch schon damit begonnen ein guter Mensch zu werden, und dabei wollte er sich nicht mehr selbst im Wege stehen. Er sah sich schon bei einem gutaussehenden, väterlichen Therapeuten auf der Couch liegen.

Für Uli hatte er noch schnell einen Band Hanni und Nanni in seinen Rucksack geworfen, in den er vorsichtshalber auch eine Unterhose zum Wechseln gesteckt hatte. Siggi wusste nicht so genau, warum er das getan hatte. Jedenfalls konnte er sich jetzt bis Frankfurt in die Lektüre einer dieser mehrbändigen Episoden versenken. So viel gelesen hatte Siggi schon lange nicht mehr. Die Erzählung würde ihn weiter ablenken, so dass er Uli unverkrampft gegenübertreten konnte.

Kapitel 48

Sichtlich zufrieden betrachtete sich Dorothea Ranke im Spiegel. Wie so ein bisschen künstliche Farbe ihr Gesicht zum Strahlen brachte!

Es war an der Zeit, dass sie endlich mal wieder an sich dachte. Ihr Sohn Siggi hatte schon zu lange als Ersatz für ihren verstorbenen Mann herhalten müssen. Und heute, an diesem lauen Frühlingsabend, fühlte sie sich nicht nur als Mutter, sondern auch als Frau.

Es lag sicher nicht nur an dem schönen Abend, dass ihr die Erkenntnis kam, sich von der ausschließlichen Mutterrolle zu befreien. Zu deutlich war das Zeichen, das ihr Sohn ihr gegeben hatte, als er nach Kinderbüchern und Teddy griff. Er hatte seine Kindheit an sich genommen und ihr weggenommen. Schon immer hatte sie symbolischen Handlungen den innenliegenden Wert beigemessen. Sie hatte daraufhin alle ihre Freundinnen abtelefoniert, um für den Abend eine Verabredung zu finden. Keine der Damen hatte Zeit für sie. Da das Wetter schön war und sie sich jenseits der Peinlichkeit befand, beschloss sie, alleine auszugehen. Schließlich konnte jeder an den übereinander getragenen Eheringen ihre Witwenschaft erkennen.

Sie nahm an einem der freien Tische auf der Terrasse vor dem Kurhaus Platz und bestellte nach langem Kartenstudium ein Glas Rheingauer Riesling für acht Euro. Formvollendet stellte der Kellner das Glas vor ihr ab und lobte ihre Entscheidung für dieses exzellente Gewächs. Dorothea nippte an dem Glas und verzog das Gesicht, weil der Wein so sauer war. Da müsse sie jetzt durch, sagte sie sich und dachte an die acht Euro sowie an die Worte des Kellners. Der zweite Schluck schmeckte ihr schon besser und wohltuend machte sich bereits die Wirkung des Alkohols bemerkbar.

Zwei Tische weiter erhob sich ein alleine sitzender, gutaussehender Herr und kam, auf einen Stock gestützt, auf sie zu. In der anderen Hand hielt er sein Weinglas, dessen Inhalt bedenklich hin und her schwappte.

»Einen wunderschönen guten Abend. Erlauben Sie, dass ich mich zu Ihnen setze? Wir sind doch beide alleine hier.«

Sein jungenhaftes Lächeln stand in einem merkwürdigen Kontrast zu seinem unsicheren Gang.

»Woher wollen Sie wissen, dass ich nicht auf meine Verabredung warte?«, fragte Dorothea giftig.

»Oh, verzeihen Sie, das wusste ich nicht«, murmelte der Endsechziger – älter konnte er keinesfalls sein, eher jünger. Ein angenehmer, holziger Duft umwehte sie, als er sich unbeholfen umdrehte, um den Rückzug anzutreten.

»Nein, nein«, lenkte Dorothea schnell ein. »Ich bin wirklich alleine hier und wollte Sie nur auf mögliche voreilige Schlussfolgerungen aufmerksam machen. Bitte, nehmen Sie doch Platz.«

Mühsam nahm der elegante Grauhaarige Platz, seinen Kopf konnte er dabei nicht ganz ruhig halten, aber sofort stand er wieder auf, deutet eine Verbeugung an.

»Gestatten Sie, dass ich mich zuerst vorstelle – Gregor Martin.«

Er ließ sich wieder auf den gepolsterten Stuhl fallen.

Frau Ranke murmelte ein »Sehr angenehm« und dachte gar nicht daran, sich ebenfalls vorzustellen.

Das schien Gregor Martin nichts auszumachen. »Wissen Sie, so tattrig, wie es scheint, bin ich nicht. Parkinson. Ein ausschweifendes Leben fordert seinen Tribut.«

Frau Ranke sah ihn interessiert an und nahm einen Schluck Wein. Gregor Martin lachte sie offenherzig an.

»Vielleicht waren es die vielen Jahre in Südafrika, vielleicht sind es aber auch nur die eigenen Gene. Wir hatten dort eine Diamantenmine. Doch jetzt ist damit Schluss. Meine Auslandsaufenthalte beschränken sich auf gelegentliche Besuche meiner Finca in Mallorca. Es muss mich allerdings jedes Mal jemand begleiten. Meine Söhne haben immer weniger Lust dazu. Sie nennen es Zeitmangel.«

»Ich habe auch einen Sohn«, unterbrach ihn Dorothea. »Er kommt jeden Mittag zum Essen, wenn er sich nicht entschuldigt.«

»Aber, Verehrteste, dann leben Sie doch nur von Mittagessen zu Mittagessen und sind total angebunden. Sie sind doch noch so jung und müssten mehr aus Ihrem Leben machen.«

»Genau das habe ich mir auch gesagt«, bestätigte Dorothea und fühlte sich ein wenig peinlich berührt, denn Gregor Martin schien deutlich jünger als sie zu sein.

»Aber bitte, erzählen Sie doch von Südafrika!«

Eine Sekunde lang überlegte sie, ob sie vielleicht einem Heiratsschwindler gegenübersaß. Martin blickte auf die Uhr und sein leeres Glas, winkte dem Kellner.

»Die Rechnung, bitte. Zusammen.«

Frau Ranke ließ ihn gewähren. Er sollte sofort bemerken, dass sie nichts dagegen hatte, sich einladen zu lassen. Gerne hätte sie zwar noch ein zweites Glas getrunken, aber das musste warten.

Gregor Martin erhob sich so unsicher wie am Anfang und schlug vor, dass man sich doch am nächsten Abend wieder hier treffen solle.

»Dann meine Liebe, verraten Sie mir bitte auch, wie Sie heißen.«

Dorothea errötete leicht, bedankte sich für den Wein und versprach ihr Kommen am folgenden Abend. Sie sah ihm nach, wie er sich, auf den Stock gestützt, wegschleppte und war gerührt. Langsam ging sie nach Hause, ohne sich zu überlegen, was es am nächsten Tag zum Mittagessen geben sollte.

Kapitel 49

Am Mittag sollte Uli auf das Kommissariat in der Hans-Thoma-Straße kommen und nochmals zum vermutlichen Tathergang aussagen. Er hatte es satt, immer das Gleiche zu wiederholen. Es gab nichts Neues zu berichten.

»Haben Sie getrunken?« Florian Wilson schnupperte an Uli, als er ihm ein Glas Wasser reichte.

»Ja, glauben Sie denn, dass ich ein Engel bin? Ich habe mir in meinem Kaffee einen Schluck Whisky gegönnt, vielleicht waren es aber auch zwei oder drei. Was weiß ich. Der Saleh musste ja den Vladimir wieder laufen lassen. Angeblich soll der ja unschuldig sein. Und was heißt das für mich? Genau. Sie können es sich ausmalen. Dann bin ich wohl wieder der Täter. Es ist zum Kotzen. Und jetzt noch der Einbruch in mein Auto. Ich frage mich, was als nächstes kommt. Es ist ein Wunder, dass ich noch nicht zum Alkoholiker geworden bin.«

Uli stützte die Hände auf den Tisch, schaute Florian Wilson verzweifelt an und musste an sich halten, nicht vor lauter Selbstmitleid in Tränen auszubrechen. Das aber wollte er unter allen Umständen vermeiden. Vor diesem jungen, hübschen Kerl wollte er keine Schwäche zeigen. Er straffte seine Schultern und richtete sich auf.

Nachdem das Protokoll aufgenommen worden war, fragte Uli, ob man mit den vielen Seiten nicht schon die ganze Polizeistation tapezieren könnte. Über diesen Witz konnte Khalil gar nicht lachen. Dieses Mal hatte er seine Befragung stark auf einen möglichen Mord im Schwulenmilieu konzentriert, zu dem ihm Uli allerdings wieder einmal nichts sagen konnte, weil er einfach nichts davon wusste.

Später fuhr ihn Florian Wilson nach Hause, gab ihm einen aufmunternden Klaps auf die Schulter und sagte: »Es wird schon wieder. Machen Sie sich keine Sorgen. Morgen sieht die Welt ganz anders aus.«

Uli verzog den Mund zu einem schiefen Grinsen. Der hatte gut reden. Den billigen Trost konnte er sich schenken. Dem jungen Kommissar hatte er nichts von seinem Verdacht wegen des rosa Schlüssels von Willy erzählt. Vorher wollte er sich noch mit Siggi unterhalten und jetzt musste er sofort seine Werkstatt anrufen. Hoffentlich konnten die das Fahrzeug schnell wieder flott machen.

Nichts als Sorgen. Womit hatte er sich das verdient? Gott sei Dank hatte seine Werkstatt ihren Betrieb nur einige hundert Meter entfernt von ihm und man versprach ihm, sein inzwischen wieder repariertes Auto vorbeizubringen. Warum die Diebe ausgerechnet seinen alten Passat klauen wollten, blieb ihm unerklärlich. Links und rechts davon standen doch stattlichere Wagen. Na, vielleicht hatten sie den unauffälligen Wagen für eine andere Schandtat gebraucht.

Nach dem Frühstück hatte er Siggi angerufen, ob er noch vor Öffnung des Lokals zu ihm kommen könne, er habe etwas mit ihm zu besprechen, so wie er es ihm am Abend, als Siggi mit seiner Mutter da war, bereits angekündigt hatte. Siggi zierte sich nicht lange und versprach, gegen fünf Uhr bei ihm zu sein.

Kurz bevor Siggi eintraf, hatte sich Uli etwas sorgfältiger als sonst angekleidet. Seit Siggis Rausschmiss hatte er nicht mehr so viel Wert auf sein Aussehen gelegt und sich eher leger, ja, vielleicht sogar ein bisschen nachlässig gekleidet. Siggi war derjenige in ihrer Beziehung, der immer darauf geachtet hatte, dass sie sich gut anzogen. Nichts konnte ihn mehr in Rage bringen, als wenn Uli zwei Tage hintereinander dieselbe Kleidung trug. Außerdem musste alles farblich zueinander passen. Er hatte einen guten Blick dafür, welche Kleidungsstücke miteinander harmonierten. Und Uli musste zugeben, dass man sich durch die richtige Kleidung gleich besser fühlte. Er schaute an sich herunter. Graue Hose, dunkelblaues Hemd, schwarze Schuhe, schwarzer Gürtel, die Haare frisch gewaschen und zu einer schnittigen Frisur gekämmt. Ja, so konnte er Siggi empfangen.

Verrückt, dass er nach all dem, was Siggi ihm angetan hatte, diesem Windhund noch immer gefallen wollte. Das leichte Ziehen in seinem Solarplexus verriet ihm, dass ihn Siggi mehr beschäftigte, als er sich eingestehen wollte.

Uli wusste, dass Siggi schon unterwegs war. Siggi hatte ihm eine SMS geschickt und mitgeteilt, dass er mit der S-Bahn käme und dass sich in Hochheim ein schwarzer Geistlicher zu ihm gesetzt hatte. Mehr hatte Siggi nicht geschrieben, aber Uli wusste, dass er sich in der Nähe einer Bibel immer unbehaglich fühlte. Siggi meinte, dass ihm seine Sexualität auf die Stirn geschrieben sein müsste. Er schämte sich. Vielleicht sollte Uli ihm eine Therapeutin oder einen Therapeuten empfehlen, um ihn von seinen sexuellen Überreaktionen zu befreien. Uli überlegte, ob er nicht am Ende von Siggis Straße in Wiesbaden das Schild einer Diplom-Psychologin gesehen hatte? Es war eines der wenigen Male, die er ihn in Wiesbaden besucht hatte. Sie waren ein wenig spazieren gegangen. Meistens war es umgekehrt gelaufen und Siggi war zu ihm gekommen.

Uli runzelte die Stirn. Einen Augenblick blieb er vor dem Spiegel stehen und rief seinem Spiegelbild drohend zu: »Du blöder Depp! Fall ja nicht wieder auf diesen miesen Betrüger rein.«

Dann klingelte es schon und Siggi stand vor der Tür. Auch er hatte sich fein gemacht. Er hatte die Hoffnung nicht begraben, sich wieder mit Uli zu versöhnen.

»Ich kann mich einfach nicht an diese blonden Haare gewöhnen«, knurrte Uli anstelle einer Begrüßung, als er Siggi die Türe öffnete. »Ich kann mir nicht helfen, aber so siehst du wie eine richtige Tunte aus.«

Siggi traf dieses Urteil wie ein Schwerthieb. Er hatte sich schon ausgemalt, wie sie sich, von Wiedersehensfreude übermannt, voller Liebe in den Arm nehmen würden.

Er verbarg seine Betroffenheit so gut es ging. Heute gefiel ihm Uli ausnehmend gut. Wie konnte er nur übersehen haben, dass Uli ein wirklich attraktiver Mann war? Schmerz und Zuneigung kämpften in seinen Zügen. Mühsam rang er sich ein »Hallo Uli, wie geht's?« ab.

»Wie soll's mir denn gehen in meiner Situation? Jetzt, nachdem sie den Mann von der Alina freigelassen haben, bin ich wieder der Hauptverdächtige. Und als wär das nicht genug, hat man mir vorgestern Nacht noch mein Auto aufgebrochen und versucht zu klauen.«

Aus Uli brach der ganze Frust der letzten Tage heraus. »Du hast ja keine Ahnung, was ich hier durchmache. Ich würde am liebsten die Kneipe schließen und mich irgendwo verkriechen. Aber komm, setzt dich erst mal hin. Willst du was trinken? Ich hab hier einen sehr guten Chivas Regal.«

Siggi, dem die Verzweiflung seines Freundes zu Herzen ging, sah seine Stunde schlagen.

»Ja, ich nehme gerne einen Schluck Whisky. Hast du auch noch einen Espresso? Uli, sag mir, wie ich dir helfen kann. Lass uns doch einfach unseren Zank vergessen. Was geschehen ist, ist geschehen. Gib mir noch eine Chance.«

Uli sah Siggi misstrauisch an. Sollte er diesem Hallodri etwa wieder trauen? Vor seinem inneren Auge zogen alle Missetaten von Siggi vorüber, aber auch die schönen Dinge, die sie zusammen erlebt hatten.

Uli hielt sich bedeckt und ging nicht auf Siggis Angebot ein. Er würde ihn erst mal zappeln lassen.

»Erklär mir doch mal, wie das mit dem Schlüssel war. Du weißt doch, der rosa Schlüssel, den wir uns vor Jahren haben machen lassen und der dir wahrscheinlich von Sascha geklaut wurde. Du einfältiger Trottel hattest ja nichts Besseres zu tun, als diesem Kerl brühwarm zu erzählen, dass ich dir die zwanzigtausend Euro an dem besagten Abend geben wollte.«

»Der Sascha war kein schlechter Mensch«, versuchte Siggi seinen jungen Liebhaber zu verteidigen. »Ich habe doch nicht ahnen können, dass er mir den Schlüssel abnimmt, um in deiner Kneipe nach dem Geld zu suchen.«

»Du meinst, Geld zu klauen und Menschen zu belügen ist keine Sünde? Da bin ich aber anderer Meinung. Das war ein raffgieriges Kerlchen, das deine Gutmütigkeit gnadenlos ausgenutzt hat. Dem bist du doch wie ein liebeskranker Kater auf den Leim gegangen! Aber egal. Erklär mir doch mal, wie es sein kann, dass der dicke Willy in den Besitz dieses Schlüssels kommen konnte. Denn du wirst es nicht glauben, aber vor ein paar Tagen fiel ihm eben dieser rosa Schlüssel aus der Hosentasche. Ich habe ihn in meiner Kneipe auf dem Boden liegen sehen und ihn selbst aufgehoben und dem Willy wieder in die Tasche gesteckt. Aber durch das ganze Durcheinander während Willys Ausraster habe ich nicht weiter auf den Schlüssel geachtet. Erst gestern Nacht, nach zwei Glas Whisky, ist mir wieder eingefallen, dass der rosa Schlüssel da bei mir auf dem Boden lag. Sag du mir, wie der Schlüssel in Willys Hosentasche kam.«

Siggi zog die Stirn in Falten. Er hatte keine Ahnung, wieso ausgerechnet Willy seinen Schlüssel haben sollte. War Willy denn schwul? Hatte er etwas mit Sascha gehabt? Ihm war darüber nichts bekannt.

»Nun überleg doch mal.« Uli wurde langsam ungeduldig mit Siggi, der ihn nur verwundert anstarrte. »Könnte es nicht so sein, dass Sascha mit dem geklauten Schlüssel die Tür zu meiner Kneipe geöffnet hat und auf der Suche nach dem Geld von Willy überrascht wurde? Der hat ihm dann mit der schweren Taschenlampe einen über den Schädel geschlagen. Dabei ist der Sascha über den Jordan gegangen, und dann hat Willy den Schlüssel von Sascha, der vielleicht auf dem Tresen lag, an sich genommen und ist verschwunden.«

»Warum sollte denn Willy, nachdem du das Lokal geschlossen hast, noch einmal dort auftauchen?«

»Ja, wenn ich das wüsste, dann wären wir auf der Suche nach dem Mörder schon weiter. Wir müssten herausfinden, ob Willy den Sascha kannte und falls ja, woher. Mir fällt aber noch was anderes ein. An dem besagten Abend war Willy einer der Letzten, die das Lokal verließen. Er war aber so voll, dass er sich beim Abschied so an mich rangeschmissen hat und mich so schmierig umarmt hat, dass mir ganz übel wurde. Du kennst mich ja, ich kann das überhaupt nicht leiden. Besonders nicht von solchen Kerlen, die mir schon vom Äußeren her nicht gefallen, und der Willy mit seiner wabbeligen Figur ist nun mal überhaupt nicht mein Typ. Also hab ich gesagt: ›Lass die Hände von mir, du widerliche fette Sau.‹«

Siggi, der Uli besser kannte als irgendein anderer, konnte sich gut vorstellen, dass dieser gehässige Satz Willy gar nicht gefallen hatte.

»Das war sehr unfein, um nicht zu sagen, brutal von dir, Willy so zu beleidigen. Der war zwar besoffen, aber den Sinn deiner gemeinen Bemerkung hat er wohl noch verstanden.«

»Ja, siehst du, und jetzt kommt's. Vor ein paar Tagen, als Willy als Letzter mein Lokal verließ, hat er was gesagt, was ich nicht mehr vergessen kann. Er stierte mich mit unbewegter Miene an und sagte, dass er mich plattmachen würde, wenn ich so was noch einmal zu ihm sagen würde. Du, da ist es mir aber eiskalt über den Rücken gelaufen. Seitdem habe ich richtige Angst vor ihm bekommen. Wenn ich nachts aufwache, und das passiert mir in letzter Zeit häufiger, sehe ich den Willy vor mir, mit seinen blauen Augen, in denen ein kalter Hass brennt. Der Kerl macht mir Sorgen. Meinst du, der könnte wirklich was mit Saschas Tod zu tun haben?«

Siggi konnte Ulis Gedanken nicht folgen. Er kannte Willy als freundlichen Zecher. Der Willy ein Mörder! Eigentlich traute er ihm das nicht zu. Aber woher hatte er den Schlüssel? Er konnte

Uli nur zuhören und dessen Sorgen und Ängste ernst nehmen. Und während er noch seinen Gedanken über Willy nachhing, kam ihm blitzschnell eine Idee, wie er Uli wieder näherkommen könnte.

»Ob der Willy mit dem Tod von Sascha was zu tun hat, kann ich dir nicht sagen. Es ist auf jeden Fall seltsam, dass ausgerechnet er den Schlüssel besitzt, den Sascha mir entwendet hat. Hör mal, wenn du willst, kann ich ja ein paar Nächte, natürlich nur auf der Couch, bei dir übernachten. Da hättest du jemand bei dir, der dir Sicherheit gibt.«

Überrascht schaute Uli auf seinen Ex-Freund und dessen zur Schau getragenes, offenes Gesicht. *An dem ist wirklich ein guter Schauspieler verloren gegangen*, dachte er. *Aber ich will es mir mal überlegen.*

Siggi schöpfte neuen Mut, als er in Ulis jetzt schon viel freundlicheres Gesicht blickte. Hoffnungsfrohe Gefühle auf eine gemeinsame Zukunft keimten in ihm auf. Um Uli noch weicher zu stimmen, legte er schnell die CD mit ihrem Lieblingslied *Killing Me Softly* auf, während Uli in der Küche mit den Kaffeetassen hantierte.

Mit einem Satz hechtete Uli aus der Küche.

»Mach die Scheißmusik sofort aus oder ich werfe die CD aus dem Fenster. Ich kann diesen Müll nicht mehr hören.« Uli war außer sich.

»Aber ich dachte, das ist unser Lieblingslied. Das haben wir doch immer so gerne zusammen gehört.«

»Ja, das war es auch, bis zu deinem Verrat. Kannst du das verstehen? Jetzt denke ich bei dem Lied immer daran, wie schändlich du mich betrogen hast. Also stell die Musik aus und lass mich dieses Lied nie mehr hören. Verstehst du, nie mehr! Im Übrigen, fahr heute lieber wieder nach Wiesbaden zurück. Ich bin noch nicht reif für eine Neuauflage unserer Beziehung.«

Siggi war durch Ulis Abfuhr völlig geknickt. Nichts konnte er ihm mehr Recht machen. Enttäuscht ließ er den Kopf hängen und schwieg ausdrucksstark.

Diesen Anblick fand Uli dann doch so anrührend, dass er meinte, Siggi könne den Abend in seinem Lokal verbringen und dann später nach Hause fahren. Siggi willigte schweren Herzens ein. Gleich darauf gingen beide hinunter ins Lokal.

Der Abend nahm seinen Lauf. Das abendliche Stammpublikum war da sowie ein aufmerksamer neuer Gast, dessen rundes, offenes Gesicht ein heller Lockenkranz schmückte und dessen leicht sächsischer Singsang die anderen Gäste zum Zuhören brachte. Wie es sich herausstellte, war es der derzeitige Stadtschreiber von Bergen-Enkheim, der den weiten Weg in Ulis Wirtshaus in Sachsenhausen gefunden hatte. Siggi saß neben ihm und zwischen den beiden entspann sich ein kurzweiliges Gespräch, an dem Siggi großes Vergnügen fand.

Auch Mira ließ sich wieder einmal blicken, wenn auch nur für eine kurze Stippvisite. Sie wollte von Uli hören, ob er bei seiner Befragung durch die Polizei irgendetwas Neues erfahren hatte, weil sie am nächsten Tag ins Polizeipräsidium bestellt worden war und keine Ahnung hatte, was sie dort noch erzählen sollte. Dass sie sich von ihrem Mann trennen wollte, sagte sie Uli nicht.

Zu später Stunde gesellte sich auch Willy hinzu. Beim Anblick von Siggi stockte sein Schritt und sein Gesicht verzog sich. Am liebsten wäre er sofort wieder gegangen, aber das verbot er sich angesichts der ihn erwartungsvoll entgegenstarrenden Gesichter. Also setzte er sich an den Tresen und bestellte ein Pils und einen Klaren. Er beobachtete, wie Siggi sich mit dem leutseligen Herrn mit dem Lockenkopf unterhielt, er sah aber auch, wie Siggis verzehrender Blick gleichzeitig Uli im Visier hatte. Und es entging ihm nicht, dass Uli diese Blicke durchaus erwiderte, wenn auch mit einer gewissen Strenge. Das sah nicht danach aus, als wären die beiden noch immer verfeindet.

In Willy stieg die Glut hoch. Hatte er nicht die letzten Tage eine überaus strenge Diät eingehalten und sage und schreibe drei Kilo abgenommen? War er nicht auf dem besten Weg, rank und schlank zu werden? Und warum das alles? Doch nur für Uli. Er hatte sich ein Anrecht auf Uli erworben. Uli gehörte ihm. Für Uli würde er alles tun. Es würde noch ein Weilchen dauern, aber dann wäre er ein richtig attraktiver Mann. Wie Phönix aus der Asche würde er dann auferstehen. Einmal musste die Belohnung für seine Askese doch kommen. Diesem Ziel würde er sein ganzes Handeln unterordnen. Am Ende würde er triumphieren. Dann konnte die ganze Welt sehen, was für ein toller Bursche er war. Er würde sich tolle Klamotten kaufen. Enge Jeans, modische Jacketts, schöne Hemden. Dann würde er damit vor Uli paradieren und Uli würde ihn lieben. Willy verlor sich in Gedanken an sein zukünftiges, strahlendes Aussehen.

Sein Magen knurrte. Aber mehr als ein Bier und einen Schnaps durfte er sich nicht gönnen. Er fragte sich, wieso sein Kumpel, der dürre Kunstschmied, alles an Getränken in sich hineinschütten und dazu ein in Fett schwimmendes Schnitzel mit üppigem Kartoffelsalat essen konnte und kein Gramm zunahm, während er sich alles versagen musste. Das Leben war wahrlich ungerecht. Aber er würde sich seinen gerechten Lohn schon holen.

Und jetzt dieser schmierige Siggi. Wie hatte der es nur wieder geschafft, Uli für sich einzunehmen? Und warum hatte Uli sich rumkriegen lassen? Willy kam die Galle hoch. Er konnte dieses heimliche Augenspiel zwischen den beiden nicht mehr sehen.

»Zahlen!«

»Warum willste denn schon gehen? Is doch noch früh. Komm, ich spendier dir noch ein Pils und einen Klaren.«

»Nee, kannste dir sparen.« Willy bedachte Uli mit einem düsteren Blick. »Ich hab morgen noch viel vor.«

Er steckte das Wechselgeld ein und schickte Siggi, der den Abgang von Willy genau beobachtete, einen bösen Blick. Die Augen von Uli und Siggi trafen sich einen Moment und sie nickten sich zu.

Beim Verlassen des Lokals baute sich in Willys Innerem eine grimmige Spannung auf. Die beiden waren also wieder zusammen. Uli war doch viel zu gut für diesen Windhund. Uli gehörte ihm. Mit schlechter Laune und leerem Magen ging Willy ins Bett. Das Leben meinte es nicht gut mit ihm. Mit dem Bild von Uli vor Augen schlief er endlich ein.

Uli war tatsächlich hart geblieben. Nach Lokalschluss hatte er Siggi mit der S-Bahn nach Wiesbaden zurückgeschickt. Der maulte zwar beleidigt, es sei so spät und er hätte auch schon was getrunken, aber Uli zeigte sich ungerührt. Er musste sich eingestehen, dass er hin und wieder den strengen Zug eines hartleibigen Schulmeisters an sich hatte. Es war ihm ein Bedürfnis, Siggi für sein Verhalten zu bestrafen. Ohne Konsequenzen gab es keinen Lerneffekt. An ihm war die antiautoritäre Erziehung, die schon während seiner Schulzeit praktiziert wurde, folgenlos vorbeigezogen.
»Du kannst ja morgen wiederkommen«, tröstete er ihn.
»Mal sehen.« In Siggis Blick lag der Schmerz eines waidwunden Rehs.
Uli wandte sich ab. Jetzt nur nicht weich werden.
»Also dann.«
Uli schloss die Tür hinter sich und schritt beschwingt die Treppen zu seiner Wohnung im Obergeschoss hinauf.

Kapitel 50

Siggi war glücklich. Während er mit der S-Bahn nach Wiesbaden zurückfuhr, plante er, am nächsten Morgen ein paar seiner Sachen in das Auto zu packen, um sie griffbereit zu haben, falls er doch wieder bei Uli einziehen durfte. Dabei summte er leise *Killing Me Softly* vor sich hin. Leider konnte er nicht gut singen, aber es war wieder ihr Lied. Uli hatte ihm fast schon verziehen. Wie dankbar hatte er ihn angesehen, wie leidenschaftlich hatten seine Hände auf ihm gelegen. Siggi war verliebt. Er war wieder in Uli verliebt.

Als ihm dieses Gefühl klar wurde, dachte er an Alexander Wienhold, an die Anziehungskraft, die dieser engelsgleiche junge Mann auf ihn ausgeübt hatte. In dessen Sog er so sehr geraten war, dass er alles, was nicht mit Sascha zu tun hatte, unwichtig fand, auch Uli. So gesehen war es für die Beziehung zu Uli von Vorteil, dass der Engel ihn nie mehr in seinen Bann ziehen konnte.

Siggi wartete darauf, dass sich bei dieser Überlegung Trauer und Verzweiflung einstellten. Er wunderte sich über das Ausbleiben des Herzschmerzes. Geblieben war nur das Entsetzen darüber, dass dieses schöne Menschenkind, dieser hochgewachsene junge Mann einem Verbrechen zum Opfer gefallen war, an dem Siggi selber nicht ganz unschuldig war. Allerdings war es Saschas Idee gewesen, in Ulis Kneipe einzubrechen. Schon gar nicht hatten sie diese Idee gemeinsam entwickelt.

Seinen langjährigen Partner sah er nun mit anderen Augen. Er hatte Uli verkannt. In Siggi entstanden Gefühle von Ehrfurcht einerseits und andererseits Dankbarkeit darüber, fast schon wieder in Gnaden aufgenommen worden zu sein. Siggi fragte sich, warum er bisher nicht in Ulis Aura geraten war, und sagte sich, dass dieser Umweg zu ihm nötig gewesen war, um sich über seine wahren Gefühle klar zu werden. Er dachte ernsthaft darüber nach, sich seiner Mutter gegenüber zu erklären, zu outen, um das lästige Versteckspiel, das einer ehrlichen, ernsthaften Beziehung im Weg stand, zu beenden.

Er versuchte das *Killing*-Lied zu summen. Die Suche nach Text und Melodie brachte ihn wieder in die Gegenwart zurück. Uli und er hatten kurz darüber gesprochen, dass er sich immer abends bei Uli aufhalten könnte. Uli würde ihm sicher in Sachsenhausen ein kleines Büro mieten, damit er von dort aus seine Maklergeschäfte betreiben konnte. Er könnte dann seine teure Wiesbadener Wohnung kündigen. Siggi kamen Tränen der Rührung, und er schämte sich für den Verrat, den er an Uli begangen hatte.

Am nächsten Morgen brachte er sein Auto in die Werkstatt, nahm sich dort ein Leihauto und fuhr zu seiner Mutter. Es drängte ihn zu sehen, wie es ihr ging, und ihr zu sagen, dass er nun nur noch einmal in der Woche zum Essen vorbeischauen würde. Er hoffte, dass seine Mutter bei diesem Gespräch keinen Herzinfarkt erleiden würde.

Nervös wie er war, übersah Siggi eine rote Ampel. Bremsen kreischten. Auch Siggi hielt an und wurde wild beschimpft. Dass man diesem Idiot den Führerschein wegnehmen müsse und er eine Gefahr für die Allgemeinheit darstelle, waren noch die harmlosesten Beleidigungen gegen seine Person.

Schließlich konnte er seinen Weg fortsetzen. Vor dem Haus seiner Mutter stellte er sich ins Halteverbot. Sollten sie ihm doch den Führerschein wegnehmen. Mit schlappen Beinen erklomm er die Treppe.

Dorothea Ranke strahlte über das ganze Gesicht und sah zehn Jahre jünger aus.

»Gut, dass du kommst, Siegbert. Ich muss mit dir reden.«

Siggi schaute seine Mutter angstvoll an und wurde in die Küche geschoben. Es roch nach seinem Lieblingsessen.

»Wir können gleich essen, Siegbert. Aber hör mir erst zu.«

Seine Mutter setzte sich, stützte die Ellenbogen auf der Tischplatte auf. Über den gefalteten Händen lag ihr Kopf kokett schief und ihre Augen sprühten. Siggi hatte das ungute Gefühl, dass es nicht seine Mutter war, die ihm gegenüber saß. Er sagte nichts. Dorothea Ranke streckte eine Hand aus und versuchte vergebens, die Hand ihres Sohnes zu ergreifen.

»So hör doch, Kind.«

»Mutter, ich höre dir die ganze Zeit zu, aber du sagst nichts anderes, als dass ich hören soll. Vielleicht sagst du mir nun, was es zu hören gibt.« Siggi war leicht unwirsch geworden.

»Ich weiß nicht, wie ich es dir sagen soll. Es ist mir so peinlich.«

»Sag es halt einfach.«

»Du weißt, Siggi, dass ich schon sehr lange allein lebe.«

Sie hatte ihn tatsächlich Siggi genannt. »Ja, nun, also, wie soll ich sagen, also es ist so: Ich werde mit einem Mann zusammenziehen.«

Verlegen sah Frau Ranke auf ihre Hände, doch dann hob sie den Kopf und strahlte.

»Siggi, wir werden ein halbes Jahr auf Mallorca leben, vielleicht auch länger. Wie findest du das?«

Siggi, dem die Kinnlade heruntergefallen war, wurde der Antwort enthoben.

»Du wirst doch alleine zurechtkommen? Du bist doch kein Kind mehr. Ach ja, und kannst du mir bitte die Post nachsenden und einmal in der Woche die Blumen gießen?«

Siggi unterdrückte den Impuls aufzustehen und zu gehen. Seine Mutter stellte den Schweinebraten und die Klöße auf den Tisch.

»Dein Lieblingsessen, mein Kleiner.«

»Lass gut sein, Mutter. Du kannst ab sofort jemand anderen bekochen.«

»Aber, Kind, wir wollen uns doch jetzt nicht streiten.« Sie machte eine Pause und schob eine Gabel mit Schweinebraten in den Mund. Wenigstens ihr schien es zu schmecken.

»Ach übrigens, hast du gehört, was in dem Lokal deines Freundes Uli passiert ist? Da hat doch tatsächlich der Vater des toten jungen Manns randaliert. Das war ein schwerreicher Bankier. Ist viel zu Bruch gegangen? Das war doch so ein gemütliches Lokal.«

»Nein, Mama, es ist nicht so viel kaputt gegangen.« Siggi lenkte ein, sie war schließlich seine Mutter und hatte wirklich ein bisschen Glück verdient. Außerdem hatte er ihr doch gerade erklären wollen, dass er nur noch maximal einmal in der Woche zum Essen kommen würde.

»In den Nachrichten haben sie gesagt, dass der Vater des Getöteten nach der Randale am Tatort versucht hat, sich umzubringen. Er wollte sich vor den Zug legen, doch der Lokführer konnte noch rechtzeitig bremsen. Anschließend sei der Bankier in die Psychiatrie der Uniklinik gebracht worden und der geistesgegenwärtige Zugführer habe einen Schock erlitten, hieß es.«

Siggi wusste durch Uli von Wienholds Auftritt im Kleinen Wirtshaus. Was für ein Fluch schien auf dem armen Sascha und seiner Familie zu liegen! Spontan nahm er sich vor, Alexanders Vater in der Uniklinik aufzusuchen. Er wollte ihm Mut zusprechen, ihn davon überzeugen, dass das Leben immer noch lebenswert war, und sich für die Ohrfeigen entschuldigen. Siggi trauerte immer noch um Sascha, musste sich jedoch auch eingestehen, dass sein Tod den Weg zurück zu Uli frei gemacht hatte. Der Gedanke daran ließ ihn melancholisch werden.

Nachdem er sich mit seiner Mutter ausgesprochen und sich liebevoll von ihr verabschiedet hatte, überkam ihn der dringende Wunsch, Saschas Vater zu sehen und sich mit ihm über das Geschehene zu unterhalten. Die Schilderung seiner Mutter über die Verzweiflungstat auf dem Bahnhof Mainkur hatte ihn tief getroffen und daran erinnert, dass er in gewisser Weise an Wienholds Selbstmordversuch mitschuldig war.

Er überlegte nicht lange, sondern fuhr sofort in die Frankfurter Uniklinik. An der Pforte trug er seinen Besuchswunsch vor. Man schickte ihn in die Heinrich-Hoffmann-Straße. Er ließ sich den

Weg erklären und gelangte mühelos zu dem Nebengebäude. Als man ihn dort fragte, nachdem ihm eine Pflegekraft die Station geöffnet hatte, in welchem verwandtschaftlichen Verhältnis er zu Wienhold stehe, sagte Siggi kaltblütig und ohne eine Sekunde zu zögern, dass er dessen ältester Sohn sei. Ihm wurde versprochen, den Patienten zu ihm zu bringen. Siggi bekam feuchte Hände und wusste nicht genau, was er Wienhold sagen sollte.

Nach etwa zehn Minuten – Siggi hatte es nicht gewagt, sich zu setzen – öffnete sich die Tür und ein Pfleger brachte Jean-Paul Wienhold in einem Rollstuhl herein. Er trug ein Krankenhaushemd und darüber einen alten dunkelblau-rot-grün gestreiften Bademantel, der weit aufstand. Seine Haare wirkten unordentlich und ungewaschen und an seinen eingefallenen Wangen sah man, dass er sich seit Tagen nicht rasiert hatte.

Siggi war entsetzt über den verwahrlosten Zustand, den ihm der einst so elegante Bankier bot. Die Tür öffnete sich wieder und eine Frau betrat den Raum.

»Ich bin Ihre Betreuerin«, sagte sie und legte dem Patienten eine Hand auf die Schulter. »Ihr Bruder ist telefonisch nicht zu erreichen gewesen.«

Siggi schätzte sie auf Ende 50. Sie schob ihre Hornbrille nach oben, als sie sich wieder aufrichtete. Dieser Vorgang wiederholte sich immer wieder, wenn sie sich über ihren Patienten beugte und ihm gut zuredete. Für einen kurzen Augenblick glaubte Siggi, ein Lächeln in Wienholds Gesicht zu erkennen.

Siggi wollte nicht mit der Tür ins Haus fallen und sagte, dass er gerne mit Herrn Wienhold über Alexander sprechen wolle. Ein Gespräch würde doch manchmal Erleichterung bringen. Wenn man alles verstünde, könnte man besser damit umgehen. Die Betreuerin runzelte die Stirn, sagte aber nichts, schob nur die Brille wieder nach oben.

»Herr Wienhold ist psychisch krank«, sagte sie. »Er hat versucht, sich umzubringen, und sich und andere in Gefahr gebracht. Deswegen ist er in der Psychiatrie, bis eine richterliche Entscheidung über seine Verweildauer in einer geschlossenen Einrichtung vorliegt.«

Siggi hatte sich wieder gefangen und dachte, dass die Psychiatrie wirklich ein Ort ist, der wie kaum ein anderer über Vorurteile definiert wird. Denn auch wenn im Besucherraum Blumen und helle Möbel eine angenehme Atmosphäre ausstrahlten, fühlte er den Wahnsinn zum Greifen nahe. Vorsichtig streckte er Wienhold eine Hand hin.

»Ich finde es schön, dass Sie noch am Leben sind«, sagte er linkisch und brachte ein verhaltenes Grinsen zustande. »Warum wollten Sie sich eigentlich das Leben nehmen?«

Siggi war selbst überrascht, mit welcher Unvermitteltheit diese Frage aus seinem Mund kam. Er sah, wie die Betreuerin die Stirn in Falten legte. Siggi war es egal. Trotzig fuhr er fort: »Sie haben doch gar keinen Abschiedsbrief geschrieben? Wir waren alle so überrascht.«

Jean-Paul Wienhold hob den Kopf und sah Siggi mit leeren, ausdruckslosen Augen an.

»Das war nicht nötig. Es gibt niemand, der sich für einen solchen Brief interessiert hätte«, sagte er tonlos und unendlich müde. Wieder schaute ihn Wienhold aus fast geschlossenen Augen an. Ein Speichelfaden lief aus einem Mundwinkel.

Siggi hatte schon oft traurige Menschen gesehen. Aber noch nie war er einer Person begegnet, die sich dermaßen von jeglicher Teilhabe am Leben entfernt hatte. Ihm traten Tränen in die Augen. Es waren Tränen der Scham. Er schämte sich dafür, wie leichtfertig er mit Gefühlen umgegangen war. Vor allem aber kam erstmals eine Art Schuldgefühl in ihm auf. Wenn er sich nicht mit Sascha eingelassen hätte, würde er noch leben und dieser hagere, grauhaarige Mann würde noch einen Sohn sein Eigen nennen können, einen Adressaten für Briefe haben. Er hob den Kopf und sagte, was er fühlte: »Ich schäme mich, dass ich Ihr Leben zerstört habe.«

Sein Gegenüber reagierte nicht. Er schien nicht gehört zu haben, was Siggi sagte. Die Betreuerin schob ihre Brille zurecht und schwieg ebenfalls. Sie sah auf die Uhr. Siggi hatte das Gefühl, dass er etwas tun musste.

»Herr Wienhold, könnten Sie sich vielleicht vorstellen, dass ich Ihr Ersatzsohn werde?«

Als Siggi den Klang seiner eigenen Worte hörte, erschrak er. Das hatte er nicht sagen wollen. Die Betreuerin trat einen Schritt näher zu Saschas Vater und legte ihm einen Arm um die Schulter.

Laut sagte sie: »Das ist aber eine schöne Idee, die der Herr - wie war Ihr Name gleich? - entwickelt hat.« Sie lächelte Wienhold aufmunternd an.

Über dessen Gesicht legte sich eine abweisende Miene und Siggi erinnerte sich daran, wie Saschas Vater zu der Homosexualität seines Sohnes stand und wie er ihn selbst abgekanzelt hatte.

Siggis Begeisterungsschub wurde von der Amtsperson unterbrochen.

»Aber ich glaube nicht, dass Herr Wienhold schon in der Lage ist, eigene Entscheidungen zu treffen. Zunächst muss er zu sich selbst finden und eine Therapie machen. Die Behandlung wird mehrere Monate dauern. Im Moment ist er eine Gefahr für sich selbst. So wurde es mir jedenfalls gesagt.«

Abschließend bedeutete sie Siggi, dass die Besuchszeit abgelaufen sei.

Siggi beschloss spontan, dass er den alten Wienhold aus diesem Irrsinn herausholen musste. Aber wie? Er würde mit Uli darüber reden. Hoffentlich würde Uli sein Anliegen verstehen und mittragen können. Dieser inszenierte Wahnsinn, der sich ihm darbot, musste ein schnelles Ende haben. Er gab Wienhold die Hand zum Abschied und hielt dessen kalte, schlaffe Finger lange fest. Er spürte, dass diese Hand ihren Griff und ihre Schaffenskraft verloren hatte.

Der Krankenpfleger, der dem Klingeln von Wienholds Betreuerin Folge geleistet hatte, schob den Patienten hinaus. Erst jetzt fiel es Siggi auf, dass Jean-Paul Wienhold im Rollstuhl saß.

»Er will nicht laufen«, sagte die Rechtspflegerin auf seine Frage und lächelte schief. »Das heißt, er kann nicht laufen. Er musste zu viele sedierende Mittel zu sich nehmen, damit er sich beruhigte. Herr Wienhold tobte und randalierte nach seiner Einlieferung und wollte die Klinik sofort wieder verlassen. Leider ließ sein Zustand das nicht zu.«

Siggi gefror das Herz. Was konnte er tun? Er fand, dass Jean-Paul Wienhold in der Psychiatrie bei lebendigem Leib begraben war.

Kapitel 51

Heute gab es für Willy nicht viel zu tun im Geschäft. Endlich konnte er die sträflich vernachlässigte Buchhaltung auf den neuesten Stand bringen. Es sah wahrhaftig nicht so schlecht aus mit seinen Finanzen. Noch leisteten sich die meisten Sachsenhausener Familien ein würdiges Begräbnis für ihre Angehörigen, an dem Willy nicht schlecht verdiente. Die Zahlen zeigten ihm, dass er kein unvermögender Mann war. Eine freudige Welle des Glücks durchfuhr ihn, sein Bankkonto war gut gefüllt. Er sonnte sich kurz in seinem kleinen Reichtum.

Sein stilles Glück wurde abrupt durch das Klingeln des Telefons beendet. Ein Achtzehnjähriger aus Sachsenhausen hatte sich aus Liebeskummer eine Kugel durch den Schädel gejagt. Ein Abschiedsbrief bezeugte seine jugendbedingte Torheit. Die Rechtsmedizin hatte ihn bereits freigegeben. Willy sollte ihn von dort abholen und bis zur Beerdigung bei sich aufbahren.

Der tote junge Mann rührte ihn ein wenig, wie er so jung und unschuldig auf der Bahre lag. Nur das Loch in der bleichen Stirn zeugte davon, dass der Übergang vom alles versprechenden Leben in den ewig währenden Tod nur den Bruchteil einer Sekunde gedauert haben konnte. Angesichts dieses tragischen Ereignisses nahm sich Willy vor, das Glück seines Lebens selbst in die Hand zu nehmen. Er wollte nicht warten, bis sich vielleicht die Waage des Lebens einmal zu seinen Gunsten neigte. Nein, er selbst wollte das Heft des Handelns an sich reißen. Das Leben war zu kurz, um nur von der Hoffnung zu leben. Er hatte es satt, von der Gnade der anderen zu vegetieren.

Der Ankunft der verstörten Eltern begegnete Willy mit geschäftsmäßiger, teilnahmsvoller Haltung. Im Laufe seines langjährigen Berufslebens hatte er sich ein unverbindliches, aber dennoch würdevolles Verhalten gegenüber den Trauernden, also seiner zahlenden Kundschaft, zugelegt. Je liebesdienerischer er auftrat, umso mehr erlagen sie seinem morbiden Charme und umso mehr konnte er von all den notwendigen, den weniger notwendigen und den überflüssigen Dingen verkaufen. Je tiefer der Schmerz, desto tiefer der Griff ins Portemonnaie. Das war seine Erfahrung. Im Laufe der Jahre hatte er jegliche Skrupel abgelegt. Seine Pietät war doch keine karitative Einrichtung. Man brauchte ihn, also musste man ihn auch entsprechend entlohnen. Ob das jetzt der reiche Villenbesitzer war oder die arme Witwe, die versuchte, von ihrem letzten Spargroschen ihren Ehemann würdig unter die Erde zu bringen. Geschäft war Geschäft.

Als er die vom Schmerz erstarrten Eltern des Selbstmordopfers verabschiedete, war es schon später Nachmittag. Erfreut stellte er fest, dass er gar nichts zu Mittag gegessen hatte. Er schaute auf seinen schon beachtlich geschrumpften Bierbauch, stellte den Gürtel um zwei Löcher enger und nahm sich vor, seine Schwester Doris zum Abendessen einzuladen.

Er hatte sie schon längere Zeit nicht gesehen. Sie zeigte sich immer ein bisschen reserviert, um nicht zu sagen, verängstigt ihm gegenüber. Dabei hatte er sie ganz gern. Wenn sie nur nicht immer diese idiotischen Andeutungen über seine Veranlagung machen würde! Warum kapierte sie nicht, dass er mit ihr darüber nicht reden wollte. Es ging sie nichts an. Es war seine Sache. Er wollte nicht, dass über ihn geredet wurde. Sein Schwulsein war sein am besten gehütetes Geheimnis. Wenn es heraus käme, hätte er sicher ein Problem mit seiner Klientel. Jedenfalls bildete er sich das ein.

Doris sagte, dass sie sich gerne zu einem Abendessen einladen lassen wolle. Ob er was dagegen hätte, wenn sie sich im Casa Isoletta treffen könnten? Da wäre sie mal mit einer Freundin gewesen und es hätte ihr gut geschmeckt.

Willy sagte zu und so trafen sie sich um acht Uhr. Er überlegte, was er essen könnte, ohne zuzunehmen, und beschloss nur ein Glas Wein und viel Wasser zu trinken.

Sie hatte recht gehabt, das Essen war gut. Allerdings hatte er sich zu Doris' Grausen Baby-Calamares auf einem Salatbett bestellt. Wie es sich gehörte, waren die Calamares mit einer ordentlichen Portion Knoblauch gegrillt worden und verströmten diesen eigenartigen, wilden Geruch, der, laut Doris, dem einer Kloake nicht unähnlich war. Willy störte das nicht, ihm schmeckte das Meeresgetier vorzüglich.

»Das musst du jetzt schon ertragen, Doris, meine Liebe. Du weißt ja gar nicht, wie gut das schmeckt.«

Zum Essen hatte er sich ein einziges Glas Weißwein gegönnt und dazu eine ganze Flasche Sprudel. Ja, das Essen hatte ihm sehr gut geschmeckt, obwohl er gerne noch einen süßen Nachtisch genommen hätte, um den fischigen Geschmack aus dem Mund zu tilgen. Aber sei's drum.

Nachdem sie das ganze Abendessen nur über belanglose Dinge geredet hatten, fing Doris zu seinem großen Unwillen plötzlich an, Dinge anzusprechen, die ihm gar nicht gefallen wollten.

»Sag mal, Willy«, sagte sie unsicher, »ist doch seltsam, dass wir beide nie geheiratet haben. Ich habe zwar hin und wieder mal einen Freund gehabt, aber für die Dauer war nichts dabei. Wie war das eigentlich bei dir?«

»Willst du uns den Abend verderben? Was soll es denn da zu reden geben?«

»Na ja, ich dachte, unsere Eltern waren schließlich auch verheiratet und haben zwei Kinder gehabt, dich und mich. Warum fällt es uns so schwer, einen Partner zu finden? Du kannst mir glauben, ich hätte gern einen Mann fürs Heiraten gefunden. Warum klappt das nicht mit uns?« Doris schaute Willy fragend an.

»Woher soll ich das wissen? Wir sind eben nicht dafür geschaffen. Darüber mache ich mir keine Gedanken.«

Willy hoffte inständig, dass Doris mit diesem irritierenden Thema aufhören würde.

»Vor Jahren hatte ich schon mal gedacht, dass ich mich mehr zu Frauen hingezogen fühle als zu Männern, weil ich mich mit vielen Frauen wirklich gut verstehe, aber die Vorstellung, dass es zu körperlichen Kontakten kommen könnte, war mir immer unangenehm.« Jetzt fasste Doris Mut: »Wie sieht es da bei dir aus?«

Willy fixierte sie ärgerlich. Wie konnte sie es wagen, ihn auf derartig intime Dinge anzusprechen? Sie wollte ihn nur zu dem Eingeständnis bringen, dass er schwul war. Diesen Gefallen würde er ihr nie und nimmer tun.

»So ein Quatsch, ich weiß gar nicht, warum du dich in eine solche Sache verrennst. Bei mir hat es mit den Frauen nur noch nie geklappt. Und jetzt Ende mit diesem Thema. Ich will darüber nichts mehr sagen. Komm, lass uns gehen. Es ist schon spät.«

Kapitel 52

Als Willy zu Hause war, hatte sich sein Zorn über das Verhalten seiner Schwester noch mehr hochgeschaukelt. Wie konnte sie ihm so zusetzen? Was für ein Interesse hatte sie, etwas aus ihm herauszupressen, das nur ihn anging? Erregt lief er in seiner Wohnung hin und her. Das war das letzte Mal, dass er sich mit ihr traf. Jetzt brauchte er einen großen Schluck Klaren, um von seiner Anspannung herunterzukommen. Zögernd griff er nach der Flasche. Nein, das würde seinem großen Plan, abzunehmen, schaden. Genervt stellte er die Flasche wieder zurück. Vielleicht sollte er sich auf andere Weise entspannen. Dieser schmale, gut aussehende Sandro war doch ein schöner Knabe. Und er war willig und phantasiereich. Je länger Willy darüber nachdachte, umso stärker packte ihn das sexuelle Verlangen. Er blickte auf die Uhr. Kurz nach elf. Er musste sich beeilen. Wo war sein Toupet? Jetzt den Autoschlüssel und dann schnell zu der Autovermietung in der Hanauer Landstraße.

Glücklicherweise fand er heute Abend gleich einen Parkplatz in der Nähe des ihm bekannten Lokals. Als er durch die Tür trat, saß Sandro wie das letzte Mal auf einem Stuhl vor dem Tresen, rauchte eine Zigarette und nippte an seiner Cola.

»Hallo Sandro, na wie geht's? Wie stehen die Aktien?«

Sandro drehte sich gelangweilt herum und als er Willy erkannte, lächelte er flüchtig. Ja, er hatte ihn erkannt.

»Bist du mal wieder in Frankfurt.«

»Ja, die Geschäfte haben mich hergeführt. Wie sieht es aus? Können wir uns mal zurückziehen? Bestell dir schon mal was du willst.«

Willy wollte die Sache schnell hinter sich bringen und schob der Bardame einen Zwanzig-Euro-Schein hin.

Er setzte sich auf einen Stuhl neben Sandro, dabei kam er ihm mit seinem Gesicht ganz nahe. Sandro zuckte zurück.

»Sag mal, was zur Hölle hast du denn gegessen? Das stinkt ja nach Jauche. Das turnt mich ja völlig ab.« Sandro wandte sich angewidert zur Seite.

»Das ist doch nur ein bisschen Knoblauch. Da, ich nehme einen Pfefferminzbonbon. Schon riecht man es nicht mehr. Außerdem, ihr Ausländer liebt den Knoblauch doch. Was sollte dich daran denn stören? Du musst mich dabei ja nicht anschauen.«

Willy wurde unwirsch. Er wollte schließlich für seine Dienste zahlen.

Sandros Lippen wurden zu einem Strich und seine Augen funkelten gefährlich.

»Ja, glaubst du denn, nur weil du Geld hast, kannst du dich bei mir benehmen wie eine wilde Sau. Hau ab! Ich will nichts mit dir zu tun haben.«

Die Bardame im Hintergrund hatte das Wortgefecht mitbekommen und versuchte, die beiden Streithähne zu beruhigen. Aber die ließen sich nicht mehr beruhigen.

Als Willy noch sagte: »Ich zahl dir auch zweihundert Euro«, schrie ihm Sandro zu: »Verschwinde, ich will nichts von dir. Du kannst mir bieten, was du willst. Es macht keinen Spaß so eine stinkende fette Sau zu ficken.«

Jetzt wurde Willy wütend. »Das hättest du besser nicht zu mir sagen sollen, du schwarzes, mieses Frettchen. Du billiger Stricher. Ich hau dir so lange in deine schöne Fresse, bis sie Matsch ist.«

Willy sprang vom Hocker und versuchte, Sandro in den Schwitzkasten zu nehmen. Der aber war schneller und trat Willy in den Hintern, dann rannte er aus dem Lokal. Willy war ihm dicht auf den Fersen. Er konnte ihn einen Augenblick festhalten, aber dann entwand sich ihm Sandro wie ein Aal und schrie ihm voller Verachtung zu: »Ich würd's auch nicht für alles Geld der Welt machen. Fick dich doch selbst.«

Mit diesen Worten verschwand er in einem Hauseingang. Willy verfehlte die Kurve zum Eingang und stieß mit seiner Stirn an einen Laternenpfahl.

Der heftige Zusammenstoß mit dem harten Metall brachte ihn zu Fall und er landete im Schmutz der Straße. Keuchend vor Anstrengung blieb er einen Augenblick liegen, als sich plötzlich eine weibliche Hand zu ihm hinunterstreckte und versuchte, ihn hochzuziehen. Das hatte ihm noch gefehlt, dass ihm jetzt eine Frau dabei half, auf die Füße zu kommen. Er schlug ihre Hand weg und rief ihr zu, sie solle sich zum Teufel scheren.

Er schaute sich um. Wo war er gelandet? Die Frau stand noch immer vor ihm und schaute ihn eindringlich an.

»Sie haben sich da an der Stirn verletzt. Das gibt sicher einen böse Wunde.« Dann ging sie eilig davon.

Inzwischen hatte sich Willy berappelt. Ein paar Neugierige standen herum. Er musste dringend von hier fort. Hastig klopfte er sich die staubige Kleidung ab und lief zum Auto. In seinem Herzen tobte ein unbezähmbares Verlangen nach Rache.

Kapitel 53

Heute Morgen war Uli frühzeitig aufgewacht. Bei geöffnetem Fenster hatte sich das melodische Flöten der Amsel, die sich auf seinem Dachfirst niedergelassen hatte, in seine Träume gemischt und ihn beim Aufwachen begrüßt. Die Sonne schien in einem Streifen ins Zimmer und ließ die schwebenden Staubpartikel wie einen durchsichtigen Schleier tanzen. Das mit Siggi hatte er gut hingekriegt. Er wollte es diesem Bruder Leichtfuß nicht zu einfach machen, obwohl ihm sein Herz signalisierte, dass seine Gefühle für Siggi nur unterdrückt, aber niemals ganz gestorben waren.

Er fühlte sich gut, dehnte und reckte sich, bis ihm jäh einfiel, dass es in dem Mordfall Sascha noch immer keine neuen Erkenntnisse gab, die ihn als unschuldig entlasteten. Sofort krampfte sein Herz. Verdammt noch mal, dieser Saleh. Unfähig, den Täter zu finden. Inzwischen waren schon zwei Wochen vergangen und immer noch konnte dieser undurchsichtige Kommissar keine Ergebnisse präsentieren. Er würde ihn nachher einmal anrufen und fragen, wie es in der Angelegenheit stand. Obwohl, das wäre eigentlich nur verschwendete Mühe. Dieser Kerl war nicht nur inkompetent, sondern auch obermaulfaul. Er würde nur zu hören bekommen: »Rufen Sie nicht an. Wenn wir was wissen wollen, rufen wir Sie an.«

Uli rollte sich aus dem Bett, streifte sich ein T-Shirt und eine Jeans über und holte sich zwei Schoko-Croissants vom benachbarten Bäcker. Zwei Tassen starker Kaffee und die schokosüßen Croissants waren Balsam für seine Nerven. Solange man ihn nicht in Handschellen abführte, war noch nicht alles verloren.

Der Tag verging mit allerlei Beschäftigungen. Er musste Getränke einkaufen, dann hatte er einen Termin mit dem Handwerker, der den Fußboden im Lokal erneuern sollte. Mittags gönnte er sich in der »Nordsee« eine reichhaltige Fischsuppe. Mit den Vorbereitungen für das Abendgeschäft verging der Nachmittag.

Der Abend begann langsam. Uli stand gelangweilt hinter der Theke und unterdrückte ein Gähnen. Wo blieben denn seine Gäste? Kamen sie etwa nicht, weil mal wieder etwas Bösartiges über ihn in der Presse stand? Hatte er sich wieder etwas zu Schulden kommen lassen, von dem er noch nichts wusste? Rasch holte er sich die *Bild*-Zeitung, die er als Service für seine Kunden immer auslegte, und warf einen kurzen Blick auf die Schlagzeilen. Nein, da war nichts. Oder doch, da, über den versuchten Einbruch in sein Auto hatte es im Rhein-Main-Teil der Ausgabe einen kleinen Artikel gegeben, über den »mutmaßlichen schwulen Mörder des jungen Homosexuellen aus gutem Hause«, so wurde er tituliert. Prompt schoss ihm das Adrenalin in den Körper. Wie konnten sie es wagen, ihn so zu diffamieren? Er war drauf und dran, Rucklieb anzurufen, damit er juristisch gegen diese Verleumder vorgehen solle. Aber dann schickte er sich ins Unvermeidliche. Es würde sowieso nichts dabei herauskommen, außer dass er den miesen Schreibern noch mehr Munition für weitere beleidigende Artikel lieferte. Er beschloss, den Artikel einfach zu ignorieren. Sein Herz aber blieb von seinem Vorsatz ungerührt und schlug in einem erhöhten Gang.

Erst als seine jungen Stammgäste auftauchten und das Lokal mit Leben, Geschrei und Lachen füllten, konnte er seine Sorgen in den Hintergrund drängen.

Das Lokal war schlagartig voll und Uli hatte keine Zeit, sich Gedanken über seine Zukunft zu machen. Alina ließ pausenlos die Gerichte aus der Küche aufmarschieren und hatte Mühe, mit den Bestellungen hinterherzukommen. Auch Mira schaute vorbei. Sie erzählte Uli in aller Kürze, dass die Polizei bei ihrer Befragung am Nachmittag keine neuen Erkenntnisse erwähnt hatte. Man hatte sie nach den immer gleichen Fragen und Unterstellungen einfach wieder gehen lassen, ihr nur gesagt, dass sie sich für weitere Verhöre bereithalten solle.

Sie sah angespannt aus. Nach einem Wein winkte sie ihm zu, dass sie gehen wolle. Er schenkte ihr ein aufmunterndes Lächeln, obwohl es in seinem Inneren genauso düster aussah wie bei ihr.

Im weiteren Verlauf des Abends erschien auch Siggi. Uli sah seinen suchenden Blick, als er durch die Tür trat. Ja, sein Herz wurde unruhiger, wenn er ihn sah. Wollte er sich Siggi tatsächlich wieder mit Haut und Haaren ausliefern? Uli war noch immer unschlüssig. Aber er nickte ihm freundlich zu und stellte ihm unaufgefordert ein Pils hin. Er wollte sich heute einmal nicht so nachtragend zeigen.

Uli blickte abwechselnd zu Siggi und über seine Gäste zum Eingang. Er hatte Gefallen daran gefunden, mit Siggi lange Blicke zu wechseln, die alles versprachen, aber nichts einlösen mussten. Er wollte abwarten. Jeder dieser Blicke, der von Siggi dankbar erwidert wurde, nährte seine Überzeugung, dass sein langjähriger Lebensgefährte einen Prozess der Reue durchgemacht hatte und geläutert war. Uli fragte sich, ob er wohl auch ein Stück Schuld daran trug, dass sich Siggi in Saschas Arme geworfen hatte. War er zu gleichgültig geworden?

Kapitel 54

Nach einem Bier war Siggi in Ulis Wohnung gegangen. Er hatte Uli gesagt, er müsse etwas an seinen Haaren machen. Nachdenklich entnahm er seiner Reisetasche einen neuen Schlafanzug, der über und über mit kleinen Teddybären bedruckt war, und legte ihn auf die Hälfte des Bettes, auf der er immer schlief. Es sollte ein Zeichen für Uli sein. Sagen würde er nichts. Plötzlich kam ihm ein Gedanke. Ob er Uli eine eingetragene Lebenspartnerschaft vorschlagen sollte? Daran könnte er erkennen, wie ernst es ihm war. Am liebsten hätte er hier gewartet, bis Uli nach oben kam, aber er musste wohl noch einmal nach unten gehen. Außerdem plagten ihn Hungergefühle. Ob es wohl noch Frikadellen für ihn gab? Er zögerte ein wenig und sah gerührt, dass Uli ein altes Foto, das sie beide zeigte, aufgehoben hatte. Natürlich hatte er das Bild in die hinterste Ecke verbannt, aber er hatte es nicht weggeworfen.

Siggi nahm das Bild in die Hand und betrachtete es gedankenverloren. Wie lange sie beide doch schon zusammen waren! Dann nahm er einen Pullover, den Uli achtlos auf den Stuhl neben sein Bett geworfen hatte, und roch daran. Er presste ihn ganz dicht an sein Gesicht. Der Pullover roch nach Uli, nach seinem Lokal und nach seinem Eau de Toilette. Siggis Magen krampfte sich zusammen. Mutig machte er sich auf den Weg nach unten. Nachdem er schon fast wieder im Lokal angekommen war, entschloss er sich, doch wieder nach oben zu gehen. Er suchte sein Handy und rief bei seiner Mutter an. Niemand meldete sich. Er sah noch einmal in den Spiegel und auf seine blonden Haare.

Dann packte er entschlossen seine Toilettenutensilien aus. Auf dem Weg zu seiner Mutter hatte er bei Rossmann eine walnussfarbige Haarfarbe erstanden. Sorgfältig hatte er darauf geachtet, dass das Mittel keine Rotanteile enthielt und der Zusatz »Deckt erste graue Haare zuverlässig ab« auf der Packung stand. Er hatte keine Lust, sich ständig die Haare zu färben, und er wollte auch nicht nach drei Haarwäschen wieder erblonden.

Siggi zog sich splitternackt aus und bereitete die Farbmischung genau nach der Gebrauchsanweisung vor. Penibel achtete er darauf, dass Ulis Badezimmer nicht den geringsten Farbspritzer abbekam. Während der Einwirkzeit stellte er sich unter die Dusche. Den Duschkopf hatte er nach unten gezogen, damit seine Haare nicht in das Wasser gerieten und die Farbe vorzeitig abgespült wurde. In Ulis Dusche fühlte er sich wohlig, aufgehoben und zu Hause. Siggi fröstelte etwas. Er stellte das Wasser ab und machte einen Schritt nach draußen, um seine Uhr zu konsultieren. Tatsächlich hatte er so lange nachgedacht, dass es Zeit war, die Farbe abzuwaschen. Siggi wickelte seinen Körper in ein Badetuch und hielt den Kopf über die Duschwanne und ließ minutenlang Wasser über seinen Kopf laufen. Von der langen vornüber gebeugten Haltung tat ihm der Rücken weh. Schließlich nahm er sich ein Handtuch, um seine Haare zu frottieren. Gespannt wendete er sich dem Spiegel zu. Wirr stand sein Haar in alle Richtungen ab, aber unverkennbar war er wieder er. Siggi war glücklich und hoffte, dass es Uli gefiel.

Kapitel 55

Am selben Morgen betrat Rucklieb sein Büro mit noch feuchtem, aber glatt gekämmtem Haar. Bis der erste Mandant kam, konnte er noch einen Kaffee trinken. Er schlug im Stehen die Zeitung auf, während er hastig den starken süßen Kaffee trank. Er fühlte sich unruhig und wusste nicht warum. Auf die Zeitung konnte er sich nicht konzentrieren. Er beschloss das Radio einzuschalten, um sich abzulenken.

»Antenne Frankfurt wünscht einen wunderschönen guten Morgen. Ich bin Alina Schäfer und werde Sie heute mit unserem Morgenmagazin gut gelaunt in den Tag schicken.«

Rucklieb wäre fast die Tasse aus der Hand gefallen. Der Name macht ihm schlagartig bewusst, was er zu verdrängen versuchte. Es war sein unmöglicher Auftritt bei Alina Stankovic und sein noch unmöglicherer Abgang.

Er ging zum Schreibtisch und griff sich die Akte Reinhold. Tatsächlich fand er dort die Telefonnummer der Köchin. Rucklieb lobte sich für seine Gewissenhaftigkeit und wählte.

»Hallo«, hörte er.

»Frau Stankovic, hier ist Rucklieb, der Anwalt von Herrn Reinhold.«

»Ja, ich weiß«, piepste es zurück.

»Frau Stankovic, was halten Sie davon, wenn ich Sie zum Essen einlade? Schließlich habe ich mich bei unserem letzten Treffen vielleicht etwas seltsam verhalten. Sehen Sie es als kleine Wiedergutmachung an.«

»Ja, sehr gerne«, sagte Alina nun mit fester Stimme.

»Wann passt es Ihnen, vielleicht schon heute? Ich könnte Sie abholen und uns einen Tisch in der Gerbermühle reservieren lassen. Das Restaurant kenne ich, bisweilen isst man dort ganz passabel. In der dortigen Bar können wir auch noch später einen Cocktail nehmen.«

»Ja, gerne heute. Ich kann um Viertel nach zehn fertig sein und erwarte Sie auf der Straße vor meinem Haus.«

»Perfekt, Frau Stankovic, ich freue mich Sie wiederzusehen.«

Ängstliche kleine Alina, dachte er und reservierte einen Tisch in der angeschlossenen Bar. Bei dieser Gelegenheit bat er darum, dass man ihm die Speisekarte in der Bar vorlegen solle. Dann stellte er sich auf seinen ersten Mandanten ein.

Abends fuhr er pünktlich um Viertel nach zehn bei Alina vor. Er hatte seinen Sportwagen bemüht und sich selbst auch sportlich leger gekleidet. Blaue Jeans, Wildlederjacke und ein hellblaues Hemd erschienen ihm sehr passend, da ihm der hellblaue Morgenmantel nicht aus dem Kopf ging. Außerdem war er davon überzeugt, dass Hellblau ihre Lieblingsfarbe sein musste. Umso überraschter, aber nicht weniger entzückt war er, als Alina im kleinen Schwarzen vor ihm stand. Es handelte sich dabei um ein gerade geschnittenes Kleid mit kurzen Ärmeln und einem kleinen, weißen Kragen. Rucklieb konstatierte, dass das Kleid wenigstens sehr kurz war, denn sonst hätte er gar nichts von Alinas Figur gesehen und das Gefühl gehabt, mit einem Schulmädchen unterwegs zu sein.

»Sie sehen ganz entzückend aus, Frau Stankovic«, sagte er, während er Alina die Wagentür aufhielt.

Alina errötete. Unterwegs fragte Rucklieb, wie ihr Arbeitstag verlaufen sei. Alina erklärte, dass sie die ganze Zeit Angst gehabt habe, dass sie nicht pünktlich würde gehen können. Es sei aber nur eine große Essenswelle über sie hinweggeschwappt. Alle hätten zur gleichen Zeit Essen bestellt, denn davor sei es sehr ruhig gewesen. Rucklieb bewunderte ihre Tüchtigkeit.

Als sie in der Gerbermühle ankamen, war in der Bar nicht mehr viel Betrieb, so dass sie der Ober zu ihrem Tisch begleitete. Er zog Alina den Stuhl zurück. Rucklieb bestellte eine Flasche Wasser, bevor er sich in die Speisekarte vertiefte. Alina fragte, was er nehmen würde. Rucklieb sagte, dass er das Carpaccio vom Thunfisch und die Perlhuhnbrust zu ordern gedenke. Bei diesen Worten musterte er interessiert Alinas kleinen Busen. Alina hatte keine Ahnung, was sie unter einem Carpaccio verstehen sollte. Da sie Köchin war, konnte sie schlecht danach fragen. Also entschied sie sich für ein Rahmsüppchen und einen Hamburger. Rucklieb staunte nicht schlecht und bestellte für sie beide Rotwein. Bei dem Carpaccio möge man nicht am Knoblauch sparen, fügte er hinzu, als er seine Bestellung aufgab. Alina war froh, dass sie das Carpaccio nicht genommen hatte.

Während sie auf das Essen warteten, fragte sie ihn, ob er denn schon einmal die neuen Haare von Herrn Ranke gesehen hätte. Rucklieb verneinte. Sie seien jetzt hellblond und hätten Herrn Reinhold gar nicht gefallen. Rucklieb lächelte.

Auf Wunsch von Rucklieb erzählte Alina von der Ukraine und wie es zu der Hochzeit mit Vladimir gekommen war. Um Vladimirs Charakter zu erklären, sprach sie über die schwierigen wirtschaftlichen Verhältnisse, die seine Familie wie viele andere Familien zerstört hatten. Vladimirs Kindheit war von Arbeitslosigkeit, beengten Wohnverhältnissen und Hoffnungslosigkeit geprägt gewesen, dazu kamen Alkohol und Drogen, die die Verzweiflung mindern sollten. Die Leidtragenden waren er und seine Geschwister. Die Eltern vernachlässigten und misshandelten ihre Kinder. Er war das älteste Kind. Schon früh hatten seine Eltern die Heirat mit Alina und den Aufbruch nach Deutschland für ihn vorgesehen. Seine Geschwister waren schlimmer dran, besonders die beiden jüngsten Kinder wurden schwer misshandelt. Der betrunkene Vater versetzte ihnen Tritte, ließ sie draußen in der Kälte stehen, nahm ihnen das wenige Essen weg. Deshalb wurde den Eltern das Sorgerecht entzogen. Die beiden Mädchen kamen ins Kinderheim. Doch das Heim war keine Zuflucht. Durch den

Tod seiner jüngsten Schwester wurde Vladimir klar, dass viele der Heimkinder Selbstmord begingen, weit mehr als die Hälfte wurde alkoholkrank. Nur wenige schafften es, im Leben klarzukommen. Auch wenn Vladimir das Schicksal eines Heimkindes erspart geblieben war, wusste er, dass unter anderen Umständen ein anderes Leben möglich gewesen war, dass er kein schlechter Mensch war.

Alina erzählte Rucklieb, wie oft Vladimir ihr »Lasst uns die alte Welt verdammen« vorgesungen hatte. Die ehemalige Nationalhymne war das einzige Lied, das er auswendig konnte. Er wiederholte es wieder und wieder. Alina sagte, dass sie verstand, warum er immer brutal mit ihr umgesprungen sei und sie betrogen habe. Sie hatte erkannt, dass er seinen Vater kopierte und als Liebhaber einer deutschen Frau die Bestätigung finden konnte, die ihm in gesellschaftlicher Hinsicht verwehrt geblieben war. Die Aushilfsjobs als Maurer wären ihm zu anstrengend geworden. So war es zu Diebstählen und Hehlerei gekommen.

»Und jetzt ist er wieder dorthin zurückgefahren.« Alina bekam feuchte Augen.

»Sie lieben ihn also immer noch, den Schuft«, stellte Rucklieb fest.

»Und was ist mit Ihrer Frau?«, entgegnete Alina trotzig.

Rucklieb runzelte die Stirn und erzählte ein wenig über die beiden Frauen, die er geheiratet hatte und von denen er wieder geschieden worden war. Dass sie beide den Typ der herben Schwedin verkörperten, erwähnte er tunlichst nicht. Er ließ noch ein paar belanglose Sätze über seine Kinder fallen.

Der Abend verging wie im Flug. Gerald Rucklieb war sehr zufrieden mit dem Essen. Die Küche hatte nicht an Knoblauch gespart. Er bezahlte und gab ein großzügiges Trinkgeld. Als er Alina zurück in die Schifferstraße brachte, parkte er an der Volksbank und schlug vor, noch ein paar Schritte zu gehen.

Beim Vorbeigehen an Ulis Lokal, blieb Alina abrupt stehen. Hinter den geschlossenen Fensterläden konnte man noch einen Lichtschein sehen und aus dem Inneren drangen gedämpfte

Hilfeschreie. Den Hilferuf vernahm sogar Rucklieb. Nervös riss Alina ihr Telefon aus der Tasche und tippte mit fahrigen Fingern darauf herum. Es gelang ihr, erstaunlich schnell Florian Wilson anzurufen. Zum Glück hatte er nach den Vorfällen in und um das Wirtshaus darauf bestanden, dass Alina seine Mobilnummer in ihrem Telefon speicherte.

»Wilson, du musst sofort kommen«, schrie Alina in das Telefon. Vor lauter Aufregung hatte sie ihn geduzt. »Bei Uli passiert etwas Schreckliches. Er schreit um Hilfe.«

Rucklieb hatte versucht, die Tür zu öffnen, aber sie war abgeschlossen. Er warf sich mit seinem ganzen Körper dagegen. Sie blieb verschlossen. Es blieb ihnen nur übrig auf das Eintreffen der Polizei zu warten. Zitternd ergriff Alina Ruckliebs Hand. Hoffentlich war nichts Schlimmes passiert?

Kapitel 56

Während Siggi selbstvergessen und glücklich im Spiegel sein zurückgefärbtes, braunes Haar betrachtete, auf das er noch eine Pflegepackung verteilt hatte, leerte sich das Lokal im Erdgeschoss. Wieder war es finanziell ein sehr guter Abend gewesen. Uli rieb sich die Hände. Aber das zarte Glücksgefühl fand keinen Zugang zu seinem Herzen. Dort nistete raumgreifend die Angst. Die Angst, dass der Täter immer noch nicht gefasst war und der Verdacht weiter auf ihm und Mira lastete, wobei er mittlerweile glaubte, dass die Kripo Mira gar nicht mehr als mögliche Täterin sah, sonst hätte man sie längst festgenommen.

Ob unter seiner Kundschaft an dem besagten Abend homosexuelle Gäste gewesen waren, hatte ihn dieser ausgefuchste Kommissar noch vor zwei Tagen gefragt.

»Ja, na klar verkehren hier ein paar Schwule, aber an diesem Abend war keiner dabei.«

»Und da sind Sie sich ganz sicher?« Khalil hatte nicht lockergelassen, denn er war überzeugt davon, dass es bei diesem Fall um einen Mord im Schwulenmilieu ging.

»Auf jeden Fall, da bin ich mir ganz sicher. Ich kenne doch meine Pappenheimer.«

Und so war dieses Gespräch ohne Ergebnis oder neuen Ansatz auf eine Lösung wieder im Sande verlaufen.

Uli gönnte sich noch einen Schluck Weißwein und eilte nach draußen, um die Fensterläden zu schließen und seine auf grünen Tafeln angepriesenen Sonderangebote hereinzuholen. Gerade als er die oberste Tafel herunternehmen wollte, sprang ihm plötzlich von hinten etwas an die Wade und krallte sich an seine Jeans. Erschreckt blickte er an sich herunter und sah in die glühend gelben Augen von Fausto, dem rabenschwarzen Kater seines Nachbarn. Fausto brauchte um diese Zeit anscheinend noch etwas Aufmerksamkeit. Uli bückte sich erleichtert, nahm den schnurrenden und leise maunzenden Kater hoch und flüsterte ihm kleine Zärtlichkeiten in die pelzigen Öhrchen, während er ihm den Kopf kraulte. Fausto genoss es. Lange hatte Uli schon überlegt, sich eine Katze ins Haus zu holen, war dann aber immer davon abgekommen, weil er nicht wusste, wem er die Katze in Obhut geben könnte, wenn er einmal nicht zu Hause war. Siggi? Wohl eher nicht. Diesem Bruder Leichtfuß traute er nicht zu, das notwendige Pflichtbewusstsein für die Pflege einer Katze aufzubringen. Ja, wenn er noch seinen Rottweiler Punk hätte, wäre das anders. Punk, dieser Fels an Verlässlichkeit, mit seiner bedingungslosen Liebe, den hätte er überall mit hinnehmen können. Punk wartete auch eine oder sogar zwei Stunden allein im Auto, ohne sich zu beklagen.

Beim Gedanken an seinen Hund musste Uli hart schlucken. Den Verlust seines geliebten Hundes hatte er noch immer nicht überwunden. Während er seinen Erinnerungen nachhing, entwand sich Fausto geschickt seinen Händen und marschierte mit steil aufgerichtetem Schwanz durch die offene Tür ins Lokal, als wolle er etwas suchen.

»Nein, nein, Fausto, komm raus, du kannst nicht drin bleiben, ich schließe jetzt ab.« Uli lief dem Kater nach, der sich im hinteren Teil unter einem Tisch versteckte.

»Fausto, Fausto, komm sofort raus. Ich will das Lokal schließen und dann ins Bett. Mach mir ja keine Scherereien, komm her, du kleiner Streuner.«

Uli gelang es nicht, Fausto aus seinem Versteck hervorzulocken, als er plötzlich aus dem vorderen Bereich seines Lokals das Scharren eines Stuhls hörte. Rasch drehte er sich um und rief: »Hallo, Sie da, nee, das geht nicht. Ich bin gerade beim Abschließen. Ich schenke nichts mehr aus.«

Uli wandte sich der Person zu, die auf einem seiner Barstühle saß und ihm den Rücken zukehrte. Dieser Rücken kam ihm doch irgendwie bekannt vor. Dann stand diese Person auf und drehte sich zu ihm um. In ihrer Hand baumelte Ulis Schlüsselbund.

»Ich hab mal für dich zugeschlossen, Uli. Ich wollte schon immer mal mit dir alleine sein.«

Ulis Nackenhaare stellten sich auf. Konnte dieser Mensch mit dem verunstalteten Gesicht etwa Willy sein? Stirn und Nase waren zu einer großen blutverkrusteten Wunde zusammengewachsen. Seine Lippen waren aufgeplatzt und mit Blut verschmiert.

»Bist du das, Willy? Ja, wie siehst du denn aus? Soll ich den Notarzt rufen? Mit solchen Verletzungen soll man nicht spaßen. Wo hast du dich denn nur rumgetrieben? Nee, Willy, geh mal schön nach Hause. Jetzt ist Feierabend. Ich wollte gerade zuschließen.«

»Ich denke gar nicht daran zu gehen. Nun machen wir es uns erst richtig gemütlich, nicht wahr, du und ich, wir beide ganz allein.«

Willys Stimme täuschte eine Ruhe vor, die im krassen Widerspruch zu seinen unruhig flackernden Augen stand. Uli erinnerte sich an die Drohung, die Willy vor einigen Tagen ausgestoßen hatte, und fühlte einen eisigen Schauer seinen Rücken hochlaufen. Hier half nur noch Galgenhumor.

»Hast du schon so viel gesoffen, dass du gegen einen Laternenpfahl gerannt bist?«

Uli konnte ja nicht ahnen, wie nah er mit seinen Worten an der Wahrheit war. Willy aber wurde sofort an die unrühmliche Geschichte mit Sandro erinnert und seine Wut schoss wie eine Stichflamme empor. Nach der Schmach mit dem elenden Stricher hatte er auf dem Weg zu seinem geleasten Auto noch eine Bahnhofskneipe besucht und sich ein paar Korn gegönnt. Die heizten seine mörderische Stimmung noch mehr an. Den erschrockenen Blicken der jungen Frau bei der Schlüsselrückgabe in der Autovermietung angesichts seines übel zugerichteten Gesichts war er mit solch einem herrischen Ausdruck begegnet, dass sie es sich verkniff, ihm eine Frage nach seinem Befinden zu stellen. Dann hatte er sich seinen eigenen Wagen geholt und in Sichtweite vor Ulis Kneipe gewartet, bis der letzte Gast gegangen war. Während Uli munter plaudernd dem Kater ins Innere des Lokales gefolgt war, hatte er sich unbemerkt hineingeschlichen, Ulis Schlüssel an sich genommen und zugeschlossen.

Die sarkastischen Worte von Uli waren zu viel für Willy, den die Ereignisse des heutigen Abends in einen Zustand zwischen Wahnsinn und Tobsucht getrieben hatten. Es war ihm jetzt egal, ob Uli willig war oder nicht. Heute Abend wollte er endlich Genugtuung für die erlittene Schmach.

Seine linke Hand schoss vor und packte Uli am Arm. Mit der rechten Hand zog er eine Pistole mit Schalldämpfer aus seiner Jackentasche und zielte auf Uli, der jetzt erst bemerkte, dass Willys Hände in dünnen Latexhandschuhen steckten.

»Was hast du eigentlich gegen mich? Bist du etwa was Besseres als ich? Ich lass mich nicht länger von dir verarschen. Hast du eigentlich nie bemerkt, was ich für dich fühle? Aber nein, du suchst ja deinen Zeitvertreib lieber bei diesem windigen Siggi, der dir schon so viele Hörner aufgesetzt hast, dass du einem Sechzehnender Konkurrenz machen könntest.«

Uli, der durch den harten Griff von Willy gewaltsam in dessen Dunstkreis gezogen wurde, hatte keine andere Wahl, als den mit Knoblauch und Korn versetzten kloakenartigen Fischgeruch einzuatmen. Halb ohnmächtig konnte er nur stammeln: »Ei Willy, was soll denn das mit den Gummihandschuhen? Hast du etwa gerade deine letzte Leiche gewaschen? Und was soll die Pistole? Was willst du denn von mir? Ich hab dir doch nichts getan!«

»Von wegen nichts getan. Du hast mich doch die ganze Zeit am ausgestreckten Arm verhungern lassen. Du musst doch gewusst haben, was ich für dich empfinde. Nur deinetwegen habe ich inzwischen schon fünf Kilo abgenommen. Schau!«

Willy ließ Uli los, zielte aber weiterhin mit der Pistole auf dessen Kopf, hob mit der freien Hand den Gürtel von seiner Hose und zeigte

Uli triumphierend, wie locker der Gürtel über seinem sonst so strammen Bauch saß. Uli sah zum ersten Mal, dass Willy tatsächlich Gewicht verloren hatte. Und das sollte ihn attraktiver machen?

»Willy, du bist doch ein netter Kerl. Du gehörst doch zu meinen besten Gästen und bist immer willkommen. Aber ehrlich, ich will nichts von dir. Das musst du doch verstehen. Ich hab doch den Siggi, und selbst wenn der Siggi seine Macken hat, hänge ich doch an ihn. Tut mir leid, aber du bist einfach nicht mein Typ.«

Dieser einfache Satz – »Du bist nicht mein Typ« – ließ Willy in seinem Innersten erbeben. Er hatte Uli um Liebe angefleht und der erteilte ihm eine eiskalte Abfuhr. Du bist nicht mein Typ! Man machte sich nichts aus ihm! Diese Demütigung konnte sein verletztes Ego nicht länger verkraften. Vor Scham und Wut, dass Uli seine Liebe verschmähte, nahm sein Gesicht eine ungesunde, dunkelviolette Farbe an.

»Siggi ist doch ein Arschloch. Der Typ ist doch nicht der richtige Mann für dich. Du und ich, wir würden so gut zusammen passen. Aber du sagst ja, ich bin nicht dein Typ. Sei's drum, wenn ich dich nicht haben kann, dann soll dich auch kein anderer haben. Und bist du nicht willig, dann brauch ich Gewalt, so steht es doch geschrieben. Nee, Uli, heute entkommst du mir nicht. Nochmal lass ich mich nicht für dumm verkaufen. Nee, jetzt mach ich es so, wie ich es bei diesem Sascha, dem kleinen Stricher und Dieb, schon einmal gemacht habe.«

Es dauerte einen Augenblick, bis Uli den Satz verstand. Er sackte in sich zusammen.

»Wie, was meinst du? Willst du etwa sagen, dass du den Sascha getötet hast?«

Willy grinste diabolisch. »Und keiner hatte auch nur den leisesten Verdacht. Gell, da staunste? Alle möglichen Leute wurden verdächtigt. Du natürlich an erster Stelle. Ich habe mich schon köstlich amüsiert. Und die arme Mira hat mir auch ein wenig leidgetan. Sie konnte schließlich nichts dafür, zur falschen Zeit am falschen Ort gewesen zu sein.«

»Und wieso hast du den Sascha erschlagen? Was hat der dir denn getan?«

»Nee, auf den Sascha hatte ich es gar nicht abgesehen. Dieser Sascha ist einfach nur das unschuldige Opfer einer blöden Verwechslung. Obwohl, unschuldig, ja, unschuldig war der ja nicht gerade. Immerhin hatte er einen geklauten Zweitschlüssel, wühlte in deinen Sachen herum und wollte dich offensichtlich bestehlen. Eigentlich dachte ich, dass du dort am Werkeln warst und wollte Rache nehmen für deine Beleidigung. Dich wollte ich töten! Du solltest sterben!«

Uli zuckte zusammen und fasste sich an das immer schneller galoppierende Herz.

»Ja, warum wolltest du mich denn töten? Was habe ich dir denn getan?«

»Dein Gedächtnis wird aber auch immer schlechter, mein Lieber. Hast du mich an diesem Abend nicht, wie schon viele Abende vorher, als ›widerliche, dicke, fette Sau‹ bezeichnet? Weißt du, wie weh das tut, wenn es von der Person kommt, die man gern hat? Nee, das weißt du natürlich nicht.«

Es stimmte. Widerliche fette Sau – genau das hatte Uli damals zu Willy gesagt.

»Willy, das sind doch nur Sprüche von mir, die nicht so gemeint sind. Du kennst mich doch. Ich meine es nicht so.«

»Das hättest du dir vorher überlegen können. Für mich ist jetzt das Maß voll. Du hast es doch genossen, mich vor aller Augen in den Dreck zu ziehen, mich völlig niederzumachen. Ich hab doch gesehen, wie die anderen gefeixt haben, wenn du mich lächerlich gemacht hast. Du kamst dir doch großartig vor. Hau nur drauf auf den dicken Idioten Willy. Glaubst du, ich hätte keine Gefühle? Dafür wirst du jetzt büßen, aber wir machen es auf die langsame Tour.«

Mit einem leisen »Plopp« schrammte eine Kugel an Ulis Schulter entlang und blieb dann in der Verkleidung des Tresens stecken.

Er meint es ernst, schoss es Uli durch den Kopf, *oh Gott, er meint es wirklich ernst.* Ungläubig betrachtete er das Blut, das in schnellen Tropfen von seinem Arm lief. *Ich wollte nie glauben, was die anderen sagten, aber es ist wahr, dieser Kerl ist schwul und ich Narr habe es nicht erkannt. Und dass er mich für sich wollte und ich das nicht gemerkt habe, das ist ja noch verrückter. Er wird mich umbringen, so wie er den Sascha abgemurkst hat. Da wird dieser Kommissar mit seiner Vermutung wohl doch richtig gelegen haben. Hoffentlich ist Siggi oben in der Wohnung noch nicht eingeschlafen!* Seit Willy da war, hatte er die Wasserleitung vom ersten Stock nicht mehr rauschen hören.

»Siggi, komm runter, hilf mir, Siggi, Siggi, Hilfe!« Uli schrie aus voller Kehle.

Ulis Schreie schreckten Siggi aus seinen komplizierten kosmetischen Verschönerungsbestrebungen. Wenn Uli so schrie, musste etwas Schreckliches passiert sein. Eilig wickelte er ein großes rosa Handtuch um seine frisch gefärbten Haare und stolperte die Treppe nach unten ins Lokal. Das Bild, das sich ihm dort bot, ließ ihm den Atem stocken. Er sah, dass Willy eine Pistole auf Uli gerichtet hielt, und Uli, schneeweiß im Gesicht und bewegungsunfähig wie das Kaninchen vor der Schlange, vor dem Tresen stand. Ein zweiter Blick zeigte Siggi eine große Blutlache auf dem Boden, aber er konnte nicht erkennen, von wem das Blut war.

Beim Anblick des die Treppen herunterpolternden Siggi blieb Willys Hand mit der Pistole vor Verblüffung in der Luft stehen. Er war fest davon überzeugt gewesen, dass Uli allein im Haus war. Mit Siggi hatte er nicht gerechnet. Diesen kleinen Moment des Zögerns ergriff Uli als Chance, sich hinter den Tresen zu werfen, wobei das rote Rinnsal zu seinen Füßen immer stärker wurde. Zu seinem eigenen Erstaunen hatte er den Streifschuss fast gar nicht bemerkt und fühlte keinen Schmerz.

Auch Siggi sah das Blut und ohne an die tödliche Gefahr zu denken, die von Willy ausging, stürzte er sich todesmutig auf den Schützen.

Fausto, der schwarze Kater, der sich zunächst wegen des Gepolters verschreckt unter einen Tisch zurückgezogen hatte, glaubte, es handele sich um ein großes Spiel, und kam mit einer kleinen, grauen Maus, die er vorher auf der Straße gefangen hatte und nun vor sich hertrieb, aus seinem Versteck hervor. Er wollte auch daran teilnehmen.

Jetzt stellte sich die Maus tot und Willy, der weder mit Siggi noch mit einer Katze, geschweige denn einer Maus gerechnet hatte, bekam das Zittern, denn der große, ungeschlachte Kerl hatte panische Angst vor Mäusen. Murophobie, wie ihm sein Arzt einmal erklärt hatte, als Willy ihm von seinen Panikattacken erzählte. Meistens seien es übrigens Frauen, die von dieser Phobie befallen würden. Diese Aussage hatte Willy gekränkt und so hatte er sich schon damals für diese, wie er meinte, kindliche Angst vor Mäusen geschämt. Diese Furcht hatte ihn seit seiner frühen Kindheit begleitet. Seitdem hielt er sich immer eine Katze, die ihm die verhassten langschwänzigen Nager vom Leibe hielt.

Willy, grau im Gesicht, schüttelte es am ganzen Körper, während er versuchte seiner Schnappatmung Herr zu werden. Er wagte nicht sich zu rühren, derweil Fausto sein grausames Killing-Spiel mit dem armen Mäuschen trieb. Einen Augenblick herrschte eine gespannte Stille, bis man aus der Ferne ein rasch näherkommendes Martinshorn hörte.

Uli blieb das Lachen, das ihm wie eine tosende Woge aus dem Munde schießen wollte, im Halse stecken, und Siggi fuhr mit der Hand in sein völlig verstrubbeltes, noch feuchtes Haar, zog den Gürtel der Jeans zu, die er sich in aller Eile angezogen hatte, und betrachtete erstaunt die groteske Szene.

Dann besann sich Uli. »Willy, die Pistole, die Schlüssel!«

Willy nestelte mit zittrigen Händen in seiner Hosentasche und warf erst den Schlüsselbund und dann die Pistole auf den Boden. Dabei verlor er keinen Augenblick die Maus aus den Augen, die von Zeit zu Zeit mit einer lässigen Bewegung von Faustos Tatze am Wegrennen gehindert wurde.

Uli bückte sich, nahm die Schlüssel und schloss die Tür auf. Da sah er schon Florian Wilson heranspurten, der ihm zurief, dass er Hauptkommissar Saleh aus dem Bett geklingelt habe, denn der würde es ihm nie verzeihen, wenn er ihn nicht sofort benachrichtigt hätte, selbst wenn er nicht im Dienst war.

Willy ließ sich widerstandslos festnehmen und gestand mit zwei dürren Worten – »Ich war's« – seine Taten.

Uli kam wegen der Verletzung am Arm ins Krankenhaus, wurde aber in der gleichen Nacht noch entlassen. Siggi, der ihn begleitet hatte, war glücklich, als sie um vier Uhr morgens gemeinsam ins Bett sanken.

Auf Alina und Rucklieb hatte niemand geachtet. Beide zogen es vor, ungesehen in der Dunkelheit der Klappergasse zu verschwinden. Alina war erleichtert, dass ihr Chef am Leben war. Sie und Rucklieb tranken nach der Aufregung noch ein Glas Wein bei ihr zu Hause.

Rucklieb ärgerte sich, dass er so viel Knoblauch gegessen hatte. Er hatte nicht vorhergesehen, dass der Abend in Alinas Wohnung enden könnte. Er versuchte, so gut es eben ging, von ihr Abstand zu halten, obwohl sie noch immer seine Hand hielt. Vielleicht war es auch besser, dass er nicht in die Versuchung kam, die Situation auszunutzen. Schließlich wollte er sich bei Alina für sein Benehmen entschuldigen. Er war überrascht über den wohlschmeckenden Wein, den sie aus dem Kühlschrank hervorzauberte.

Kapitel 57

In der Ecke seines Büros brummte der Kühlschrank. Florian Wilson hatte dort mehrere Packungen Milch untergebracht. Er saß an seinem alten Schreibtisch im 9. Polizeirevier in der Hans-Thoma-Straße. Er war froh, dass ihm eine Mutterschaftsvertretung diesen Einsatzort beschert hatte. Nun versuchte er den Bericht über die gestrigen Ereignisse zu schreiben, den er im Auftrag von Kommissar Saleh verfassen sollte. Dieser wollte, dass die Informationen so schnell wie möglich in die richtigen Kanäle gelangten, damit er sich keinen Vorwurf gefallen lassen musste, was die Suspendierung der Polizeipräsidentin betraf.

Es war noch sehr früh am Morgen und Florian Wilson hatte in dieser Nacht fast nicht geschlafen. Er blickte von seiner Tastatur auf, nahm einen Schluck Kaffee und sah eine Weile aus dem Fenster. Er fühlte sich leer und traurig. Vor dreieinhalb Wochen, die sich wie eine Ewigkeit anfühlten, auch wenn sie wie im Flug vergangen waren, hatte er Uli Reinhold zum ersten Mal gesehen und sich sofort in ihn verliebt.

Florian stand auf und trat an das Fenster, sah die Bäume im Garten und in der Ferne hörte er Kinder lärmen. Er blickte auf die Streifenwagen, die neben dem Gebäude parkten. Auf seinen Schultern fühlte er Ulis Hände, die gestern Abend auf Siggis Schultern gelegen hatten. Der Blick, mit dem Uli dabei Siggi angesehen hatte, hatte sich wie ein Messer in Florians Herz gebohrt.

Florian mochte die herbe Männlichkeit von Uli. Und in den kurzen Momenten, in denen sie sich in dem Lokal zwanglos unterhalten konnten, hatte Florian das beglückende Gefühl, dass auch Uli sich zu ihm hingezogen fühlte.

Gestern Abend hatten sich die Ereignisse überschlagen. Den Blick, den er gestern aufgefangen und der nicht ihm gegolten hatte, hatte alles offenbart. Wenigstens aber wollte Florian weiter in Ulis Nähe Dienst tun dürfen. Er wollte ihn beschützen und für ihn da sein.

»Kuckuck«, rief es draußen vor dem Fenster. Ja, er war ein Kuckucksei in der Beziehung von Uli und Siggi gewesen, aber nicht nur in dieser Beziehung war er das Kuckucksei. Er dachte dabei an seine Jugend und die Beziehung zu seiner Mutter. Da war er auch ein Kuckucksei. Florian wusste, dass er den Begriff falsch verwendete und eigentlich das fünfte Rad am Wagen abgab, aber ihm gefiel der Ausdruck. Er war eine passende Beschreibung für sein Selbstgefühl.

Es war ihm erst vor einigen Jahren klar geworden, dass ihn Männer mehr anzogen als Frauen. Das weibliche Geschlecht fand er seit seiner ersten Erfahrung auf sexuellem Gebiet regelrecht abstoßend. Florian wusste, dass ihn viele Frauen für gutaussehend hielten, aber ihre Angebote waren ihm nicht angenehm. Vor allem war es jener Nachmittag in geselliger Runde im Grüneburgpark gewesen, der ihm seine Abneigung bewusst gemacht hatte. Aus seiner Parallelklasse hatte sich eine Braunhaarige an ihn herangeschlichen, hatte sich hinter ihn gestellt und ihn rücklings umarmt. Als Florian sich umdrehte, um zu sehen, wer ihn drangsalierte, nutzte die Braunhaarige den Überraschungseffekt und schob dem verdutzten jungen Mann die Zunge in den Mund, wobei sie ihn an sich presste. Florian fühlte noch heute eine eklige kleine Zunge, die wie wild in seinem Mund herumfuhrwerkte. Dies war sein einziger Körperkontakt mit dem anderen Geschlecht geblieben.

Florian mochte eine herbe Männlichkeit, die er bisher jedoch noch nicht hatte erfassen dürfen. Er war viel zu schüchtern dafür und auch seinem Dienst verpflichtet. So kam es, dass er bisher weder mit Frauen noch mit Männern Geschlechtsverkehr gehabt hatte. Er hatte tatsächlich noch nie eine sexuelle Beziehung gehabt. Die größte Wirkung hatte Uli Reinhold auf ihn gehabt. Dieses Empfinden war über jeden Zweifel erhaben. Florian wusste, dass seine Mutter ihren Mann, seinen Vater, den er kaum gekannt hatte, viel zu früh verloren hatte. Die Geräusche seiner Mutter, wenn andere Männer bei ihr übernachteten, hatten ihn zutiefst angewidert. Nie hatte seine Mutter Zeit für Zärtlichkeiten für ihn gehabt. Trotz der anfänglichen gelegentlichen Herrenbesuche wurde der verstorbene Vater von ihr idealisiert und ihm als nachahmenswertes Vorbild hingestellt, dem er gleich werden sollte. Eigentlich hatte er ein ganz normaler Streifenpolizist werden wollen, wollte ein Mann unter Männern sein.

Florians Augen wurden feucht. Er wollte dieser Einsamkeit entfliehen, einen anderen Mann finden, der ihn anzog. Es musste eine starke Persönlichkeit sein. Diesen Mann, den es noch nicht gab, würde er so ansehen wie Uli seinen Siggi. Ja, sein künftiger Liebhaber musste schon ein wenig Ähnlichkeit mit Uli haben.

Florian wurde bewusst, dass er sich, am Fenster stehend, sexuellen Fantasien hingab. Er kehrte an seinen Schreibtisch zurück, um den dringend erwarteten Bericht fertigzustellen. Anschließend würde er Kommissar Saleh anrufen und ihn bitten, den Bericht durchzusehen, bevor er ihn an die Vertretung der Polizeipräsidentin weiterleitete. Ob dieser Saleh ahnte, dass Florian Männer bevorzugte?

Kapitel 58

Willy wurde noch am späten Abend dem Haftrichter vorgeführt und verbrachte die Nacht in einer Zelle im Polizeipräsidium. Nach einer ersten Befragung vor Ort, in der Willy den Mord an Sascha ebenso wie den beabsichtigten Mord an Uli gestand, hatte Khalil seine Tatwaffen, eine Pistole mit Schalldämpfer, eine Rolle Klebeband und ein Seil an sich genommen. Dann sagte man ihm, dass er am nächsten Morgen gleich verhört würde.

Jetzt saß ein geschlagener Willy vor Khalil. Die Augen in seinem verunstalteten Gesicht schauten stumpf an die gegenüberliegende Wand. Er verweigerte den Blickkontakt und stand noch immer unter Schock, konnte seine eigene Dummheit nicht fassen. Eine destruktive, animalische Interferenz in Form einer winzigen Maus, sozusagen eine infame Laune des Schicksals, hatte seinen genialen Plan durchkreuzt. Die ganze Nacht hatte er verzweifelt über den verrückten Ablauf der letzten Nacht nachgedacht. So viel Dummheit gehörte wahrhaftig bestraft.

Auch Khalil war mit dem Ausgang dieses Falles nicht zufrieden. Hierfür hatte er sich keine Lorbeeren verdient. Diesen schwulen Totengräber hatte weder er noch einer seiner Leute auf dem Plan gehabt, genauso wenig wie dieser ignorante schwule Wirt, der nicht einmal seinesgleichen erkannt hatte. Dieser Idiot, der nicht im Geringsten die Gefahr erkannte, die von diesem Menschen ausging. Khalil schäumte im Inneren über die Blödheit dieses Kerls und noch mehr über seine eigene.

»Erzählen Sie zunächst einmal, wie Sie Sascha Wienhold getötet haben«, forderte er Willy mit unterdrückter Wut auf.

Khalil lehnte sich im Stuhl zurück und schaute auf Willy, der sich kaum aus seiner lethargischen Stimmung befreien konnte und sich am liebsten wieder in seiner Zelle verkrochen hätte.

Nein, jetzt müsse er erst eine vollständige Aussage machen. Khalil stellte ihm eine Tasse Kaffee vor die Nase, die Willy dankbar akzeptierte.

Dann brach es aus Willy heraus. Ja, es stimmte, alles stimmte, was er gestern Nacht schon halbwegs erzählt hatte.

»Widerliche fette Sau« hatte Uli damals zu ihm gesagt. Ausgerechnet an seinem fünfzigsten Geburtstag, wo er unter erheblichem Alkoholeinfluss eine Lokalrunde nach der anderen geschmissen und Uli als Wirt davon natürlich am meisten profitiert hatte. Und was tat dieser undankbare Kerl? Er beleidigte ihn mit den Worten »Du widerliche fette Sau«, nur weil Willy einmal die Körperwärme von Uli spüren wollte.

Der Stachel dieser bösartigen Beschimpfung traf Willy so schwer, dass er Rache schwor. Er konnte sich nicht alles gefallen lassen. Willy musste sich Genugtuung verschaffen, wenn er an seinem rasenden Zorn nicht selbst zugrunde gehen wollte.

Er wäre damals nach der Feier noch einmal zurückgekommen, um Uli zur Rede zu stellen und hätte gesehen, dass die Tür noch offen war und Uli sich mit dem Rücken zu ihm an der Theke zu schaffen machte. In seiner unbändigen Wut hätte er die auf der Theke liegende Stabtaschenlampe ergriffen und mit den Worten »Da hast du die widerliche fette Sau« den vermeintlichen Wirt von hinten zweimal mit großer Wucht auf den Hinterkopf geschlagen, der daraufhin, ohne einen Ton von sich zu geben, nach vorne in den Schankraum gekippt wäre. Erst durch die zufällige Begegnung mit Uli in der Metro am darauffolgenden Montag hätte er erkannt, dass die Person, die er erschlagen hatte, gar nicht Uli war, sondern ein ihm völlig unbekannter Mensch. Nur über die Presse hätte er Näheres über den Mann erfahren.

Gut, dass es damals nicht geklappt hatte, Uli zu töten. Er liebte ihn doch und hatte noch immer gehofft, dass Uli ihn auch eines

Tages schätzen würde! Dass dabei dieser Sascha von seiner Hand umgebracht worden war, rührte ihn wenig. Der war ja nur ein bezahlter Stricher, wenn auch einer der gehobenen Kategorie. Er hatte im Laufe seines Lebens schon so viele tote Menschen gesehen, dass ein Toter mehr oder weniger keinen Eindruck auf ihn machte. Die meisten Stricher, die er bisher kennengelernt hatte, waren einfach nur geldgeil und darauf aus, ihre Klienten auf schnelle Art auszunehmen. Außerdem hasste er sie, weil sie ihm vor Augen führten, auf welch erbärmliche Art er sich seine sexuelle Befriedigung bei ihnen erkaufen musste. Für ihn war der Mord an diesem Sascha nicht verdammenswert. Im Gegenteil, einer weniger von dieser käuflichen Sorte. Dieser Sascha war zwar das unschuldige Opfer einer dummen Verwechslung, aber dennoch, so richtig unschuldig sei er wohl nicht gewesen, denn was hätte er um diese Zeit in Ulis Kneipe zu suchen gehabt? Offensichtlich hatte er mit einem geklauten Zweitschlüssel das Lokal geöffnet und war auf der Suche nach dem von dem Wirt für seinen Freund Siggi bereitgestellten Geld gewesen, das er sich unter den Nagel reißen wollte.

Woher er das denn wisse, hatte ihn Khalil gefragt.

Ja, Uli selbst hätte es ihm gestern im Verlauf der Auseinandersetzung gesagt.

»Auseinandersetzung ist wohl nicht die richtige Beschreibung für das gestrige Geschehen. Sie wollten doch den Wirt töten. Das war ja wohl ein eiskalt geplanter Mord aus niedrigen Beweggründen. Aber jetzt zurück zu dem Mord an Alexander Wienhold.«

Willy nahm den Faden wieder auf. Wegen der Handschuhe hatte er natürlich keine Spuren hinterlassen. Dass Mira nach ihm ins Lokal kam, über den toten Sascha stolperte und ihre Fingerabdrücke auf der Stablampe hinterließ, während er sich im Gang zur Toilette versteckte und die Luft anhielt, war sein Glück. Ihr Glück war es, dass sie nicht weiter ins Lokal hineingegangen war. Möglicherweise hätte er sie auch umbringen müssen, um nicht entdeckt zu werden.

Willy hatte trotz einer anfänglichen Gehemmtheit rasch gesprochen, als wolle er sich sein Verbrechen von der Seele reden. Khalil hatte nur ab und zu eine Nachfrage zu den näheren Umständen gehabt, aber ihn sonst kaum unterbrochen. Das Verhör dauerte knapp zwei Stunden. Danach wurde Willy in seine Zelle gebracht und Khalil überflog die Notizen. Die Befragung Willys zu dem geplanten Mord an dem Wirt würde er am Nachmittag weiterführen.

Irgendwann würde er der suspendierten Polizeipräsidentin die Details des Mordes an ihrem schwulen Cousin mitteilen müssen. Ihm war nicht wohl dabei.

Die Autorinnen

Angela Neumann, geboren in Gießen, studierte in Frankfurt am Main Germanistik. Hier ergab sich die Chance für eine berufliche Tätigkeit in der Universitätsverwaltung und später im Institut für Psychologie, in dem sie noch heute arbeitet. Sie hat zwei Töchter und lebt seit vielen Jahren in Bergen-Enkheim, den literarischen Stadtteil von Frankfurt. In diesem schönen Ort ergriff auch sie die hier allgegenwärtige Passion für das Schreiben.

Monika Rielau, geboren in Dereisen, wuchs mit fünf Geschwistern in einem liebevollen Elternhaus in Darmstadt auf. Sie studierte an der Universität Heidelberg Englisch, Spanisch und Volkswirtschaft. Nach einem kurzen Intermezzo bei einem großen deutschen Chemiekonzern ging sie nach Barcelona zu einer bekannten Pharmafirma. Hier arbeitete sie viele Jahre und verbrachte die interessanteste und glücklichste Zeit ihres Lebens. Mit ihrem Mann zog sie später nach Frankfurt. Die Lust am Schreiben führte sie zu Angela Neumann, mit der sie gemeinsam den Krimi »Mord am Main« schrieb.